Surrender
by Amanda Quick

琥珀の瞳に恋を賭けて

アマンダ・クイック　著
旦紀子　訳

ラズベリーブックス

琥珀の瞳に恋を賭けて

主な登場人物

ヴィクトリア（ヴィッキー）・クレア・ハンティントン……令嬢、女相続人。
ルーカス・マロリー・コールブルック……ストンヴェイル伯爵。
アナベラ（ベラ）・リンドウッド……ヴィクトリアの親友。
バーティ・リンドウッド……アナベルの兄、ルーカスの友人。
ジェシカ・アサートン……ルーカスのかつての恋人。
クレオ・ネトルシップ……ヴィクトリアの叔母。
イザベル・ライコット……未亡人、三十代前半。
リチャード・エッジウォース……イザベルの愛人。
キャロライン……ヴィクトリアの母、故人。
サミュエル・ウィットロック……ヴィクトリアの継父、故人。

プロローグ

玄関広間の時計が真夜中を打った。それは死の弔鐘《ちょうしょう》だった。

美しい、そしておそろしいほど重たい時代遅れのドレスが、廊下を必死に駆ける彼女の歩みをさまたげた。別の女性のために作られたドレスは体に合っていなかった。上質のウール地が脚にまとわりつき、必死に出す一歩ごとにつまずいて転ぶ恐怖に襲われる。高くあげていたスカートをさらに高く、膝が出そうなほど持ちあげ、彼女は肩越しに背後をちらりと見やった。

逃げるシカを追う血に飢えた猟犬のごとく、男は迫りつつあった。かつて悪魔のような美貌を誇った顔、疑うことを知らない純粋な女性を結婚に誘いこみ、そのあと悲運に追いやったその顔が、いまや激しい怒りと殺意に満ちた恐怖の仮面と化している。髪を逆立て、狂気じみた目を飛びだしそうなほど剝《む》いて、男は彼女を追っていた。手に持つナイフが彼女の喉《のど》元《もと》に当てられるのも時間の問題だ。

「この魔女め」憤怒の叫びが吹き抜けの階段広間に響きわたった。手に握る邪悪なナイフの刃が淡い光を反射して細長い三角にきらめいている。「おまえは死人だ。なぜわしの平安を乱すんだ？　誓っておまえがいるべき地獄に送り返してやるぞ。今度こそ、そうなったことを確認してやる。聞こえたか、この呪われた亡霊め。今回は必ずだ」

悲鳴をあげたかったが、できなかった。彼女にできたのは、死に物狂いで走ることだけだった。

「わしの指のあいだから、おまえの体のすべての血がしたたり落ちるまで見届けてやる」うしろで男が叫んでいる。すぐそこまで近づいている。「今回は生き返らせないぞ、魔女め。もう面倒は充分だ」

彼女は階段の上まで来て激しくあえいだ。恐怖に内臓がえぐられるようだ。ぶ厚いスカートをさらに高く持ちあげ、落ちないように片手を手すりにかけて階段をおり始める。喉を掻き切られる前に首を折って死んだら皮肉にもならない。

男はすぐ背後にいた。とても近い。無事な場所に戻れる可能性が皆無に近いことを彼女は知っていた。今回はやりすぎた。あまりに多くの危険を冒した。幽霊を演じていただけなのが、いまや本物の幽霊になる瀬戸際《せとぎわ》だ。下までおり切る前に、男は階段の上に着いてしまうだろう。

さがし求めていた証拠をついに手に入れた。彼が激怒のあまり告白したからだ。もしも生き延びることができたら、あわれな母のために正義を追求できただろう。だが、そのせいで自分も命を失うことになりつつある。

いまにも彼の両手につかまれるだろう。それは、若かった彼女を恐怖に陥らせた性的抱擁のパロディだ。そして、そのあとは喉にナイフを感じるだろう。

あのナイフ。

ああ、神さま、あのナイフです。

階段を半ばまでおりた時、追跡者のおそろしい悲鳴が暗がりをつんざいた。

ぞっとしてうしろを見あげ、そして彼女は悟った。これまでのような真夜中は二度と訪れないことを。自分にとって、真夜中は悪夢を意味するものになることを。

1

ヴィクトリア・クレア・ハンティントンは、自分が狙われていることに気づいていた。二十四歳という年齢まで生きていれば、洗練された求愛者が実は財産目当てかどうかを見分けるすべは身についている。結局のところ、女相続人はかっこうの獲物でしかないからだ。

相当額の遺産を受け継いだ令嬢でありながらいまだに独身であるという事実が、彼女の世界にはびこる、口先だけの欺瞞《ぎまん》的な日和見《ひよりみ》主義者たちを回避する技術をしっかり身につけている証明でもある。そうした男たちの口ばかりうまい、表面的な魅力に引っかかる犠牲者には決してならないと、ヴィクトリアはずっと昔に決意していた。

しかし、爵位を継いだばかりのストンヴェイル伯爵ルーカス・マロリー・コールブルックは違った。日和見主義者かもしれないが、口先だけとか表面的という要素はまったくない。上流社会の着飾ったクジャクたちのなかで、この男性はまさにタカだった。

ストンヴェイルに感じる潜在的な力と無慈悲なまでの強い意志という、まさに近寄るべきではない性格こそ、自分が彼に惹きつけられる理由ではないかとヴィクトリアは思い始めていた。紹介されて一時間にも満たないが、その間《かん》ずっとこの男性に魅力を感じていることは否定できない。ひどく心を掻き乱す魅力だ。実際、きわめて危険と言える。

「また勝ったようですわ、伯爵さま」ヴィクトリアは手袋をはめた手を優雅におろし、緑色の布の上でカードを扇状に広げて、まばゆいばかりの笑顔を相手に向けた。

「おめでとう、ミス・ハンティントン。今夜のきみは間違いなく強運に恵まれているようだ」ストンヴェイルの灰色の瞳は真夜中の幽霊を思わせる。自分の損失に動揺している様子は少しもなかった。むしろ、注意深く考案した計画がやっと実を結んだかのようにしごく満足げだった。表情には冷静な期待が浮かんでいた。

「ええ、今夜は驚くほどついていましたわね」ヴィクトリアはつぶやいた。「なにか助けがあったのではないかと疑われてしまいそう」

「そんな可能性はないし、きみが自分の名誉を傷つけるのを許すつもりはない、ミス・ハンティントン」

「ずいぶん勇ましいこと、伯爵さま。でも、わたしが心配しているのは、自分の名誉ではありません。自分がごまかしていないことはわかっておりますから」この発言で薄氷に足を置いたことに気づき、ヴィクトリアは息を止めた。いまの言葉は、伯爵がヴィクトリアを勝たせるために印をつけたカードを使ったと非難したのとほぼ同じだ。

ストンヴェイルがテーブル越しにヴィクトリアとじっと目を合わせた。彼の表情はこちらが不安になるほど冷静だった。いいえ、おそろしいほど冷静。ヴィクトリアはそう思い、かすかに身震いした。冷たい灰色の瞳になんらかの感情がよぎってもいいはずだ。しかし、彼の顔からは用心深さ以外にはなにも読みとれなかった。

「いまの言葉がなにを意味するか、はっきりさせたいのだが、ミス・ハンティントン？」

ヴィクトリアはすぐに固い地面に一歩しりぞいたほうがいいと判断した。「気になさらないでくださいい、伯爵さま、驚いただけですわ。今夜の強運は、本来わたしではなくあなたのものであるはず。わたしは得意とはとても言えませんが、かたやあなたは名うての賭博師《とばくし》にも匹敵するとうかがっておりますもの」

「お世辞がうまいな、ミス・ハンティントン」

「お世辞ではありませんわ。ホワイツやブルックスやその他のクラブであなたが披露した腕前の話はたくさん耳にしましたが、どれも尋常な才能とは思えないものばかり」

「どれも、大いに誇張された話だと思うが。しかし、きみはおもしろい人だな。会ったばかりというのに、すでにそんな話を仕入れているとは。どこで聞いたのかな？」

二時間前に彼が舞踏会場に入ってきた瞬間に、友人のアナベラ・リンドウッドに訊ねたとはさすがに言えない。「そうした噂話がどんなに早く広まるかはご存じと思いますが」

「たしかに。だが、あなたのような知性あふれる女性は噂話など信じないはずだ」なめらかな手つきで難なくカードを集めてきちんと重ねると、ストンヴェイルはその上に長い指の美しい手をのせながら、ヴィクトリアに冷たい笑みを向けた。「ところでミス・ハンティントン、勝った取り分をどのように受けとりたいかな？」

用心深く彼を見つめたのは、自分のなかでふいに湧きおこった興奮を抑えられなかったからだ。多少なりとも分別があれは、いまここで席を立っているだろう。でも、いつもならこうした状況で大活躍する冷静かつ論理的な思考が、今夜はまったく働いていなかった。ストンヴェイルのような男性に会ったのが初めてだったせいだ。

カード室を満たすがやがやした会話や笑い声がとだえ、舞踏会場の音楽が遠のいた。レディ・アサートンのロンドンの大邸宅が、着飾った上流階級の人々と多くの使用人であふれているにもかかわらず、その瞬間、ヴィクトリアは伯爵とふたりきりのように感じた。

「わたしの取り分」ゆっくりと繰り返しながら、考えをまとめようとする。「そうでしたわ。考えなければならないですね？」

「負けたほうは、勝ったほうの頼みをどんなことでも聞くという取り決めだったと思うが？勝利者として、きみはなんでも要求する権利がある。ぼくはきみの仰せのとおりにするしかない」

「あいにく、いま現在あなたに頼むことはなにもありませんわ」

「本当に？」

伯爵のすべてを知っているというまなざしにヴィクトリアは驚いた。この男性は、知るはずがないことまでつねにわかるようだ。「本当です」

「それには反論しなければならないな、ミス・ハンティントン。ぼくの助けを頼みたいはずだ。今夜遅く、きみとミス・リンドウッドを祭り《フェア》に案内する付き添い役が必要だからね」

ヴィクトリアは身をこわばらせた。「どうしてそれを知っているんですか？」

ストンヴェイルが長い指で音を立てずにカードを切った。「リンドウッドとは友人だ。同じクラブのメンバーでね。時々一緒にカードをする。知っていると思うが？」

「リンドウッド卿？　アナベラのお兄さま？　彼から聞いたということ？」

「そうだ」

ヴィクトリアは怒りを覚えた。「今夜の付き添いを引き受けて、それについてだれにも言わないと約束したはずなのに。それを仲間内でしゃべってしまうとは、いくらなんでもあんまりだわ。そのくせ、男性はみんな、女性は噂話ばかりだと非難するんですものね。ひどすぎるわ」

「そこまで厳しく非難しなくてもいいと思うが、ミス・ハンティントン」

「リンドウッドのしたことを考えれば当然でしょう？　自分のクラブで、妹とその友だちをお祭りに連れていくとみんなに告知したんですよ」

「告知ではなかった。むしろ、非常に慎重だったと言っていい。なんといっても、連れていくうちのひとりは自分の妹だからね。知りたければ言うが、リンドウッドがぼくにそっと打ち明けたのは、この状況に強い危機感を覚えていたからだと思う」

「危機感？　なんの危機感です？　彼が不安に思うようなことはひとつもありませんわ。アナベラとわたしをお祭りが催される公園に連れていくだけ。こんなに簡単なことはないでしょう」ヴィクトリアは言い返した。

「ぼくの理解では、きみは彼の妹と一緒になって、その計画に同意するようリンドウッドにかなりの圧力をかけたようだ。あわれなやつだな。まだ若いから、そういう女性的な策略に弱い。自分の弱さを後悔して、助力を依頼するだけの賢さを持っていたのは幸いだ」

「あれというのはまさにその通りだわ。騒ぐことはなにもないんですもの。あなたの言い方では、まるでアナベラとわたしがパーティを無理にこの計画に引き入れたみたいじゃないですか」

「そうじゃないのか？」ストンヴェイルが聞き返す。

「もちろん違います。今夜祭りに行くつもりだと伝えたら、一緒に行くと言ってくれたんです。騎士道精神にあふれたことよ。少なくとも、その時はそう思いましたけど」

「それは、紳士としてのほかの選択肢をきみたちが与えなかっただけだ。ふたりだけで行くことに彼が同意しないと、きみたちは知っていた。つまりこれは脅迫だ。さらに言えば、この計画の首謀者はきみだとぼくは踏んでいる、ミス・ハンティントン」

「脅迫ですって？」ヴィクトリアはいまや本気で怒っていた。「その非難はあんまりです」

「そうかな？　ほぼ真実のはずだが。きみたちが自分たちだけでも行くと脅さないかぎり、そんなうさんくさい催しに、彼がみずからすすんで妹ときみを連れていくと思うか？　今夜のささやかな冒険のことを知ったら、ミス・リンドウッドの母上はヒステリーを起こすだろう。きみの叔母上もじゃないかな」

「クレオ叔母は丈夫すぎるくらい丈夫だから、ヒステリーは起こしません」忠誠心からヴィクトリアはきっぱり宣言したが、アナベルの母に関しては、ストンヴェイルの言う通りだとわかっていた。今夜の娘の計画を知ったら、レディ・リンドウッドは間違いなくヒステリーを起こすだろう。上流階級の令嬢は夜中に祭りなど行かない。

「きみの叔母さまはしっかりした方らしい。レディ・ネトルシップにはまだお目にかかる機会がないから、それに関してはきみの言葉を信じよう。それでも、きみたちの今夜の計画を気に入るとは到底思えないが」ストンヴェイルが言う。

「リンドウッド卿に会ったら、ただじゃおかないわ。こんな大事な秘密を漏らすとは、とても紳士とは言えません」

「ぼくに打ち明けたことについては、彼が全面的に悪いとは言えないな。ぼくは士官として何年も勤めたから、どうすれば若者が動揺するかを熟知している。彼に詳細を言わせるのはさほどむずかしくなかった」

ヴィクトリアは目を細めた。「でもなぜ?」

「この件に非常に関心があったとだけ言っておこう。ぼくが今夜、喜んで手伝うつもりだと知ったとたん、彼はすべてを打ち明けて同行してくれと懇願した」

「あなたはわたしの質問に答えていないわ。なぜ、そんなに関心をお持ちなのですか?」

「理由は重要ではない」ストンヴェイルの長い指がまた軽々とカードを切った。「ぼくたちには、もっと差し迫った問題があるように思えるが」

「問題はありません」あなたから逃れること以外には、とヴィクトリアは心のなかでつけ加えた。最初の直感は正しかった。機会を見つけて逃げるべきだった。しかし、そもそも、そんな機会などなかった。なにか、ヴィクトリアにはどうすることもできない基本計画が発動し、それに伴い、すべてが急に動きだしたかのようだった。

「今夜の冒険について詳細を吟味すべきだとは思わないか？」

「詳細はすべて決めてあります、ご心配ありがとう」自分が主導権を握っていない感じがヴィクトリアは気に入らなかった。

「どうか理解してほしい。おそらくぼくのなかの元軍人の部分が、あるいはただの好奇心かもしれないが、この冒険を開始する前にどうなっているのかを知りたがっている。全体の予定をもう少し詳しく教えてくれないかな？」ストンヴェイルが他意はなさそうに訊ねる。

「なぜ説明しなければならないのかわかりません。招待したわけでもないのに」

「ぼくはただ手伝いたいだけだ、ミス・ハンティントン。リンドウッドも感謝するだろうが、きみも絶対に、付き添いがもうひとり増えれば便利だとわかるはずだ。夜は群衆も騒々しくなるし、喧嘩も起こりやすい」

「騒々しい群衆のことは少しも心配していないわ。それも、このわくわくする冒険の一部ですもの」

「そうだとしても、ぼくがきみの叔母上に報告すべき事柄について、今後も黙っていることについてはきみも感謝するはずだが」

ヴィクトリアは一瞬、なにも言わずに彼を見つめた。「脅迫される危険があるのはリンドウッド卿だけじゃないようね。わたしもその標的というわけですか？」

「それはあんまりな言い方だな。ぼくは傷ついたよ、ミス・ハンティントン」

「でも、残念ながら、致命傷ではないでしょう。本当に傷ついたならば、わたしの問題は解消したでしょうから」

「ぼくのことを、問題ではなく解決策と見なすことを強く勧めよう」ストンヴェイルがゆったりした笑みを向けたが、その笑みは、彼の目に宿る影には届いていなかった。「今夜きみが危険に満ちた街なかに出かける際に、付き添いという立場で役立たせてほしいと頼んでいるだけだ。それによって、賭けの負けを精算したい」

「そして、その付き添いの申し出を受けて勝ち分を受けとることをわたしが拒んだら、計画を叔母に話すというんですか？」

ストンヴェイルがため息をついた。「ミス・リンドウッドの母上やきみの叔母上が今夜の計画を知ったら、だれにとっても非常に不愉快なことになるだろうな。噂話というのは、一夜のうちにぱっと広がるものだ」

ヴィクトリアは閉じた扇子でテーブルを叩いた。「ほら、ごらんなさい。脅迫だわ」

「いやな言葉だが、そうだな、見方によっては脅迫と言えるかもしれない」

やっぱりこの人も財産目当て。そう考えなければ説明できない。これほど強引で厚かましい人に会ったことがなかった。ふつう、財産目当ての人は上品で、少なくとも最初は非常に礼儀正しいものだ。でも、自分は直感を信じるようにしている。ヴィクトリアはストンヴェイルと視線を合わせ、じっと待っている灰色の強いまなざしのきらめきに魅了された。そのあと、カードテーブルを離れようと腰を浮かすと、伯爵はすぐに立って彼女のうしろにまわり、椅子を引いた。

「今夜きみに会うのを楽しみにしている」立ちあがったヴィクトリアの耳元で小さくささやく。

「財産を狙っているのでしたら、伯爵さま」ヴィクトリアはゆっくりと言った。「ほかでお誘いになったほうがいいわ。わたしに言い寄っても時間を無駄にするだけですから。あなたのやり方が斬新であることは認めますが、興味をそそられるとはとても言えないわ。言っておきますが、これまでずっと、はるかに魅力的な誘惑もしりぞけてきましたから」

「そう聞いている」

彼がヴィクトリアの横をゆっくり歩き、ふたりは人々でいっぱいのきらびやかな舞踏会場へ戻っていった。先ほども気づいていたが、ストンヴェイルの歩き方は左右非対称で、しかし奇妙なほど安定している。とはいえ、洗練された黒い夜会服や形よく結ばれたクラヴァット、ぴったり合ったズボン、そして磨かれたブーツも、左脚を軽く引きずる歩き方は隠せなかった。

「聞いているとは、いったいなにを？」ヴィクトリアは問いただした。

彼が肩をすくめる。「きみが結婚にはあまり関心がないという話だ、ミス・ハンティントン」

「その情報は間違っています」ヴィクトリアはかすかにほほえんだ。「わたしは結婚にほんのわずかの関心もないんです。まったくないということ。いかなる結婚にも」

ストンヴェイルが横目でヴィクトリアをちらりと眺めた。「それは気の毒に。夫や家族がいれば夜も忙しいだろうから、今夜計画しているような危険な冒険をしなくてもすむだろう」

ヴィクトリアは笑みを深めた。「今夜わたしが計画したような冒険は、妻の夜の務めよりもはるかに楽しいものだと確信していますから」

「なぜそんなに確信を持っているのかな？」

「人生の経験からですわ、伯爵さま。母は財産狙いの夫をもち、財産に滅ぼされました。愛する叔母もやはりお金目当ての相手と結婚しましたが、叔母にとって幸運なことに、叔父は狩猟事故で亡くなるだけの品位を持ち合わせていました。同じ幸運が自分に訪れることは期待できませんから、わたしは危険を冒してまで結婚しない選択をしました」

「女性の人生の重要な部分を経験しなくなるかもしれないという怖れはないのか？」

「ほんの少しも。結婚に見いだせる魅力はひとつもないわ」ヴィクトリアは身震いを隠そうと、金箔塗りの扇子を開いた。母に対する義理の父の日常的な虐待と飲酒による暴力は、つねにヴィクトリアの脳裏にあった。舞踏会室の煌々《こうこう》ときらめく明かりの下でも完全に消え去ることはない。

わざとものうげに一、二度扇子をあおぎ、この会話の成り行きに飽き飽きしているという印象をストンヴェイルに与えられることを期待した。「さあ、失礼してよろしければ、伯爵さま、話さなければならない友人がおりますので」

ストンヴェイルがヴィクトリアの視線を追った。「ああ、なるほど、勇敢なアナベラ・リンドウッドだな。たしかに、彼女も今夜の計画を話し合いたくてうずうずしているに違いない。きみが協力的でないようだから、ぼくは自分で詳細を調べるとしよう。だが、心配はいらない。ぼくは戦略ゲームが非常に得意なのでね」ストンヴェイルはヴィクトリアの手を取って頭を軽くさげた。「ではのちほど、ミス・ハンティントン」

「きっと、わたしたちに同行するよりもおもしろいことが見つかりますわ」

「それはないだろう」伯爵の口元に浮かんだかすかな笑みが、つかのまいたずらっぽい笑みに変わり、ちらりと健康そうな白い歯がのぞいた。

ヴィクトリアは橙色のシルクのスカートを上品にまわし、彼に背を向けて歩きだした。満足感を与えないために、絶対に振り返らないよう自制する。彼は危険なだけでなく、傲慢で我慢ならない人物だ。

人混みのなかを抜けながら、ヴィクトリアは小さくうめいた。伯爵のことをもっとよく知っていれば、今夜、カード室に誘われるような隙は見せなかった。そもそもレディはこういう状況で男性とカードをしたりしない。でも、自分は冒険となると挑戦せずにはいられず、あの最悪な男はそれを瞬時に察知したのだろう。弱みをつかんで利用した。それは心しておく必要がある。

もともと警戒していたわけではない。なんといっても、ジェシカ・アサートンからおおやけの場で紹介された男性だ。

レディ・アサートンが非の打ち所のない模範的な女性であることは周知の事実だった。黒髪に青い瞳のほっそりした子爵夫人は、若くて非常に美しいというだけでなく、立場にふさわしい良識と上品さを兼ね備え、とくに礼儀作法にきわめて厳しい。言い換えれば、自分の客に悪名高い放蕩者や財産目当ての結婚相手を紹介することは決してしない。

「ヴィッキー、隅から隅までさがしてしまったわ」アナベラ・リンドウッドが足を速めて友の横に立った。扇子を開き、口元を隠してヴィクトリアにささやく。「本当にストンヴェイルとカードをしたの？　なんていけない人でしょう。それで、どちらが勝ったの？」

ヴィクトリアはため息をついた。「いちおう、わたしが勝ったけれど」

「わたしたちに同行するようにバーティに誘われたって言ってた？　ひどいって言ったんだけど、バーティが安全のためにもうひとり男性が必要だって言い張るの」

「わたしが聞かされたのも同じ理由」

「そうよね、あなた、怒ってるでしょう？　申しわけないと思っているわ、本当よ、ヴィッキー。でも仕方がなかったの。バーティはわたしたちの計画をだれにも言わないと約束したくせに、ストンヴェイルにつつかれてしゃべってしまったんだわ」

「ええ、どうやったかは想像できるわ。きっと、真実が飛びだすまで、バーティの喉にひたすらワインを注ぎこんだのでしょう。お兄さまが黙っていられなかったのは残念だけど、気にすることはないわ。そんなこと関係なく、わたしたち楽しめるはずよ」

アナベラの空色の瞳が安堵にきらめいた。ほほえんでうなずくと、金髪の巻き毛が魅了するように軽やかにはずんだ。アナベラ・リンドウッドはいまのはやりに照らせば多少ふくよかすぎると、口さがない人々からは批評される。だが、ふくよかになりがちなその体型が多くの求愛者を遠ざけていると思ったら大間違いだ。つい最近二十一歳になり、今シーズンは、さすがにいくつも来ている申し出のどれかを受けざるを得ないだろうとヴィクトリアにこぼしているくらいだ。父親が急逝したせいで結婚市場への参入が遅れたが、ようやくロンドン社交界にお目見えすると、すぐに引く手あまたであることを証明したのだった。

「彼のことはなにか知ってるの、ベラ？」ヴィクトリアは静かな声で訊ねた。

「だれのこと？　ストンヴェイル？　絶対に真実と断言できることはあまり知らないわ。バーティの話では、どこのクラブでも敬意を持って遇されているそうよ。爵位を受け継いだのは最近のはず。直系ではないのよ。先代の伯爵が伯父さまとかではなかったかしら。バーティが、ヨークシャーの地所のことを言っていたような気がするわ」

「バーティはほかになにか言っていたかしら？」

「どうかしら。そういえば、家系の最後のひとりと言っていたわ。たぶん、完全にとだえるところだったのだと思う。一年ほど前にイベリア半島でルーカス・コールブルックが重傷を負った時に」

ヴィクトリアは胃がきゅっと締めつけられる気がした。「じゃあ、脚を引きずっているのは？」

「ええ、そうよ。それで軍務をしりぞいたのでしょうね。どちらにしろ、爵位を継げばやめることになるけれど。いま優先すべき義務は爵位と領地のことですものね、もちろん」

ふうだったの？」

「もちろんそうね」次の質問はしたくなかったが、しないわけにもいかなかった。「どんな

「脚の怪我のこと？　詳しいことは知らないわ。それについては本人もいっさい言わないと、バーティが言っていたもの。でも、兄によれば、ウェリントン将軍ご自身が、報告書のなかで伯爵について何度も言及しているのですって。怪我した時の戦いでは、ひどい傷を負いながらも冷静さを失わずに部下を率いて敵を攻略したとか。その後に倒れて、死んだと見なされて置き去りにされるほどの傷だったのに」

死んだと見なされて置き去りにされる。ヴィクトリアは気分が悪くなった。ざわざわした感覚を押しやり、ルーカス・コールブルックのような男に同情している場合ではないと自分をいましめる。それに、彼がそんなあわれみを歓迎するとは到底思えない。もちろん、利用することはあるだろうが。

ストンヴェイルがカードをしようと提案したのは、カントリーダンスを回避したかったからだろうかとヴィクトリアはふと思った。脚を引きずっているせいで、ダンスフロアに近づきたくないのかもしれない。

「彼のこと、どう思う、ヴィッキー？　今夜だけでも、あの非の打ち所のないミス・ピルキントンと、ほかにも何人ものレディたちが彼をずっと見つめていたわ。言うまでもなく、その母親たちもよ。目の前の新鮮な血ほど食欲をそそるものはないわよね？」アナベラが軽口でからかう。

「ぞっとする光景じゃないの」そう言いながらも、ヴィクトリアはくすくす笑った。「賞を獲得した種馬であるかのように見られているのを、ストンヴェイルは知っているのかしら？」

「どうかしら。でも、これまでのところ、彼が見つめたのはあなただけ。カード室で彼があなたをくどいていたことは全員が気づいているはずよ」

「彼は財産目当てでつきまとっているだけだと思うわ」ヴィクトリアは言った。

「あなたっていう人は、ヴィッキー、男性はみんなあなたの相続財産を狙っていると信じているんだから。その点については、愚かしいほど頑固ね。あなたの崇拝者の少なくとも何人かは、あなたのお金ではなく、あなた自身に関心を持っているという可能性もあるんじゃないかしら？」

「ベラ、わたしはもうすぐ二十五歳よ。わたしのような年齢の女性に上流階級の男性が求愛するとすれば、それは現実的な理由からしかあり得ないことは、あなたもわたしもわかっているはず」

「あなたは自分が売れ残りのような言い方をしているけれど、それは事実ではないわ」

「いいえ、事実よ。それに、正直に言うと、わたしはそのほうがありがたいのよ」ヴィクトリアはきっぱりと言った。

アナベラは首を振った。「でも、それはなぜ？」

「すべてがずっと簡単になるからよ」あいまいな返事をしながらも、ヴィクトリアは無意識に人々に目を走らせてストンヴェイルをさがしていた。しばらくして、アサートン家の広大な庭園に向けて開かれた扉のそばで主催者と話している彼がようやく目に入った。ピンク色の天使さながらのレディ・アサートンの隣にそびえるように立っている。その親しげな様子をヴィクトリアは観察した。

「気休めになるかどうかわからないけれど、ストンヴェイルが財産目当てということは、パーティはいっさい言っていなかったわ」アナベラが言った。「むしろまったく逆。前伯爵は死ぬまで財産を貯めこんでいたという噂よ。それをすべて新しい伯爵が受け継いだんですもの。あなたもパーティのことはよく知っているでしょう。立派な人だと思わないかぎり、今夜の同行を頼むなんて夢にも思わないはずよ」

それは本当だった。妹と二歳しか年が違わないリンドウッド卿は、近年引き継いだ爵位とそれに伴う義務をきわめて真摯に受けとめている。思慮深いとは言えない妹を全力で守り、ヴィクトリアに対してもいつも感じがいい。経歴や評判に疑問がある男性に女性を預けたりしないだろう。

その時、ストンヴェイルの目が思い浮かんだ。財産目当てではないにしても、ヴィクトリアの継父という例外をのぞけば、これまでに出会った男性のなかでもっとも危険だ。

その思いにヴィクトリアは息を呑み、腹立たしい思いで打ち消した。いいえ、ストンヴェイルがどれほど危険な男だとしても、母と結婚したあの野蛮な男と同じ範疇に入れるべきではない。ふたりの男が同じ型にはまらないことを、ヴィクトリアは心のどこかで確信していた。

「あら、おめでとう、ヴィクトリア。もっとも注目されている新伯爵の関心をあなたがとらえるのを見たわよ。ストンヴェイルはとても興味深い人物じゃないこと？」

聞き覚えのあるかすれ声に、ヴィクトリアはっと我に返った。急いで左を見ると、そばにイザベル・ライコットが立っていた。ヴィクトリアはなんとか笑みを浮かべたが、実を言えば、この女性のことは好きではない。それでも、会えば一抹の羨望を覚えずにはいられなかった。

イザベル・ライコットは異国風の宝飾品を思わせる。年頃は三十歳少し過ぎ、華やかで女性っぽい謎めいた雰囲気が、まるで蜂を引き寄せる蜜のように男性たちを魅了する。ネコのような身のこなしやつやつやした黒髪、そして目尻がわずかにつりあがった目によって、その雰囲気はさらに強調されている。彼女は今夜この会場で、白や淡い色のドレスではなく、あえて強い色合いを着ることで流行りに逆らっている数少ない女性たちのひとりだった。人の目を釘づけにするエメラルドのような深緑色の夜会服は、舞踏会場を煌々と照らす光のなかで燦然《さんぜん》ときらめいている。

しかし、ヴィクトリアが彼女を見るたびに切ない羨望の思いにかられるのは、そのきわだつ外見のせいではなかった。ヴィクトリアがひそかに称賛しているのは、彼女の年齢と未亡人という社会的地位がもたらす自由だった。ヴィクトリアと違い、レディ・ライコットのような立場の女性は社交界の詮索や非難の対象にほとんどならない。慎重にしていれば、情事にふける自由さえある。

ヴィクトリアはこれまでにつき合いたいと思う男性に出会ったことがないが、自分がつき合いたいと思えば、つき合える自由を持ちたいと心から願っていた。

「こんばんは、レディ・ライコット」ヴィクトリアは自分よりも十センチほど背が低い女性を見おろした。「伯爵とお知り合いかしら?」

イザベルは凝った形に結った頭を小さく振った。「残念ながら、まだ紹介していただいていないわ。社交界の一員になられたのはつい最近ですものね。でも、あちこちのクラブの賭博台で活躍している様子は耳にしているから」

「わたしも同じことを聞いたわ」アナベラが口を挟んだ。「パーティの話では、彼は卓越した賭博師なんですって。つねに冷静さを失わないとか」

「まあ、そうなの?」イザベルが、伯爵が立っている部屋の向こうをちらりと見やった。「ハンサムというわけじゃないのにね。なぜかとても魅力的だわ」

ハンサム? ストンヴェイルを表すのにそんな味気ない言葉を使うという考えに、ヴィクトリアは大声で笑いたくなった。たしかに彼はハンサムではない。彫りが深い顔立ちは、削いだような鼻すじと攻撃的な顎、そして知性に満ちた容赦ない灰色の瞳とあいまってむしろ厳しいと言えるだろう。髪は闇夜の空の色で頭頂にわずかに銀髪がまじっているが、それもハンサムとは相容れない。ストンヴェイルに会っただれもが、そこにただのだて男ではなく、自制の効いた物静かな男らしい力強さを見るはずだ。

「でも、あなたも認めるべきだわ」アナベルが言った。「彼が服をすてきに着こなしていることを」

「そうね」イザベルがうなずいた。「彼の着こなしはこのうえなくすばらしいわ」

伯爵を眺めるイザベルの吟味するような視線は気に入らなかったが、ストンヴェイルが、最高級かつ最新流行の服に負けてしまわない数少ない男性のひとりであることは否定できなかった。力強い肩、引き締まったウエスト、そして力強い太腿は、当て物やごまかしがいっさい必要ない。

「もしかしたら、陽気な方かもしれないわ」イザベルが言った。

「ええ、きっとそうよ」アナベラも嬉しそうにうなずいた。

ヴィクトリアはレディ・アサートンの隣に立つ背が高い黒づくめの姿をもう一度見やった。

「陽気という感じはしないけれど」ふさわしい言葉を挙げるとすれば、危険だろう。

ふいに、その危険を経験したくなった。このところますます社交界に依存し、そこで長い夜を過ごすことが多くなっている。そこで巻き起こる旋風をヴィクトリアは感じたかった。やむことのない悪夢を寄せつけないでおくために、なにかが必要だった。

ストンヴェイル伯爵ならば、ずっとさがしてきた清涼剤になるかもしれない。

「いとしいルーカス、彼女のことをどう思って？　すてきな方でしょう？」レディ・アサートンが美しい優しい瞳に心配そうな表情を浮かべてストンヴェイルを見あげた。

「ああ、すてきだと思うよ、ジェシカ」ルーカスは手に持ったグラスのシャンパンをすすり、会場の人々をざっと眺めた。

「年齢が少々上すぎるけれど」

「それはぼくも同じだ」

「ばかなこと言わないで。結婚の意志がある男性として、三十四歳は最適齢期だわ。わたしと結婚した時、エドワードは三十三歳でしたもの」

「そうだったかな」

ジェシカ・アサートンの目に一瞬後悔が浮かんだ。「ルーカス、ごめんなさい。なんて気が利かないんでしょう。あなたを傷つけるつもりではなかったのよ」

「乗り越えるさ」ルーカスは、混み合った人々のなかでようやくヴィクトリアを見つけた。太った年輩の男爵とダンスフロアに出ていくすらりとした姿を、ルーカスは獲物を見る目で追いかけた。彼女がダンスを楽しんでいることは明らかだが、踊る相手は若すぎて社交的に未熟な青二才か、自分よりはるかに年輩の紳士に限っているらしい。どちらも無害だと思っているのだろう。

ルーカスは、思いきって彼女をダンスフロアに誘いださなかったことを悔いた。カードルームについてきたように、気軽にダンスフロアにもついてくるかを確認するのも一興だっただろう。しかし、彼の左脚の無作法な動きに彼女がどのくらい寛容かわからなかったし、この時点で危険を冒すわけにはいかない。

彼女には意地悪さがみじんもない。怒りっぽい性格かもしれないが、引きずる脚について辛辣なことを言ったり、侮辱したりするような品のないことは決してしない女性だとわかっている。とはいえ、カード室の時のようにこちらがわざと彼女をいらだたせれば、きっと思いきり彼のつま先を踏みつけるだろう。

「もちろん、あなたとカード室に行ったのは、いくらなんでも無謀だわ」レディ・アサートンが言う。「でも、残念ながら、それが、われらのミス・ハンティントンなのよ。礼儀作法として許される限界を試そうとしているかのようね。でも、夫の指導のもとで、彼女の嘆かわしい部分は抑えられるとわたしは確信しているの」

「興味深い意見だ」

「それに、あの明るすぎる黄色が好みらしいけれど」レディ・アサートンがつけ加える。

「たしかに、ミス・ハンティントンはみずからの意志と考えをしっかり持っているようだ。だが、あの黄色は彼女によく似合っている。だれもがあれをうまく着こなせるとは思えないが」

ルーカスは、ハイウエストの夜会服に包まれた長身のすらりとした姿を観察した。黄色いシルクが、混み合った部屋にひとすじ差しこむ蜂蜜色の陽光のようだ。一般的な淡い柔らかな色合いや白いドレスばかり並ぶなかで、ぬくもりのある豊潤な輝きを放っている。

彼女のドレスに問題があるとすれば、ルーカスの考えではただひとつ、胴着の襟ぐりが低すぎることだけだ。高くてなだらかな胸の傾斜があまりにたくさん見えている。ふいに、だれか付き添い役のショールを一枚借りて、ヴィクトリアの上半身にしっかり巻きつけたいという思いにかられ、自分らしくないその思いに一瞬驚いた。

「心配なのは、彼女が一風変わっていると噂されていることなの。叔母さまの影響でしょうね。クレオ・ネトルシップはだれよりも変わった方だから」レディ・アサートンが言う。

「ぼくは平凡でないレディのほうが好ましい。そのほうがよりおもしろい会話ができると思わないか？　結婚すれば会話は避けられない。少しでもおもしろいほうがいい」

ジェシカが小さくため息をついた。「今シーズンは、相続財産を当てにできるご令嬢があまりいなくて残念だわ。まあ、もともと少ないのだけど。でも、まだミス・ピルキントンが残っているわ。あなたも、心を決める前に絶対に彼女に会うべきよ、ルーカス。誓っていいけれど、とてもすてきなお嬢さまよ。礼儀作法もつねに完璧。それに対して、残念ながら、ミス・ハンティントンはなにかと無鉄砲なことをする傾向があるから」

「ミス・ピルキントンは考慮に入れなくていい。ぼくはミス・ハンティントンで非常に満足している」

「でも、もうすぐ二十五歳という年齢がねえ。ミス・ピルキントンはまだ十九歳ですもの。若ければ若いほど、夫に従順な妻になるものよ、ルーカス」

「ジェシカ、ミス・ハンティントンの年齢はまったく問題ないとぼくが言っているのだから、それを信じてくれ」

「本当にいいの？」レディ・アサートンが心配そうに彼を見つめる。

「勉強部屋を出たばかりの若い娘よりは、ある程度歳を経て、自分をよくわかっている女性と話したい。そして、ミス・ハンティントンこそ、まさに自分を知る女性だと言わざるを得ない」

「それは、彼女がその歳になるまで未婚でいられたからということ？　あなたの言う通りかもしれないわ。どんな方法であれ、自分の相続した財産を夫に渡すことになんの関心もないとはっきり表明したんですもの。よほど窮地に瀕《ひん》している財産目当ての貴族以外、全員が彼女は無理だと見切りをつけたのよ」

ストンヴェイルが口もとをゆがめて小さく笑った。「ぼくにとっては競争相手が減ってありがたい」

「勘違いしないで。彼女はたしかに魅力的な人よ。叔母さまに似てとても斬新で、そういう意味では魅力的な方だから、崇拝者もたくさんいるわ。でも、全員が友人という立場に降格させられたということ」

「言い換えれば、全員が本分をわきまえることを学んだわけだ」

「その立場を踏み越えれば、すぐに切り捨てられてしまうわ。ミス・ハンティントンはたいていの場合、とても親切で優しいことで知られているわ。いつも笑顔だし、優しい言葉をかけてくれるし、パーティであまり人気がない男性ともすすんで踊ってくれる。でも、そばをうろつくだて男に対して取る態度はとても厳しいの」ジェシカがつけ加えた。

その言葉に、ストンヴェイルは驚きもしなかった。ミス・ハンティントンがこれほど長いあいだ自由の身にとどまっているのは、周囲の男性たちを操るすべを熟知しているからだ。自分が求愛する時も薄氷を踏むような慎重さを要するだろう。

「高い教育を受けているようだが？」ルーカスは訊ねた。

「非常に高い教育と言うべきでしょうね。レディ・ネトルシップが姪を教育する責任を担っていたという話よ。その結果というべきかしらね。叔母さまの地位が不動であるという事実がなければ、ミス・ハンティントンはとっくの昔に社交界にいられなくなっていたでしょう」

「ミス・ハンティントンの両親はなにがあったんだ？」

レディ・アサートンがためらい、それから何気ない口調で言った。「亡くなったわ。親御さんはみんな。とても悲しいことよ。でも、主は与え、主は奪う。これも神さまのみこころね」

「たしかにそうだ」

レディ・アサートンはストンヴェイルにあいまいな視線を向け、それから、小さく咳払いをした。「詳しく言うと、お父さまは、ミス・ハンティントンが子どもの時に亡くなり、そのあとすぐにお母さまは再婚された。でも、キャロライン・ハンティントンは一年半ちょっと前に乗馬事故で亡くなられて、二カ月も経たないうちに、ミス・ハンティントンの継父サミュエル・ウィットロックが妻のあとを追うように亡くなったの。階段を落ちるおそろしい事故だったと聞いているわ。首を折ったとか」

「奇妙な悲劇が続いたのか。しかし、そのおかげで、ぼくの財政状態を詳しく調べることを義務と感じる両親がいないわけだ。ぼくの伯父がたんまり財産を貯めこんでいたという噂話も、厳密な調査には持ちこたえられないからね」

ジェシカがとがめるように唇をぎゅっと結んだ。「でも、ミス・ハンティントンが継父の死後に服喪期間を最小限しか取らなかった事実は否定できないわ。お母さまの喪には服したけれど、それもふさわしい期間が過ぎるとすぐに終えたわ」

「それを聞いて安心したよ、ジェシカ。ぼくは、服喪期間の延長を娯楽と考えるような女性は望んでいない。人生は短い。失ったものを悼むという無意味な行為に多大な時間を浪費するのは残念なことだと思わないか？」

「でも、人はだれもが、自分に降りかかった悲劇に耐えることを学ばなければならないわ。それによって人間性が養われるのですもの。それに、礼儀作法も守るべきでしょう」ジェシカが少しむっとした表情でストンヴェイルをいさめた。「とにかく、叔母さまのレディ・ネトルシップはすばらしい人脈をお持ちだけど、いろいろな意味でかなり変わっているし、自分の姪が自由きままに振る舞うのを許してしまっていることは間違いないわ。ミス・ハンティントンの普通とは言えない行儀作法を、あなたは本当に許容できるの？」

「大丈夫だ、ジェシカ。ミス・ハンティントンにはうまく対処できると思う」まだ中年の男爵と踊っているヴィクトリアから目を離さずに、ルーカスはシャンパンをもうひと口すすった。

ヴィクトリアは、予想していたような女性とはまったく違っていたと思い、ルーカスは安堵にも似た奇妙な感覚を覚えた。受け継いだ名前と地位、そして自分が責任を負う多くの人々に対して義務を果たす覚悟はすでにできていたが、その過程で楽しめるとは考えてもいなかった。

明らかに、予期していたものとは違う。

たとえば、これほど身体的な欲望を掻きたてられるとは思いもしなかった。ジェシカからは、ヴィクトリア・ハンティントンがまずまずの容姿と聞かされたが、それは単なる人相書きにすぎなかった。

話から想像していたよりも長身で、周囲の女性たちよりはるかに高いが、胸のあたりに頭があるよりは、肩にもたせられるくらいのほうがむしろ好ましい。

予期していたものとは違う。

それに、彼女は優雅な足取りでゆったり歩く。上流階級の女性たちの気どった歩き方とまるで違う。ダンスもうまく、その動きにはわずかな迷いもない。彼女のダンスの相手をするとなれば、自分はあの中年の男爵にも劣るだろう。

きらめくシャンデリアの下で、男爵がヴィクトリアを軽やかに導く様子をルーカスはじっと見守った。たくさんの照明が、彼女の黄褐色の豊かな髪に混じる金髪をきらめかせる。ルーカスの好みからすると短すぎるが、あえて無造作に整えた髪が繊細で魅力的なうなじをあらわにし、美しい琥珀色の瞳を際だたせている。このレディが流行を取り入れるすべを熟知していることは明らかだ。

　予期していたものと違う。

　ミス・ハンティントンの容姿について、ジェシカから、感じはいいが、とびきりの美人ではないと知らされていた。遠くからヴィクトリアの明るい生き生きした表情を観察し、たしかに、見方によってはジェシカが正しいだろうとルーカスは思った。しかし、温かみのある金色の瞳は意欲に満ち、尊大ながら女性らしい鼻やきらめくようなほほえみとあいまって好感度が高い。生気と魅力にあふれていて目が離せない。そこには、ふさわしい男によって解き放たれるのを待つ情熱の存在が感じられた。

　ヴィクトリアが男爵に向けたほほえみを目の当たりにし、ルーカスは彼女の唇をどうしても味わいたいと自分が思っていることに気づいた。それもすぐに。

「ルーカス、あなた？」

　彼の女相続人からしぶしぶ目をそらす。彼の女相続人、頭のなかでその言葉を繰り返し、ルーカスは笑いそうになった。

「失礼、なにかな、ジェシカ？」自分がかつて愛し、爵位と財産がなかったために失った美しい女性を見おろした。

「彼女でいいの、ルーカス？　本当に？　これからでも、ミス・ピルキントンに会うこともできるのよ」

　ルーカスはジェシカがいかにして家族の指示に屈し、爵位と財産を得るために、ほかの男と結婚したかを思った。あの時点では彼女の行動を理解できず、許すこともできなかった。そしていま、爵位は得たが依然として財産はなく、その財産をどうしても必要になってようやく、ルーカスは四年前のジェシカの立場を理解した。

結婚とは、感情ではなく義務として考えるべき事柄だと、いまはわかっている。そして、その義務こそ、ルーカスがなによりも理解していることだった。

「それで、ルーカス？」ジェシカがまた問いかけた。美しい瞳が深い憂慮をたたえている。

「彼女と結婚する気になれるの？　ストンヴェイル伯爵家のために？」

「ああ」ルーカスはうなずいた。「ミス・ハンティントンで非常にうまくいくだろう」

2

「叔母さまはいらっしゃるかしら、ラスボーン？」ヴィクトリアは街屋敷の玄関広間に足早に入りながら訊ねた。すぐ外で馬車が車輪の音をさせ、ヴィクトリアを舞踏会に連れていってくれたアナベラと彼女の年取った伯母を乗せて走り去った。

馬車の狭い室内から出られたことが嬉しかった。付き添い役を務めてくれたことはありがたいが、アナベラの伯母は上流社会のパーティで女性が男たちとカードゲームをすることが適切かどうかについて、長々と説教することを義務と考えている。

ヴィクトリアはそういう説教がきらいだった。

がっしりした体型と薄くなりつつある白髪、そして、いかなる公爵の品格も増すであろう鼻を有する高貴な容貌のラスボーンが、図書室の閉じている扉を指し示した。「レディ・ネトルシップはお仲間とご一緒に博物学と園芸学の調査報告会をしておられます」

「それはいいわ。ねえ、そんな暗い顔をしないでちょうだい、ラスボーン。まだ図書室に火をつけたわけじゃないんだから」

「時間の問題かと」ラスボーンがつぶやいた。

ヴィクトリアは思わずにやりとしながら、彼の脇を通りすぎた。手袋をはずしながら図書室の扉に近寄る。「そんなこと言わないで、ラスボーン。わたしが子どもの時に初めてここに来た時もあなたはいたわ。以来ずっと叔母に仕えているけれど、叔母が火を出して、家が焼け落ちたことはないでしょう?」

「お言葉ですが、ミス・ハンティントン、お嬢さまと奥さまが火薬の実験をされたことがありますよ」ラスボーンは指摘する義務があると感じたらしい。

「なんですって? まさか、花火の製作を試みたわたしたちの悲惨な失敗のことを言っているの? なんて物覚えがいいんでしょう、ラスボーン」

「だれにも、記憶に深く刻まれて消すことができない瞬間があるものかと存じます。きのうのことのようにはっきり思いだせますよ。わたくし個人としては、爆発が起こった時に最初に駆けつけた従者の顔が忘れられません。あのおそろしい瞬間、お嬢さまがたがお亡くなりになったと思いましたから」

「でも、結局は、わたしが少しぼうっとしただけだったわね。わたしが灰まみれになったせいで、みんながやめたわけだけど」

「こう言ってはなんですが、お嬢さまは土気色で、本当に死んでいるかのように見えました、ミス・ハンティントン」

「ええ、それでますます大騒ぎになってしまったのよね? ああ、でも、過去の栄光ばかり思いだしているわけにはいかないわ。自然界には興味深い事象があまりにもたくさんあって、発見されるのを待っているのですもの。さあ、叔母が今夜なにをするつもりなのか、見にいきましょう」

従者が図書室の扉を開けるのを見守るラスボーンの表情には、待ち受けるどんな光景も受けとめる覚悟がはっきり見受けられた。

しかし、今回はたまたま、すぐにはなにも見えなかった。図書室が完全に真っ暗だったからだ。暖炉の火も消されている。ヴィクトリアは慎重に脚を踏み入れた。深い闇を見通そうとしたが無駄な努力に終わった。部屋の奥から、ハンドルがきしむ音が聞こえてきた。

「クレオ叔母さま?」

その問いに対する返答は弧を描くまばゆいばかりの白い光だった。暗闇から飛びだした閃光が、小さな輪に集う人々を浮彫のように一瞬浮かびあがらせた。全員が驚いた顔で口をぽかんと開けている。

一秒後にその巨大な火花が消えると、大歓声があがった。

ヴィクトリアは開いた戸口に立つラスボーンと従者に向かってほほえんだ。「今夜は心配しなくて大丈夫」安心させる。「協会の会員の皆さんと、ポットバリー卿の新しい発電機で遊んでいるだけだわ」

「非常に安心しました、ミス・ハンティントン」ラスボーンがややそっけなく答えた。

「まあ、ヴィッキー、帰ってきたのね」暗がりから歌うような声が聞こえてきた。「アサートン家の会は楽しかった? さあ、入って。最高にわくわくする実験の真っ最中なのよ」

「そうみたいね。いくつか見損ねてしまったのが残念だわ、電気の実験は大好きだから」

「まだ残っているから安心しなさい」扉の隙間から差しこんだ縦長の光が、姪を迎えようと前に出てきた叔母クレオを浮かびあがらせた。レディ・ネトルシップはヴィクトリアと同じくらい背が高かった。五十代前半で、黄褐色の髪に白髪がなん筋か上品に混じっている。生き生きした瞳と明るく活気あふれる容姿は、この家系の女性に代々伝わる特徴だった。

そのおかげで、客観的に見ればもはや完璧な美貌と言えない年齢になっても、クレオ叔母は美しい印象を保ち続けている。装いはいつものように最新流行だった。熟れた桃の色のドレスは、いまも変わらずすらりとした体型を強調するようにデザインされている。

「ラスボーン、扉を閉めてくださいな」レディ・ネトルシップが元気よく言う。「暗いほうが、装置の実験がはるかに印象的になるわ」

「かしこまりました、奥さま」ラスボーンに合図された従者が見るからにほっとした表情で扉を閉めると、図書室はまた深い暗闇に沈んだ。

「さあさあ、入って」クレオが暗いなかで姪の腕を取り、発電機のまわりに集まった人々のところに連れていった。「皆さん、会ったことはあったわね？」

「ええ、たぶん」先ほど一瞬だけ浮かびあがった人々の顔を思いだしながら答える。暗がりに数人の挨拶のつぶやきが響いた。レディ・ネトルシップの屋敷を訪れる人々は、地獄のような闇のなかで紹介されるといった不便に慣れている。

「こんばんは、ミス・ハンティントン」

「ごきげんよう、ミス・ハンティントン。お美しい。今夜はとくにすてきだ」

「お会いできて嬉しい、ミス・ハンティントン、次の実験に間に合ってよかった」

三人の男性の声はすぐにわかった。叔母の忠実なる崇拝者仲間のポットバリー卿、グリムショー卿、そしてトッティンガム卿だ。年齢はポットバリー卿の五十歳から七十歳近いトッティンガム卿まで幅が広い。グリムショーは六十代前半だったはずだ。

ヴィクトリアが覚えていないほど昔から、叔母のダンスの相手を務めている三人だった。最初から、崇拝するレディと同じくらい科学実験に関心があったかどうかわからないが、何年も過ごすうちに、実験や収集に対して同じ熱意を抱くようになったらしい。

「どうぞ実験をお続けになって」ヴィクトリアはうながした。「わたしは、ひとつかふたつ拝見したら部屋にさがらせていただきますわ。レディ・アサートンのパーティでとても疲れてしまったので」

「もちろんよ」クレオが言い、ヴィクトリアの腕を軽く叩いた。「ポットバリー、今回はグリムショーにハンドルをまわしてもらったらどうかしら？」

「ぜひそうしてもらいたい。だいぶ疲れたからね。ほら、グリムショー、これをまわしてくれ」

グリムショーがもぐもぐと返事をして、その一瞬後、ハンドルがガラガラと鳴る音が再開した。布が長いガラスの円筒を高速でこすることにより相当量が充電される。全員が固唾を呑んで見守り、ほどなくして、ぱちぱちっという音とともに、ふたたび燃えるような閃光が暗闇を貫いた。みんないっせいにあえぎ声をもらし、部屋は満足と歓喜で満ちあふれた。

「死体をふたつ、電気で生き返らせることを試みたと聞いた」ポットバリーが言う。

「あらすてき」クレオはその思いつきに魅了されたらしい。

「それで結果はどうなったの？」

「腕とか脚は何回か痙攣したらしいが、続かなかったそうだ。それで、わたしはカエルで試してみた。たしかに脚が数回ぴくぴくしたが、結局のところは死んだままだったよ。研究を続けても得るものはないと思う」

「実験者はどこからその死体を手に入れたんですか？」ヴィクトリアは強い好奇心を抑えられずに質問した。

「絞首刑執行人からだ」グリムショーが答えた。「ほかにはないだろう？　まともな実験者は墓荒しなどできない」

「悪人たちの死体だとすれば、死んだままでかえって幸いだったわね」レディ・ネトルシップが言う。「一日か二日後に生き返ってしまわなくてよかった。せっかく必死になって泥棒や人殺しをつかまえて絞首刑にしても、実験したい人が数日で生き返らせてしまったら意味がないものね」

「たしかに」ヴィクトリアはその可能性を考えて、少し不安な気持ちになった。最近の夢に出てくる状況とおそろしいほど似かよっている。「おっしゃるとおりだわ、クレオ叔母さま。死んだままでいてくれなければ、悪者たちを処刑しても仕方ないですもの」

「実験用の死体獲得が困難と言っても、墓荒しで儲けている人たちがいることも事実でしょう」部屋の暗さも、レディ・フィンチの言葉の震えは隠せなかった。「昨日また、死体盗掘者たちが街はずれの小さな墓地を襲ったと聞きました。その朝に埋葬された遺体二体をねらって」

「まあ、不思議もないが」ポットバリーが淡々と言う。「エディンバラもグラスゴーも、外科医学校の医師たちは、切り刻むものが必要だからね。練習台がなければ、よい外科医になる訓練はできない。死体盗掘は違法だが、その需要を満たしている」

「失礼していいかしら」死体の輸送の問題に会話が移ると、ヴィクトリアは、ほかの人々の注意を引かないようにささやき声で叔母に言った。「もう寝室にさがりますわ」

「よく眠れますように」クレオがヴィクトリアの手を愛情こめて軽く叩いた。「あしたの朝起きたら、レディ・ウッドバリーが持ってきてくれた甲虫のすばらしいコレクションを見せるから、忘れていたら言ってね。先日サセックスに行かれた時に見つけたものですって。ご親切に、研究のために数日間貸してくれたのよ」

「楽しみにしてますわ」社交辞令ではなく実際に楽しみだった。昆虫のコレクションはおもしろくて、中国やアメリカから届く異国の植物と同じくらい興味がある。「でも、いまは失礼して休まないと」

「おやすみなさい。疲れているのね。最近のあなたは、少しがんばりすぎかもしれないわね。一度、帰宅が夜明け前になったことがあったでしょう」

「ええ、そうかもしれないわ」ヴィクトリアは暗い図書室から出て、廊下の明るい光に二、三度目をしばたたき、赤い絨毯《じゅうたん》を敷いた階段をのぼり始めた。興奮の気持ちはどんどん募り、踊り場に到達した時には抑えられないほど高まっていた。

「さがっていいわ、ナン」黄色と金色と白で装飾された広い寝室に入ると、ヴィクトリアは自分付きの若い侍女に指示した。

「でも、その美しいドレスを脱ぐには、手伝いが必要ですわ」

手助けを断ってもさらなる質問を引きだすだけだとわかっていたから、すぐにあきらめて、ヴィクトリアはほほえんだ。可能なかぎり最短で侍女をさがらせると、ヴィクトリアは洋服だんすを掘り起こしにかかった。

重ねられたショールの下から男もののズボンを、そして積んだ毛布の下からブーツを取りだした。大きな木製のチェストにしまってあった上着を見つけ、作業に取りかかる。ほどなく、ヴィクトリアは化粧鏡の前に立ち、自分の姿を吟味していた。もう何週間もひそかに男ものの服を集めていたが、一式全部を身につけるのはこれが初めてだ。

ズボンがぴったりしすぎているせいで、腰の広がりや体の丸みがくっきり見えるが、それは仕方がないだろう。濃紺の上着の裾と夜の暗さが女性であることを示す特徴をかなり隠してくれるはずだ。少なくとも、胸に関しては、そもそも小さめだし、襞《ひだ》になったシャツと黄色い胴着で目立たなくなっている。

短い髪の上に少し傾けてビーバーハットを粋にかぶると、全体の仕上がりにヴィクトリアは満足を覚えた。少なくとも今夜は、軽薄な若者として切り抜けられるだろう。結局のところ、人は自分が見たいと思っているものしか見ないものだ。

心の奥では期待が募っていたが、祭りに出かける時間がせまっても少し躊躇《ちゅうちょ》しているのは、ストンヴェイルとの再会が不安なせいだった。

ストンヴェイルは紳士だと言ったアナベラの言葉は本当だろう。さもなければ、レディ・アサートンとバーティ・リンドウッドが紹介するはずがない。でも、女性として、とりわけ女相続人としては、紳士的な名誉に関して男性の判断を信じるわけにはいかない。それは継父から痛いほど教えられた教訓だった。今夜を安全に過ごすために必要なのは、自分自身が状況を把握し、そして制御すること。

ヴィクトリアは体の力を抜き、わざと自信に満ちた笑みを浮かべた。男性がかかわる状況を制御する経験はかなり多く積んでいる。

ふかふかの青い絨毯を踏んで窓辺まで行き、黄色いベルベット張りの椅子に腰をおろした。しばらくのあいだ家を留守にするだけ。安全なはずだ。

長く暗い夜、しばしば心に入りこんでヴィクトリアを脅かす不安のことも、今夜は心配する暇はないだろう。危険は終わっていないという感覚にびくびくする時間もないし、死人が電気で生き返るかもしれないという奇怪な考えに悩む時間もないはずだ。

それに、もうそろそろ深夜。運に恵まれれば、今夜は夜じゅう起きていて、最近頻繁に訪れる、心をむしばむような悪夢を見る時間もないかもしれない。一番新しく見た夢の記憶を心の片隅に追いやるあいだも、全身を小さな怖気が走った。彼の手に握られたナイフがいまもまぶたに焼きついている。

いいえ、今夜はそうした悪夢が襲ってくる機会はほとんどないはずだ。運がよければ、夜明けまで戻らないかもしれない。日中ならばなんとかできる。おそれなければならないのは暗闇だ。

ヴィクトリアは影になった庭を見おろし、男に扮した自分を見たら、ストンヴェイルはどう思うだろうと考えた。

彼の唖然とした表情を見られるかもしれないという楽しい期待で、心の隅でうごめいていた恐怖の名残りの小さなかけらは消滅した。

ルーカスは馬車の座席から身を乗りだし、顔をしかめて、街路の影になった暗がりをのぞきこんだ。上機嫌というわけにはとてもいかない。「なぜ、表玄関でミス・ハンティントンを乗せないんだ？」

「説明したでしょう？」アナベラが反論した。「彼女の叔母さまはとてももののわかりのいい方だけど、それでも、今夜のわたしたちの計画には不安を抱くかもしれないとヴィクトリアが考えているからよ」

「ぼく以外にも、疑問を抱く良識を持つ人間がいるとはありがたい」ルーカスはうなった。馬車に乗っているもうひとりの男性のほうを向く。「リンドウッド、今夜は混み合っているはずだ。万一はぐれた時に備えて対策を打ち合わせておいたほうがいいと思う」

「すばらしい考えだ」リンドウッドが熱心にうなずいた。ルーカスが同行したことですっかり安堵したらしい。「少し離れたところで場所を決めて馬車を停めておくのでいいかな？」

ルーカスはうなずき、すばやく考えをめぐらせた。「公園の近くを通るのはむずかしいだろう。今夜はかなりの人出だから、混み具合は予測できない。おりたのと同じ場所でぼくたちが待っていなかったら、まっすぐ進んで二本目の通りを越えたところで待つように御者に指示してくれ。〈猟犬の歯〉という居酒屋の近くだ」

深い暗がりのなかで、リンドウッドが心配そうなハンサムな顔を縦に振ってうなずいた。

「その場所はわかる。御者もわかっているはずだ。きみが今夜同行してくれて心から感謝しているともう一度言わせてくれ、ストンヴェイル。レディたちが冒険したいと決めたら、男がなにを言っても止められない。そうだろう？」

「それは説得してみないとわからないだろう」

最新流行のブルーの外出着と揃いの青い外套を着たアナベラがくすくす笑った。「ヴィクトリアに、彼女がやりたがっていることをやめさせられると信じているならば、あなたはきっと驚くわ、伯爵さま」

「どうやらミス・ハンティントンは、こうしたいたずらをしょっちゅうやっているらしいな」

アナベラがまたくすくす笑った。「ヴィクトリアは、一緒にいたら絶対に飽きない人よ。でも、こういうのは初めてだと思いますわ。ずいぶん前から計画を練っていたと言っていたから」

「ミス・ハンティントンは夫の支配を受けない期間が長すぎたようだな」ルーカスはそう言

い、くすくす笑いを本格的な笑いに発展させたアナベラをにらんだ。「なにかおかしいことを言ったかな？」

「ミス・ハンティントンは、そういう支配を受けずに人生を全うするつもりですわ」

「彼女が財産目当ての結婚をおそれているのは理解できる」ルーカスは慎重な物言いに徹することを心がけた。情報はほしいが、自分の動機について疑問を抱かれるのは避けたい。

「いいえ、結婚そのものをおそれているんです」アナベラの笑い声が途切れた。「自分の家族の結婚で悲しい例しか見ていないからだわ。もちろん、何年も、相続財産目当ての求愛を受け続けたのも、結婚願望から彼女をますます遠ざけた理由のひとつではあるけれど。時々、彼女の考えが間違いだという確信を持てなくなるわ。女性は結婚してなんの得があるのでしょう？」

「やめなさい、ベラ」彼女の兄が厳しい声でさえぎった。「なにをばかなことを言っているんだ。変な考えを起こして、ミス・ハンティントンの生き方をまねしたりするなよ。母上がヒステリーを起こすぞ。正直なことを言えば、たしかにヴィクトリアはすてきな女性だが、彼女の叔母上が母上の親友でなければ、おまえが彼女に同行するのを許さなかっただろう。今夜の状況を見ただけでも、おまえがかなりの影響を受けているのは明らかだ。おまえはできるだけ早く結婚したほうがいい。バートンがその気になっているのはありがたいことだ」

アナベラが暗いなかで控えめな笑みを見せた。「妹の振る舞いを監督する責任から解放される日が待ちきれないことは知っているけれど、その気持ちはもうしばらく抑えてもらわなければならないわ、バーティ。熟考の結果、もしもバートン卿から申しこまれた時には、お兄さまにその申し出を断っていただくことに決めましたから」

「熟考の結果というのは、つまり、その件をミス・ハンティントンに相談したということか」リンドウッドが不機嫌そうに言う。

「もちろん、彼女とその件のことで交わした会話はよく覚えているわ」アナベラが答えた。「親切に、バートン卿がどんな夫になるかについて意見を言ってくれたから」

アナベラの最後の発言でさらに関心をそそられ、ルーカスは思わずきょうだいの口論に口を挟んだ。「ミス・ハンティントンはなぜバートンについて意見を言えるんだ？」

「バートン卿は昨年何カ月か、かなり熱心にミス・ハンティントンに求愛なさっていたそうよ。それだけあれば、彼について多くを知る機会があったと思いますわ」

「そうかな？」声が冷ややかになるのが自分でもわかった。「それで、なにを知ったというのかな？」

「バートンが愛人とのあいだに少なくともひとり、もしくはふたりの子どもがいる事実とか、酩酊がすぎて、御者によって自宅に運びこまれたとか、賭博場に多大な情熱を傾けているとか、そんなささやかな点がたくさんですわ」

「いい加減にしろ」リンドウッドがぼそっと言った。「取るに足らない過ちのひとつやふたつ、男ならだれでもあることだ」

「そうかしら」馬車の窓から、よく知っている女性のかすれ声が聞こえてきた。「バートン子爵もまた、未来の妻に同様な取るに足らない過ちの数々を大目に見るおつもりがあるということね?」

ルーカスは馬車の窓のほうを振り返り、ヴィクトリアの声を聞いただけで、ジェシカ・アサートンの屋敷のカード室で初めて感じた欲望が即座に復活したことを実感した。何年も前に学んだ冷静な抑制によってこの熱意を隠し、彼の女相続人を礼儀正しく出迎えるべく心の準備をする。

だが、ルーカスは気づくと、上品なドレスとボンネットで身を飾った美しい女性ではなく、男ものの服を完璧に着こなした姿を凝視していた。暗がりから彼を見つめる目は笑みできらめき、挑んでいるのは明らかだった。

「なんてことだ」ルーカスは食いしばった歯の隙間から言葉を押しだした。「正気の沙汰じゃない」

「いいえ、伯爵さま、これこそ楽しみですわ」

馬丁が御者席からおりる音に、ルーカスは気を取り直した。御者が扉を開けにやってくる前に内側から押し開け、手を伸ばして、ヴィクトリアの手首を、彼女が彼の意図に気づく前につかんだ。彼がちょっとした冒険を味わってほしいのはレディであって、こんなばかげた格好の女性ではない。

「ここに入れ、このおてんば娘。だれかがきみだと気づく前に」

ルーカスが急かしたせいで、ヴィクトリアは彼女の意図したよりもずっと早く扉を通り抜けた。ルーカスの隣にどしんと坐らされると息を呑み、ビーバーの毛皮で縁取りした帽子を落ちないように押さえた。もう一方の手には象眼《ぞうがん》を施した高価そうな杖を握っている。

「おそれいります、伯爵さま」彼女が皮肉をこめて言う。

ルーカスはその言葉を無視した。「ここから離れよう、リンドウッド」

リンドウッドが杖で馬車の天井を叩いた。「公園に向かってくれ、頼む」御者に呼びかける。

馬車ががらがらと走りだすと、アナベラがヴィクトリアにほほえみかけた。「今夜のあなた、とてもすてきだわ、ヴィッキー。青を選ぶのは、だて男ブランメルの影響？　彼はその色がとくに好きだったのよ。でも、あなたは黄色が好みでしょう？」

「黄色の外套は今夜の催しには少し派手だと思ったの」ヴィクトリアが言う。

「それで、黄色は胴着だけにしたのね。その控えめさが成功しているわ。それに、教えて、クラヴァットはだれに結んでもらったの？　そんなにすてきな結び方、見たことないわ」

「いいでしょう？」ヴィクトリアはいい形に結んだ首巻きをそっと触った。「この結び方はわたしが考えたの。ヴィクトリワール式と呼んで」

アナベラがどっと笑いだした。「ヴィッキーったら、まるで、ボンドストリートで服をあつらえているだて男みたいな言い方ね。全体の雰囲気がぴったり合っているわ。あなたならば舞台に出て、女優になってもきっと成功するでしょう」

「あら、ありがとう、ベラ。一番の褒め言葉だわ、本当に」

ルーカスは座席にゆったりともたれ、自分の隣に坐っている印象的な女性を批判の目で観察した。最初の衝撃は、いまやいらだちと、彼にとっては新しい感覚である当惑に変わっていた。ヴィクトリア・ハンティントンがいたずら好きなのは明らかだが、その独特のいたずらが深刻な問題を引き起こす可能性もある。

「こういう催しによく出かけているのか、ミス・ハンティントン？」気がつくと、かつて指揮下で問題を起こした若い部下たちに向けて使っていたのと同じ口調で話していた。そうせずにはいられなかった。それほどいらだっていた。

「男ものの服を着たのは初めての経験ですわ。でも、実を言えば、今後また着てみたいという強い誘惑にかられているわ。男性の服のほうが、女性の服装の時よりもはるかに多くの自由を得られますから」ヴィクトリアが言った。

「たしかにそのほうが、自分をはずかしめたり、社会的な失敗をしたりする機会ははるかに多く与えられるだろうな、ミス・ハンティントン。もしもきみに、男装で夜中にロンドンを走りまわる趣味があるのなら、きみの評判は二十四時間以内に粉々になるだろう」

杖の柄を握ったヴィクトリアの指にぐっと力が入った。「ずいぶん奇妙なことをおっしゃいますね。こう言ってはなんですが、あなたのいまの言葉には本当に驚きました。そんな堅苦しい人とは思っていませんでしたけれど、舞踏会でのカードゲームのせいで勘違いしたようね。冒険はお好きでなかったのかしら？　まあ、そうでしょうね。そもそも、あなたはレディ・アサートンの仲のよいお友だちでしたものね？」

この女性はわざと彼をいたぶっている。いまこの馬車のなかで彼女とふたりきりであれば、と、ルーカスは強く願わずにはいられなかった。「きみがなにをほのめかしているのか知らないが、ミス・ハンティントン、レディ・アサートンが非難されるいわれはない」

「ええ、そうですね。それこそわたしが言いたいことですわ。ジェシカ・アサートンが今夜この馬車に乗ってお祭りに行くなんて、百万年生きていても絶対にないことですものね」

アナベラがまたくすくす笑った。「たしかにそうだわ」

「レディ・アサートンが堅苦しい女性だと言いたいのか？」ルーカスは問いただした。

ヴィクトリアが肩をすくめた。仕立てのよい上着を着た姿でその動作をすると、驚くほど色っぽかった。「悪気で言ったわけではありませんわ。彼女が冒険を楽しむ女性ではないと言っただけです。あなたが彼女の友人ならば、同様に楽しみの選択肢を限り、品のない趣味を非難する方だと考えるのが自然でしょう」

「そして、きみは冒険を楽しむ女性だと？」ストンヴェイルは言い返した。

「ええ、もちろんですわ。とても楽しんでいます」

「社交界における破滅の危険を賭してまでもか？」

「危険がなければ、真の冒険とは言えないのではありませんか、伯爵さま？　あなたのように賭けごとに長けている方はそのあたりおわかりと思いますが」

その言葉に、ルーカスは以前にも増して落ち着かない気分になった。「そうかもしれない、ミス・ハンティントン。しかし、そのなかで、危険の確率は最小限に抑えたいといつも考えている」

「そんな人生はとてもつまらないでしょうね」

ルーカスはそのとげのある発言に思わず反応しそうになり、あやういところでとどまった。自制心がよみがえり、それとともに理性も戻ってきた。いま一番やってはいけないのは、彼の獲物から堅苦しい退屈男と思われることだ。彼女は挑戦なら受けて立つ。全力の神経戦もいとわない。しかし、退屈させたら無視されるだろうとルーカスの直感は言っていた。

堅苦しい退屈男。なんということだ。この形容は笑止千万もはなはだしい。通常ならば、彼の性格を表すには絶対に使われない言葉だ。しかし、ミス・ハンティントンのそばにいると、普段の自分らしからぬ観点で行儀作法を考えるようになってくる。ルーカスは、男装の彼女を見た時のショックからいまだ抜けだしていなかった。

しかし、ヴィクトリアはすでに、彼になんの注意も払っておらず、アナベラにほほえみかけていた。「では、あなたはバートンの申しこみを断ることに決めたのね？　そう聞いてとても嬉しいわ。あの人はおそろしくひどい夫になったでしょう」

「あなたの言っていることが正しいと納得したのよ」アナベラが優雅に身を震わせた。「危険に関心があることは見のがせたかもしれないけれど、どこかの気の毒な女性にふたりも庶子を生ませておきながら、自分の名前を与える気もない男性と結婚することを想像してみてちょうだい」

「たしかに、彼の名誉を傷つける事実だわ」ヴィクトリアが深刻な表情で同意する。

ルーカスは薄暗い光のなかで彼女の横顔を観察した。「バートンの非嫡出の子どものことをどうやって知ったんだ？　レディ・アサートンのダンスパーティで、そんな噂話まできみの耳に入るとは思えないが」

「ええ、もちろんそうではないわ。バートンのことがなにかわかるかと思って探偵《ランナー》を雇い、その人が愛人とふたりの子どものことを探りだしたんです」

ルーカスは内臓を氷の手でつかまれたような気がした。「ボウストリートランナーを雇ったのか？」

「この問題に関して、もっとも効果的な方法だと思ったので」

「すばらしい方法だったわ」アナベラが断定する。

リンドウッドがうなった。「なんてことだ。母上が知ったらなんと言うか。バートンが気の毒だよ。おまえのことを気に入っていたのに、ベラ」

「それはどうかしら」ヴィクトリアがそっけなく言った。「家族に結婚しなさいと言われ、お父上が気に入る妻をさがしまわっていただけだと思うけれど。昨年はわたしを追いかけ、わたしがそういう柄でないと彼にわからせたとたん、今度は、完璧なミス・ピルキントンに照準を向けた。彼女が良識を働かせて彼が財産目当ての最低な人物だと見抜くと、今度はここにいるベラを見つけて、手に入れることにした。それだけのことでしょう」

「完璧なミス・ピルキントン？」ルーカスは彼女から目を離し、もうひとりの女性をちらりと見やった。「なぜ、きみたちはミス・ピルキントンを完璧と呼んでいるんだ？」

「そうだからですわ」アナベラが当然のことのように説明する。「間違ったことは絶対にしない完璧な女性ですもの、まさに女性の鑑《かがみ》」

「こう言えばご理解いただけるかしら、伯爵さま」ヴィクトリアが言う。「ミス・ピルキントンはレディ・アサートンをお手本にされているんです」

「なるほど」ジェシカが彼に別な資産家令嬢を紹介したがったのも無理はない。ミス・ピルキントンに求愛する決断をしていれば、男もののとんでもない服を着た若いレディと一緒に馬車に乗っていなかったことはたしかだ。さきほどのパーティで自分は深刻な過ちを犯したのではないかと、ルーカスは一瞬思った。そしてすぐに、どんな危険が待っていようと、ミス・ハンティントンと一緒のほうが今夜はおもしろいだろうと判断した。

「ご理解いただけると思いましたわ」ヴィクトリアが言った。

「そうだな、ひとつはわかった」ルーカスはそっけなく指摘した。「きみが干渉したせいで、ミス・リンドウッドはバートンにどう思われているかを知る機会を失ったということだ。そしてバートン自身も、雇われ探偵とミス・ハンティントンによってなにをされたかも知らず、したがって弁解の機会も持てない」

「彼がなにを弁解できるというの？」ヴィクトリアが言い返した。暗がりで彼女の目がきらりと光った。今回は、そのゆるぎない挑戦的なまなざしに、いたずらめいた表情もユーモアもいっさい浮かんでいなかった。「探偵がさぐりだしたことが本当ではないと言うんですか？」

ルーカスはあくまで冷静に主張を述べた。「その件は、きみが首をつっこむ問題ではないと言っているんだ。情状酌量の余地があるかもしれない」

「情状酌量？　それはあり得ないと思うけれど」ヴィクトリアが言う。

「わたしもそう思うわ」アナベラが相づちを打った。「バートンの子なのに、その子たちと隠れていなければならない気の毒な女性のことを考えてみて」

馬車のもう一方の側に坐っていたリンドウッドが重い腰をあげて話に加わった。「きみたちレディはどちらも、たまたま非嫡出子として生まれたバートンの子どもについてなにか知る必要はない。そうしたことを話すことも許されない。そうだろう、ストンヴェイル？」

「たしかに、そうした会話は上流階級の令嬢がするべきことではないな」ルーカスはつぶやき、自分がまさに、ヴィクトリアがほのめかした堅苦しい退屈男のようにしゃべっていることに気づいて暗い気持ちになった。

ヴィクトリアが勝利の笑みを浮かべる。「ストンヴェイル卿、指摘させていただいていいかしら？　あなたの繊細な感性がわたしの話で傷ついたのなら、簡単な治療法がありますわ。馬車の扉を開けて、立ち去ればいいこと」

その瞬間にルーカスは、ヴィクトリア・ハンティントンに彼の鉄のように固い自制心を突き通す力があると気づいた。何年ものあいだ、だれもできなかったことだ。しかも、その芸当をいとも簡単にやり遂げる。このレディは危険だ。この状況で優位に立ち続けるためには、かなりがんばらねばならないだろう。

ルーカスは咳払いをした。「ぼくの感性はきみの無遠慮な礼儀作法にも耐え抜くさ、ミス・ハンティントン。それに、いま出ていくわけにはいかない。名誉にかけて、賭けの負けを払わねばならないからな」

「これは賭けの負けを払うという名誉ある行為ではないわ。ただの脅迫でしょう。純然たる」

「言っておくが」ストンヴェイルは言い返した。「ぼくの理解ではこれは純然たる脅迫でもなんでもないし、そもそもきみが犠牲者でもない」

彼の言葉にヴィクトリアの目がいたずらっぽくきらめき、それを見たとたん、ルーカスの全身が鋭い欲望で反応した。陰になった彼女の瞳をじっと見つめながら、ルーカスはクッションにもたれて胸の前で腕を組んだ。この魅惑的な女性とふたりきりになりたくてたまらない。馬車の座席に押し倒し、これほどあからさまに彼に挑戦する場合にどれだけの危険を予期すべきかを示したい。

つかのま、馬車のなかはぴりぴりした沈黙に包まれた。ついにヴィクトリアがまばたきをして、彼のまなざしから目をそらした時、彼女が彼の思いを理解したとはっきりわかった。

だが、ルーカスのささやかな勝利の高揚感は短命に終わった。この求愛が、最初に思ったよりもはるかに困難だという事実に思いあたったからだ。ジェシカ・アサートンの支援と、カードテーブルを機転と能力で切り抜ける彼自身の手腕によって、目標を達成できるくらいの期間は真の財政状態をうまく隠しおおせることを期待していた。だから、そこまで念入りに計画を立てていなかった。

しかし、未来の花嫁が浮気を調べるために探偵を雇うことを思いつくならば、すべての真実が明るみに出る可能性は高い。実在しない相続財産の噂話がそれほど長く持続するとも思えない。目の前に坐っている女相続人を手に入れるいう任務は、ルーカスの経験上もっとも厳しい狩猟となることが判明しつつある。たった一度でも間違った動きをすれば、たった一回でも計算違いを犯せば、即座にゲームに負けてしまうだろう。

「今夜はどのくらいの時間を冒険に費やすつもりかな、ミス・ハンティントン？」ルーカスは事務的な口調を心がけた。

「時間が問題ですか？　そのあとになにかお約束でも？」甘すぎる声でヴィクトリアが聞く。

このあとに彼の訪問を待ち受ける愛人がいるかどうかをさぐる質問だとルーカスは直感的に悟った。「いや、約束はない。リンドウッドと相談し、決めた場所で全員が馬車に乗れるように打ち合わせた。そして、混雑のなかでそれをうまくやるためには、出発の時間を正確に決めておく必要がある」

「ああ、もちろんそうですね。二時間あれば、祭りを楽しむには充分だと思いますわ」

アナベラがため息をついた。「残念ながら、わたしはそんなに長くいられないのよ、ヴィッキー。あと二時間もすれば、母がミルリックス邸の夜会から戻ってくるでしょう。その時までに帰っていなければならないから」

ルーカスは安堵を押し隠した。「では、一時間くらいかな？」

「一時間で充分だと思う」バーティ・リンドウッドが急いで言った。

「わたしに許されるのはせいぜい一時間だわ」アナベラが悲しそうに言う。

「あら、大丈夫よ」ヴィクトリアがいらだちとあきらめの混ざった口調で結論づけた。「一時間ね。ただし、全部見るつもりならば、急がなければ」

ルーカスはなにも言わなかったが、その一時間が自分の人生で最長の一時間になるのではないかという疑念が心中をよぎった。

三十分後、彼の疑念は確信に変わっていた。無数のランタンが広大な公園を燃えるように輝かせ、パイやエールを売る露店、曲芸や綱渡りの見世物小屋、そしてあやつり人形劇の舞台やさまざまなゲームで遊べるテントなどの果てしない列を煌々と照らしている。

そこには、庶民から上流階級までありとあらゆる人々が集っていた。雇い主の邸宅からこっそり抜けだしてきた使用人たち、小売り店主とその妻たち、年季奉公人や売り子、浮かれ騒ぎ好きのだて男たち、少数の勇気ある貴族たち、売春婦にぽん引き、売春宿から出てきたばかりの若者たち、兵隊や港湾労働者など、だれもが肘や肩が触れ合うほどの混雑のなかで、夜の市《いち》の興奮を楽しんでいる。

「伯爵さま」カスタードのタルトを買うために足を止めた時、ヴィクトリアがささやいた。「わたしの変装が注意を引くことを気にしているのはわかっていますわ」

「気にしているというのは控えめな表現すぎるな、ミス・ハンティントン。そのいまいましいズボンはまるで本物の皮膚のようにぴったり貼りついている」ルーカスはつぶやき、彼女の腰のなめらかな曲線に目をやった。

「よろしかったら仕立て屋の名前をお教えしますわ。それよりも、わたしの腕を放してくださったほうがいいかも。向こうの男の人が見てますから」

「くそっ」ルーカスは彼女の腕を、燃えさしをつかんだかのようにぱっと放した。男が女性の腕を取るように、彼が若い紳士の腕を取っているのを他人が見たらどう見なすかに思いいたり、思わず赤面する。「きみのこのばかげた装いのせいで、問題が起きるに違いない」

「わたしが女性であるかのようなやり方であなたがわたしに手をまわさなければ、だれも変に思わないのに」ヴィクトリアがタルトをひと口ほおばった。

「ぼくがきみをどう扱うかではない。問題は、そのズボンを穿いたきみがどう見えるかだ」

ヴィクトリアが自分の襟を指でいじった。「この外套が体型を隠してくれると思ったんですけれど」

「では教えてやろう。外套はまったく隠していない」

「あなたはなにがなんでも、今夜をつまらないものにしようと決意しているみたいですね、伯爵さま？　よろしければ、この冒険に同行すると言い張ったのはご自分だということを思いだしていただけません？　わたしはあなたの脅迫めいたやり方によって罪のない犠牲者になっただけ」

ルーカスは悲しげにほほえんでみせた。「罪のない犠牲者か、ミス・ハンティントン？　どう考えても、その言い方がきみに当てはまるとは思えないな。きみがなんであろうと、罪のない犠牲者でないことは明らかだ」

ヴィクトリアはその言葉を吟味するように、一瞬彼を見つめた。「ここで怒るべきなんでしょうね。でも、いまは楽しすぎて、そんな気になりませんわ。まあ、見て、また別な曲芸が始まったわ。見にいきましょう」

ルーカスはあたりを見まわした。「リンドウッドと彼の妹が見えないが」

「パーティがもっとビールを飲みたかったんだわ。すぐに戻ってくるでしょう。いらいらしないで」

「いらいらなどしていない、ミス・ハンティントン。それなりの慎重さを保とうとしているだけだ。この場所でそうしようとしている者はひとりもいないようだが」

「ここで慎重にふるまったら、少しも楽しくないからだわ。さあ、急ぎましょう、曲芸を見のがしてしまうわ」

少し経ってルーカスが多少力を抜き、祭りの一時間を大過なく終えられるかもしれないと思い始めたちょうどその時、なんの前触れもなく惨事が勃発した。

とりわけ豪華な花火の飛び火で起きたぼやのせいかもしれない。あるいは、ひとりの兵士の支払いをめぐってふたりの売春婦が始めた喧嘩のせいかもしれない。それとも、ロンドン市民が大勢になると、わずかなきっかけで暴徒に変わりやすい傾向のせいかもしれない。

理由はなんであれ、祭りを楽しんでいた人々が、一瞬のうちに騒ぎを待ち望む暴徒の波と化した。頭上で花火が炸裂し、人々が悲鳴をあげ、あたりがののしり声で満たされた。

馬たちが後ろ脚で立ちあがり、大きく跳びはねる。少年たちがこれをチャンスと盆に並んだパイをかっさらい、その子どもたちをパイ売りが追いかけて、夜の大気に向かって罵詈雑言《ばりぞうごん》を浴びせる。さらに悲鳴があがり、また花火の閃光が走る。すぐそばの屋台に火がついて炎がめらめらと燃えあがると、すべてが混乱に陥った。危険でおそろしい混乱だ。そのなかで、人々が踏みつけられ、襲われ、強奪される。殺されることもある。

ルーカスはその瞬間、群衆の変化に反射的に反応していた。その晩は二度目だったが、ヴィクトリアのほっそりした手首をつかんだのだ。

「こっちだ」喧騒のなか、聞こえるように声を張りあげて命令した。「ついてこい」

「アナベラとバーティは？」ヴィクトリアが叫んだ。

「彼らは、彼らでなんとかする。ぼくたちと同じだ」

ヴィクトリアはそれ以上反論しなかった。それが非常にありがたかった。このレディも、必要とあらば良識を働かせることができるらしい。

手首を強く握って彼女を自分の脇から離さずに、ルーカスは雑踏をなんとか抜けて、安全かどうかもわからないまま、公園に接する細い小道と街路を目ざした。

やはりこのレディは厄介以外のなにものでもなかった。最初からわかっていたことだ。

3

どこからともなく湧きおこった危険のさなかで、ヴィクトリアはぼう然と立ちすくんだ。この瞬間に安全を約束してくれるのは全世界でただひとつ、彼女の手首をがっしりつかんだ力強い手だった。本能的に、その強靭さと雑踏のなかで杖をふるって道を作っていく荒っぽいやり方を頼り、彼のあとをひたすらついていった。

外套をつかむ手を感じ、すりに狙われているとわかった。別な手がヴィクトリアが持っている象眼をはめた杖をつかもうとした。なにも考えずに、頑丈な杖の先を、つかんでいたふたつの手に叩きつけた。

襲撃者のひとりがあげた悲鳴を聞き、ルーカスが振り向いた。泥棒たちが、狙った相手からすでに手を離しているのをひとめで見てとったらしい。

「えらいぞ」彼はそう言うと、すぐに前に向き、暴徒のあいだを抜けることに集中した。

彼は押し寄せる群衆の勢いに逆らおうとしなかった。そうせずに、船で強い潮流を渡るように人々の流れに乗ることを選択したのがヴィクトリアにはわかった。そうしながら激しくうねる川を少しずつ横切り、流れのふちに着実に近づいている。その足運びは、脚を引きずっているにもかかわらず、抑制が効いて力強かった。荒々しい衝突はたくみに避けて、自分やヴィクトリアのバランスを危うくするようなまねはしない。かなり長いあいだ、左脚の不自由さとうまくつき合ってきていることがよくわかった。

混乱のさなかにおける冷静な自制心を目のあたりにして、ヴィクトリアは、彼が窮地に陥ってもまごつかない希有な男性のひとりであると確信した。荒れ狂う海のごとき暴徒の広がりの真ん中にいる時でさえ、彼と一緒にいれば安心できた。

よろめき、押し合い、わめき散らす群衆の外側に一歩出たとたん、人ごみがまばらになった。ルーカスはそれも計算に入れて、チャンスを狙っていたに違いない。一瞬と感じるほどすばやく、ヴィクトリアを引っぱって、ふたつの建物のあいだのトンネルのような暗闇に飛びこんだ。

ヴィクトリアもよろめきながらあとに続き、真っ暗な路地という比較的安全な場所に入った。ぬるぬるした路面に足が滑る。石壁に挟まれた悪臭にヴィクトリアは息を詰まらせた。

それでも、危険は去ったとヴィクトリアが確信したその瞬間、路地の入り口から酔っ払いのがさつな叫び声が聞こえてきた。

「おい、こっちだ。明かり持ってこい。この路地に入ったのを見たぞ。ふたりだ。どう見ても、ぜってえ金持ちだ」

「くそっ」ルーカスが不気味なほど柔らかい声でののしった。「ぼくのうしろでじっとしてろ、ヴィクトリア」

その指示に従う間もなくルーカスに投げとばされるようにレンガの壁に押しやられた。倒れないようにバランスを取り、不安な思いで、ランタンの明かりで照らされた路地の入り口をうかがった。薄暗い光のなか、ナイフを持ったふたりの若い暴徒が見えた。獲物を見つけ、期待に満ちた表情で近づいてくる。

「なに、待ってんだよ、ひょろ長トム？」ふたり目の男が仲間を急かした。「こんなだて男、早く料理しちまえよ。今夜は、おれたちにうってつけの仕事がたくさんあるぜ」

ストンヴェイルはヴィクトリアをうしろにかばい、一歩も引かずに立っている。外套のポケットからきらりと光る小さいものを取りだしたのが見えた。

「なんだこいつ、銃を持ってやがる」ランタンの光がストンヴェイルの手のピストルを照らしだし、最初の男が悪態をついた。

「すばらしい観察眼だ」ストンヴェイルがうんざりした声で言う。「狙いの正確さを確かめたいのはどっちだ？」

路地に最初に入ってきたほうの若者が唐突に止まったせいで、相棒が彼に激突した。ふたりでよろめき、汚泥のなかにぶっ倒れた。ランタンが地面に落ち、ガラスが粉々に割れて、きらめきながら飛び散る。弱々しい炎がゆらめき、緊迫した場面に不気味な光を投げかけた。

「ちくしょう」最初の男が悔しそうにまた悪態をつき、よろめきながら立ちあがって、すばやく路地の入り口に撤退した。

追いはぎをするはずだったもうひとりに対しても、それ以上の脅しは必要なかった。ブーツのかかとが敷石に当たる音が響きわたり、くぐもった悪態がいくつか聞こえ、数秒も経たず、路地にいるのはヴィクトリアとルーカスだけになった。

しかし、ルーカスは一秒も無駄にしなかった。ヴィクトリアの手首にまわした長い指の力をさらに強め、暗い路地を抜けて次の道に入っていった。

暴徒もまだこの方向にあふれてきていなかったから、ふたりはありがたい静寂に迎えられた。ヴィクトリアは歩みをゆるめて息を整えようとしたが、ストンヴェイルが止まらないので、あえぎ、よろけながら彼に従うしかなかった。

「ルーカス、あの路地の活躍はすばらしかったわ」

ルーカスはヴィクトリアの手首をさらに強く握った。「きみが今夜、祭りに行こうなんて思いつかなければ、まったく必要なかったことだ」

「それはそうだけど、ルーカス、そんなこと言わなくても――」

「リンドウッドの御者が指示に従っていることを願うばかりだ」ルーカスはさえぎり、ヴィクトリアを引っぱって足早に進み続けた。

「アナベラとパーティが心配だわ」ヴィクトリアは激しくあえぎながら言った。

「ああ、当然だろう」

ヴィクトリアはひるんだ。彼はなんの気遣いもなく、すべてがヴィクトリアのせいであると指摘している。最悪なのは、彼が正しいということだ。このすべてはヴィクトリアの思いつきから起こった。

ありがたいことに、ストンヴェイルはそれ以上なにも言わずに角を曲がり、非常の場合に御者に待機するよう指示した通りに入った。酒場の前に、見慣れたリンドウッド家の馬車が停まっている。そのなかにふたりの人影を確認して、ヴィクトリアは安堵のため息をついた。

「ふたりともいるわ、ルーカス。大丈夫だったのね」興奮したせいで、思わずストンヴェイルの名前を口にしたことに気づき、ヴィクトリアは顔を赤らめた。

「ああ、結果的に、今夜はどちらも幸運に恵まれたようだ」ストンヴェイルはそれ以上なにも言わず、ふたりは無言で馬車に近寄った。

「助かった。心配していたんだ」リンドウッドが馬車の扉を開けながら言った。「暴徒におそわれたかと思ったよ。急ごう。この道に長くとどまりたくない。群衆がこちらに来るかもしれない」

「安心しろ、リンドウッド、ぐずぐずするつもりはない」ルーカスはヴィクトリアを放り投げるように馬車に乗せると、すばやくあとに続き、扉をばたんと閉めた。

すぐに馬車が走りだしたが、それでも遅すぎるくらいだった。わずかに離れたところですでに群衆の叫び声が響いていたからだ。

ヴィクトリアは心配してアナベラの顔をのぞきこんだ。「あなたは大丈夫、ベラ？」

アナベラが友の手をぎゅっと握りしめる。「大丈夫よ。バーティとわたしは騒動が起きた時、混雑の端にいたの。だから、なんとかうまく抜けだすことができたわ。でも、あなたがたのことを心配していたのよ。人だかりの真ん中にいたでしょう？」

「本当に危機一髪だったわ」ヴィクトリアはうなずいた。冒険の陶酔感はすっかり消え失せ、いまや緊張感が募るばかりだった。「路地で男性ふたりに止められたの、わたしたちを略奪するつもりだったのよ。それをやめたのは、ストンヴェイルが拳銃を出したから。彼はすばらしかったわ」

「まあ大変」アナベラがショックを受けて、小さい声でささやいた。

「なんてことだ、ストンヴェイル」リンドウッドが深刻な顔で眉をひそめた。「危機一髪というのは誇張じゃないんだな。怪我はないのか？」

「ふたりとも大丈夫だ、リンドウッド、見てのとおり」ルーカスが冷静に聞こえる声で質問を受け流した。「ただし、ミス・ハンティントンの変装は多少損害を被ったようだ」

ヴィクトリアは遅ればせながら髪に手をやり、ようやくなにかまずいと気づいた。「まあ、大変、帽子をなくしてしまったわ」

「帽子以外はなにもなくさなかったことが非常に幸運だ、ミス・ハンティントン」ストンヴェイルの声は、今度もあまりに冷静すぎた。

その厳しい横顔を横目で盗み見て、ヴィクトリアはルーカスが激怒していることに気づいた。暴動でこわい思いをしたが、真の恐怖を感じたのはその時が初めてだった。

馬車が停まると、ルーカスはひとけのない脇道を見やった。「ここでおりるつもりかな、ミス・ハンティントン？　きみの家の玄関とは全く違う場所だが」

「大丈夫です」ヴィクトリアは静かに言い、自分の美しい杖を持った。

「しかし、玄関からでないとすると、どうやって家に入るつもりなのか？」ストンヴェイルが当惑のおももちで訊ねる。

「庭の塀を乗り越えて温室を通り抜けるんです。出てきたのと同じ道。心配はいりません、道はわかっていますから」馬車の扉が開き、ヴィクトリアはすでにおり始めていた。心のなかで、彼がついてこないように祈る。

「おやすみなさい、ヴィッキー」アナベラが小さく声をかけた。「結局はとてもおもしろい冒険だったわね？」

「ほんとにそうだったわね」ヴィクトリアはうなずいた。

ルーカスがヴィクトリアのあとからおりてきた。「ここで待っていてくれ、リンドウッド」肩越しに指示をする。「我らの向こう見ずなだて男くんを庭の塀まで送ったらすぐに戻る」

ヴィクトリアは驚いて振り返った。「わたしを送ってくれる必要はありません。自分で帰れます」

「そんな言葉を聞くつもりはない、ミス・ハンティントン」ルーカスは、ヴィクトリアの動揺を見透かしたらしく、心得顔でにやりとした。「それでいい」そうつぶやきながらヴィクトリアの腕をつかみ、陰に向かって歩かせた。「きみもすでにぼくをかなり理解しているようだから、きわめて機嫌がよくないことは気づいているはずだ。この状態のぼくとは絶対に議論しないほうがいい」

「伯爵さま」ヴィクトリアは顎を持ちあげた「今夜起こったことの全責任がわたしにあると思っているならば、考え直してください」

「しかし、実際にきみの責任だ、ミス・ハンティントン」彼が石塀をうっそうと覆うツタを見あげた。「どうやって庭に入るんだ？」

ヴィクトリアはつかまれた手を引き抜こうとした。多少もがいたが取り合ってもらえず、仕方なく小道の先のほうにうなずいてみせた。「あちらに道があるのよ」

彼はヴィクトリアを引っぱってそちらに向かい、ツタに覆われた下にレンガがいくつかひび割れている箇所を指差されると足を止めた。ヴィクトリアはなにも言わずに、ブーツのつま先を一番下の割れ目に突っこみ、ツタをつかんだ。

彼女が庭の塀をのぼるのを、ルーカスが下から見あげ、顔をしかめて非難するように首を振っている。彼に間近で見られて、ヴィクトリアは自分をとても不器用に感じた。さっとのぼれるほど熟練しているわけではない。てっぺんを越える時に、きれぎれの雲に月が隠れて、ぴったりのズボンを穿いたお尻の形が見えないことを願うしかなかった。

ヴィクトリアのうしろで、ルーカスもツタのつるをいくらか握り、ブーツのつま先で壁の割れ目を見つけてのぼり始めた。

壁を越えると、ヴィクトリアは軽やかに地面におり立った。見あげると、ルーカスもてっぺんを越えるところだった。急いでうしろにさがると、目の前に彼が飛びおりた。頑丈な右足だけでほぼすべての体重を支えたことに、ヴィクトリアはすぐに気づいた。巧みにバランスを取り、まったく危なげなかった。

「きみにひとつふたつ言っておきたいことがある」花の香りに満ちた庭は深い影に包まれ、

その真ん中におどすように立つ長身で引き締まった姿は、夜と同じくらい暗く危険だった。

　ヴィクトリアは勇気を掻き集めた。「わたしも言うことがあるわ、ストンヴェイル。今夜起こったことに関するお説教は聞きたくないということ。わたしがお祭りに行きたいと言い張らなければ、だれひとり危険な目に遭わなかったことは充分にわかっています」

「その点については、ミス・ハンティントン、きみが正しい」

　まったく感情がこもっていないその声に、ヴィクトリアは叱られるよりもはるかに動揺した。でも、その時ふいに、路地で自分を守ってくれた彼の姿が脳裏に浮かび、ヴィクトリアは思わず彼の袖に手を触れた。

「あなたに大変なご迷惑をかけたことは自覚しています。でも、人々が暴徒に変わったその瞬間までは、わたしが本当にすてきな時間を過ごしていたことはわかってください。外出をこんなに楽しんだことは生まれて初めて」返答がなかったので、深く息を吸い、急いでつけ足した。「それに、あなたはとてもすばらしかったと思います。窮地に力を発揮する方なのね。暴徒から救ってくれたうえに、路地でふたりの追いはぎをみごとに追い払った姿は一生忘れないでしょう。そういう理由から、心から感謝しています」

「心から感謝」彼がまるで思案するような口調で繰り返す。「この状況で、それは充分な報酬と言えるだろうか」

　ヴィクトリアは彼を見あげ、ふいに、クレオ叔母の植物園が夜のこの時間は非常に暗くて寂しいことに思いいたった。そのおそろしい一瞬、ストンヴェイルが理性を失うかもしれないという考えが浮かび、もしも彼がそうなったら、自分はどうすべきだろうと思い始めて、遅ればせながら一歩さがった。

「伯爵さま？」

「だめだ」彼が結論に達したかのようにきっぱりと言う。「きみのその簡単すぎる感謝は、ぼくがやったことや、明らかに今後もやらねばならないことに対する対価として充分とはとても言えない」

なんの警告もなく、ルーカスの両手がヴィクトリアの肩にまわり、たった一回のすばやいなめらかな動きで、彼女を庭の塀に押しつけた。

ヴィクトリアが反応する間もなく、ルーカスが近づいた。彼のがっしりした硬い体がヴィクトリアの柔らかい体にぴったり押し当てられるほど近かった。

ルーカスのブーツを履いた脚がヴィクトリアの脚のあいだに滑りこむ。自分の脚に沿って彼の筋肉質の太腿を感じ、ヴィクトリアは息を呑み、身をこわばらせた。月明かりのなか、目を見開いて、ストンヴェイルの彫りの深い顔を見あげた。

「きみは怒りっぽくて向こう見ずなおてんば娘だ。そういうはねっかえりは、深刻な事態に巻きこまれる前に調教する必要がある。ぼくに思慮分別があれば、いまここで終わらせるのだが」ルーカスがしゃがれ声で言う。

ヴィクトリアは乾いた唇をなめた。「なにを終わらせるの？」

「これだ」彼の口がおりてきてヴィクトリアの口をとらえた。その荒々しく略奪するような熱い感触に、ヴィクトリアは彼の危険な雰囲気の本質をようやく理解した。

怒りを受けとめる覚悟はしていたが、焼けつくような激しさで注がれた男性的な欲望に対しては、なんの準備もできていなかった。

ストンヴェイルがわたしを欲している。

彼の性的な振る舞いに、ヴィクトリアはつかのま茫然自失となった。無作法な求愛者や結婚を焦る求婚者にキスされたことは何度かある。ほんの数回だが、好奇心が手伝って自分からキスしたこともある。でも、いま受けているような激しく求める深いキスは知らなかった。

身を震わせ、指をルーカスの腕に食いこませる。彼はかすれたうなり声で反応し、ヴィクトリアをツタに押しつけて、太腿で彼女の両脚をさらに開かせた。背中にツタが当たってちくちくする。ヴィクトリアはつぶれた葉の匂いとルーカスの体のジャコウの香りを吸いこんだ。

ルーカスの舌が下唇をなぞるのを感じ、ヴィクトリアはさきほど安全を求めて彼についていった時と同じ直感に従って、躊躇なく口を開き、彼を迎え入れた。

両手がウエストにまわされて一瞬身をこわばらせたが、もがきはしなかった。そうすべきだとわかっていたが、彼が親指を滑らせて、重みを量るかのように乳房の下に添えるのを感じた時でさえも、逃れようとしなかった。

「伯爵さま」彼が唇を離したすきにかすれ声で言う。彼が歯で耳たぶをそっと噛む。「わからないけれど……こんなことすべきじゃないかも」

「きみに、ぼくを忘れない理由を与えたい」ルーカスがささやく。

ヴィクトリアはごくりと唾を呑みこんで気を静めようとした。「あなたを忘れることなどあり得ません」

「すばらしい」

彼の歯がヴィクトリアの柔らかい耳たぶをまたそっと噛んだ。痛くはないが、自分の無防備さを痛感し、不安と興奮が入り混じった感覚に襲われる。奇妙な愛撫に、自分の存在そのものが揺り動かされる気がした。体の内側がかっと熱くなり、脈拍が速まる。

なにも考えずに、ヴィクトリアは両腕を持ちあげて、ルーカスの首にからませた。彼の香りが好きだとふいに気づく。両腕の下に感じる彼の肩のたくましさも好きだった。太腿にぴったり貼りついたズボンが、彼のずっしりした男性のふくらみを形づくっていることも気づいた。

「これは」ルーカスがささやく。「もっとも深いつながりを証明するものだ」そう言った瞬間に、彼のなかの怒りが消散して欲望だけが残ったように見えた。彼の目が生気にあふれてきらめいたからだ。

「そうなのかしら？」ヴィクトリアはふいに大胆な気持ちになって彼を見あげた。危険と隣り合わせになったことによるスリルが、別な種類のまったく新しい、まったくなじみのない、そして深い部分の官能的なスリルとからみ合う。奇妙な脱力感を感じ、自分がルーカスにぶらさがっていることに気づいた。

「まだ理解していないだろうが、きみはすでに要塞の鍵をぼくに渡している。きみの秘密を知ったからには、警告を発したうえで、ぼくはそれをきみへの求愛に使うつもりだ」

「わたしへの求愛？」ヴィクトリアは官能的な空想からふいに我に返った。

「求愛するつもりだ。きみに言い寄り、誘惑する。きみをぼくのものにするよ、ヴィクトリア。そのためには、もっとも勇敢でもっとも決意の固い求愛者しか耐えられない多くのことに耐える必要があるだろうが、最後にきみはぼくのものになる」月明かりのなかで、彼のゆったりした笑みは危険で抗しがたいものだった。

「なぜ、わたしがあなたに降伏すると思うのかしら？」

「きみがぼくに降伏するのは、そうせずにはいられなくなるからだ。きみが望むとおりのものを与えられる男はほかに見つけられないだろう」ルーカスが言う。「結局のところ、きみはぼくをこばめない。ぼくはきみが望むものを知っている。つまり、きみはぼくの掌中にいるということだ」

「わたしがなにを望んでいると思うんですか？」

「冒険」彼がヴィクトリアの鼻のてっぺんにキスをする。「興奮」まぶたにキスをする。「そして、それをきみと分かち合える同行者。今夜の祭りなど、今後ぼくがきみに見せられる光景に比べればおとなしいものだ。レディは絶対に行こうとしない場所にも連れていける。上流社会の女性は見たこともない人生を見せてやれる」

「危険を冒すのね」ヴィクトリアは気づくとつぶやいていた。

彼は彼女の心を読んだらしい。「ぼくと一緒ならば別な世界を探検できて、だれにも気づかれない。きみだって、見つかって、社交界における叔母上や自分自身の立場を危うくしたくはないだろう」

彼が申し出ていることが少しずつわかってきた。彼がぶらさげた餌は抗しがたく、それを彼は知っている。「でも、ルーカス、もしもだれかに知られたら悲惨なことになるわ」

「真夜中から明け方までの暗い時間にぼくたちがやることは、きみとぼくだけの秘密だ。きみが絶対に無視できないと思う取引を提案しよう、ヴィクトリア。人生の荒っぽい側面に対するきみの好奇心を満足させるつもりだ」

「もう少し具体的に説明してくださらないと。そのお返しとして、わたしはなにを求められるのかしら？」

ルーカスが肩をすくめた。「なにもない。昼間はレディ、夜は冒険の同行者。それだけだ」

「そんなに簡単なことと本気で信じるほど愚かではないわ。あなたはわたしに求愛する、言い寄ると言ったけれど、わたしは結婚する意志はありません、もう一度はっきり言っておきます」

「いいだろう。結婚の話はしない」彼がなだめるように言う。「きみもだろうが、ぼくも夜に出かける仲間が必要でね。きみにはうってつけだろう。夜な夜なきみの望みどおりに過ごせる。ぼくが望むのは、きみがやりたい冒険すべてを、ぼくと一緒に過ごす夜のためにとっておいてくれることだけだ」

「真夜中の外出に付き添い、さらに守ってくれる代わりにわたしに要求するのが本当にそれだけ？」

「いまの時点ではそれだけだ。残りは運命の手にゆだねよう。ぼくたちは一緒にゲームをすることになる、ヴィクトリア。危険なゲームだ。きみのこれまでの冒険とはまったく違う」

ヴィクトリアは彼を見あげた。少し細めた目にみなぎる自信に圧倒され、秘密の約束に魅了されてじっと見つめる。逃げるべきだとわかっていたが、目の前にぶらさげられた誘惑から逃れるのは、月を飛び越すくらい不可能なことだった。

いまも胸の下にある彼の手の端が感じられ、ふいにぞくっとした。その長い指が伸びて乳首に触れたらどんなふうに感じるだろう。思わず身を震わせる。

今回もルーカスはヴィクトリアの心を読んだようだった。両手をゆっくりあげて、乳房をすっぽり包んだのだ。胴衣とシャツを通して彼の手のひらの熱を感じると、その禁断の感触をさらに深めてほしくなった。

「さて、ヴィクトリア、返事は？　昼間はレディを演じ、夜は冒険の仲間となるか？　今夜過ごしたような夜をまた実現させるかい？」

「今夜やったようなことを、あなたは賛成していないのかと思っていたけれど」

「きみの大胆さや向こう見ずなところに仰天したことは認めよう。だが、そのあと冷静になった時に、夜にクラブで過ごしたり、結婚市場に参入している退屈な若いレディたちと過ごすよりも、きみと出かけたほうがずっとおもしろいと思った」ルーカスが言う。

ヴィクトリアはためらいながらも、自分が高い崖の縁《へり》から滑り落ちるのを感じていた。

「わたしたちだけの秘密にしてもらえますか」注意事項を挙げる。「ほかに知られては困ります。わたしのやっていることを叔母が知ったら、心配で取り乱してしまうでしょう。それに、わたしの行動で叔母に恥をかかせるわけにもいきません。とてもよくしてもらって、返せないほどの恩義があるんです」

「ぼくには秘密を打ち明けて大丈夫だ。保証する」ルーカスが請け合う。

その瞬間、ヴィクトリアは彼を信じた。この男性の言葉は契約書と同じで、担保は必要ない。クラブや客間で噂話をすることは決してないだろう。ふたりが公的に会うことになる茶会や夜会では、それにふさわしい作法で接してくれるはずだ。「ああ、ルーカス、ぜひあなたと夜の街を探検したいわ」

彼が唇をヴィクトリアの唇にそっと触れた。「イエスと言ってくれ、ヴィクトリア。ぼくが差しだすものを受けとると言ってくれ」

「それは考えなければいけないわ。重大な決断ですもの。しっかり考える時間がほしいわ」

「あした、きみと叔母上を訪問していいかな？　その時に最終の決断を教えてほしい」

これがすべての始まりと思い、ヴィクトリアは深呼吸をした。「あなたは、時間を少しも無駄にしない方なのね」

「時間を無駄にしたことは一度もない」

「わかりました。ご訪問をお待ちしていますわ」彼の首にまわした両腕を少しだけ締めつけたが、その時はすでにあした、自分がなんと返事をするかわかっていた。でも、そのあとに彼から手を離すと、なぜかふいに緊張し、恥じらいを覚えた。屋敷の暗い窓をちらりと見あげる。「もう家に入らないと。あなたもリンドウッドの馬車に戻らなければいけないわ。きっと、あなたがどうしてしまったか心配しているでしょう」

「庭の塀をのぼるのに時間がかかったと言えばいい」彼があっさりと言う。

そしてヴィクトリアの手を取って優雅にお辞儀をした。顔をあげた時、月明かりに照らされて、かすかな笑みを浮かべているのがわかった。きびすを返して大またで壁に向かい、なんの苦もなく隠された足がかりを見つける。その次の瞬間、彼の姿は夜の闇に消えていた。

ヴィクトリアはしばしたたずんだあと、暗い温室に入っていった。しばらくしてヴィクトリアは横になり、ストンヴェイルが別れぎわに見せた満足そうな勝ち誇った笑みのことを考えていた。

きみに求愛するつもりだ。言い寄り、誘惑する。

用心深くすれば、とヴィクトリアは思った。真夜中の伯爵とうまくつき合っていけるだろう。彼を操る方法を学べるはずだ。彼の提案に抗えないとすれば、ほかに選択肢はない。この申し出は自分にとってどうしても必要なものだから。

この数カ月で初めて、ヴィクトリアは安らかな眠りに落ちたのだった。


庭から出て十分後、ルーカスはリンドウッドの馬車からおりて、おやすみを言うと、最近相続した街屋敷の表玄関に続く石段をのぼった。ジェシカ・アサートンの手配で雇われた少数の使用人たちとともにルーカスに仕えている執事が扉を開けた。

「全員寝かせてくれていい、グリッグス。ぼくは図書室でいくつか片づけることがある」

「かしこまりました、旦那さま」

ルーカスはもともと残されていたわずかな家具を置いた図書室に入り、ポートワインを気前よく注いだ。いまいましい脚がまた痛みだした。祭りでのばかげた走りに加えて、庭の塀をのぼりおりしたせいだ。

言葉には出さずにののしり、ワインを大きくひと口飲んだのは、過去の経験から、それがうずいているのは脚だけではなかった。庭でヴィクトリアと過ごしたひとときの結果として、別な部分がいまだ激しくうずいていた。彼女を庭の塀に押しつけた時の柔らかい感触がいまだに残っている。ちょっとぴりっとした甘い香りもまだ記憶にあって、豊潤なワインの香りと混じり合った。

炉だなの上に掛けられた肖像画が目に入る。色褪せた絨毯を横切り、伯父のにこりともしない顔の前に立った。

先代のストンヴェイル伯爵、メイトランド・コールブルックの晩年には、ほほえむようなことはなにひとつなかった。健康障害と鬱《うつ》状態に苦しみ、つねにあらゆるものや人を非難し続けた。メイトランドの予測不可能な不機嫌はたびたび爆発して抑制不可能な暴力に発展し、たまたまそばにいた人がその暴力の標的になるせいで、ストンヴェイル邸ではつねに使用人が不足していた。

若かりし日のメイトランド・コールブルックは放蕩と飲酒と賭博に無謀なほど入れこみ、父親の代ですでに縮小していた相続財産を完全に使い果たしたのち、社交界から姿を消した。変人の隠遁者となったあとは、ロンドンの知人だけでなく、親戚との連絡もすべて断った。そして田舎に引っこみ、わずかに残った領地を枯渇させた。結婚は一度もせず、数カ月前に最期が近づくと、いやいやながら自分の跡継ぎであり、ほとんど知りもしない甥を呼び寄せたのだった。

その時の会話をルーカスはよく覚えている。ぼろぼろのカーテンが引かれて薄汚い家具が置かれた暗い主寝室も、メイトランド・コールブルック本人に比べればはるかにまともに見えた。しわしわにしぼんで生気のない顔で古びたオーク材のベッドに横たわり、枕元にはポートワインの瓶とアヘンチンキの瓶が置かれていた。

「すべておまえのものだ、わが甥よ、ストンヴェイルの呪われた資産の最後の一かけらまでだ。おまえに多少でも分別があるなら、出ていって、この地所は腐るに任せろ。この土地からはなんの利益も出ないぞ」ぜいぜいとあえぎ、骨ばった指で薄汚れた毛布をつかんでルーカスを冷たくにらんだ。

「それはこのところの代々の所有者がだれひとりとして、ここに時間と金を費やそうとしなかったからでしょう」ルーカスは厳しい口調で指摘した。ストンヴェイル領に可能性があることは、どんな愚か者でもわかる。土地は悪くない。もう一度生産性を高めることはできるはずだ。

ストンヴェイル領を再生させる鍵は金だ。それから、自分の領地と領地にいる人々を気にかける領主だ。

「ストンヴェイルに金を注ぎこんでも意味がない。この場所は呪われている。このへんのやつらに訊ねてみればいい。何世代もそうだった。悪い土、怠惰な農民、あてにならない給水設備。救う価値があるものなどひとつもない。こんないまいましいところは全部売ってしまえ。自分がなぜそうしなかったかわからん」老人はくだくだと話し続けた。その声は乾ききってしゃがれていた。

伯爵は瀕死《ひんし》の身をなんとか起こし、ベッド脇の小テーブルの引き出しを引き開けた。震える指で中をまさぐり、感触だけである物を見つけてつかみ、取りだした。そして、それをこちらに放ってよこしたので、ルーカスとしても、取らざるを得なかった。

指を開けると、そこにあったのは細い鎖にさがった丸い琥珀のペンダントだった。ペンダントの表面に人がふたり刻まれているが、非常に繊細な工芸技術のせいで、まるでふたりの人間が橙黄色《とうこうしょく》の透明な石のなかに閉じこめられ、永遠に凍りついているように見えた。ふたりの像が騎士と彼の貴婦人であることは明らかだった。

「これはなんですか？」ルーカスは問いかけ、ペンダントを握りしめた。

「知るか。父が亡くなる直前にくれたものだ。南側の庭にある迷路の真ん中で見つけたと言っていた。地元の者は言い伝えの証しと信じている」

ルーカスは石を観察した。「どんな言い伝えです？」

メイトランドがふいに怒りだした。顔がみるみる紫色になる。「神に見捨てられたこの土地がここまで無益なのは、その言い伝えのせいだ。そのせいでわしは人生に失敗し、自分の息子を持てなかった。琥珀の騎士と貴婦人の伝説のせいだ」

「その伝説はどんな真実に基づいているんですか？」

「どんな話か知りたければ、村にいる婆《ばば》どもに聞いてみろ。わしはそんな話をおまえにする気はないぞ」

そう言ったとたんにメイトランドは咳の発作に襲われた。ルーカスは急いでポートワインをグラスに注ぎ、色褪せた細い唇にあてがった。それを飲んで少し落ち着くと伯父は言葉を継いだ。

「無益だ。すべてがだ。これまでも役立たず、これからも役立たず。悪運のせいだ。この惨めな大地に悪運が取り憑いている。わしの忠告を聞いてすべて手放せ。救おうとはするな」

ルーカスは琥珀のペンダントを見おろした。ふいに所有欲がわき、解決策が思い浮かぶ。

「伯父上、あなたの忠告は聞かないことにしますよ。ストンヴェイルを救う」

メイトランド・コールブルックは血走った目で彼を見あげた。「そのための金をどこから調達するというんだ？　賭博の才はあると聞いたが、いくら勝っても、この地所を救うのに必要な安定した収入にはならない。わしも若い頃に試みたから、よくわかっている」

「では、別な方法を見つけて金を得ますよ」

「別な方法はただひとつ、相続財産を持つ女を誘惑することだが、言うは易く行うは難しだ。上流階級の金持ちの娘たちは、文無しの伯爵を警戒する。家族も娘の婿にもっと上を望む」

ルーカスはにらみつけている伯父と目を合わせた。「上流階級より少し下を狙うべきですね」

「それも時間の無駄だろう。クラブではそれが常識だ。爵位の見返りに財産つきの貿易商の娘を娶る話はいろいろ聞くが、現実にはほぼうまくいかない。金は金と結婚する。それは上流社会も庶民も同じだ」

今夜こうしてメイトランド・コールブルックの陰鬱な肖像画の前に立ち、不機嫌な顔を見あげていると、伯父の言葉が聞こえてくるようだった。ルーカスは冷たい笑みを浮かべてグラスをあげ、肖像画に向けて小さく乾杯した。

「あなたは間違っていた、伯父上。ぼくは相続財産を持つ女性を見つけ、今夜わなをしかけた。かなり手こずらされそうだが、最後にはぼくのものになる」

そして、その最後は早ければ早いほどいい。ルーカスはポートワインの残りを飲み干しながらそう思った。ヴィクトリアの財産も欲しいが、自分が彼女のことも望んでいると今夜はっきりわかった。

グラスを置き、胸にかけた琥珀のペンダントのぬくもりを意識する。メイトランド・コールブルックが投げて寄こした夜以来ずっと、ルーカスはそれを首にかけ、服の下に潜ませていた。

今後の展開について考えるうち、ルーカスはふと気づいた。ヴィクトリアの瞳の色は、琥珀の豊かな黄褐色の輝きとまさに同じ色だった。

4

ルーカスは強い期待と冷酷な決意が入りまじった感覚を抱きながら、レディ・ネトルシップの街屋敷の表階段をのぼっていた。賭博台に向かう時と気分はあまり違わない。自分のすべてが勝つことに集中している状態であり、ルーカスは勝つことに長けている。

機知によって生き残らねばならない男にとって、注意深い立案と戦略に代わるものがないことを、ルーカスはずっと以前に学んだ。戦場や賭博台において、冷静な知能とすべての感情をわきに置いておく能力がいかに大切かを知っている。冷徹な論理こそが生き延びる鍵であることを理解している。

自分がロンドンのクラブや賭博場の賭博台でこれまで大過なくやってこられた、というより、むしろ図抜けることができたのは、ひとえに感情をゲームに持ちこまなかったからだ。芝居がかったやり方で金を投げ捨てたがる衝動的な若者や酔っ払った貴族、愚かしいだて男たちと違い、ルーカスは決してはったりや根拠のないうぬぼれ、あるいは自暴自棄の状態で判断しない。

運が尽きた時は賭けるのをやめて、別の時と場所を待つ。そしてつねに、別な時と場所を見つけてきた。

しかし、賭博台でいくら成功を収めても、伯父の言うとおりで、ストンヴェイルを救うほどの現金を稼げる可能性はほぼない。それだけの業績を達成しようと試みても、無駄に生涯を費やすだけだろう。ストンヴェイルの土地と人々はそんなに長く待ってくれない。

とはいえ、ここロンドンで対面を保つだけの金額を得るためならば一生やる必要はない。賢く立ちまわり、出費を管理していれば、一夜の勝利を次の勝利につなげていける。礼儀正しい社交界は、外見が金持ちに見えてさえいれば、人の財政状態を憶測こそすれ、あからさまに訊ねたりはしない。爵位があって、ジェシカ・アサートンの交友関係を利用できることが非常に役だっている。

ルーカスは肩越しに、この朝ここに彼を連れてきた高価な黒い二頭立て二輪馬車と、それに美しく調和した葦毛の馬二頭を見やった。若い馬丁が馬たちのそばにいて、この元気いっぱいの生き物を落ち着かせ、主人が朝の訪問を終えるまで歩かせる準備をしている。

この装備全般にかかった許容しがたい大金をしぶしぶながら支払ったのは、仕立て屋と同じく必要な投資だったからだ。女相続人を見つける時は、自分をよく見せなければならない。その女相続人に探偵を雇う傾向がある場合はなおさらだ。

ルーカスが最後にもう一度頭のなかで本日の戦術を復習し終えた瞬間、レディ・ネトルシップの玄関扉が開いた。ルーカスは執事に名刺を渡した。

「ストンヴェイル伯爵だが、レディ・ネトルシップと姪御さんにお目にかかりたい」

執事がその職業特有の尊大な態度でルーカスを眺めた。「レディ・ネトルシップが朝早い訪問をお受けするかどうか確かめてまいります」

その言葉に一瞬不安を覚え、けさの訪問についてヴィクトリアの気が変わっていたら、自分はどうすべきだろうとルーカスは考えた。朝の明るい光のなかで彼女が危険を察知したというのは充分あり得ることだ。

昨夜自分を駆りたてて彼女にキスをさせた熱い衝動には、断固抗うべきだった。ゲームのこんな序盤でそんなことをするつもりはまったくなかった。しかし、暗い庭での危険なひときに自身の基本ルールを破り、感情が行動を支配するに任せてしまった。次はもっと注意深くすると固く誓ったばかりだ。

執事が戻ってきた時の安堵は、案内されて豪華な客間に入った瞬間に勝利の喜びに変わった。長年鍛錬してきたおかげで感情が表に出ることは決してないが、獲物のすみかに入ることを許されたことで最初の難関を突破したと確信できた。

だが、日当たりのよいその部屋にヴィクトリアの姿がなかった時点で、勝利の喜びはいらだちに変わった。彼女が考えを変えることはあっても、おじけづくことは想定していなかったと、ここでようやく気づいたからだ。昨夜、彼が導くまま、あれほど大胆に路地に駆けこんだレディが、昼間の光のなかで彼に会うことを再考するとは思っていなかった。ルーカスは上品なソファに坐っている魅力的な中年女性に意識を集中しようと努力した。

「ごきげんよう、レディ・ネトルシップ」つぶやきながら、上品に差しだされた手を取って頭をさげる。「ヴィクトリアの美しい瞳はご一族の特徴ですね」

「まあ、お世辞がお上手なこと、伯爵さま。どうぞお座りくださいな。お待ちしておりましたのよ。ヴィクトリア、そのカブトムシを置いて、こちらに来てお客さまにご挨拶しなさい」ヴィクトリアの叔母が姪のいる方向に顔を向けてにっこりした。

ルーカスのなかで満足感がこみあげる。おてんば娘の気持ちは結局変わらなかった。身を起こし、笑みを浮かべた。振り返ると、部屋の一番奥の窓際にヴィクトリアが静かに立っていた。すぐに見つけられなかったのも無理はない。着ているドレスが白と黄色で、それが背後の金色のカーテンに溶けこんでいたからだ。

すぐにこちらに出てこなかったことから、ルーカスが部屋に入ったあと数分間気づかれずに観察するために、あえてその場所を選んだのは明らかだった。彼女の戦略を知り、ルーカスはかすかに眉を持ちあげた。敵と向き合う前にしっかり観察しておくのはなにより有効だ。戦略のことを熟知しているのはルーカスだけではないらしい。

「おはよう、ミス・ハンティントン。ほかの社交の約束で出かけられたかと思った」

ヴィクトリアが軽やかな身のこなしで前に出てきた。柔らかい上履きは絨毯を踏んでも音を立てない。両手に平らな箱を持ち、目をいたずらっぽく輝かせている。「あなたが朝にご訪問くださることを忘れてしまうなんて、どうして思われたのかしら？」

「レディの記憶は当てにしてはいけないとよく言われるからね」ルーカスは彼女が優雅に伸ばした手を取って頭をさげた。その指が冷たいのを感じ、彼女が見かけほど冷静でないと知って嬉しくなった。

「わたしの記憶は優秀ですわ」

「男にとっては残念なことに、気を揉まねばならないのは必ずしも記憶だけではないからね。相手の気が変わることもある」ルーカスは言った。

ヴィクトリアは頭を傾げて彼をじっと見つめた。「変わるとすれば、それなりの理由があるのでは？　叔母も先ほど申しあげましたが、どうぞお座りになって。カブトムシにご関心はないでしょうね？」

「カブトムシ？」そこで初めて箱に目をやり、気づくとピンで留めた虫の死骸の列を眺めていた。大きさによって整理されており、一番端の最大のものはまさに怪物だった。「遠慮なく言わせてもらえば、ミス・ハンティントン、カブトムシに注意を払ったことは一度もない」

「まあ、でも、ここにあるのは最上等のカブトムシなのよ。そうでしょう、クレオ叔母さま？」

「すばらしいコレクションですよ」レディ・ネトルシップが熱心に同意する。「うちの協会は小規模ですが、会員のレディ・ウッドバリーがカブトムシを収集していらっしゃってね」

「それは興味深い」ルーカスは叔母の隣に坐ったヴィクトリアから目を離さず、自分も向かい側にゆっくりと腰をおろした。「レディ・ウッドバリーがいかにして大きい虫をこんなにたくさん殺すことができたのか不思議だが」

「普通のやり方だと思いますけど」クレオが答える。「羽の下をつまむか、樟脳《しょうのう》を使うか、針金を使うか」

「きみも虫を収集しているのかな、ミス・ハンティントン？」ルーカスは訊ねた。

「いいえ、わたしは耐えられなくて」ヴィクトリアが箱を見おろした。「かわいそうに、すぐに死なないこともあるから」

ルーカスは彼女の横顔を見守った。「生き延びようという意志は時に驚くほど強い」

「ええ」ヴィクトリアがカブトムシの箱にふたをした。

「姪は心が優しすぎて、研究の種類によっては耐えられないんですよ」クレオがほほえむ。

「たしかに虫の研究よりは植物学や園芸学のほうが好きかもしれないわ」

「きみの関心はきわめて多岐にわたっているようだな、ミス・ハンティントン」

「限定されていると思っておられました？」ヴィクトリアがまつげの下から彼をちらりと見やり、瞳をからかうようにきらめかせた。

その一見無邪気なきらめきを見て、ルーカスはわなにはまったとわかった。「とんでもない。ぼくたちの短い親交の過程で、きみが並はずれた意志の持ち主であることがわかってきたからね」

クレオが興味を引かれたらしく、彼を眺めた。「あなたも園芸学と植物学に興味がおありかしら？」

「ええ、あります。というか、最近爵位を得て、とくに土地を受け継いだことで、おのずと関心が広がったと言えるでしょう。地所を改良するためには、園芸学や同様の学問を学ぶ必要がありますからね」ルーカスは答えた。

クレオはその答えが嬉しかったらしい。「すばらしい。それならきっと、ヴィクトリアの水彩画と植物のデッサンにも関心をお持ちになると思いますよ」

驚いたことに、叔母の言葉にヴィクトリアがほおを明るいピンク色に紅潮させた。「クレオ叔母さま、わたしのつまらない趣味など伯爵さまは関心をお持ちにならないわ」

「そんなことはない、関心はありますとも」ルーカスは急いで言った。ヴィクトリアを赤面させるほどのことなら、絶対におもしろいはずだ。

「この子はすばらしい才能を持っているんですよ」レディ・ネトルシップがひょいと立ちあがり、そばのテーブルからスケッチブックを取ってきた。「これをご覧くださいな」

「クレオ叔母さま、本当に……」

「さあさあ、そんなつまらない謙遜をしないで、ヴィッキー。あなたの作品は美しいし、みごとに生命を描きだしているわ。出版すべきだともうずっと言ってきたでしょう。さあ、どうぞ、伯爵さま。これをどう思われます？」誇らしさと期待に満ちた顔で、クレオがスケッチブックをルーカスの両手に押しつけた。

ヴィクトリアがあきらめた様子で黙って彼を見守っているのを強く意識しながら、ルーカスはスケッチブックの中味をじっくり眺めた。開いた時は、よく見られるような女性っぽい素人作品が並んでいるのだろうと思っていた。花をスケッチしたり絵画にする趣味は、最近若いレディたちのあいだで非常に人気がある。

しかし、ヴィクトリアの作品は驚くほど鮮明で生き生きしていた。スケッチブックの紙の上で植物がみごとに花開き、あふれんばかりの活力に輝いている。ただ芸術的に美しいだけでなく、細部にいたるまで正確だった。

ページをめくるたびにあふれだす、まるで生きているかのようなバラやアヤメやケシやユリに、ルーカスはすっかり魅了された。どの花にも美しい書体で学名らしき名前が書かれている。ロサ・プロヴィンシアリス、パッシフロラ・アラタ、シクラメン・リネアリフォリューム。

目をあげるとヴィクトリアはまだ彼を見つめていた。奇妙なほど不安な表情を浮かべている。ルーカスは、この芸術作品が彼女にとっての弱点であることを理解した。スケッチブックを閉じる。「秀逸だよ、ミス・ハンティントン。もちろん、何度も言われていると思うが。ぼくのような素人の目で見ても、どのスケッチも水彩画もほれぼれするほど美しい」

「ありがとう」彼女がふいににっこりした。輝くような笑みは、まるで彼が作品でなく彼女自身を美しいと褒めたかのようだった。琥珀色の瞳がほとんど金色に見える。「なんてご親切な方でしょう」

「ぼくが親切なわけではない、ミス・ハンティントン」ルーカスは言った。「真実を述べたまでだ。だが、わからない植物もたくさんあることは認めざるを得ないな。こういう花をどこで見つけるのかな？」

「うちの温室ですわ」クレオが説明した。「ヴィクトリアと一緒に作った温室です。世界で一番信頼できる植物園だとわたしは信じてますわ。もちろん、キューガーデンと違って小さなものですが、むしろそれを誇りに思っているんですよ。ご覧になりたいかしら？　ヴィクトリアが喜んでご案内しますわ。ほんの一周でも」

ルーカスはうなずいた。「ぜひ見せていただきたい」

ヴィクトリアが上品に立ちあがった。「こちらですわ、伯爵さま」

「いってらっしゃい」クレオが声をかけた。「よろしければ、植物を見終わったら、ぜひお茶を召しあがってくださいね、伯爵さま」

「ありがとう」ヴィクトリアについて部屋を出て、家の裏に通じる短い廊下を歩きながら、ルーカスは笑みをもらした。たくさんの植物と湿った豊かな土の匂いに満ちたガラス張りの大きな建物に入り、すべてがうまく進んでいると確信する。こんなにすぐ獲物とふたりきりになれるのはありがたい。

周囲を眺め、きょうの狩猟は本物のジャングルでやることになるとわかった。ガラス越しに外の景色を確認する。温室の窓の向こうには、ツタに覆われた見覚えのあるレンガの塀に囲まれた美しい庭が広がっている。

「昼間に見た庭はどんな感じだろうと思っていたんだ」ルーカスはわざと言った。

ヴィクトリアがいさめるように眉をひそめた。「しー、だれかに聞かれるかも」

「それはないだろう。ここはふたりだけのようだから」ルーカスは温室いっぱいに茂ったみずみずしい緑樹や並んでいる珍しい花々を観賞した。「叔母上ときみはふたりとも園芸に関心があるようだ。ここはすばらしいな」

「何年か前に叔母がこの温室を建てさせたんです」ヴィクトリアが緑で覆われた通路を歩きながら言った。「世界中を旅している友人が何人もいて、その方々が挿し木にする枝や小さい苗木を送ってくださいます。最近届いたのは、叔母の崇拝者のひとりであるサー・パーシー・ヒッキンボトムが中国の調査旅行で発見した新種のバラです。叔母に敬意を表して、その花をクレオのブラッシュ・チャイナと名づけてくれましたわ。すてきじゃありません？先月は、それは美しいキクの苗を送ってくれました。うまく根づくように祈っているところなの。キクについてなにかご存じかしら、伯爵さま？」

「いや、知らない。しかし、人が突然饒舌《じょうぜつ》になった時にそれがなにを意味するかは知っている。リラックスしていい、ヴィクトリア。心配する必要はなにもない」

「心配などしていません」頭をつんとあげ、とげに覆われた塊に見える奇妙な植物がいくつも入ったトレーの脇で足を止めた。「サボテンはお好き？」

ルーカスはこれまで見た植物のどれにも似ていないとげとげの植物の集合体を見おろした。ためしに一本のとげに触れて、針のように尖っていることを知った。顔をあげるとヴィクトリアと目が合った。

「相手の防衛策を探るのはどんな時でも興味深いことだ」ルーカスは言った。

「それは、あなたがいつも直感的に相手の守りを突破する方法を見つけるということかしら？」

「いつもではない。戦う価値を見いだせるほどの褒賞が約束されている時だけだ」ルーカスはヴィクトリアとやり合う会話を楽しみ始めていた。この女性は臆病者ではない。

「戦う前に褒賞の価値を見積もれるものでしょうか？」

結果的に、昨晩彼女にキスしたのは間違いではなかったとルーカスは結論づけた。彼女がふたりの抱擁について考えていることは、彼を見るまなざしから明らかだ。「少し試せることもある。たとえば、昨夜味わうことを許されたものはわずかだが、非常に期待できるものだった」

「なるほど。それで、追求するかどうか決める前にあちこちに行って、褒賞の可能性をたくさん試してみるということですね？」彼をにらむ。

その瞳に傲慢な光がきらめくのを見て、ルーカスは口角をかすかに持ちあげた。「比較するには、基本となるものが必要だ」

ほとんどわからないくらいわずかだが、彼女の傲慢さが嫌悪に変わった。顔をそむけてまた通路を歩き始める。「それはどうかしら？」

ルーカスはふいにいらだちを感じた。これは彼女が始めたことだ。手を伸ばしてヴィクトリアの手首をつかみ、引っぱって足を止めさせる。彼女はくるりと振り返り、挑戦的なまなざしで彼を見つめた。

「どうしたというんだ、ヴィクトリア？　ぼくのこれまでの人生にほかの褒賞があった事実が気にいらないのか？　さほど重要ではないことばかりだ」

「気に入らないのは、追求すべき褒賞を選ぶ時にあなたが見境なく手を出すという事実です。

しかもいい加減な気持ちでそうするという事実も」

「はっきり言っておくが、ぼくは見境なく選んだことなど一度もないし、いい加減な気持ちで選ぶこともない。そもそも、そんなに多くの褒賞を得る機会があったわけでもない。人生のほとんどを軍隊で過ごしてきた。ぜいたくな愛人を囲う暇も余裕もなかった」手首をつかんだ指の力をわざと強め、さらに近く引き寄せた。「きみはどうなんだ？　きみは言葉のやりとりに熟練している。こうしたゲームの経験が豊かなのかな？」

「サボテンの役を演じた経験はそんなにありませんけれど」

「では教えてもらおう」ルーカスはほほえんだ。「とげを克服した者がこれまでいたのかどうか？」

「それは、あなたには関係のないことでしょう？」

ヴィクトリアが言い返した。ほおを紅潮させているが、視線は決して揺るがない。「すまない。言いすぎた。こういう状況で、つい好奇心を抱かずにはいられなくてね。どちらにしろ、きのうも言ったとおり、ぼくはそのとげを乗り越えて、宝を手に入れるつもりだ」

「あなたは少し繊細さに欠けるのではありませんか、ストンヴェイル？」

「繊細さが要求される時は、繊細にする。しかし、今回の場合はすでに意図をはっきり表明している。しかも、きみは愚かな小娘でもない。男の意図を正直に示されて、すぐにおびえてしまうような女性ではないと思っている」

ヴィクトリアは背すじを伸ばし、彼をじっと見つめた。「では正直なところ、あなたの意図はなんでしょう、伯爵さま？　昨夜、その点に関してはあまりはっきりおっしゃいませんでした。ぜひ教えていただきたいわ」

「それについては、昨夜、非常にはっきりさせたと思ったが。ぼくがきみを望んでいることは、きみもすでに気づいているはずだ。きみを手に入れるためにすべきことはすべてするつもりだ」

「昨夜は――」ヴィクトリアはすぐに言い始めたが、ふさわしい言葉を探すかのようにいったん口をつぐんだ。「昨夜、あなたには警告しましたわ。結婚に関しては考えないようにと」

「その警告は聞いた。しかも、ぼくの記憶によれば、きみはその警告を、さまざまな方法で幾度も発していた」

「それならば、その件については、わたしがゲームをしているわけではないとご理解いただけますね？　わたしは結婚にまったく関心がないんです」

「理解している」彼女の真剣なまなざしに、ルーカスはかすかにほほえんだ。ヴィクトリアは自分がゲームをしていると思っていないだろうが、だからといって、負けずにすむわけではない。「では、ほかのゲームをやるのはどうかな？　真夜中のゲームとか？」

彼女は一瞬黙ったが、肩にかかった葉っぱに無意識に触れた指がかすかに震えているのをルーカスは見のがさなかった。「昨晩はあなたが正しかった。わたしには、夜の冒険をともにしてくれる同伴者が必要ですもの。ひとりでは無理だし、アナベラ・リンドウッドや彼女のお兄さまのような友人とは行けない場所に連れていってくれる方で、絶対に口外しないと信頼できる方。たしかにきのうの晩、庭であなたが提案してくれたことはとても魅力的だった。それは認めるわ。でも、それをあなたがよくわかって利用しているように思えるのがいやなんです」

「きみがためらっているのは、ぼくの提案を受けながら、代償は支払わないということを、本当にできるかどうか確信がないからだろう」

ヴィクトリアがうなずき、口を皮肉っぽくゆがめた。「そのとおりですわ。単刀直入に問題の核心を指摘すれば、まさにそういうこと。わたしが選択した支払い方であなたが満足するとは思えません」

ルーカスは大きく息を吸いこみ、胸の前で腕組みした。「それは、ぼくの問題だと思う。ぼくが取引に満足しているのに、なぜきみが心配しなければならないんだ？」

「なぜなら、率直に言うと、あなたが庭で一度や二度キスを盗んだくらいで、今後もずっと満足なさるとは思えないからですわ。わたしが約束した代償としてあなたが得るのはそれだけですから。さあ、これではっきりしましたか？」

「はっきりした」

ヴィクトリアは反論を待っていたようだが、彼がそうせずに礼儀正しく珍しいサボテンを観察し始めると、それまで保っていた自制心が揺らいだようだった。ルーカスはそうなることを見越していた。このレディは遠くまで泳いで深みにはまったのに、まだそれに気づいていない。

「結婚のことはいっさい言わないのね」ヴィクトリアが強い口調で念を押す。

「いっさいだ」並んでいるサボテンのなかでまた別な株のとげを試すと、それも最初のと同じくらい尖っていた。「だが、結婚について言及しないという保証は、きみをぼくの両腕のなかに誘うために最善を尽くさないという意味ではないと警告すべきだろう。きみは正しいよ、ヴィクトリア。ぼくは数回キスを盗む以上のことを望んでいる」

「ずいぶんはっきりおっしゃるのね」

「真実をぼかす必要はないと思っている。真夜中の同伴の代償にぼくがなにを望んでいるかきみは知っているのだから」

「でも、その代償は高価すぎるわ。わたしには払えません」

「ぼくが望んでいる対価をきみは知ることになると言っているだけで、ぼくがきみに無理やりそれを払わせるとは言っていない」ヴィクトリアの瞳に好奇心と感情の嵐が吹き荒れるのを見て、ルーカスは満足を覚えた。「ぼくをおそれる必要はない、ヴィクトリア。きみを無理やり降伏させることはしないと名誉にかけて約束する」

「どうか、その言葉は使わないで」ヴィクトリアが食いしばった歯のあいだから言う。

ルーカスは肩をすくめた。「降伏という言葉か？　いいだろう。きみが好きな言葉で言えばいいが、ぼくの目標を都合よく誤解してもらっては困る」

ヴィクトリアは不快そうに口をぎゅっと結んだ。「あなたの目標は、伯爵さま、非常に恥ずべきものだわ」

「それはきみが選択肢をくれなかったせいだろう。もっと高潔な目標を口にすることを禁じられた」

「でも、あなたはその言葉を言わないことにすぐ同意したようだけど」考えこむように、肩にかかった葉をいじった。「結局のところ、あなたは結婚に関心がないとだれもが思うでしょう」

「男がみな結婚に関心があるわけではないからね、ヴィクトリア。結婚を申しこまずに、望む女性を自分のものにできるとしたら、正気の男がなぜ、急いで自由を犠牲にするだろうか」彼も皮肉たっぷりに指摘し返した。

「結婚を申しこまずに、その相手を手に入れられると勘違いした結果かしら」

ルーカスはにやりとした。「よくある話だ。それを知っているとは、きみはずいぶん長く世間の荒波にもまれているに違いない」

「そうね、知っているわね」彼女のため息はいらだちにも聞こえた。「でも、誤解しないでください。わたしだって、たいていの男性は愛情から結婚するわけでないとよくわかっているわ。普通は、必要だから結婚する。跡継ぎをもうけるためか、財産を手に入れるためか、あるいは両方か」

「たしかに、愛情というのは非常にあいまいな概念で、なにかするための理由として不充分だとは思う」

ヴィクトリアが目を細め、まつげの下から彼をじっと観察した。「ずいぶんひねくれた言い方ですね。まあ、下劣でスキャンダラスな情事と大差ないことを提案している男性には、その程度しか期待できないとわたしも思っていますけど」

ルーカスは悲しげに首を振った。「きみは全部を混同しているようだ、ヴィクトリア。結婚という名誉を重んじた形について話すのを禁じておきながら、ぼくがきみとの情事について話せば、今度はひねくれた言い方と非難する」

ヴィクトリアが口のなかでなにかつぶやいた。まったくレディらしからぬ悪態に聞こえたのは気のせいだろう。「おっしゃるとおりですね」今度は声に出して認める。「混同してしまうのは、相続人という自分の状況のせいだわ。それについては、気にしすぎだと、アナベラにいつも言われます」

ルーカスは優しくほほえみ、ヴィクトリアが陥っているジレンマに同情を示してみせた。

「すぐそばの生け垣にも危険が潜んでいるのではないかといつも気をつけている？」

「そんな感じですわ」

「いろいろ考え合わせれば、まずい方針ではないと思うが」

「わたしにとっては、非常に現実的な方針でした」ヴィクトリアが認めた。

「その方針が婚期を過ぎた年齢になるまできみを守ってくれたわけか？」

「いやな人」そうつぶやいたが、彼女の口はおもしろがっているように少し上向きに曲がった。「でも、本当にそのとおり。わたしは婚期を過ぎた未婚婦人で、それを喜んでいるわ。しかも、その状態を今後も続けていくつもり」

ルーカスはサボテンから目を離し、見たこともない、金色がかった橙黄色の豪華な花に関心を移した。ところどころ濃い紫色が散り、緑色の茎の上で冠のように輝いている。ヴィクトリアの瞳を思わせる金色に引かれて、ルーカスはその花に近寄った。堂々たる花を片手にのせて観察する。「昨夜ぼくたちのあいだであんなことが起こったあとで、きみが自分の情熱を探求することなく一生を終えるつもりだと言っても、ぼくは納得しない。ヴィクトリア、きみはあまりにこの花に似ている。みずみずしくて美しくて情熱の約束に満ちている」

ヴィクトリアがにっこりした。「あら、伯爵さま、花に夢中になったふりをする必要はありませんわ。あなたがいらしたのは軍隊で、文学の世界とは無縁でしょう」

「死に囲まれていると、時には古典の詩を読むより多く人生を学べることもある。たとえ女性的な情熱はなんとか無視できたとしても、知的好奇心を一生無視し続けられるとは思えない」

「好奇心？　わたしの知的好奇心に訴えることで、わたしを説得して道ならぬ関係を持つことができると思うんですか？　なんと独創的なこと」

「完全に筋が通っているとぼくは思っている。カブトムシやサボテンを観賞し研究する女性ならば、自分の身体のあり方に関して多少なりとも科学的疑問を抱くはずだ」頭をさげて小さく上品にお辞儀をした。「きみの知的な疑問を解決するために、ぼく自身を提供しよう。きみがその申し出を拒絶しないことを期待している」

かなりいらだちを覚えたらしく、ヴィクトリアはルーカスをにらみつけたが、張りつめた数秒が過ぎた時、彼女の瞳に笑いが浮かんだ。そして次の瞬間、倒れないように柱をつかまねばならないほど激しく笑いだした。

ルーカスは片手で橙黄色の花をそっと持ったまま、ヴィクトリアを眺めた。心からおもしろがっている様子に魅せられる。この女性は、若い女性にありがちな、鐘の鳴る音や小川のせせらぎを模倣したかのようなくすくす笑いをしない。ヴィクトリアの笑い方は人生と温かさに満ちている。両腕に抱き寄せ、そのおかしみを昨夜彼が味わった情熱に変えたいと思うような、そんな笑い声だった。

そうすることもできるとルーカスは思った。庭での彼女の反応から、自分ならば彼女の欲望を引きだせることを知っている。その知識と彼女の冒険心を利用すれば、必ず誘惑できる。しまいには彼に抗う気持ちを失うだろう。しかも、庭で彼女に言ったように、彼が提示したような提案をできる男はほかに見つけられないはずだ。

一度彼女を両腕にしっかり閉じこめれば、結婚まではすぐだ。ヴィクトリアは大胆にも、結婚という形ではない関係にしたいと言うかもしれないが、社交界における自分の立場のみならず、叔母の地位もおびやかす情事は現実としてむずかしいと気づくだろう。なんといっても、彼女は名家の出身であり、自分が生きる世界を統治する規則と危険を熟知している。

社交界が彼女のような経歴の若い女性に対して要求するのは、結婚するまでは貞操を守り、結婚したら夫に跡継ぎを与えること。そのあと妻たちは、慎重にするかぎり、自分の官能面の関心を自由に追求できる。夫たちも同様にするが、そこまで慎重でもなく、たいていは結婚前からずっと愛人を囲っている。

しかし、ヴィクトリアの笑い声がゆっくり途絶え、輝くような笑みだけになるのを見守るうち、ルーカスは、この疑うことを知らない未来の花嫁に、祭壇から初夜の床を経て慎重な情事という社交界の一般的な道を歩ませたくないと自分が思っていることに気づき、強い衝撃を受けた。妻の不貞を見のがす男たちのひとりでないことは、もともと自覚している。自分のものと見なしている女性をだれかと共有するほど寛容ではない。しかし、いま感じている所有欲は、いつの日か彼の名前を名乗るはずの女性に対して感じるだろうと予期していた感じとはまったく違う。

いったん彼女を手に入れたら、とルーカスは決意した。ヴィクトリアは彼のものとなり、しかも、いつまでも彼だけのものだ。社交界の慣習などくそくらえ。このかなり無謀で、なにをするか予測不可能な生き物をほかの男と分け合うつもりは絶対にない。

「伯爵さま、信じられない方ね。到底あり得ないわ」ヴィクトリアが目元を拭い、小さくほほえんだ。「わたしの知的探求心を満たすために、ご自分を提供するですって？　ずいぶん利他的なこと。なんと気高い。いくらなんでも寛大すぎるわ」

「きみを勝ちとるためには、なんだってする」

「それで、どうやってわたしを勝ちとるつもりなのかしら？」

「冒険と興奮と情熱によって。そのすべてをきみに与えるつもりだ、ヴィクトリア」

ルーカスを見つめるヴィクトリアの目に決意が見られた。「なにを受けとるかは、わたしが自分の好きなように選ぶし、その対価もわたしの好きなように決めます」

頭を少しさげて受諾を示しながら、ルーカスは内心で勝利の満足感を味わった。「それはきみの特権だ」

ヴィクトリアは一瞬ためらい、それからなにかの衝動にかられたように一歩前に出て彼の袖に手を触れた。「ルーカス、わたしを望んでいると言うのは、わたしだけのことなの？ わたしのお金ではなくて？」

ルーカスは片手をあげて、ヴィクトリアの顎の美しい輪郭をなぞった。「きみを望んでいる」

「わたしはあなたになにも約束できないわ」ヴィクトリアの言葉は厳格なまでに正直だった。「昨夜のあなたのキスは楽しんだけれど、それがあの場かぎりであることは、ふたりともわかっていたはず」

ルーカスは袖に置かれた彼女の指に手を重ねた。「もちろんだ。いまは約束のことは考えなくていい。ぼくたちふたりでどんなことができるか、やってみようじゃないか」

ヴィクトリアはしばらく動かなかった。ただ立ちつくし、彼を見あげる。抑えきれない切望が感じられ、ルーカスはこの場で彼女を引き寄せ、両腕で抱きしめたくなった。美しい琥珀色の瞳にいま浮かんでいるのは、情熱や無謀な興奮への期待ではなく、なにかほかのもの、なにか優しくて傷つきやすいもの、胸が締めつけられるような希望の表情だった。

「これがあなたの望むことだと確信しているならば、本当にこれで充分と思えるのならば」

ヴィクトリアが言った。「真夜中の同伴者になるというあなたの申し出をお受けします」

ルーカスは深く息を吸った。「それでは、契約締結だ」かがんで、ヴィクトリアの唇にそっと唇を触れる。その瞬間にヴィクトリアが身を震わせるのを感じ、ルーカスは彼女をなだめたくなり、同時にタイル敷きの床に引きおろして、情熱的な愛を交わしたくなった。その相反する感情にうまく対処する前に、ヴィクトリアは滑るように彼から離れ、小さい紙切れを彼の手に押しつけた。

「これはなんだ?」彼は訊ね、紙に書かれた文字に目をこらした。「賭博場? 売春宿? 競馬場? ジェントルマンズクラブ?」

「わたしのリストにある最初の項目ですわ」

「なんのリストだ?」そう言った時にはっと気づいた。自分は相手を著しく過小評価していたらしい。彼としては、めったにやらない誤りだ。「なんてことだ。きみを賭博場や売春宿に連れていくことをぼくに期待しているのか? とんでもない、ヴィッキー、むちゃは言わないでくれ。夜に市を訪れたり、ヴォクソールガーデンの暗がりを歩くのはいい。だが、売春宿に忍びこんだり、賭博場に連れていくのはまったく違うことだ。まさか真剣に言っているわけではないだろう」

「いいえ、伯爵さま。わたしはいたって真剣です」ヴィクトリアが一歩も引かずに言う。

ルーカスは彼女を眺め、その言葉が真実だと知った。「くそっ、ヴィッキー。これはぼくが考えていたことではない」

ヴィッキーは彼の反論を受け流した。「次の冒険には木曜日の晩がいいと思います。その晩はキンズリー邸の舞踏会であなたにお会いするでしょうから、そこで最終の打ち合わせができるわ。そのあいだに――」

クレオ・ネトルシップの声がヴィクトリアの指示に割りこんだ。「ヴィッキー、あなた、まだ外にいるの？　あまり夢中になってはだめよ。ストンヴェイル卿が飽きてしまいますよ。だれでも、温室にずっといたいわけではありませんからね」

ルーカスが振り返ると、レディ・ネトルシップが戸口に立ち、にこやかにほほえんでいた。

「大丈夫ですよ、マダム。こんなに楽しかったことはない」

「そうだとしたら、あなたはヴィクトリアの知り合いにはめったにいない方ですわ」

ルーカスはヴィクトリアの満足げな表情をちらっと見やり、さきほど観察した橙黄色の花をもう一度眺めた。「温室を出る前に、ミス・ハンティントン、この不思議な花の名前を教えてくれたらありがたいのだが」

「ストレリチア・レジナエ（ゴクラクチョウカ）。キューガーデンに初めてこの花が咲いた時は大騒ぎになったそうですわ。この温室にその花があって、クレオ叔母とわたしはとても幸運だと思っています。すばらしいでしょう？」ヴィクトリアが興奮した声で言った。

ルーカスは彼女を眺めた。橙黄色のドレスを着た姿は生気にあふれて輝いている。琥珀色の瞳もきらめいている。「たしかに」彼はうなずいた。「すばらしい」

5

一週間後、ヴィクトリアは黄色い縁どりを施した茶色の新しい乗馬服を着て、片目に少しかぶさる粋な角度で黄色い羽根を飾った軍隊調のさっそうとした帽子をかぶり、お気に入りの馬とその馬丁を呼びにやった。午後五時は、ほとんどすべての人が公園で馬に乗っている時間だ。

きょうのすべての人という定義には、ストンヴェイル伯爵も含まれている。昨晩、バナーブルック邸の夜会でストンヴェイルと一緒にいられた五分のあいだに、ヴィクトリアは彼に対し、公園に来るようにきわめてはっきりと指示をした。彼に言わねばならないことがいくつもある。

ルーカスとやりとりする上でわかってきた問題点は、ヴィクトリアが指示している時には素直に聞いているように見えるのに、いざ実行する段になると自分のやり方でやるという不快な癖を彼が持っていることだ。

ヴィクトリアがちょうど階段をおりてくると、クレオ叔母が玄関広間を横切って図書室に行くところだった。姪を見て少し驚いた顔をした。「きょうの午後は馬に乗りにいくの？」

「ええ。少し運動をしなければと思って」ヴィクトリアは立ちどまってクレオのほおにキスをすると、急ぎ足で戸口に向かった。「心配しないで。着替えには充分余裕を見て戻ってくるわ。ヨークシャーの改良された農業方法に関するグリムショーの講義に遅れないように」

「よかった」クレオが優しくほほえんだ。「その講義を楽しみにしているの。ルーカスもそうみたいよ」

ヴィクトリアは玄関口ではっと足を止め、くるりと振り返った。「なんですって？」

「グリムショーの講義を楽しみにしているって言っただけだけど」

「ルーカスもそうだと言わなかった？」

「ああ、そう言ったわね？　彼もよ。自分でそう言っていたわ。彼が関心を持つのは自然なことじゃないかしら？　地所はヨークシャーのどこかだと思うわ。だから、水曜日に、わたしの新しいダリアの株をお見せした時にお誘いしてみたの。伯爵は、園芸学や関連する学問に、うわべだけでなくかなり本気で関心を寄せているようだから」クレオが言う。

ええ、たしかに伯爵はその分野につかのまの関心以上のものを抱いているようだと、小さな帽子の位置を直しながら、ヴィクトリアは暗い気持ちで思った。実際、園芸学と農芸学に対し、彼の関心は熱中と呼べるものに変わりつつある。最近は、肥料のやり方や輪作といった話題に関しては、自分のほうが遅れをとっていると感じることもある。

たった一週間前は誘惑しか頭にないように思えたのに、あっという間に方向転換したらしい。それについて憤慨すべきか安堵すべきかヴィクトリアはわからなかった。

数分後、ヴィクトリアはきびきびした速足で馬を走らせて公園に入っていった。ポニーに乗った馬丁が目立たないようについてくる。通りは上品な装いの騎手や二頭立て二輪馬車、小ぶりの無蓋《むがい》馬車などでにぎわっていた。一日のうちのこの時間帯は社交界全体が公園に集う。見たり見られたりする時で、楽しみや訓練のためではない。そちらの乗馬は朝の早い時間に行われる。

ヴィクトリアは笑顔を貼りつけて無数とも思える知人たちに挨拶しながら、目はぬかりなくルーカスをさがしていた。彼がふたりで会うのをわざと避けているのではないかという疑念が浮かび、会った時に彼がなんと言い訳するかを考えていた時、堂々たる栗毛の馬に乗った彼の姿がふいにすぐそばに現れた。その瞬間、ヴィクトリアは一瞬いらだちを忘れた。

「なんてすばらしい馬でしょう、ルーカス。美しいわ」

ルーカスがかすかにほほえんだ。「ありがとう。このジョージはぼくのお気に入りだ。多くのことを一緒にやってきたからね、なあ、ジョージ？」

ヴィクトリアは鼻に皺を寄せた。「国王陛下にちなんだ名前？」

「いや、ジョージと名づけたのは、簡単で覚えやすいと思ったからだ」

「こんなすばらしい馬を忘れる人はいないわ、名前がなんであろうと。この馬の子もいるのかしら？」

「まだいない。だが、ジョージには壮大な計画があるらしい」

この答えにヴィクトリアはほほえんだ。「そう。つまりあなたは彼が王朝を築くことを期待しているのね」

「当然だろう？　このジョージのような血統の雄馬はそれを継続する責任がある。おれたち男は、しなければならないことをするんだよな、相棒？」彼に首を軽く叩かれると、雄馬は頭をひょいとさげ、鼻からふんと息を吹いた。

ヴィクトリアの顔から笑みが消えた。王朝を築くという話題を持ちだしたのはまずかった。これまで、ルーカスが自分の名前と爵位に対する将来的な義務について遠まわしに言及したことはあったが、ストンヴェイル伯爵がいつか妻を娶り、跡継ぎをもうけると思うのは、なぜかいまのヴィクトリアには耐えられなかった。

「ええ、本当にすばらしい馬だわ。でも、わたしがあなたと話したかったのはそのことではないわ、ルーカス」急いで言う。

「それは残念だ。せっかく馬の話を楽しんでいたのだが」彼が豪華な馬車に乗った中年夫婦に向かって礼儀正しくうなずく。夫婦はほほえみ返すと、あからさまにヴィクトリアを見やった。

ヴィクトリアは毅然として笑みを浮かべてフォクストン夫妻の視線を受けとめると、速い歩調で馬を先に進めた。ルーカスがあわててジョージをうながし、あとを追ってきた。ヴィクトリアは肩越しにルーカスを見やり、眉をひそめてみせた。

「お願い、ルーカス、あちこちで止まらないでくださいな。きょうこそは、どうしてもあなたと話したいと言ってあったでしょう」

「では、いまみたいに警告なしに走っていくのはやめてくれ」

「レディ・フォクストンと話すのを避けようとしただけよ。いかにもわかってますよという目でこちらを見たんですもの。それに、そうしたのは彼女が最初じゃないわ。それも、あなたと話したかった議題のひとつなの、ルーカス。わたしたちの、この、協力関係？　それをみんなが気づき始めているわ」

「どうなると期待していたんだ？　舞踏会で男女ふたりが二回以上踊ったら、結婚の申しこみをしていると勘ぐられるものだ」ルーカスが指摘する。

「でも、わたしたちは踊っていないわ」

「それは些細なことだ。夜会でふたりでいるところを何度も目撃されればそれだけで充分だ」そう言いながら、またひとり老齢のレディがおちゃめにほほえみかけたのに対し、ルーカスは帽子を軽く傾けて挨拶を返した。

「では、気にしないことにするわ。しかたがないことですもの。それよりも、きょう話さねばならなかったのは、今夜ふたりだけで話す機会を持てない場合に備えて、いまのうちにどうしても確認したいことがあったからよ」

「それをおそれていたんだが」

「殉教者のような言い方はやめてください。冒険はあなたも同意したことでしょう？　真夜中の外出に同行すると言い張ったのはあなたのほうよ。そもそも、わたしたちのあいだの取り決めはあなたが言いだしたこと」

ルーカスが目を細めた。「ぼくが企画した外出について不満があるようだが、そうだとしたらがっかりだ。ぼくが命を賭け、庭の塀をのぼることで足を失う危険も顧みずに実現させた二回は、きみも楽しんでいたじゃないか？」

「そんな目で見ないでください。今週の二回のお出かけはとても楽しかったわ。でも、期待していたものとは違ったのよ、ルーカス」

「男の世界をさぐりにいく時に、なにを期待するというんだ？」

ヴィクトリアは下唇を噛んだ。「はっきりはわからないけれど。もっと冒険になることだと思うわ。もっと興奮するかと」

「水曜日の晩に出かけた時も、なんの冒険も興奮も感じなかったというのか？」

「昨夜の食堂の夕食がおもしろかったことは認めるわ。少なくとも、男性ふたりが食べたものを、連れのオペラの踊り子たちのスカートに全部戻すまでは楽しかった」目撃した場面と、そのせいで自分がなにも食べられなくなってしまったことを思いだし、ヴィクトリアは顔をしかめた。

「きみを幻滅させたいわけではないが、ヴィッキー、男が夜遅くに出かけて酒を飲めば、啓発的な行動をとることはあり得ないというのが真実だ。ヴォクソールはどうだった？　好きじゃなかったのか？」

「だめよ、ルーカス、ヴォクソールでわたしをごまかすことはできないわ。あまりに管理されているし、上品すぎるし。アナベラとか、ほかの女性の知人と行っても、だれも不適切とは思わないでしょう」

「公平に見てほしいな。男装することで、きみはあの場所のまったく違う面を見たじゃないか」

「わたしの論点をあなたは聞き漏らしているわ、ルーカス」ヴィクトリアがきっぱり言う。

「わざと、だと思うけれど」

「では、きみの論点はなんだ？」

「これまで、あなたがわたしを、リストに挙げた場所にひとつも連れていってくれていないということよ」

「ああ、そうだ、あの有名なリストだな。きょうのこの会合で、あのいまいましいリストに話が向くことをおそれていたんだが」

「あなたは約束したわ、ルーカス。わたしが行きたいところに、どこでも連れていくと言ったでしょう。それなのに、わざとわたしに、冒険という考えそのものをいやなものだと思わせようとしているみたい。違うかしら？　わたしにあなたの計画が見抜けないなどと思わないほうがいいわ。具合が悪くなるまでお酒を飲む若者たちを目撃するという不快な出来事や、ヴォクソールで拳闘の試合を見ることで、わたしが計画そのものを思いとどまると期待していたんでしょう」ヴィクトリアがとがめる。

「ぼくはただ、不必要な危険を冒さずにできることをやろうとしただけだ。拳闘の試合で血を見るのもいやだったようだが？」

「ほら、わかっていたわ。やっぱり、そんなに過激でない冒険でわたしをはぐらかそうとしているのね。でも、そうはいかないわ」ヴィクトリアが断言する。「あなたに、取り決めに従ってやることを要求します。あしたの晩、わたしたちは売春宿か賭博場に行きますから」そう言い、期待に顔を輝かせた。「後者のほうがいいと思うわ。ええ、本物の賭博場に行きましょう」

「きみは好きじゃないと思うが、ヴィッキー」

「それを判断するのはわたしよ。さあ、同意ができたかしら、それとも、連れていってくれる方をほかにさがすべきかしら？」

ルーカスはほほえんで軽く頭をさげ、すれ違った馬車に乗った、また別の詮索好きな中年女性に挨拶した。たしかに、外見だけ見れば彼は礼儀正しく気高い男性そのものだが、ヴィクトリアの脅迫に返答した時の声は氷のように冷たかった。

「できもしない最後通告は口にするな、ヴィッキー」

彼が特別な口調を使った時は、一歩引いて目標に向けた別な道をさがすのが最善であることを、ヴィクトリアはすでに学んでいた。こちらが強く押しすぎたとたんに、手のひらを返したように無慈悲になる傾向は気に入らないが、彼の言うことは一理ある。夜の世界を見せてくれるほかの同伴者を、いったいどこでさがすというのか。

それに、もうひとつ別な面もあった。冒険から戻るたび、庭で彼がしてくれる別れのキスにヴィクトリアはすでにすっかり魅了されていた。遊園地に出かけた夜以降にそうした抱擁が二度あったが、ヴィクトリアは彼が両腕に抱いてくれる次の機会を胸躍らせて待っている状態だった。

「ルーカス、この冒険の計画を主導するのはわたしだという事実をあなたは見落としているように思えるわ。決断するのはわたしであることを、あなたにもう一度言うべきかしら？　わたしたちの次の冒険は……。あら、いやだ」自分の馬の横に並んだ馬車に顔見知りの男女が乗っているのを見て、ヴィクトリアは言葉を切り、無理やり笑みを浮かべた。イザベル・ライコットのおもしろがっている目と目が合った。

深い色合いのルビーを飾ったイザベルは、その小さいが無疵《むきず》な宝石のようにきらめいていた。彼女の最新の同伴者、リチャード・エッジウォースが横に座り、手綱を握っている。前の晩に彼に紹介されたが、あまりいい印象を受けなかった。実を言えば、どんな男性でも選ぶことができるだろうに、イザベルはこの男性のどこがよかったのだろうと不思議に思ったほどだ。

表面的には、たしかになにも悪いところはない。エッジウォースは金髪だし、大半の人はハンサムだと思うだろう。まだ三十代前半だが、四十代になってもいまの容姿のままでいられるとは到底思えなかった。陰気で不愉快そうな彼の目には、自分は人生の犠牲者だとつねに考えているかのような嫌悪感が見てとれた。それに、弱さと自堕落な本質が漂う口元が精神力の欠如を示していた。

でも、自分は厳しく見過ぎているかもしれないとも思う。ルーカスを比較の基準にし始めたせいで、男性を見る目が厳しくなっている。

「ごきげんよう、ヴィッキー」イザベルが言った。「またお会いできて嬉しいわ」

「こんにちは、ミス・ハンティントン」エッジウォースがつぶやく。それからルーカスに視線を移し、すぐにそらした。「ストンヴェイル」

「エッジウォース」

ふたりのやりとりに冷ややかさを感じて、ヴィクトリアはルーカスを見やったが、その顔は判読不能でなにも伝えていなかった。ヴィクトリアは急いでイザベル・ライコットのほうに向きなおった。「なんてすてきな帽子でしょう、レディ・ライコット。作った方を教えていただかなければ」

「もちろんお教えするわ。オックスフォードストリートにお店があるのよ。今夜のレディ・アサートンのパーティで詳しく教えてあげるわね」

「残念ながら、あのパーティには行かないつもりなの」今週早いうちに招待を断ったことを思いだし、ヴィクトリアは言った。ルーカスは出席の返事を出しただろうか。「別な予定があるので。次にお会いした時に教えていただきますわ」

「では、そうしましょう」レディ・ライコットはルーカスに謎めいた笑みを投げると、馬車を出して先に進むよう自分の同行者に合図をした。これを受け、エッジウォースは手綱を軽く振った。灰色の上等な手袋のおかげでその動きはいちおう上品に見えた。

「きみはレディ・ライコットが好きじゃないんだね？」声が聞こえないくらい馬車が離れると、ルーカスがさりげなく言った。

「そして、わたしもあなたがミスター・エッジウォースと特別な友人ではないという印象を受けましたけど」

「賭けの借金でささいなもめごとがあってね」

ヴィクトリアは横目で彼を見やった。「彼とカードで賭けたことがあるのね？」

「一度だけだ。あの男がいかさまをした」

ヴィクトリアはぞっとした。「エッジウォースがいかさま？　驚きだわ。なぜいまだにクラブで賭けることを許されているのかしら？」

ルーカスは馬車が木々に隠れて視界から消えるまで見送った。「なぜなら、現場をつかまったことがないからだ。それについては非常に巧みでね」

「あなたが彼とやった晩はどうだったの？」好奇心をそそられ、ヴィクトリアは訊ねた。

ルーカスがにやりとした。「かなりひどく負けたあと、ちょうどゲームの半ばあたりで、ぼくがトランプ一組を全部床に落とすことに成功した。当然ながら、すぐに新しい一組が届けられた」

「印のついていない一組ね。なんて賢いんでしょう」ヴィクトリアは嬉しくなった。「それでエッジウォースが負け始めたのね？」

「ああ、大金をね」

「すばらしいわ。ね、わかるでしょう、ルーカス。そういう興奮こそ、わたしがこの目で見たいことよ」

「見るべきことはほとんどなかった。床に落ちたカードだけだ。あとは、エッジウォースが何度かにらんだくらいかな。ぼくは心のなかでひざまずいて、取り返しがつかないほど負ける前に、なにが起こっているのか見いだせた観察力に感謝を捧げたよ」

「ほら、また、わたしが経験したくてしかたがないような冒険を、なんとかさせないようにもっていこうとするんだから」ヴィクトリアは顔をしかめた。「あなたとエッジウォースが出会ったのは、そのカードゲームの時だけなのかしら？」

「なぜそんなことを聞く？」

「さあ、なぜかしら。ふたりの反応になにか感じたのかもしれないわ。だいぶ前から知り合いのような印象を受けたから。気にしないで。夜の外出の話に戻り――」

「なぜイザベル・ライコットを好きじゃないんだ？」

ヴィクトリアは口元をこわばらせた。「そんなに露骨だったかしら？」

ルーカスは小道をやってきた一組の男女にうなずいて挨拶をした。「きみをよく知っている者にしかわからないだろう。ぼくはきみのことをよく知りつつあるからね」

「とくに理由はないのよ。数週間前に紹介されたんだけど、その場ですぐに、わたしの母と義理の父の知り合いだったと主張されたものだから」

「義理の父親というのは、サミュエル・ウィットロックという名前の男か？」

「ええ」

「クレオ叔母さんのことは別として、きみは家族について一度も話したことがないね」ルーカスが指摘する。

「話したくないことだから。なぜわたしの義理の父の名前を知っていたの？」

「ジェシカ・アサートンから聞いたのだと思う」

「ああ、もちろんそうよね」ヴィクトリアの声が冷淡になった。

「今度はなにがまずいんだ？」ルーカスが優しく訊ねる。

「なにも」

「ヴィッキー、ぼくはきみの友だちだ、そうだろう？　しかも、近いうちに恋人になるつもりだ。ぼくには話して大丈夫だ」

　ヴィクトリアはほおがかっと熱くなるのを感じ、周囲にさっと目を走らせた。「なんということを、ルーカス。こんな人前で言うことじゃないでしょう。それに、将来の関係についてはなにもわからないわ。仮定で話を進めないでくださいな」

「ぼくがレディ・アサートンと、きみについて話すのがいやなんだろう？」

「まあ、そういうことかしら」

「彼女のこともあまり好きじゃないんだね？」ルーカスが訊ねる。

「ジェシカ・アサートンのことは嫌いではないわ。前にも一度説明したでしょう。彼女とは共通点はあまりないけれど、対立するようなこともない。そもそも、レディの鑑に反対する人なんていないわ」ヴィクトリアはためらった。「どのくらい前から知り合いなの、ルーカス？」

「ジェシカ・アサートンのことか？　数年前からだ。アサートンと結婚する前に知り合いだった」

彼の早口の説明を聞き、それ以上の関係だったに違いないとヴィクトリアは断定した。だが、どのように聞けばもっと詳しく話してもらえるかわからなかったので、話題を変えた。

「わたしも、レディ・ライコットがエッジウォースのどこをいいと思ったのかわからないわ」意見を述べる。「きっと、彼のカードでの習慣を知らないのね」

「おそらくそうだな」

「未亡人という立場はとても便利でしょうね」ヴィクトリアは考えこんだ。

それがルーカスの関心を引いた。「なんの話をしているんだ?」

「自分で財産を管理できる未亡人だから、レディ・ライコットは自分が選んだ同伴者と出かけることに関して、わたしよりもずっと自由だわ。気づいたでしょう?」

「それについては考えたことがなかった」ルーカスがつぶやく。

「わたしは考えたわ。かなり真剣に。わたしは結婚したことがない女性だから、レディ・ライコットよりもはるかに厳しい制限に縛られている。人々にどう言われるかをいつも気にしなければならない。この歳なのに、いまだに自分の評判を守る必要がある。でも、イザベル・ライコットはエッジウォースと無蓋の馬車に乗り、今夜は彼と踊り、アサートン邸のパーティのあとは彼を自宅に連れ帰ることができて、それでもだれも気にとめないわ。公平じゃないと思うのよ、ルーカス。まったく不公平だわ」

「頼むから、富裕な未亡人の自由を楽しむために、ぼくと結婚してから、ベッドでぼくを殺そうなんて考えないでくれ」

ヴィクトリアは小さい声で笑った。「そんなことは考えないわ。自由で富裕な未亡人になるという展望も、わたしを結婚させる誘因としては充分じゃないもの」

ルーカスが考えこむようにヴィクトリアを見つめた。「話し合いが終わったなら、用事は済んだわけだな。馬に乗ってふたりでかなり遠くまで来たが、ぼくたちの関係について過度に憶測されたくないだろう」

「ええ、あなたの言うとおりだわ」そう答えながらも、ヴィクトリアはイザベル・ライコットの自由にあこがれずにはいられなかった。ルーカスに別れを告げたくなかったからだ。「でも、少し待って、ルーカス。次の冒険のことを話さないと。ヴォクソールとかほかの食堂よりはもう少しわくわくできるところにしたいわ。あすの夜、チリングウォース邸のパーティのあとに叔母の庭で待っています。少なくとも賭博場には連れていってもらえると期待しているわ」

ヴィクトリアの支配的な口調にストンヴェイルの眉が両方とも持ちあがった。「きみの希望はぼくにとって命令だ、ヴィッキー。ところで、今夜会えるのを楽しみにしているよ、グリムショーの講演会に出席する」

ヴィクトリアはにっこりした。「本当にヨークシャーの農法改革に関心があるの？」

「それがそんなにおかしいか？」

ヴィクトリアは肩をすくめた。「いいえ、そんなことないわ」

ルーカスが帽子をあげてヴィクトリアに挨拶した。「警告しておこう、ヴィッキー。きみはまだ、ぼくについて知っておくべきことをすべて知ったわけじゃない。ではごきげんよう」ヴィクトリアが答えを思いつく前に、彼はジョージの馬首をめぐらし、駆け足で去っていった。ヴィクトリアが遠ざかる彼の背をじっと見つめていると、少し離れたところから、アナベラ・リンウッドが呼ぶ声が聞こえてきた。なんだかわからない奇妙な感情を振り払い、ヴィクトリアは友のいるほうに向かった。

グリムショーの講演会のあと夜遅くなって、ヴィクトリアは暗くなった家から慎重に抜けだし、温室に入っていった。青白い月光が窓から差しこみ、異国の植物がたくさん置かれた空間を不思議な禁断の世界に変えている。

だが、夜の温室の不気味なジャングルには慣れていたから、すみやかに通路のひとつを通り抜けて庭に出た。夜の大気は冷たく、ブーツを履いた足の下の草が湿っている。ヴィクトリアは足を止め、ルーカスを見つけようと暗がりに目をこらした。彼が動くまで見つけられないのはいつものことだ。

ルーカスが塀の陰という避難場所から出て、ほぼ黒だけで装った暗く近寄りがたい姿を現した。ヘッセンブーツが月明かりのなかでかすかにきらめく。顔は陰になっている。彼のその姿を見た瞬間、ヴィクトリアは息を呑んだ。期待が血管を駆け巡り、興奮に身が震える。

ルーカスが片手を差しのべた。ヴィクトリアは歓迎の笑みを浮かべ、安心しきって彼の手に指をあずけた。彼女がそうすると、ルーカスはもう一方の手で彼女の顎を持ちあげてキスをした。短いが、強くて独占欲に満ちたキスだった。抗議したほうがいいようなキスだとわかっていても、いつももっとほしくなる。この秘めたひとときのはかなさが、そしてその官能的な情熱が、彼女のなかに強い欲求不満の感覚を引きおこした。

「今夜のためにぼくが雇った馬車が角を曲がったところで待っている」壁を越えて、彼女の脇の歩道に軽やかにおり立つと、ルーカスは言った。「急いでくれ。きみの叔母上の庭のそばでふたり一緒のところを目撃されたくない」

「心配しすぎだわ、ルーカス」そうは言ったものの、ヴィクトリアも足を速め、待機していた黒い馬車まで行って急いで乗った。

ルーカスも彼女のすぐうしろから、いつものように体重を右足で支えながら扉を抜けて乗りこんだ。薄暗い月明かりのなかで、彼が向かいの席に座った時に顔をしかめるのが見えた。片手を太腿にやり、無意識にさする。

「脚が痛むのね？」心配で聞かずにはいられなかった。

「たまに気になることがあるとだけ言っておこう」

「そして、これはそのたまのひとつ？」

「そうだ。心配しなくていいさ、ヴィッキー」

ヴィクトリアは唇を噛んだ。「友人から、あなたが半島戦争で負傷したと聞いたわ。本当なの？」

暗がりで彼がヴィクトリアと目を合わせた。「その件に関しては、きみが義理の父親について感じているのと同じように感じている」

「つまり、それについて話したくないということ？」

「そのとおり」

「なんてことでしょう、ルーカス、あなたにとっては本当につらいことだったに違いないわ」

「それについて話したくないと言ったはずだ」彼が脚をさするのをやめた。「さあ、お願いだから、注意深く聞いてくれ。きみは今夜、心からの願いをかなえる。ぼくたちは、賭博場として分類されるある施設に行く。ぼくのクラブのひとつに連れていくことはしない。いくら変装していても、だれかに気づかれる確率が高い。たとえそうならなくても、きみについて説明しないわけにいかないが、説明はできないからな」

ヴィクトリアの胸が高鳴った。「賭博場ね、ルーカス。すばらしいわ。わくわくするわ。待ちきれない」

ルーカスがため息をつく。「きみのその熱意をぼくも共有できればいいと思うよ、ヴィッキー。こうした場所はただひとつのことを念頭に運営されている。それは、客とそいつの金を引き離すことだ。その目的のために投入されるのが大量の酒と女だ」

「つまり、危険だということ？」刻々と興奮が募っていく。

ルーカスが非難の表情を向けた。「賭博場のなかで、暴力沙汰になることはさほど多くない。それはおもに商売に差しつかえるという理由からだ。むしろ、そこを出てからあとに問題が起こることが多い」

「なんの話をしているの？」

「大金を失った者がナイフやピストルの助けを借りて負けを取り戻そうと試みるのはよく知られたことだ。経営者側がそういう筋の借金取り立て人を雇い、そいつが外の路地で仕事をするというのも珍しいことではない」

ヴィクトリアは目を見開いた。「まあ」

「ぼくが言いたいのは、気をつけなければいけないということだ。つねにぼくの指示に従うと約束してもらわなければならない。わずかでも危険は冒せない」

「ルーカス、あなたは心配しすぎだと思うわ。少しリラックスして、気を落ち着かせたらどうかしら。わたしはもちろん思慮深く行動するもの」ヴィクトリアは輝かんばかりの笑みを浮かべた。

ルーカスがその笑みを眺め、うなり声を漏らした。「今夜は後悔することになるという予感がするよ」

「ばかなこと言わないで。すばらしい時間を過ごせるはずよ」

「近いうちに、ヴィッキー、ぼくたちはこの取引を終える件について話し合う必要があるな」

ヴィクトリアはふいに動きを止めた。「わたしが払う代償で満足してくれると言っていたのに」

今度ほほえむのはルーカスのほうだった。ヴィクトリアは身を震わせ、馬車の外の景色に目を向けた。街路は暗かったが、無人なわけではなかった。あちこちで果てしなく続くパーティに、上流階級の人々を連れていったり連れ帰ったり、ひたすら運ぶ馬車の列が絶え間なく続いていたからだ。街の通りは夜明けまで混雑が続き、そのあとは上品な馬車に取って代わって農民の荷馬車やミルク運搬車が登場する。

二十分後、ヴィクトリアは貸馬車が停止する気配を感じた。わくわくしながら外をのぞくと、有望そうにはとても思えない薄汚い建物が見えた。入り口の上に壊れた看板がかかっている。ヴィクトリアはぶらさがって揺れている看板の消えかけた文字に目をこらした。

「〈緑の豚〉？」

「たしかに、熱意を掻きたてる名前じゃないな」

「あまり期待できる感じではないけど、この期に及んで気を変えるつもりはありませんから」

「なぜかわからないが、ぼくもきみが気を変えるとは思っていないよ。よし、では行こうか。きみが、ここに入っていく決心をできたらの話だが」

〈緑の豚〉の外側が薄汚いと描写できるとすれば、内側はひどく汚いとしか言いようがなかった。かつては赤の装飾で統一されていたようだが、赤いベルベット地のカーテンと絨毯は薄黒くすすけてしみだらけ、長年の使用で擦り切れ、破れている。燃えさかる暖炉の炎が悪魔の光を放ち、室内をまさに地獄のように輝かせていた。

ヴィクトリアはあっけにとられ、きょろきょろしながらルーカスについてバーに向かった。こんな光景を見たのは生まれて初めてだった。陰の多い室内は、あらゆる職業の男たちでいっぱいだった。全員がサイコロの次のひと振り、あるいはカードの次のひとめくりに集中している。だて男や御者やプロボクサーたちが、肩をくっつけ、ひしめき合ってテーブルを囲んでいる。サイコロがぶつかる音と勝利の叫びと絶望のうめきが絶え間ない騒音を作りだす。緊張と不安と興奮と男の汗で全体にむっとしているが、それがとくにひどいのは緑色のフェルトが張られたテーブルの周辺で、そこは人々が三重か四重に取り巻いていた。バーの給仕女たちが人混みを掻き分けてテーブルをまわり、エールとこぼれそうな胸元を使って、やる気を失ったプレーヤーをなだめ、ゲームに戻らせる。

ルーカスがヴィクトリアの手にジョッキを押しつけた。「偽装だ」彼がささやく。「きみが飲んでいないと変に見える。だが、気をつけてくれ。〈緑の豚〉は、エールの強さで悪名高い」

「心配しないで、ルーカス。ここから運びださなければならないほど酔っ払ったりしないから」ヴィクトリアは請け合った。

「冗談じゃない。それは頼むからやめてくれ」

ヴィクトリアは立ったままジョッキの中身をすすりながら、周囲の光景を観察した。落ちこんだ表情の男性が、給仕娘にいたわられながら階段をのぼっていくのが目に入った。少し経って戻ってきた時、その賭博師は勝負に戻る気まんまんのように見えた。落ちこんだ様子は完全に消えていた。

ヴィクトリアは魅了された。「ここはおもしろいわ、ルーカス。独特な雰囲気なのね。わたしがこれまで見てきたところとはまったく違う」

ルーカスが人だかりのほうを見やった。「そうかな。先日のバナーブルック邸の人混みとかなり似かよっている。そう思わないか？」

ヴィクトリアは笑いでむせそうになり、急いでエールをすすった。「もしもレディ・バナーブルックがその意見を聞いたら、何週間も招待状が来なくなるわよ」

「もしもきみが今夜どこにいるかをレディ・バナーブルックが知ったら、きみは最後の審判の日まで、彼女からの招待状を待つことになるぞ。それどころか、社交界の全員から招待されなくなる」

「お願いだから、わたしをこわがらせたり、憂鬱にさせたりしようとしないでちょうだい、ルーカス。すばらしいひとときを過ごしているのだから。これは食堂よりもずっと興味深いし、ヴォクソールより千倍楽しいわ。ねえ、教えて。男の人たちがバーの給仕の女性たちと二階へ駆けあがっていくのはなぜなの？」

ルーカスが部屋の一番奥にある狭い階段をちらっと見やった。「あの男たちは賭けに負け、慰められてふたたび運を試しなさいと励まされる」

「慰められる？」

「二階には小さい寝室がいくつかあるんだ、ヴィッキー」

ヴィクトリアは目をしばたたいた。ほおがかっと熱くなる。「そうなの」振り返り、また新たな男女が二階に行くのをもっと念入りに観察した。男は酔っぱらって、連れに支えてもらわねばのぼれないほどよろめいている。ヴィクトリアは眉をひそめた。「あなたがあの階段をのぼる状況に一度もなっていないことを願うわ、ルーカス」

彼がにやりと笑うと、ジョッキの縁のそばで珍しく歯がきらりときらめいた。「それは一度もない、誓うよ。こういうことに関して、ぼくがきわめて洞察力に長けていると前に言ったと思う。いずれにしろ、あの階段は基本的に敗者のためのものだ」

「そして、あなたはいつも勝つんですものね」ヴィクトリアは満足感に浸りながらしめくくった。「ねえ、ルーカス、サイコロを振るのが楽しみで待ちきれないわ。叔母とふたりで、チャンスに関連する数学の一分野を研究した時に、運に左右されるゲームの戦い方を独学したことがあるの。魅力的なゲームだわ。ある番号を出すのが、ほかの番号よりもずっと簡単なことを知ってる？」

「それは気づいている」非常にそっけない口調だった。

「ええ、そうよね。もちろんあなたは、そうしたことはよくわかっているわよね？　さあ、わたしたちも空いているテーブルをさがしましょう」

「少し落ち着いてくれ、いい子だから。ここでサイコロを投げたくはないだろう。正直者はひとりもいない」

「ばかなこと言わないで。わたしを思いとどまらせようとして言っているだけでしょう？ここに楽しみに来たのだから、もちろんゲームをするつもり。わたしがとても熟練した賭博師だということを思いだしてほしいわ」

「ヴィクトリア、きみは自分が信じているほど熟練してるわけじゃない」

ヴィクトリアは無邪気そうに目を丸くしてみせた。「でも、わたしはゲームがとても得意なはずよ、あの晩もカードで勝ったのだから」

「ヴィクトリア……」

「あの晩、あなたが負けたことについてほかに可能な説明はただひとつ、あなたが公正なゲームをしなかったということ。でも、そんな不快な非難をしてあなたを侮辱するなんてとんでもないことだわ」

「賢い娘だ」ルーカスが冷たく言った。

「もしもあの時侮辱していたら、あなたはわたしを外に呼びだしたかしら？」

「あり得ない。拳銃を使うのは嫌いだ。夜明けだろうがいつだろうが」

「元軍人としては奇妙な発言だこと」

「元軍人としては、唯一筋の通った発言だ、ぼくに言わせれば」

「でも、あなたは拳銃を携帯しているわ」ヴィクトリアは小さい声で指摘した。

彼が肩をすくめた。「ここはロンドンで、きみは真夜中に街中に出ていこうと主張している。選択肢はあまりない」

ヴィクトリアはまたエールをひと口すすり、急にすごく楽しくて大胆な気分になって彼のほうに顔を寄せた。「あの晩、ふたりでカードをした時、いかさまをしたんでしょう、ルーカス？　あれからずっと、知りたくてたまらなかったの」

「それは重要なことではない」

「そうかしら？　いいわ、あなたがそんなふうに言うならば、別な方法で楽しむことにするわ」ヴィクトリアは一番近いテーブルに向かって歩きだした。

「ヴィクトリア、待ってくれ……」

しかし、ヴィクトリアはすでに賭けているテーブルのそばに場所を確保していた。男たちの汗だくの熱い体に押されて半ばつぶされそうになりながら、身を乗りだしてゲームをのぞきこむ。ルーカスがすぐうしろに来たことに気づいたが、気にとめなかった。サイコロはすでに受けとっている。かちゃかちゃと音をさせてサイコロを持った手を振り、ヴィクトリアは勢いよく緑色のフェルト地の上にサイコロを投げた。

「場の数は七だ」だれかが言う。瞬時に、ヴィクトリアの次のひと振りに対して賭け金が積まれた。

ヴィクトリアは高揚感で体がぞくぞくするのを感じた。場の数として七は最高だ。男たちの息が詰まりそうな体臭はほぼ無視できた。しかも、ルーカスがすぐ背後にいると知っていることが、絶対に負けないというめくるめく感覚をもたらした。自分はすばらしいひとときを過ごしていて、しかも絶対に安全。ヴィクトリアは二度目のダイスを振った。

「十一、いいぞ」男が嬉しそうに叫ぶ。「こいつ、当てたぞ」勝利の叫びがテーブルを揺るがした。

騒音に隠れて、ヴィクトリアは振り返り、ルーカスにささやいた、「当てたっていうのは、勝ったということ？」

「そうだ、きみが勝った。賭け金を集めろ、ヴィッキー。もう充分遊んだ」ルーカスがきっぱりと言う。

「でも、勝っているのに。いまやめるわけにはいかない」

擦りきれた外套を着て汚れたクラヴァットをしめ、赤い顔をした男がふらつきながらもヴィクトリアの言葉を小耳にはさんだらしい。目をぎらぎらさせてルーカスに食ってかかった。「おい、この坊やにも、ゲームを続ける権利はあるぞ。おまえが連れだすのは許さねえ」

「この人の言うとおり、ルーカス。わたしにも権利はあるわ」ヴィクトリアは小声で言った。

ルーカスは男を無視し、身をかがめてヴィクトリアに顔を近づけた。彼が本気で心配しているのは明らかだった。「ヴィッキー、運営側はきみが夢中になるまでしばらく勝たせる。そのあとはきみは負け始める。そして大金を失うまで負け続ける。ぼくを信じたほうがいい。わかっているんだ」

「それなら、勝っているあいだだけやって、負けたらすぐにやめるわ」小声で威勢よく宣言し、ヴィクトリアはテーブルに戻った。ルーカスが小さく悪態をつくのが聞こえた気がしたが、彼女を熱狂的に迎えた男たちの叫び声に埋もれて、なんと言ったかわからなかった。

十分後、ルーカスが予言したとおり、ヴィクトリアの幸運は報復に転じた。サイコロを一度振っただけで、それまで積みあげてきた儲けすべてが一瞬にしてなくなるのを見て、ヴィクトリアはぼう然とした。怒りにかられてルーカスのほうを振り返り、激しい口調でささやいた。

「あれを見た？　なぜあんなことになるの？　勝っていたのよ、ルーカス。あんなふうに運が突然変わるなんて信じられない」

ルーカスがヴィクトリアを引いてテーブルのそばから連れだした。「運とはそういうものさ。とくに、こういう場所ではね。警告しただろう」

「そんなに偉そうな顔をする必要はないわ。勝っていたんだし、このあとだって……」

しかし、ルーカスはすでにヴィクトリアには注意を払っていなかった。室内をさりげなく眺めていた彼の視線が、隅のテーブルでカードをしているグループで止まった。「くそっ」

「どうしたの？」ヴィクトリアはそちらのテーブルをすばやく見やった。

「きみの知り合いに会うことはないという確信があったからここを選んだが、間違っていたようだ。すぐに出ないといけない」

「ルーカス、心配ばかりするのはやめて。わたしに気づく人なんてだれもいないわ。人は見ると思っているものしか見ないし、わたしが男装でここにいるなんて、だれも思っていないもの」反論する。

「危険は冒せない。来るんだ、ヴィッキー」ルーカスが戸口に向かって歩きだした。

ヴィクトリアもしぶしぶあとを追ったが、不安になって、最後にもう一度隅のカードテーブルに目をやった。「あらまあ、あれはファーディ・メリヴェイルだわ、そうじゃない？」

「ああ、まさに彼だ」

「かなり酔っているようだわ、ルーカス。彼を見て。椅子にまっすぐ座っていることもできないのに、まだカードを続けているわ」ヴィクトリアは心配になった。

「そのようだな。一緒にいるのはダディングストンだ。ということは、メリヴェイルは最近相続した財産の大半をここで手放すことになるのは間違いない。さあ、時間を無駄にするな、ヴィッキー」

「そのダディングストンはどんな人なの？」

「きわめて優秀なばくち打ちだ。良心のかけらもなく、みごとないかさまをやってのける。メリヴェイルのような愚かな若者を食い物にしている。毎度のことだ」

ヴィクトリアは唐突に足を止めた。「それならば、わたしたちでどうにかしなければ」

「ぼくはどうにかしようとしている。ファーディ・メリヴェイルがきみに気づく前に、きみをここから出そうとしている」

「あんな様子では、わたしでもほかのだれでも気づかないでしょう。ルーカス、彼をダディングストンのえじきとなるままに置き去りにはできないわ。ファーディの妹さんのルシンダは友人なの。気の毒なファーディが悪名高い賭博師に巻きあげられるのを黙って見ていられない。とてもいい青年よ」

「ぼくたちは黙って見ているわけじゃない。すぐにここを出るんだから」

「いいえ、ルーカス。どうしても、なにかしなければならないわ」

ルーカスが振り返ってヴィクトリアをにらみつけた。「では、現実として、なにをしようと言うんだ？」

ヴィクトリアは考えこんだ。「あのゲームをただ中断させて、ファーディに帰るように説得しましょう」

「なんてこった。いくらなんでも、ぼくに多くを望みすぎじゃないか？　ファーディが帰りたがっていなかったら？」

「その場合は、あなたが彼を帰るように仕向けなければいけないわ」

「不可能だ。大騒ぎになることは間違いないし、それこそ、なんとしてでもぼくたちが避けなければならないことだ」

「わたしのことは心配しないで、ルーカス。この戸口の近くで待っているわ。ファーディには絶対に見られないようにする。あなたがしなければならないのは、彼をここから連れだして、馬車に乗せて、家に送り届けることだけ」

「ぼくが馬車に押しこんで、家に送るつもりなのはきみだ」ルーカスが食いしばった歯の隙間から言う。「これが間違いだとわかっていたよ。ここに連れてこいというきみの要求に決して屈するべきではなかった」

「急いで、ルーカス。次の回を始めようとしているわ。ファーディを救出しなければ」

「なあ、聞いてくれ、ヴィクトリア……」

「かわいそうなファーディをあなたが救いだすまで、わたしはここから動きませんから。とても優しい若者なの。そんなダディングストンなんていう人に粉々に噛み砕かれるいわれはないわ。行って。彼を救ってあげて」カードテーブルのほうにルーカスを押した。「見えないようにしていると約束するわ」

ルーカスは小声で悪態をついたが、優秀な軍人はだれもがそうであるように、いさぎよく負けを認めたようだった。なにも言わずにきびすを返し、混み合う室内に戻っていった。

なにが起こっているか、ヴィクトリアからはほとんど見えなかったが、数分後、ファーディ・メリヴェイルが人々のあいだから姿を現し、そのすぐうしろにルーカスも続いていた。ファーディの片腕が変な角度で背中のほうにねじ曲げられている。外に出るために、ルーカスの前を歩きながら、若者は少しも幸せそうではなかった。

ルーカスに目で合図されて、ヴィクトリアも目立たないように少し距離を置きながら、ふたりのあとについていった。外に出ると、ファーディ・メリヴェイルがろれつのまわらない声で文句を言っているのがはっきり聞こえた。

「くそっ、ストンヴェイル、こんなことできないはずだ。運がついてきたところだったんだ。あと何回かで、あの男を仕留められた」

「あと何回かで、きみはあしたにも街を離れ、永久に田舎に引っこむところだった。それはいやだろう、メリヴェイル？　きみは都会っ子だからな。ダディングストンに対してどのくらい負けたんだ？」

ファーディがなにかあいまいにつぶやき、ルーカスが首を振った。「いまこの瞬間にきみが嬉しく思っていないことはわかっているが、メリヴェイル、しかも、ぼく自身もまったく嬉しくないが、ほかに選択肢はなかった。おそらくあすになれば、きみも感謝するだろう」

ルーカスが通りかかった辻馬車に合図をした。

「まったくひどいよ、ストンヴェイル。助けてほしくなどなかった。次のゲームで勝てるはずだった」ファーディが酔っ払いらしい泣き言を言う。

「なあ、ぼくたちふたりのために、よく聞いてくれ。次に自分の財産を浪費しようと決意した時は、ぼくが目撃する可能性がない場所でやるんだ。今夜のきみは、きみが自覚している以上に迷惑千万だったからな」ルーカスは若者を馬車のなかに投げ入れると、御者に指示をした。

馬車ががらがらと音を立てて走り去ると、ルーカスは数歩さがり、ヴィクトリアのほうを振り返った。

「満足か？」

「すばらしかったわ、伯爵さま」彼の救助活動を誇らしく思う気持ちとうまくいったという安堵感に、ヴィクトリアは思わず笑いだした。笑いながら歩道からおり、彼の横に立つ。

「誓って言うけど、たとえファーディは感謝しなくても、わたしはあなたに一生感謝し続けるから」

彼がなにか返事をしようと口を開け、そのままヴィクトリアの背後に目をやって急に表情を変えるのが見えた。その瞬間、馬のひづめが敷石を踏む音と馬車の車輪のがらがら鳴る音が聞こえた。

車輪の音はとても近かった。振り向いたとたん、二頭の黒い馬が引く黒い馬車がのしかかるように迫ってきた。

その瞬間、安全な歩道が何キロも遠くにあるように感じ、のどで生じた悲鳴が、打ちつけるひづめと馬車の車輪のきーっというきしみ音に掻き消された。

そのあと、なにか重たいものがぶつかってきて、疾走する馬車の進路からヴィクトリアを押しのけた。跳ねとばされて道に投げだされ、ルーカスの全体重を受けとめた次の瞬間、ヴィクトリアのブーツを履いた足先からわずか数センチのところを、ひづめと車輪が通りすぎていった。

6

「きっと、どこかの愚かな酔っ払いが、未熟な操縦技術を披露しようとしたに違いないわ」馬車の向かいの席からヴィクトリアは言った。「ええ、きっとそうよ」

陰になってはっきり見えないルーカスの表情を知ろうと、ヴィクトリアは目をこらした。危機一髪だったという衝撃に体の震えはまだ止まっていなかったが、興奮のせいでなにかしゃべらずにはいられなかった。そして、いまもっとも心配なのは同伴者のことだった。

舗道からヴィクトリアを助け起こして馬車に乗せたあと、彼は一言も発していなかった。怒りによる緊張感だけが伝わってくる。無意識に脚をさすっているから、おそらく、ヴィクトリアを助けた時に痛めたのだろう。

「本当にすばやい動きだったわ、ルーカス。そうでなかったら、わたしは絶対に轢かれていたわ」

返事はない。

「脚がとても痛むんでしょう？」

「大丈夫だ」

ヴィクトリアはため息をついた。「すべてわたしが悪いんだわ。今夜、わたしが賭博場に行くと言い張らなかったら、あなたが脚を痛めることもなかった」

「あの事故のひとつの見方としてはたしかにそうだ」

「反省しているわ、ルーカス」

「反省？」

「そうね、正確に言えば、〈緑の豚〉に行ったことを反省しているわけではないけれど」ヴィクトリアは率直に認めた。「すばらしいひとときを過ごしたんですもの。でも、あなたが怪我をしたことは申しわけなく思っているわ」ヴィクトリアは衝動的にふたりの狭い隔たりを越えて、彼の隣に席を占めた。「ねえ、マッサージをさせて。わたし、馬のマッサージがとても上手なの」

「ぼくは馬か？」

その辛辣な口調にユーモアが隠れているのを感じとり、ヴィクトリアはようやくほっとして少しほほえんだ。「あざがあるのは同じでしょう？　激しく走ったあとの馬をなだめる手法については、徹底的に学んだの」

「あざができているのは、ぼくの下敷きになったきみのほうだろう。怪我していないのはたしかなのか？」

「ええ、全然大丈夫。男ものの服の長所のひとつは、夜会服よりも体を守ってくれるところだわ。あなたは身を投げだした時に脚をひねってしまったのね」

そう言いながら、ヴィクトリアは両手で彼の太腿をそっとなぞり、痛い場所をさがした。指の下に強い筋肉と腱を感じる。ぴったりしたズボンは彼の体の線をいっさい隠していない。

まるで肌に直接触れているかのようだと思い、ヴィクトリアは彼の脚を慎重に揉み始めた。ルーカスは止めようとしなかった。動かずにただ坐ってマッサージする手を見おろしている。彼のいま感じている不快感を少しでも和らげたい一心で、ヴィクトリアは全神経を手元に集中させた。

彼の体にはゆるみがほとんどないと、頑丈な筋肉を押しながらヴィクトリアは思った。まるで石のように硬い。

「あなたがファーディ・メリヴェイルにしてくださったことを本当に感謝しているわ」気づくと、火花が飛びそうな沈黙を埋めるために早口でしゃべっていた。彼の太腿のさらに奥の筋肉まで指を入れる。

「それはありがたい。メリヴェイルが感謝するとは思えないからね」ルーカスがはっとあえいだ。「もう少しゆるく頼む、ヴィッキー。そっちの脚は怪我しているほうだ」

「ああ、そうね、ごめんなさい」ヴィクトリアは指の圧力を軽くし、ちらりと見あげて彼の表情を確認した。

「ずっといい」彼は少し黙っていたが、それから言った。「たしかに非常にうまい。きみの馬たちがうらやましいほどだ」

陰になった彼の顔を見あげると、今回はかすかにほほえんでいるのがわかった。すべてを見抜いているというような官能的な笑みを見た瞬間、全身がかっと熱くなった。彼の脚の緊張が、言葉で言い表せないなにかに変化したのを感じ、気づくと彼の内腿に手のひらを走らせていた。

　彼が片手をあげて、少しざらざらした指先でヴィクトリアの喉から首筋までの線をゆっくりなぞった。彼がキスしようとしているのを感じ、ヴィクトリアは息を止めた。そのきらめくまなざしはもう学習している。夜の冒険のあと、叔母の庭でなんども見たまなざしだ。期待がヴィクトリアの五感に火をつけた。

「ルーカス？」

「言ってくれ、ヴィッキー、ぼくのおやすみのキスが好きかい？」

「わたし……」言葉が喉で詰まった。「ええ、ええ、好きよ」

「きみに関してぼくが好きなところのひとつは、もっとも楽しい時に、きみがその楽しさを正直に伝えることだ」彼女の髪に指を滑らせ、後頭部に当てて彼女をそっと引き寄せる。「それがぼくにどんなふうに作用するか、きみはわからないだろうな」

　ヴィクトリアが近づこうと動いた瞬間、馬車ががたんと揺れた。彼の膝に倒れこむと、ヴィクトリアは小さく喜びのため息をつき、両腕を彼の首にまわして、キスができるように顔をあげた。こんなにキスしてほしいのは、庭での何度かのキスで、こういうことに対する感性が磨かれたせいに違いない。

　ルーカスの唇がヴィクトリアの唇にかぶさった。下唇の端から舌がわずかに滑りこみ、入る許可を求める。

　真夜中のおやすみの抱擁の時にいつも感じていた熱と興奮を求め、ヴィクトリアはさらに身を寄せた。彼の硬くて力強い腕が彼女を包みこむ。その手が胴着のボタンのほうに動いても、ヴィクトリアは抗わなかった。その晩の抑制されていた興奮がいっきにあふれだし、これこそ、どんな冒険よりもわくわくする瞬間だとわかった。自分の首に巻いたクラヴァットが解かれるのも気づかないくらいだったが、その指が喉に滑りおりるのを感じると、彼の首にまわした腕をぎゅっと締めつけた。

ルーカスがヴィクトリアと唇を合わせたままそっと笑う。指をさらにさげて胴着とシャツの合わせを広げた。「男ものの服をゆるめるのは奇妙な感じがする」

ヴィクトリアが答えなかったのは、ふいに彼の手が剥きだしになった乳房を包みこんだからだ。はっとあえぎ、身をこわばらせる。それから、すべきだとわかっている抗議をせずに、火照った顔を彼の肩に押し当て、もっと強く抱きしめた。

「ぼくの手の感触が好きかい、ヴィッキー？」

ヴィクトリアはこくんとうなずいた。「ええ」彼の親指に触れられて、乳首が硬くなるのが自分でもわかった。

「正直でいい。きみがぼくにしたことを感じられるか？」

感じられた。お尻の下で彼がどんどん硬くなっている。彼が太腿を少し広げ、きついズボンの下の硬いものをヴィクトリアがもっと感じられるようにした。

「ルーカス、あなたの痛いほうの脚が」

「少なくともいまは痛みを感じないから大丈夫だ」

「やめなければ」

「こうして触れるのを本当にやめてほしいのか？」彼がささやく。

「お願いだから、そういう質問をわたしにしないで」息をはずませながら彼の肩の筋肉に指を食いこませ、彼の手のひらにもっと乳房を押しつける。体がさらに熱くなり、脚のあいだがなにか熱いもので湿るのがわかった。

両脚のあいだの熱い湿り気のことをわかっているかのように、ルーカスが両手をおろして彼女のズボンの締め具に触れた。大声を出して彼にやめるように要求すべきだとわかっていたが、その瞬間、ヴィクトリアは完全に声を失っていた。ふいに彼の男っぽい香りと彼のなかの性的な緊張に魅了され、指を彼の肩に食いこませた。ゆるませるが、また食いこませる。

「もう濡れているね、ぼくのために」ルーカスがズボンの開いたなかに片手を滑りこませて、ヴィクトリアの熱い中心を見つけだした。「体はもう受け入れの準備ができている」

「ルーカス」

「恥ずかしがらなくていい、愛しい人。ぼくが欲しているのと同じくらいきみもぼくを望んでいると知ってすごく嬉しい。その時が来たら、きっと楽しめる。とても相性がいいはずだ」

ぼうっとしながらも、なんとか顔をあげて彼を見つめる。「その時はいつ来るの？」

「今夜ではない、最初の時は、馬車の座席よりベッドで迎えたい。それに、きみの家に着くまでの数分ではなく、長い時間をかけたい」

「ルーカス、わたしたち、やめなければ。どうしても」これまで、彼がこんなふうに触れたことは一度もなかったから、ヴィクトリアは自分の感情をどう扱っていいかわからなかった。目がくらむような熱烈な感覚にがっちりつかまれている。

「本当にやめたいのか？　気持ちいいのに、ダーリン」彼の唇がまたヴィクトリアの唇に重なり、指がさらに下に滑りこみ、花びらを分かって欲望の小さいつぼみをさがす。「ものすごくいい。それにきみはぼくを欲しいだろう？　そう言ってくれ。その言葉だけでいい」

ヴィクトリアは思いもよらない感覚にはっと息を呑んだ。必要なものを求めて体が震える。こんなに親密な触れ方はやめてほしいともう一度言いたかったが、言えないとわかった。少なくとも、いまはまだ無理。この味わったこともない感覚をもっと感じたかったし、自分が望むものを与えてくれるのはルーカスしかいないとわかっていた。

「言葉だ、ヴィッキー。そんなにむずかしいことじゃないだろう？」なだめすかすような声は優しく、しかも親密だった。「いま感じていることを言ってくれ、頼んでいるのはそれだけだ。これは気持ちいいかい？」

「ええ、ああ、ルーカス、気持ちいい」じっと見つめる彼の瞳が満足そうにきらめくのを見なくてすむように、ヴィクトリアはぎゅっと目をつぶった。彼の手にさぐられている感覚に、なすすべなく身をよじる。

「話し続けてごらん。こんなふうに触れると、どんなふうに感じるかい？」指を一本、彼女の温かいなかにそっと滑りこませた。

ヴィクトリアのあげた叫び声が彼の上着でくぐもる。

「そして、これは？」

ヴィクトリアははっとひるんだが、その瞬間、彼の長い指の繊細な動きよりもっとほしくなった。腰をあげて、もっとと無言の懇願をするけれど、自分がなにを望んでいるかわかっていない。「ルーカス、もう一度お願い。もう一度さわって」

「こんなふうかな？」ヴィクトリアの脚のあいだの熱く濡れたところに、彼の指が魔法をかけた。「すごい、きれいだ、ヴィッキー。きみの反応がすごいよ、まるできみの体がぼくのために作られているみたいだ」

「お願い」ほとんど声も出せず、ただ体をそらし、彼の触れる手の下でまた身もだえる。

「わからない……無理……ああ、お願い」

「ああ、わかっている。してあげるから、ただ身を任せてごらん、ダーリン。言ってくれ、ぼくがほしいか？」彼がまた訊ねた。

「ええ、ああ、イエス、ほしいわ」もはや、思いを越え、言葉も越えている。その時、体の奥で渦巻いていた力強くて張りつめたなにかが前触れなく突然解き放たれ、ヴィクトリアの体をわななかせた。小さい痙攣が何度も起こって全身が大きく震えたが、寒いわけではなく、こわくもなかった。これほど生命にあふれ、喜びに満ちた感覚は経験したことがない。

そのあとは、消耗し、力の抜けた小さな塊と化して、ルーカスの硬い胸にぐったりもたれこんだ。

「すごく美しい、なんてすてきなんだ。熱い情熱に満ちている」ルーカスが大丈夫だと請け合うように、ヴィクトリアの顔から喉まで軽いキスを降らせながら、太腿のあいだの手を抜き、彼女のズボンの前をすばやくとめた。「きみを待つあいだに頭がどうかなってしまいそうだ。おそらく、きみはそんなに待たせないだろうと思うが、どうかな、ヴィッキー？　そんなに残酷じゃないだろう？」

ヴィクトリアはためらった。呼吸がおさまるまで待って、彼の肩に押しあてていた顔をようやくあげた。馬車が速度を落とし始めたのがわかった。まだぼうっとしながら、彼を見あげる。彼はかすかにほほえんでいた。その目に、分かっているというような温かな表情が浮かんでいた。

「これは……」ヴィクトリアは唇をなめた。「とても不思議だったわ」

「博物学の実験と思えばいい」

「実験？」奇妙な気分だったにもかかわらず、こみあげたくすくす笑いによって、彼女をとらえていた官能的な無気力感が流され、活力が戻ってきた。「あなたって、まったくあり得ない人だわ」

「そんなことはない」笑顔は優しかったが、そのまなざしに不穏な熱っぽさが感じられた。「ぼくがきみと分かち合いたいと思っていることはあり得ないものではない。起こりそうもないものもあるが、不可能なものはない」

なにも言えずにただ彼の目をのぞきこんだが、その時ふいに馬車がすでに停まっていたことに気づいた。小さく身ぶるいし、ほどけているクラヴァットに手をやる。「どうしましょう、もう着いたんだわ。急いで出ないと、眠りこんでいると御者に思われるわ」

馬車のなかをさがし、杖と外套を拾う。扉を押し開けながら、ルーカスがいつもよりも気を遣いながら動いていることに気づいた。

「大丈夫？」

「いや」

「まあ、大変、脚のせいね」

「邪魔なのは脚じゃない」彼が馬車からおりてきて、念入りに外套の位置を直した。

「では、なにが問題なの、ルーカス？」

「その問題について、きみが今夜できることはなにもない。しかし、大丈夫だ。近い将来、きみが解決してくれるはずだから。楽しみに待っているよ」御者の坐っている横を杖で軽く叩いて合図をした。「すまないが、数分だけ待っていてくれ。すぐに戻る」

御者はうんざりした様子で帽子に軽く触れて了承し、席の下にしまってあったフラスクに手を伸ばした。

「ルーカス、なんなの？　どういうこと？」角をまわり、庭の塀に続く小道を足早に歩きながら、ヴィクトリアはもう一度訊ねた。

「博物学で勉強したことを思い返してくれ。とくに、男の生殖について論じた部分だ。そうすればおのずと答えはわかるだろう」

「あらまあ」ヴィクトリアは唾を呑みこんだ。顔がかっと熱くなる。彼が言わんとすることがはっきりわかったわけではないが、ようやく、彼の不快感の原因がなんとなくわかった。「まあ、全然知らなかったわ。それはとても、ええと、不快なものなの？」

「そんな申しわけなさそうな顔はしなくていい」彼がにやりとした。「この実験の結果に、ぼくは非常に喜んでいる。不快感に耐えるだけの価値はあった」ヴィクトリアを手伝って庭の塀にのぼらせる。「それに、知的探求のためにぼく自身を提供すると前に言っただろう？」

「実験という言葉で話すのはやめてほしいわ」ヴィクトリアは言いながら、物陰になった香《かぐわ》しい庭におり立ち、彼がすぐそばにおりてきたので少しわきによった。

「そのように考えたほうがきみにとって考えやすいと思っただけだ」ヴィクトリアの鼻にキスを一回すると、一歩さがった。「おやすみ、ヴィクトリア、よく眠れるように」

ヴィクトリアは彼が壁を越えて姿を消すのを見送り、それから向きを変えて温室の戸口に向かった。いま寝室にひとりでいられたらと思った。そこならば、ルーカスとのあいだで起こったことをゆっくり考えられる。

彼が彼女のなかに目覚めさせた感覚の激しさに驚き、そして少しおびえていた。あの馬車のなかの数分間、自分は自制心のほぼすべてを放棄した。文字通り彼の両手に体をゆだね、そして、その体に潜在する力を彼に教えられた。

温室の戸口に近づきながらも、ヴィクトリアは眉間にしわを寄せ、物思いにふけっていた。制御不能の状況になるのを許すべきではない。用心深くする必要があるだろう。でも、ルーカスはヴィクトリアがこれまで出会った男性たちとまったく違う。彼について論理的に考えるのが、日に日にむずかしくなっている。自分はますます感情に流されて反応するようになっていて、それはとても危険なことだとわかっていた。

もうまったく、と憤慨しながら考える。イザベル・ライコットのような未亡人は慎重に振る舞いさえすれば、情熱的な関係にふける自由があるのに、婚期を過ぎた未婚女性に同じ特権が許されていないのはまったく不公平だ。少なくとも、二十四歳の未婚女性には許されていない。おそらく、あと十年もすれば、好きなように振る舞うことができるかもしれないが、ルーカスがいますぐに解き明かしてくれると申し出てくれている謎の解明に、だれが十年も待つだろうか？

しかも、十年後にはもうルーカスはいないだろうと考えて、ヴィクトリアは暗い気持ちになった。間違いなく田舎に引っこんで、地所を管理し、妻と子どもたちと過ごしているだろう。

どう考えても不公平だ。

いまわかっているのは、博物学のとくにこの分野を実験するつもりならば、相手はルーカスであってほしいと自分が望んでいること。ルーカスが言うように、この件全体を科学的な視点で見るべきなのかもしれない。

その見方のいい点と悪い点を考えていると、温室の扉の取っ手のところではためいている白いスカーフが目に入った。

夕食に使う香草を収穫に来た使用人のひとりが残していったのだろうとヴィクトリアは思った。でも、ルーカスに会うために出かけた時にあったなら、絶対に気づいたはずだ。不思議に思い、ヴィクトリアはスカーフを取っ手からはずした。頭文字の刺繡が指に触れたが、淡い月明かりでは読めない。

急いで室内に入り、足を止めてなにか聞こえないか耳を澄ませ、叔母はまだクランドールズ邸の舞踏会から戻っていないと判断した。クランドールズ邸の舞踏会は夜明けまで終わらないことで有名だ。

二階にのぼり、自室に入ってすぐにろうそくをつけた。それから、スカーフの端を炎の光のそばに持っていき、文字を眺めた。〝W〟の形の飾り文字が細かく刺繡されている。

スカーフを丁寧にたたむヴィクトリアの指は激しく震えていた。同じ飾り文字を以前にも見たことがある。亡くなった継父、サミュエル・ウィットロックのハンカチや首巻きに刺繡されていたものだった。

朝の光が温室の窓を通して注ぎこみ、プルメリア・ルブラ（インドソケイ）を輝かせている。水彩でこの花の色合いを出そうとヴィクトリアは苦心していた。画架の上に出現した花の絵を眺めながら、眉間にしわを寄せる。作品に没頭できないことを自覚し、描くのをやめたほうがいいかと思ったからだ。いつもならば、スケッチしたり絵を描いたりする時は完全に集中できる。

しかしけさは、前夜ルーカスの腕のなかで経験した情熱の記憶が頭のなかを駆けめぐり、もだえ、躍っていた。気持ちを静めようと何時間も努力しているのに、どうしても昨夜の光景を頭から追いだすことができない。混乱した思いを整理してしっかり判断しなければ、ヴィクトリア自身の頭がおかしくなってしまいそうだ。

「ここにいたのね、ヴィッキー。さがしていましたよ」クレオ・ネトルシップが植物が並んだ通路の端をまわって現れ、姪のほうに歩いてきた。淡いサンゴ色のモーニングドレスが美しい。「気持ちのいい日だわねえ。こんなに天気がよければ、当然あなたはここにいるわね。先に思いつくべきだったわ」小さな植物が植えられた仕切り箱に関心をとられ、つかのま言葉を切る。「あらまあ、昨月チェスターからもらったこのアメリカ産のアヤメに気がついた？　美しい花を咲かせましたよ。なんてすばらしいこと。ルーカスにも言わなければ」

ヴィッキーがぎょっとした拍子に、描いている画紙にピンク色が一滴散った。「しまった」

「え、なんと言ったの？」

「なんにも、クレオ叔母さま。絵をほんのちょっと汚してしまっただけよ。ルーカスはそのアヤメに関心をお持ちかしら」

「もちろんお持ちですよ。彼が園芸学にすっかり夢中になっているのに気づいたでしょう？　ご自分の地所を引き継ぐ準備として、学べることはすべて学ぼうとしているわ。とくにアメリカから届いた新種の植物に魅了されているみたい。彼の勉強する速度を思えば、ストンヴェイル邸の庭はいつかとても魅力的な庭になると思いますよ」クレオが言う。

ヴィクトリアはピンクの花びらにかすかな陰影を描きこむことに集中した。「たしかにその分野について関心を深めているようね。でも、奇妙だと思いません、クレオ叔母さま？　成人してからほとんどの時間を軍人として過ごしてきたのに」

「奇妙とは少しも思わないけれど。むしろ、プリンプトンとバーニーのことを思いだしましたよ。ふたりとも元軍人だけど、それぞれの地所に落ち着き、庭でも、作物の生産でもすばらしい成果を生みだしたわ。庭造りと園芸学の仕事って、暴力や流血沙汰を多く見てきた男たちには魅力的に思えるのかもしれないわね」

ヴィクトリアは、ルーカスが脚を怪我した時の状況について語るのを拒絶した時のことを思いだした。「そうとは思えないけれど、クレオ叔母さま」

「ルーカスと言えば」クレオがまた立ちどまり、花を咲かせたばかりの別な植物を観察する。

叔母の声の抑揚がほんのわずか変化したことに気づき、ヴィクトリアは身構えた。クレオはめったにお説教をしないが、する時にはちゃんと聞くことが必要だとヴィクトリアはすでに学んでいた。散漫な科学的関心や際限がない社交生活はともかくとして、クレオ・ネトルシップは非常に賢くて聡明な女性だ。

「彼がどうしたの、クレオ叔母さま？」

「いろいろ言うのは気が進まないけれどね、ヴィッキー。あなたはもう成人した女性だし、自分がしていることはちゃんとわかっているはずだから。でも、わたしが知るかぎり、あなたがひとりの男性にこれほど多くの時間を費やしたのは初めてでしょう？　それに、ストンヴェイルのことを話す時のように、知り合いの男性について頻繁に話すのも聞いたことがないわ。彼があなたにかなりの時間を割いているのも気づかないわけにはいかないし」

絵筆を握るヴィクトリアの指に力が入った。「叔母さまはルーカスをお好きなのかと思っていたけど」

「もちろん、とても好きよ。でも、それは関係ないことだわ、ヴィッキー。あなたもわかっているはず」叔母が仕切り箱に入っている土に指一本を差しこんで湿度を確認しながら優しく言う。

「ルーカスがここで多くの時間を使っているとすれば、それは彼が関心を持ちそうな講演会や実験に、叔母さまがしょっちゅう招いているからだと思うわ」ヴィクトリアは反論した。

「たしかにそうね。わたしがしょっちゅう招待して、彼もいつもその招待を受けるから」クレオが考えこんだ。「でも、彼が現れるのは博物学や園芸学の会合だけではないでしょう？最近はあなたが出席する夜会のすべてに姿を見せているようですよ」

ヴィクトリアはそわそわと唾を呑みこんだ。「彼はレディ・アサートンの友人ですもの。彼女が自分のお仲間に彼を紹介しているのよ」

クレオはまたうなずいた。「そうね。しかも、レディ・アサートンのその知り合いの輪には、わたしたちも含まれているんですものね。それでもやはり、自分がどうしたいのか、あなたはしっかり考えておくべきだと思いますよ、ヴィッキー」

ヴィクトリアは絵筆を置き、叔母のほうに向きなおった。「なにが心配なのか、はっきり言ってくだされればいいのに、クレオ叔母さま？」

「心配というよりむしろ、あなたが自分の立場をわかっていないのではないかと思ってね。今までずっと、結婚は望まないと言い続けてきたでしょう」

ヴィクトリアは身をこわばらせた。「いまもそう思っているわ」

姪の頑固な表情を見て、クレオは態度を和らげた。「そうなのね、ヴィッキー。でも、そうだとしたら、あなたには義務があるんですよ。名誉を重んじる女性として、周囲の男性に偽りの希望を与えてはいけないということ。わたしが言いたいこと、わかるかしら？」

ヴィッキーは半ば驚き、半ば憤慨して叔母を見つめた。「わたしが伯爵をそのように仕向けていると思っているんですか？　結婚の申しこみをいつか受けると思わせていると？」

「わざとそんなことをしているとは、一瞬たりとも思っていませんよ」クレオが急いで言う。「でも、ストンヴェイルが、彼に対するあなたの関心を誤解して、あなたが彼の申しこみを喜んで受けると信じているのではないかと、最近思い始めたんですよ。そうだとしても、彼を責められないと思いますけど」

ヴィクトリアはいらだちを隠せなかった。「では、彼に対する叔母さまの関心はどうなんですか？　叔母さまが頻繁に招待するのを彼はどう解釈するのかしら？」

「それは同じではないですよ。わたしの招待を彼が誤解するとすれば、それは彼が参加を決めた講演会や実験に、あなたも必ず出席するからでしょう」クレオがなんの感情も交えずに淡々と答えた。

「関係ないと思います。わたしは叔母さまのご友人たちがなさる講義や講演会はほぼすべて出席していますもの」

「最近までは、輪作や果樹園管理やブドウ栽培に関する講義にはほとんど出席したことがなかったじゃないの」クレオがそっけなく指摘する。「いつも、動物と電気と異国の植物により関心を持っていた」

ヴィクトリアの顔がかっと火照った。「お言葉ですが、クレオ叔母さま、わたしの結婚に対する意見をストンヴェイルはよくわかっています。ふたりの友情を彼が誤解することはありません」

「あなたはどうなの、ヴィッキー？」クレオがようやくそばまで来て、姪にほほえみかけた。「結婚に対するあなた自身の気持ちに関して、以前と比べると、そこまで確信できていないのでは？」

「そんなことありません。結婚に関するわたしの意見は少しも変わっていませんわ」ヴィクトリアは絶対的な確信を持って断言した。

「こんなことを聞いて許してほしいんだけど、ストンヴェイルとの違う種類の関係を考えている可能性はあるのかしら？」

ヴィクトリアの目が叔母の目とぶつかった。「わたしが考えていると思っているんですか……ルーカスとの情事を？」

クレオが姪の視線を受けとめてきっぱりと言った。「わたしは目が見えているし、理解力も衰えていない。そのうえ、世の中に出て、女性として長い年月を過ごしている。あなたがストンヴェイルに、彼が気づいていないと思う時に向けるまなざしはちゃんと気づいていますよ。それに加えて、彼のあなたに対するあからさまな関心と、あなたが結婚という鎖につながれることを望んでいない健康的な若い女性であるという事実を鑑《かんが》みれば、あなたが危険な立場に足を踏み入れつつあると結論せざるを得ない。ここであなたに警告しなければ、叔母として怠慢のそしりを免れません」

ヴィクトリアは膝の上で片手をこぶしに握りしめた。目の前の半分しか描けていない花をぼんやり見つめる。「ご心配くださったことを感謝しますわ、クレオ叔母さま」

「いいえ、そうじゃないでしょう。あなたは怒っている。まあ、当然でしょう。でも、わたしたちは現実に目をつむるわけにいかないし、いまここで考えなければならないのはあなたの評判だけじゃない。ストンヴェイルの評判も危険にさらされるんですよ」クレオが言う。

ヴィクトリアははっと顔をあげた。「ストンヴェイルの評判？」

「あなたもよくわかっているでしょう。彼の立場の男性はその名前と爵位に伴う義務があります。いつかは社会に受け入れられる良家の子女と結婚しなければならないのだから、それなりの家柄の無垢な娘を誘惑する男と見なされては困るはず。いまここでそんな評判が立ったら、ふさわしい結婚をする機会を失い、社交界から追放されます。それに、彼もそんな卑劣な噂は望んでいないはず。きちんとした方ですもの」

「すべてがあまりに不公平だわ」

「なにが不公平？　良家出身の若い未婚女性という立場では、ストンヴェイルとのロマンティックな関係を考えることさえも不可能なことが？　ええ、もちろん不公平ですよ。でも、社交界はそうしたことには厳格だから、この世界で生き延びようと思うならば、慣習的な決まりには気をつけなければなりません。あなたはすでに、そうした規則を軽視している。がまんしなさい。もっと歳が上にいけば、無視するのも許されるようになるでしょう」

「わたしはもう二十四歳。婚期はとうに過ぎているわ、クレオ叔母さま」

クレオがほほえみ、首を横に振った。「それが真実でないことは、わたしもあなたもわかっていること。社交界はいまもあなたを結婚にふさわしい未婚女性と見なしているし、莫大な相続財産の後ろ盾があるから、その評価はあと数年は続くでしょう」

「イザベル・ライコットのような未亡人だったなら、自由だったでしょうに」ヴィクトリアはこわばった声でつぶやいた。

クレオがほほえむと、ふいに緊張が和らいだ。「まったくの冗談だけれど、それならば伯爵との結婚を考えたらいいかも。そのあとに彼が亡くなったら、イザベル・ライコットが持っているような自由を得られるわ」

ヴィクトリアもしぶしぶほほえみ返した。「ストンヴェイルにもまったく同じことを、くれぐれも考えないようにと頼まれたわ」

クレオが驚いたようにヴィクトリアを見つめ、それから笑いだした。「思っていたとおり、ストンヴェイルがあるゆる点で迅速かつ合理的なことを知って嬉しいわ。つまり、あなたがたふたりは、なんらかの相互理解に達しているということね。それならば、わたしが忠告する必要はないでしょう。個人的なことに余計な口を挟んでごめんなさい」

ヴィクトリアは少し緊張を解いた。「ご心配くださってありがとう。本当に感謝していますわ。それに、おっしゃってくださったことについても、しっかり考えて対処します」

「そうしてちょうだい。社交界もある程度は大目に見るはずだけど、それも限度があるわ。とくに女性に対してはね。あなたがこんな若い時期に社会的に破滅するのは見たくありません。あなたも、仲良しの友人たちを失いたくないでしょう？」クレオが優しく警告する。

「本当にそのとおりだわ」ヴィクトリアはぞっとした。アナベラやそのほか何人かの親友たちと交際できなくなったら、失意のどん底に突き落とされるだろう。

クレオが満足げにうなずいた。「でしょう？　ところで前に言ってあったと思うけど、けさは財務担当者と話し合うことになっているの。昨年投資した船に関すること。すばらしい品を満載して、無事に帰港したそうですよ。けさの時点でわたしたちは数千ポンドほどお金持ちになったわ。すてきじゃないこと？」

ヴィクトリアはすぐに関心をそそられた。船の投資のような投機的事業の高揚感が好きだった。多少の危険要素が事業におもしろみをもたらしてくれる。

「すばらしいわ！」声がはずんだ。「あの船を推薦してくださったミスター・ベックフォードに感謝しなければ。そうだわ、クレオ叔母さま、待って。聞きたいことがあったの」ヴィクトリアは椅子の下に手を伸ばし、飾り文字が刺繍された絹のスカーフを取りだした。前夜に温室の戸口にかかっていたものだ。「これに見覚えはありますか?」

クレオは眉間をせばめて頭文字を眺めたが、すぐに姪に返した。「いいえ、わたしのではないわ。どこで見つけたの?」

「庭で。使用人たちに知らないか訊ねたけれど、だれも知らなかったわ。叔母さまの博物学のお仲間のものかもしれないですよね?」優美に刺繡された〝W〟の字を指でなぞりながら、ヴィクトリアは訊ねた。

「さあ、そうかもしれないわ。男ものですものね。ちょっと待って。〝W〟で始まる名前の人がいるんじゃない? まずはウィバリーとウィルキンスね。次回会う時に、なくさなかったかどうか、忘れないでふたりに訊ねてみましょう。それだけ、ヴィッキー?」

「ええ、クレオ叔母さま。訊ねたいことはそれだけ。さあ、ミスター・ベックフォードと話しにいきましょう。最近好調な事業の情報を聞かなければ。きっとなにか推薦してくれるでしょう」

7

認めたくなかったが、売春宿を訪れるという考えは大きな間違いだった。ヴィクトリアは暗がりに置かれた金箔塗りの派手なついたてに身を半分隠し、緊張のあまりシャンパンのグラスを割れそうなくらい握りしめながら坐っていた。この部屋にも隣の部屋にも、そうやって陰になった場所が壁沿いに何カ所かもうけられている。ランプはすべて暗くしてあった。ほとんどのついたてのうしろから、酔っ払ったくすくす笑いやとても心を乱される音が聞こえてくる。二階でなにが起こっているかを考え、ヴィクトリアは身を震わせた。

時間は非常に遅く、朝の三時をとっくに過ぎている。遅い到着はルーカスの指示によるものだった。まだあまり酔っていないだれかがヴィクトリアに気づく危険は冒せないという理由だった。とくにこの場所を選んだのも、ここがプライバシーを好む人々を顧客にしている店だったからだ。だからこそ、このついたてと抑えられた明かりなのだ。

ヴィクトリアの周囲にいる人々は、ルーカスをのぞいて全員が泥酔しているように見える。ピンクのベルベット張りのソファに寝転がり、大いびきをかいている男性も何人かいる。部屋のなかはうるさすぎて、暑すぎて、しかも葉巻の煙が強すぎてむせそうになる。ピンク色と金色で飾られた室内のあちこちに置かれた奇妙な形のパイプからは、また別な種類の煙が漂っていた。

ヴィクトリアは少し気分が悪くなっていた。ついさっきも、紅を差した乳首の上部が出るほど襟ぐりを刳ったドレスの若い女性ふたりを、ルーカスが手振りで無造作に追い払うのを目撃したばかりだ。

「今夜はこの店の様子を見にきただけだ」追い払われて抗議するひとりに、彼がなにげない口調で説明した。

「あら、見るよりもやるほうがずっと楽しいでしょ」ひとりが甘え声で言う。ルーカスに投げたあからさまな色目遣いを見て、ヴィクトリアは彼女の頭に寝室のおまるの中身をぶちまけたくなった。

「そちらの若い紳士さんはどうなの?」最初の女性がヴィクトリアに照準を合わせて誘いの笑みを向ける。「あたしと一緒に二階に来たいんじゃない? まあ、なんてかわいい坊やなの。ねえ、あたしの部屋の壁にすてきな姿見があるのよ。そこに映るすべてを見られるわよ。それに、あたしが集めている杖と鞭も見たいでしょ? 学校で貴族の息子に使われるのとまったく同じものよ」

ヴィクトリアは急いでかぶりを振り、さらに陰に入ろうとじりじりと腰をずらした。ルーカスがちらりと皮肉っぽい目つきを向け、おもむろにシャンパンをすする。助ける気はないらしい。「だから言ったじゃないか」と言う声が聞こえてきそうだった。

売春宿を訪問するという思いつきがまずかったという事実に加え、ヴィクトリアは早々に男性の服が必ずしも快適ではないという結論に達していた。たとえば、いつも完璧に結んでいるクラヴァットが、今夜は高く持ちあがり、きつく喉を締めつけている。ひだの上部が耳の半分までかかり、顎も隠している。事実上クラヴァットに埋もれているが、これはルーカスのせいだった。ヴィクトリアの顔をできるだけ隠したいと主張し、馬車のなかで彼みずから結び直したのだ。

坐っていられる引っこんだ場所を見つけるまで、帽子を目深にかぶって決して脱がないようにとも厳命された。さらに念には念を入れ、あえて上流社会の男性たちが出入りしない売春宿を選んだのだった。彼は可能なかぎり危険を減らしたいと考えていた。

ヴィクトリアの胃のむかつきはどんどんひどくなっていた。ここから出なければならない。このぞっとする光景にこれ以上耐えられそうにない。

飽きたからもう帰りたいと言おうと身を乗りだしたちょうどその時、混み合った室内の一番奥の暗がりで喝采が起こった。そして次の瞬間、酔っ払った男性たちと刺激的な装いの女性たちがしんと静まりかえった。

低い襟ぐりとふくらんだスカートのドレスを着たこの売春宿の中年女性経営者が、けばけばしく飾られた部屋の真ん中に歩み出たからだ。何年も前に流行っていた白いおしろいと真っ赤な口紅の化粧で、その売春婦の顔はまるで真っ白な仮面のようになっている。ドレスの布地は上等だが、椅子と同じピンク色で、洗練された人々の証明である簡素な気品は完全に欠けている。派手すぎるせいもあって、とても安っぽく見えた。

「さあ、今宵こそ勇気を証明しようと思っている紳士の皆さん、こちらにお集まりになってください。この館が皆さまのために特別に用意した極上品を披露しますよ。生まれてこのかた手つかずの生娘という保証つき。田舎から出てきたばかりでまだ十三にもならない初々しさ、さあ、この気高い職業に加わった新人、かわいらしいミス・モリーを紹介しましょう」

白の薄いシュミーズしか着ていない、ぼう然とした表情の若い娘が部屋の中央に押しだされるのを、ヴィクトリアはついたての陰から、恐怖におののいて凝視した。モリーはいやらしい目つきで眺めている男たちと笑っている女たちを見まわし、両手で自分を抱きしめた。人々がさらに笑う。

モリーのおびえきった目が人々の顔から顔へ移っていき、しまいにどういうわけかヴィクトリアの目と合った。娘は目をそらそうとしなかった。吐き気がさらにひどくなり、ヴィクトリアは思わず椅子の腕を握りしめた。

「さあ、競りを始めましょう。あたしたちのかわいいモリー、こんなかわいい子だからね、それ相応の値をつけてもらいますよ」

「もう帰る時間だと思う」室内の声がどんどん大きくなるなかで、ルーカスがつぶやいた。売春宿の女主人に最後にもう一度軽蔑の目を向け、立ちあがろうとした。

「いいえ」ヴィクトリアはおびえたモリーから目を離すことができずに、ただ首を振った。

「いいえ、ルーカス。帰れないわ、いまはまだ」

「なにを言っているんだ、ヴィッキー。こんなのは見たくないだろう」

「あの人たちは彼女を競りにかけるのよ、ルーカス。まるで牛か馬のように」

「そして、勝者が彼女を二階に連れていき、今後従事することになる新しい仕事の手ほどきをする」ルーカスが無造作に締めくくった。「あるいは、個室に行くのも省略するかもしれない。ここで、観衆の前でことを行うかもしれない。きみはそんなものは見たくないはずだ」

「もちろんよ。ルーカス、わたしたちで彼女を救わなければ」

ルーカスはヴィッキーを凝視し、あげかけた腰を落としてまた椅子に坐りこんだ。「彼女を救う？　いったい、どうやるというんだ？　こういうことは、この街では日常茶飯事だ。田舎から出てきた若い娘たちが、干し草を運ぶ荷馬車からおりたその足で、あの女のように血も涙もない売春宿の女主人の手に落ちる。その子たちの人生はもう終わりだ。しかし、してやれることはなにもない」

「いいえ、少なくともあの子に関しては、できることがあります」ヴィクトリアは断言した。「わたしが彼女を買うわ」

ルーカスがあぜんとしてヴィクトリアを見つめた。「それでどうなるか、きみはまったくわかっていない、ヴィッキー」

しかし、ヴィクトリアはすでに白熱しつつある競りを観察していた。自分が間違いなくこの部屋のだれよりもお金持ちだとわかっている優位性を利用するつもりだった。

「三十ポンド」部屋の向かい側にいる男が叫んだ。

売春宿の女主人があざけりの鋭い一瞥を投げる。「正真正銘の生娘だよ、旦那さん？　さあさあ、そんなばかばかしい値段でこの子を手に入れられると思わないでくださいよ。正当な金額でいきましょう」

「その娘が生娘なんてわからないじゃないか」別な男がやじる。「思いきって五十ポンド、それ以上は出さない」

「だいぶましだよ」女主人がうなずいた。「でも、まだ安すぎだ。さあさあ、もうひと声頼みますよ。馬にはもっと払うでしょうに」

「馬のほうが生娘よりも長く乗れるからな」だれかがせせら笑った。

「ばか言わないでくださいよ。うちのモリーが最上等の乗り心地を提供しますよ。ね、そうだね、モリー？」女主人がまるでかわいがっているかのような手振りでモリーの金髪を撫でる。娘が身を震わせた。

「八十ポンド。それ以上出すほど美人じゃないからな。生娘ってのが嘘だったら、金は返してもらう」

モリーが泣きだすと、室内の下品な笑い声がひときわ高まった。ヴィクトリアは娘をじっと見つめ、好機が訪れるまで、なんとか耐え抜いてほしいと願った。

値段は少しずつあがっていたが、それでも、最初の盛りあがり以降はそれほど伸びていない。ヴィクトリアはすでに、この競りで大金が動く可能性はないという結論に達していた。この部屋の全員が、モリーにそこまでの大金を払う価値があるかどうか確信できておらず、しかも、今夜ここにいる男性たちがさほど裕福なわけでもない。金持ちは高級な愛人にお金を使う。こうした売春宿には、気楽な楽しみを求めて来るだけだ。

ヴィクトリアは、付け値が九十ポンドで止まるまであと何分か待った。それから、ついたてに半分隠れたまま、さりげなく手をあげた。「三百ポンド」

ルーカスがうめく。

中年の女性が満面の笑みを浮かべて、陰になったついたてのほうに向きなおった。「まあ、旦那さん、どなたか存じませんが、なんて趣味のいい方でしょう。本当にお目が高い。さあ、かわいいモリーはあなたのもの、今夜は望むままにおもてなししますからね」娘の手を軽く叩いた。「幸運だったねえ。立派な紳士だよ。さあ、行きなさい。くれぐれも騒ぎたてないように。騒いだら、もっとつらいことになるからね」

「きみはいまここに三百ポンド持っていない」ルーカスが食いしばった歯のすきまから声を押しだした。「あの女主人にきみの名前を書いた借用証を渡すわけにいかない。そうだろう？　正体がばれてしまう」

ヴィクトリアは目をぱちくりさせた。「あなたの言うとおりだわ。それでは、あなたがあの人に支払ってくださいな。わたしが恥ずかしがりだから、代わりに払うと言って。さあ、急いで、ルーカス」

「なんてこった」ルーカスはつぶやきながらゆっくり腰をあげた。「必ず返してもらうからな」

「誓うわ。すぐに返します」

ルーカスは立ちあがり、飛んでくるやじや卑猥な冗談を無視し、女主人めざして大またで歩きだした。部屋の中央まで来ると、ヴィクトリアがいるついたてのほうにモリーを軽く押しやった。「行きなさい、あっちだ」

モリーがおびえた目で彼を見あげながらも、その命令口調に反射的に従った。そして、大笑いしている人々のあいだをなんとか抜けて、ヴィクトリアが待つところまでやってきた。

「しー、静かに。すべてうまくいくから」ヴィクトリアは娘の震える手を取って小さくつぶやくと、だれにも気づかれないように目が隠れるほど深く帽子をさげ、彼女を引っぱって戸口に向かい、玄関広間に出た。

モリーはひどくおびえているせいか、まったく抵抗しなかった。二階に連れていかれるより、夜のなかに引きだされるほうがましに思えたのかもしれない。娘が少しよろめいた。ワインを何杯か飲まされたに違いない。ぼうっとさせておくために、アヘンが混ぜられた可能性もある。

「おいおい、その新人を連れてどこへ行くつもりだ？　売り物をこの建物から持ちだされては困るんだよ」粗野な顔つきの巨大な男がヴィクトリアの前に立ちはだかった。建前はこの売春宿の執事だが、別な仕事も兼務していることはヴィクトリアにもすぐにわかった。

「ぼくの杖を」ヴィクトリアは傲慢な態度を心がけた。

「聞いてなかったのか？　この娘をここから出すのはだめだ」男が大声で言う。

「ここから連れだすわけじゃない」ヴィクトリアはうんざりした口調で言った。言いながらも、売春婦たちが杖と鞭について言っていたのを思いだす。「特別な好みがあってね。その目的には散歩用の杖が最適だ。ほら、重さとバランスがちょうどいいんだよ、おわかりと思うが」

モリーが押し殺した悲鳴を小さくもらす。だが、大男の態度は明らかに和らいだ。そうした変わった申し出に慣れているに違いない。

「なるほど、そういう趣向かね」いやらしい目つきでモリーに向かってにやりとする。「おまえも、今夜は楽しいことを経験できるぞ、モリー」

ヴィクトリアは緊張しながら待った。肩越しにうしろを見やったが、依然としてルーカスの姿はどこにもない。執事がヴィクトリアの散歩用杖を持って現れたので、この大男の背後にある扉から外に出ていく方法を自分で見つけなければならないと決心した。

「ところで、ぼくがいま考えていることをやるには、自分の馬車のなかのほうが好ましいのだが」淡々とした声で言い、モリーを引いて歩きだす。

男が目を細め、がっしりした両腕を胸の前で組んだ。「言っただろう。この建物からその子を出すのはだめだ」

ヴィクトリアは思いつけた唯一のことをした。唐突に前に飛びだし、杖の先を巨体の男の股間に激突させたのだ。

執事が悲鳴をあげ、両手で股間を押さえ、悪態をつきながらよろよろとあとじさりする。その隙に、ヴィクトリアはモリーを抱えるようにして全速力で戸口めざして走った。

「ちくしょう」ヴィクトリアの背後のどこかでルーカスの声がした。「こういうことが起こると予想すべきだった」

執事の怒鳴り声が聞こえ、それから、胸が悪くなるようなどさっという音がした。戸口で振り返ると、大男が床に伸び、ルーカスが落ち着いた様子で外套と手袋を取ろうと手を伸ばしているところだった。

「進め」彼が命令する。「馬車に乗れ」

その騒動のあいだ、モリーはヴィクトリアにひしとしがみついていた。恐怖のあまり、身をこわばらせ、なにかぶつぶつとつぶやいている。

肩を軽く叩いてなだめながら、ヴィクトリアはモリーを外に連れだした。「静かにしなさい、いい子だから。だれもあなたを傷つけない」

ルーカスとヴィクトリアを売春宿まで乗せてきた御者はうたたねをしていたが、自分の客が出てきたのに気づくと、鞭で馬たちの尻を叩いて馬車をふたりの前に移動させた。御者もまた、ヴィクトリアが辻馬車のなかに押しあげたあわれなモリーをいやらしい目つきで眺めた。

「おうちに帰りたい」続いて乗りこんできたヴィクトリアに、モリーが泣きながら訴えた。ヴィクトリアの肩にすがりついてすすり泣く。「お願いです、旦那さん、どうか、ロワー・バーリトンの家に帰してください。こんなこと、かあさんが聞いたらぜったいこわがります。あたし、家を離れちゃいけなかったんだわ。でも、街に来ればいい仕事がたくさんあるって言われたから。うちの家族はお金が必要なの」

「しー、静かに、大丈夫。家に帰れるわ、約束する」ヴィクトリアがすすり泣く少女を慰めていると、ルーカスが馬車の扉から入ってきた。泣いているモリーを眺める。

「さて、この子はきみのものだ。どうするつもりなんだ？」御者に出発するように合図しながら、ルーカスが訊ねた。「叔母さんの家に連れ帰ることはできないだろう。彼女が何者か説明できない。今夜きみがやったことは、すぐに知れわたるはずだ」

「今度もあなたの言うとおりだわ、ルーカス。本当になんでもわかるのね。この子はわたしと帰るわけにはいかないから、あなたの家に行かせるしかないわ。お宅の家政婦がひと晩は面倒を見てくれるでしょう。そして、あすの朝一番に北行きの馬車に乗せればいいわ」

「冗談じゃない」ルーカスが言う。しかし、その口調は、それしかないとすでに諦めているようだった。

そのあと数分間は静寂が支配し、聞こえるのはモリーのすすり泣きだけだった。

「売春宿は満喫したかな？」ようやくルーカスが口を開き、静かな声が訊ねた。

ヴィクトリアは身震いした。「充分すぎるほどよ。一生涯、二度とあんなところには行きたくない。気分が悪くなったわ、ルーカス。気の毒な女性たちが、あんなひどい男たちに身を売る生活を強いられて身を滅ぼすなんて、まともな感覚ではあり得ないことだわ」

「きみがあんな光景を目撃することも、まともな感覚ではあり得ないことだ」ルーカスが言い返した。「こんなばかげたことにきみが夢中になるのを大目に見た自分を責めるしかないが。ぼくとしては、この夜のゲームはもう充分だと思い始めている」

いつになく暗い口調にヴィクトリアはふいに不安を覚えた。「まさか、わたしたちの冒険を中断するという意味ではないでしょうね」

ルーカスはまだすすり泣いているモリーを意味ありげにちらりと見やった。「そのことは別な時に相談したほうがいいだろう」

「でも、ルーカス……」

「ついでに言えば、きみはぼくに三百ポンド借りている」ルーカスが座席の背に頭をもたせて目を閉じた。「それに加えて、あすの朝に彼女を街から出す費用もだ」

ヴィクトリアはふんと鼻を鳴らした。「まあ。そんなふうに言うのなら、いいわ、すぐに支払います」

「急ぐ必要はない、ヴィッキー。返済を待つことはできる」

ヴィクトリアは唇を噛んだ。「でも、返済させるつもりなのね」

ルーカスが目を開けてヴィクトリアを眺めた。「ああ、そうだ」あっさりと言う。「当然じゃないか？」

ルーカスは通りすぎる盆からシャンパンのグラスを取ると、ジェシカ・アサートンに挨拶するために振り返った。きらびやかな人々のあいだを毅然とした足取りでルーカスに向かって歩いてくる。ブッシュローズの色合いの夜会服を着た姿はいつものように美しかった。最先端の形に結った髪を飾るふたつの櫛もルビーのしつらえがとても上品だ。

しかし、その顔に浮かんだ表情はまさに神聖なる使命を負った女性のものだった。自分がかつて愛し、そして失った女性のやつれた様子に、最近気づくことが増えたとふと思う。

一度は慎み深さの表れのように思えた表情も、いまとなっては、終わりなき非難に近いと感じる。さらには彼女の瞳に浮かぶなにか、つねに遠くを見ているような、悲しいまでによそよそしいなにかがルーカスを困惑させた。まるで、この世界を外から眺め、そこは自分の高い基準を満たしていない、今後も満たすことはないと決めつけているかのようだ。

ジェシカが見えてからそばにやってくるまでの三、四分間、ルーカスは、彼女の瞳の表情のなにが問題なのかを考えていた。そして、そばに来て横に立った瞬間、なにが気にかかっているのかふいにわかった。それは、彼女のなかに火がないことだった。あるのは、なんとも気詰まりな冷ややかさであり、浮世離れした高潔さと、自分は苦難のどん底にいると言いたげな雰囲気だけだった。この触れることができない、まるで空気のような女性の隣で寝ることを、今夜もこのあとも期待しなくていいことが、いまはありがたかった。

慣習にとらわれないヴィクトリア・ハンティントンに求愛している短期間に、炎のような情熱なしでは自分が満足できなくなったことに思いいたる。

「最愛のルーカス、あなたがいらっしゃるのをずっと待っていたのよ」ジェシカが、まるでこの数日間、彼がどこかに失踪でもしたのかと心配していたような、そんな心をうずかせる笑みを浮かべて彼を見あげた。「すべてうまくいっているのかしら？」

「非常にうまくいっている。ありがとう、ジェシカ」ルーカスはシャンパンをほんの少しすすりながら、ヴィクトリアをさがして人々を見まわした。

ジェシカが芝居がかった様子で声を低めた。「わたしたちの計画がうまく運んでいるかどうかを知りたくてしかたなかったのよ。噂話を耳にしたから。もちろん、ただの噂だけど、ご存じのとおり」

ジェシカがわたしたちの計画と言った言い方がルーカスは気に入らなかった。ジェシカがこの求愛活動に対して、まるで親密なかかわりを持っているかのような言い方だ。とはいえ、この計画を始動させたのがジェシカであることは否定できない。ジェシカがいなければ、ヴィクトリアには出会っていなかった。「なんの噂のことを言っているんだ?」

「あなたがパーティや夜会でミス・ハンティントンと頻繁に会ったり、一度ならず公園で一緒に乗馬をしていたりという話。でも、講演会やその種の催しで彼女の叔母さまの同席のもとで会うのと、公園でふたりだけで会うのはまったく別なことでしょう? このすべてが、わたしたちの望んでいる目標に向かっているのかどうかを確認したかったのよ、ルーカス」

ふたたび〝わたしたちの〟という言葉を使った言い方に、ルーカスは奥歯を噛みしめた。

「ぼくのことを心配するのは、もうやめてくれるとありがたい。ミス・ハンティントンとの交際には非常に満足しているのでね」

「あら、ルーカス、そんなつれない言い方をする必要はないでしょう。女相続人と結婚するという重要な案件について、わたしはあなたの成功だけを願っているのよ。あなたに必要だとわかっているから、わたしも最善を尽くしているんですもの。ミス・ピルキントンを選ぶ選択肢も残っているわ」

ルーカスは悪態をこらえ、感謝を示そうと努力した。「ありがとう、ジェシカ。きみの努力には感謝する。非常に助けになってくれた」

ジェシカの気分は少し和らいだようだった。「わたしたちの過去の絆を思えば当然のことよ。わたしがいまもあなたに好意を抱いていることを理解してほしいわ、ルーカス」

ジェシカ・アサートンがだれかになにかを感じるとしても、好意がせいぜいだとルーカスは思った。体温がいっさい感じられない。

ついに部屋の一番遠い向こうにヴィクトリアの姿を見つけ、ルーカスは心のなかでほほえんだ。親友のアナベラ・リンウッドと楽しそうにしゃべっている。いったん恋に落ちたら、ヴィクトリアはきっと野火のように燃えさかるだろう。

彼の視線を感じたかのように、ヴィクトリアが目をあげてルーカスを見た。そして、アナベラになにか言うと、人々のあいだを歩きだした。

こちらに歩いてくる彼女をずっと観察する。その長身と、卵の黄身のような黄色のシルクのドレスのせいで彼女を目で追うのはたやすかった。威厳に満ちた輝かんばかりの姿に今夜が待ち遠しくてたまらなくなる。ドレスの襟ぐりが深いのはいつものことだ。彼女のドレスはすべて襟ぐりが開きすぎだと思う。きょうのドレスもまさに、すぐさまその腕をつかんで庭に連れだし、小さな胴着をウエストまで引きさげたいと思わせる。彼女の乳房はルーカスにとって喜びの源泉だった。高くて丸みがあって、彼の手のひらに完璧なまでにぴったりなじむ。

移動しながらも、途中で友人に会うといちいち礼儀正しく足を止めてしゃべっているヴィクトリアを眺めながら、ルーカスは夜中の馬車のなかで指に感じた熱くてなめらかな感触を思いだした。思い浮かべただけで体が硬くなる。彼の女相続人を攻め落とす任務がきわめつけの難題であることをルーカスは理解しつつあった。

ヴィクトリアが無意識ながらも与えたがっているものを、受けとってはいけないとひたすら自制することに、ルーカスはほとほとうんざりしていた。

しかし、とくに女性に関しては戦略がすべてであり、いつどうやって、自分の腕のなかで彼女が震えて最初の絶頂を迎えるかについても、ルーカスは慎重に計画してきた。このまま戦略的な関係として見なし続けることだけが、自分のなかで荒れ狂う欲望を厳しく制御する唯一の方法だ。しかし、このあいだのような〝実験〟に自分がそう何度も耐えられるとは到底思えなかった。

ヴィクトリアが人々のなかで足を止めて、査定するような批判的な視線でジェシカ・アサートンを見たのに気づき、ルーカスは小さくにやりとした。そして、ヴィクトリアが愛想のよい笑みを口元に貼りつけ、また前進する様子を見守った。彼のほうを向いているジェシカはヴィクトリアに気づかずに、いまだ内緒事を打ち明けるような親密な口調で話し続けている。

「わかっているでしょう、ルーカス。ヴィクトリアがふさわしいかどうかについては疑問の余地があるわ。親戚筋は立派なものだし、莫大な遺産を相続している。でも、あなたに簡単に従うとは確信できないのよ」

「心配しなくていい、ジェシカ。ぼくはミス・ハンティントンにうまく対応できる」ルーカスは滑るように彼らとの距離を狭めてきたヴィクトリアに向かって頭をさげた。「こんばんは、ミス・ハンティントン。このリドリーのパーティできみに会うとは偶然だ。叔母上はご一緒かな？」彼の脇でジェシカがはっと身をこわばらせ、口を閉じたのがわかった。

「ええ、もちろん」ヴィクトリアが答える。「レディ・リドリーと話していますわ。こんばんは、ジェシカ。なんてすてきなドレスでしょう。お元気そうね」

ジェシカが急いで、だが、あくまで優雅な身のこなしを保ちながらヴィクトリアのほうに振り向いた。「元気よ、ありがとう。あなたはいかが？」

「わたしはこの二日ほどあまり気分がすぐれなくて」ヴィクトリアがほんの一瞬、すばやくルーカスを見やった。瞳がきらめいて警告を発している。

「それは心配だわ」ジェシカが言う。

「でも、大したことではないの。胃が少しおかしかっただけ。もともと気分で食欲が左右されやすいのだけど、最近とても不愉快なことがあったものだから。あなたは、いくら不機嫌だからといって食欲がなくなったりはしないわね？」

「そんなことないわ。実はわたしも同じなの。悩んでいる時は食欲がなくなってしまうわ。

頭痛もするし」ジェシカが同意する。

「そうなのよね。あなたはなんでもわかってくれるのね、ジェシカ。観察力がすばらしいわ。ほかの人たちと違って」ヴィクトリアが皮肉っぽくルーカスにほほえみかける。

ルーカスは、不都合なことはなにもないふりをした。「もうよくなったのかな、ミス・ハンティントン？」

「ええ、大したことではないんですが、最近悩んでいたことが解決して、そうしたら、すぐ劇的によくなりましたわ」

「あなたの言いたいこと、よくわかるわ」ジェシカが口を挟む。「心の平和を取り戻せば、消化もよくなるものね」

「そのとおりだわ」ヴィクトリアの輝くほほえみの前には太陽さえも色褪せる。彼女はルーカスをまっすぐに見つめた。「ストンヴェイル卿、ちょっとお話しできませんか？」

「もちろんいいですよ、ミス・ハンティントン、仰せのままに」そう返事をしながらも、ルーカスはヴィクトリアをジェシカに声が聞こえないところまで連れていこうとせず、おもむろにシャンパンを小さくひと口飲んだ。「なにについて話したいのかな？」

ヴィクトリアは意味ありげに咳払いをして、ジェシカのほうをちらりと見やった。「大したことではありません、伯爵さま。次の講演会のことですわ。ご関心がおありでしょう？」

「演題によりますね。科学に関する講演かな？」

「まさしくそうですわ。知的探求に関することとか」

「では、詳細を教えてもらわないといけないな」そう言い、ポケットから時計を出して時間を見た。「しかし、あいにくクラブで友人と会う約束をしていて、もうすでに遅れている。どうか、叔母さまに招待状をお送りくださるようによろしくお伝えください。議題がなんであれ、楽しみにしていますと。では失礼しますよ、ミス・ハンティントン、レディ・アサートン」

ルーカスは礼儀正しくふたりの女性に頭をさげると、舞踏室をあとにした。

この数日のあいだ、同様の敵前逃亡を何度もやっている。馬車を呼びながら、ルーカスはにやりとした。ヴィクトリアは彼とふたりきりで話そうと必死だが、それをあえて避けてきた。

これも戦略だ。

最終的に、彼の女相続人に話す機会を与えた時に、なにを話題にされるかはわかっていた。〈緑の豚〉を訪れた帰りの馬車のなかで彼が紹介した知的探求をさらに要求されることはほぼ間違いない。

彼女の要求を簡単に受け入れてはならないと、すでに何千回も自分に警告している。なぜかと言えば、朝が来ても彼のレディが彼を尊敬し続けてくれることを願っているからだと、セントジェームズストリートにあるクラブの前に馬車が停車するのを待ちながら、ルーカスは皮肉っぽく考えた。

とはいえ、いまはもっと深刻な問題が待っている。ヴィッキーが彼の責任下にあるということだ。未来の領主として、そして夫として、彼女を守るのは自分の義務だ。一度でも関係を持てば、新たな危険が生じる。妊娠する可能性はつねにある。

その可能性については、また別の戦略として考えるべきだろうとルーカスは思った。この奇妙な求愛活動の始まりに戻れるならば、そうしただろう。でもいまは、彼女自身の意思で彼のもとに来てくれたほうがいいとふいに思う。彼女に彼を望んでほしい。完全に降伏するという危険を冒せるくらい彼を望んでほしい。彼を愛しているという理由で結婚してほしい。結婚しなければならないからではなく。

ルーカスはやれやれと思い、ぶるんと頭を振った。ヴィクトリア・ハンティントンへの求愛活動のせいで、冷静で明晰な軍人の頭脳がふにゃふにゃした感傷的な脳と化してしまいそうだ。

クラブの賭博室は外見だけ見れば、ルーカスがヴィクトリアを連れていった賭博場とはまったく異なるものだ。由緒ある生まれとそれにふさわしい評判を備えた紳士だけが入室を許される。緑色のフェルト地が張られた賭博台を囲む雰囲気もずっと静かで、人々の口調も上品だ。賭け金は街なかよりはるかに高額で、破滅の可能性も桁外れだが、その分、当然ながら利益を得る可能性も高い。しかも、この環境でいかさまをされることはめったにないので、ルーカスはいつもこうしたクラブで生活費を稼いでいた。

「あなたに話したくて待っていたんですよ、ストンヴェイル」ルーカスがその部屋に入ってきたのを見て、ファーディ・メリヴェイルが立ちあがり、急ぎ足でやってきた。

ルーカスはクラレットの瓶を取って自分が飲む分をグラスに注ぎながら、〈緑の豚〉での救出劇のせいで決闘を申しこまれるのだろうかと思い、近づいてきた若者に眉を持ちあげてみせた。そもそも、この混乱にルーカスを追いこんだレディに対し、いまの状況をなんと説明しようかと考える。ついでに言えば、救出しろときみが言い張った若者は、翌朝にぼくを殺そうと決めたらしい。そんな感じだろうか。

少なくとも、農家の娘モリーは無事に街から出た。当分戻ってこないはずだ。

「なんのことだ、メリヴェイル?」

ファーディが顔を赤らめ、極端に高く結んだ首巻きの下をいじる。それでも、彼のまなざしは決然として、まっすぐこちらを向いていた。「どうしてもお礼を言いたかったんです」

ルーカスは目を細めた。内心驚いたからだ。「そうか? しかし、なんのことを?」

「あの晩にやめさせてくれたことです」メリヴェイルが果敢に言う。「あの時に感謝していたとは言えませんけど。賭け始める前にクラレットを数杯飲んでいたんで」

「数杯か、それとも数本か?」

「数本です」ファーディが恥じ入った様子で認める。「いずれにしろ、ダディングストンがどんな評判の男か知るよしもなかった。ちゃんとした男はあの男とカードをしないと、あとで知りました」

「賢明な男ならばやらないと言うべきだな」ルーカスは言い直した。「やつの正体をきみが知ったのはよかったと思う。自分の名前や領地に対する責任についてきみに説教をするつもりはないが、相手がちゃんとした男であろうがなかろうが、失ってもいい金額以上を賭ける時はよく考えたほうがいい」

メリヴェイルがにやりとした。「それって説教じゃないですか？　でも、本当に必要ないです。母から三、四回、徹底的に怒られましたからね」

ルーカスもにやにやした。「これはしっけい。軍隊に長くいすぎたせいだ。新人の将校たちにつねに説教を垂れていたからね。どちらにしろ、感謝されるのはぼくではないさ、メリヴェイル。あの晩、あの場できみを助けるつもりはなかった。ほかのことで頭がいっぱいだったから」

「では、なぜ助けてくれたんですか」

「同行者がきみを気の毒に思って、ぼくになんとかしろと言い張った。それだけのことだ」

「そんなことはわずかでも信じませんよ。ご親切に、大負けしていた窮地からぼくを救いだしてくれた。この恩義は忘れないということを言いたかったんです」ファーディ・メリヴェイルは小さく一礼するとバーにいる友人たちのほうに戻っていった。

ルーカスはあっけにとられて小さく頭を振った。ヴィクトリアは正しかった。ファーディ・メリヴェイルは悪いやつではなかった。あの調子で成長すれば、爵位と家名にふさわしい男になるだろう。

しかし、だからといって、メリヴェイルを馬車に乗せることにルーカスが気を取られていたせいで、ヴィクトリアが危うく轢かれるところだったという事実は消せない。あのおそろしい光景を思いだすたびに、背筋がぞっと冷たくなる。

その冷たさを払おうとルーカスは身震いした。今夜はやるべき仕事がある。クラレットの瓶を取り、部屋を横切ってカードをしている人々のほうに歩いていった。なんとしても、準備金を増やす必要がある。ヴィクトリアが属している社交界に参入するには多額の金がかかる。

この求愛活動でもっともいらだつのは、偽装のために必要な服その他の贅沢品に大金がかかり、ストンヴェイルの飢えた大地に投資できないことだ。

より大きな利益を得るためには犠牲も必要だと、ルーカスはみずからを慰めた。

ほどなくして彼はさがしているものを見つけた。ホイストのゲームで、とくに彼の財政状態が必要としている分を補充できるくらい白熱しているテーブル。すぐに席に座るように誘われ、ルーカスは言われたとおりにして、テーブルの上に瓶を置いた。

実を言えば、今夜はほとんど飲んでいない。全員がクラレットかポルト酒をひっきりなしに飲んで自分を元気づけている時に頭が冴えていれば、その利点は明白だ。肘の横に置いたクラレットの瓶はただの偽装にすぎない。

かなりあと、正確には堅実に賭けてほぼ四時間が経過したところで、ルーカスは仕立屋と胴元をなだめ、少数の使用人をもう数週間雇っておくのに充分なだけ稼いだと判断した。そのテーブルの人々にいとまを告げ、預けた帽子と外套を取りにいった。

疲労困憊だった。強い意思と並外れた集中力をゲームに注ぐせいで、そのあとの疲労感は尋常ではない。しかし、この意思と集中力こそが安定して勝ち続ける基本だと理解している。

　上流社会の男たちのあいだでは、考えたり分析したりせずに向こう見ずな勝負をするのが粋だと思われている。賭け事は富と豪華な暮らしを見せびらかし、権力意識と男らしさを強化して、連れの女性に冷静沈着さを印象づける手段にすぎない。

　多額の損失も、金など大した問題でないかのような傲慢さで平然と対処してみせる。しかし、不運の夜から帰宅したのち、ピストルの銃口を自分の頭に当てる者があとを絶たないことは秘密でもなんでもない。

　ルーカスは勝つほうが好きだし、そのために念には念を入れる。実際、賭け事のテーブルで成功するのは戦略に長けた者だけだ。

　戸口に向かう途中、暖炉のそばにエッジウォースがいて、ルーカスを見ているのに気づいた。その不機嫌な顔には露骨な嫌悪が浮かんでいたが、ルーカスはとくに気にとめなかった。その感情はお互いさまだ。二週間前の多額の貸しを免除する気はまったくない。さらには、もう一度この男とゲームをするつもりもなかった。

「こんばんは、ストンヴェイル。あのとっぴな女相続人とのつきあいを楽しんでいるかな」エッジウォースがルーカスだけに聞こえるように声をかけた。「非常におもしろい女性だろう？」

　ルーカスはエッジウォースのあざけりの表情を見やり、無視して歩き去ることができるだろうかと考えた。おそらく無理だろう。すでにメリヴェイルとその友人がエッジウォースの言葉を小耳に挟み、こちらを向いてルーカスがどう反応するかを見守っている。

「敬意を表すべき女性のことをきみと話し合うつもりはない」ルーカスは柔らかい口調で答えた。「それを言うなら、どんな種類の女性についてもきみとは話さない」

「その女性は結婚する気がまったくないという話だが」ルーカスが声にこめた明白な警告を無視して、エッジウォースが言葉を継ぐ。「結婚の可能性がないとすれば、あんたはおそらく、ミス・ハンティントンとなにか別な目的を考えているんだろう。あれほど頻繁に会っている目撃情報があれば、その関係がどんなものか推測せざるを得ない」

かっと怒ったりしないという評判の結果がこれか、とルーカスは思った。あの恥ずべきゲームをやった晩にエッジウォースをとがめなかった事実がこの男をつけあがらせたことは明らかだ。

ルーカスは考えこむふりをしてクラレットをすすり、すでに聴衆がいるのを確認した。メリヴェイルと同行者が眉をひそめ、事実上はヴィクトリアの貞操を侮辱する言葉をルーカスがどのように対処するか見守っている。

「ミス・ハンティントンの社交活動について憶測したい誘惑は抑えたほうが賢明だと思うが」ルーカスは言った。「もちろん、夜明けに介添人ふたりを伴ってクレリーフィールドに来る用意があるならば別だが」

エッジウォースとメリヴェイルの友人の三人がまるで絵のように動かなくなった。

エッジウォースが目を細めてルーカスを見る。「それはどういう意味かな、ストンヴェイル？」

ルーカスがかすかな笑みを浮かべた。まさに冷酷そのものという笑みだった。「聞こえたとおりだ。きみもよく知っているとおり、ぼくはカードのいかさまのようなささいなことは不問に付す用意がある。しかし、純粋無垢な若い女性の名前が中傷された時はそこまで楽観的になれない。決めるのはきみに任せよう、エッジウォース」

エッジウォースがもたれていた炉だなから体を離してまっすぐに立った。怒りで顔が真っ赤になっている。「くそっ、ストンヴェイル。地獄に堕ちろ、このろくでなしめが。あんたの幸運がいつまでも続くと思うなよ」吐き捨てるように言うと、きびすを返してすばやく部屋から出ていった。

ファーディ・メリヴェイルとその友人が口をぽかんと開けてエッジウォースが出ていくのを見送る。ルーカスはクラレットをひと口飲んだ。そのひと口だけで、今夜摂取した全部のクラレットを合計したよりも多かった。これほど疲れていては、トランプに印がついていようがいまいが、エッジウォースがゲームをしたがらなくて、むしろ自分のほうが幸運だったとルーカスは思った。

「なんということだ」ファーディ・メリヴェイルが言い、リネンのハンカチで眉毛をぬぐった。「介添人という役割を初めて担うはめになるかと思いましたよ。あなたはあの男をとてもうまくあしらった。ミス・ハンティントンの名前があんなふうに言われるなど許されないことだ」

「ぼくもそう思う」メリヴェイルの友人が口を挟む。「ミス・ハンティントンはとても親切な女性だ。最初に出席した舞踏会で、ダンスフロアで笑いものになるという恐怖に陥った時にぼくと踊ってくれた。彼女と二回踊ったあとは、だいぶ自信もついたし、彼女と踊ったのを目撃されたあとは、問題なくほかの女性たちと踊ることができた。本当ですよ」

「ぼくの妹にもとてもよくしてくれる」メリヴェイルも言う。「かわいそうなルシンダ、一年前に社交界にデビューした時、あまりに内気で悲惨なことになってしまったんですよ。恐怖で凍りついたというべきですかね。でも、ミス・ハンティントンが面倒を見てくれて、社交界でどうやっていけばいいか教えてくれた。母もとても感謝していますよ。ミス・ハンティントンの友人として、ルシンダも、普通だったらとても行けない舞踏会の招待状を受けることができた」

「エッジウォースもすぐ引きさがりましたね？」友人のほうが心配そうに言う。「とはいえ、最近、あの男が公正なゲームをしないという噂を聞いた」

「ぼくが思うに」メリヴェイルがおそるおそる言う。「エッジウォースは、少し前のあのカードテーブルのちょっとした騒ぎのせいであなたをうらんでいるんじゃないかな。あなたほどの腕前で、間違ってトランプひと組全部を床に落とすなんてあり得ないとみんなわかっていた。新しいトランプを受けとったあと、あなたがすぐに勝ちだしたせいで、エッジウォースの過去の幸運をみんなが疑いだしたんですよ。最近はゲームになかなか入れてもらえない。そのうち、彼をクラブから追放しようとだれかが言いだしても不思議じゃない」

「なるほど、興味深い話だ」ルーカスはふたりの青年に向かってうなずいた。「失礼していかな、もう行かなければ」

ルーカスはクラブの表の石段をおりて、一番近くにいた辻馬車に合図した。馬車に乗りこむと、座席にぐったりと腰をおろし、深く息を吸いこんだ。考える必要があった。

無意識に顎を撫で、窓から夜の街をじっと見つめる。彼がヴィクトリアとやっているゲームは日に日に危険度を増している。真夜中の冒険で想定される身体的な危険はさておき、いまや彼女の評判は正真正銘の危機にさらされている。決闘でエッジウォースを殺しても、いったん始まった噂話は沈黙させられない。

ヴィクトリアが傷つくことは絶対に許さないと、ルーカスは思った。事態は非常に深刻な段階に達しつつある。真夜中に外出するたびに発見される危険は増し、パーティや公園で一緒にいるのを目撃されるたびに噂される。

ヴィクトリアのことはよくわかっている。真夜中の冒険に同行するのをルーカスが断っても、おそらく自分で出かける方法を見つけるだろう。彼女は自分のおそまつな男装に自信を持ち始めている。

それに、別な可能性もあるとルーカスは思った。彼が同行をしなくなったら、彼女はおそらく同行する別な男を見つけるだろう。そして、それこそルーカスがもっとも耐えられない可能性だった。

自分の論理を吟味しながらも、ルーカスは無意識に脚をさすっていた。この危険な求愛活動をすぐに終わらせなければならないのは明らかだ。ただひとつの解決策は、できるだけ早くヴィクトリアと結婚することだ。

この無謀で荒っぽい真夜中の求愛に、彼の神経はそんなに長く耐えられそうにない。

二日後、ルーカスは胸の前で腕組みし、眉をひそめておかしさをこらえながら、そばの席に坐ってそわそわと落ち着かない様子のヴィクトリアを眺めていた。彼のいさめる表情に気づかないふりをして、スカートを撫でつけている。

ヴィクトリアの隣にはクレオ・ネトルシップが坐り、講演者のサー・エリフ・ウィンスロップをうっとりと見つめていた。彼は『ソバ栽培の指針について』と題された刺激的な講演をしているところだった。

少なくともルーカスにとっては充分に刺激的な演題だ。ストンヴェイル領の田畑の一部にソバを植える計画を立てている。牛や羊の最高の飼料になるし、ウィンスロップによれば、大陸では人が食すこともよくあるらしい。大陸ではなんでも食べてしまうという話だから、当然といえば当然だろう。英国も周期的に穀物不足に見舞われる。彼の領民にとって、そばは非常用の穀類になるかもしれない。

ヴィクトリアが我慢できずに、床を足で小さく叩き始めた。彼女を責めるわけにはいかないだろう。きょうの午後、彼女の頭のなかは別な案件で占められている。そのせいでそわそわしているのは明らかだった。

ルーカスは満足の笑みを押し隠した。手加減するつもりはない。ようやく彼女を引っかけた。捕獲までにもう少しがんばってもらう必要がある。

ヴィクトリアが見せた甘美な情熱のきらめきは、いまもまざまざと残っていた。つかのま、その記憶に浸ることを自分に許したものの、それが股間に与える影響にすぐ気づいて、ルーカスは全神経を講演者に戻した。ウィンスロップはソバに肥料を施すさまざまな方法に関して考察しているところだった。

「すばらしいお話でした。学ぶところが非常に多かったですわ」講演が終了するとレディ・ネトルシップが褒めたたえた。「もちろん、わたしとしては、異国の植物に関する話のほうがもっと関心がありますけれど。でも、農業に最新の技術を取り入れるのは大事なことだわ。楽しんでいただけたかしら、ルーカス？」

「ええ。非常に。講演がきょうあることを知らせてくださり、感謝します」

「お安いご用ですよ。いつでもいらしてくださいな。あら、もう帰るの、ヴィクトリア？」

「ええ、クレオ叔母さま。すぐに帰りたいわ」ヴィクトリアは立ちあがり、ボンネットと手提げを持った。

「でも、わたしはすぐには出られないけれど。話をしなければならない方が何人かいるし」

クレオが部屋を見まわした。「すぐに戻ってくるわ」

ヴィクトリアがまつげの下から意味ありげな視線をルーカスに寄こし、ふたりは講演会場の戸口に向かって歩きだした。ルーカスは彼女を見おろし、その姿をほれぼれと眺めた。白いモスリンの外出用ドレスとその上に合わせたおしゃれな黄色いスペンサー・ジャケットというでたちだ。きょうのヴィクトリアはとても美しいと、ルーカスは誇らしく思った。まさに所有欲から来る感情だと自分でも思う。ルーカスは、ここで友人になった社交界の数人の人々にうなずきながら、礼儀正しく出口まで付き添っていった。

玄関広間で何人かが足を止めて話しかけてきたので、出発までにまた少し時間がかかった。横にいるヴィクトリアが早く出たくて爆発しそうになっているのが、ルーカスにははっきりわかった。

「なにかまずいことでも？」ようやく玄関にたどりつき、ふたりでレディ・ネトルシップを待ちながら、ルーカスはさりげなくヴィクトリアに訊ねた。

「いいえ、でも、ルーカス、あなたに話をしなければならないのよ」

「では、なにかまずいんだな？」

「なにもまずくないわ。ただ、ふたりだけで話したかったの。その機会がなかったんですもの。わたしたちが――」ヴィクトリアは言葉に詰まり、顔を赤らめた。果敢に咳払いをして、その文を言い終える。「〈緑の豚〉に行った晩以来」

「そのことだが、あのあと、別な晩にクラブでファーディ・メリヴェイルとばったり出会った。喜んでくれ。怒っているかと思ったらまったく違った。むしろ、救出したことに対して礼を言われたよ。分別を取り戻して、自分が危機一髪だったと理解したらしい」

ヴィクトリアの目が輝いた。「よかったわ。ファーディと妹さんのことは大好きなの」

「きみのおかげだと彼に言えないのがなにより残念だった。きみが言い張らなければ、彼を置き去りにして破滅させただろう」

「それは、あなたがわたしを守ることを一番に考えてくれたからでしょう」ヴィクトリアが感動的な忠誠心を示して言う。「そうでなければ、あなたもあの青年になにかしてあげたはず。それにモリーのことも本当に親切に助けてくれたわ」

ルーカスは苦笑いを浮かべた。「きみは今夜のフォクストン邸のパーティには？」

「出席するわ。でも、ああいうパーティでふたりきりで話すのがどんなにむずかしいか、あなたもわかっているでしょう？　ルーカス、あすの午後、公園で馬に乗りません？　行かれるように手配するわ」

「行きたいのはやまやまだが、残念ながら別な約束がある」

ヴィクトリアの顔がさっと陰った。「そう？　どうしても無理かしら？　五時頃に数分だけでも？」

ルーカスはヴィクトリアをかわいそうに思った。明らかに沖まで行きすぎて、自分では泳いで岸に戻れない状態だ。どうやって救助するのが得策かをルーカスはすばやく考えた。

「午後に公園で馬に乗るのは気が進まないな、ヴィッキー。混みすぎている」

「ええ、わかっているわ。でも、とにかくあなたと話をしなければならないの。もしも公園で会えないのなら、今夜庭に来てください。そこで話しましょう」ヴィクトリアが声を低くした。「とても重要なことなの、ルーカス」

「あいにく、今夜はぼくたちのささやかな冒険に出かける計画はない。冒険には事前の計画が必要だからな」

「いい加減にしてちょうだい、ルーカス」ヴィクトリアがいらだちを募らせる。「冒険の計画をしているわけじゃないわ。でも、とにかく会いたいの。忙しい予定のなかでちょっとでも時間を作ってくれたら、とても感謝するわ」

ルーカスは少し驚いてヴィクトリアを見つめた。「困っているような言い方だが、ミス・ハンティントン？」

ヴィクトリアがいらだちをあらわにする。「もちろん、困っているわ、ストンヴェイル卿。あなたがとてもむずかしい人だから」

「ぼくはきみの評判を心配しているだけだ、ヴィクトリア。これからは、とにかく慎重にしなければならない」ルーカスは警告を発し、その主張を証明するためにあたりを見まわした。

「評判なんてどうでもいいわ。あなたと話をしなければならないの」

ヴィクトリアがなおも言い張ることに驚きながらも、ルーカスはその熱意に心を動かされた。明らかに万策尽きてしまったらしい。自分としても、この求愛活動を次の段階に進める覚悟はできている。そろそろ、ヴィクトリアのいらだちと自分の欲求不満の両方を解消する頃合いだろう。

「いいだろう」状況を慎重に分析しながら答える。「予定表を確認して、今夜遅く、日が変わる頃に数分会えるかどうかやってみよう。それでいいかな？」

「それはずいぶんとご親切にありがとう」

ルーカスはぎょっとした。彼女の鋭い刃のような口調に、皮膚をこそぎ取られたかのように感じたからだ。「どういたしまして」

「あなたがわたしをもてあそんでいるような気がしてきたわ、ルーカス」

ルーカスは眉をひそめた。この女性がきわめて明敏なことを忘れてはいけない。「今夜、いつもの時間にきみの庭に行かれるように最善を尽くす。さあ、失礼していいかな。あちらの隅にトッティンガムがいる。ホワイトの『セルボーンの博物誌』を貸すと言ってくれてね。彼がその本の話をしてくれてから、読むのを楽しみにしていたので」

「それなら、トッティンガムに頼む必要はありませんわ、伯爵さま」ヴィクトリアは冷やかに言った。「今夜のわたしとの約束を守ってくれれば、わたしの本をお貸しします」

ルーカスはにやりとした。「ヴィクトリア、ひょっとして、ぼくを買収しようとしているのかな？」

彼女は染まったほおをさらに明るいピンク色に紅潮させ、くるりと振り向いて叔母をさがしにいった。

8

庭の塀まで来ると、木の下の暗がりで待っている彼女の姿が見えた。栗色のベルベットに黄色のサテンで縁取りしたケープを羽織り、フードをかぶってまるで優美な幽霊のようだ。その晩早く、フォクストンの舞踏会で着ていたのと同じケープだった。

ルーカスは慎重に地面に向かって飛んだ。右足で体重を受けとめており立ち、左足でバランスを取る。しかし、どんなに気をつけても、短い降下の衝撃で悪いほうの脚に鋭い痛みが走る。庭の塀にのぼるのは自分には向いていない。

ルーカスは身をまっすぐに起こし、古傷をさすりながら、自分がいかに長いあいだ、ヴィクトリアの言いなりになっているかを考えた。あのレディのせいで時間を無駄にしていることは否めない。

彼女をベッドにいざない、彼のものにする潮時だろう。先に結婚してからのほうが好ましいが、その可能性がないならば、手に入るものを先に手に入れるべきだ。辻馬車であちこち出かけて浮かれ騒ぎ、厄災とたわむれる代わりに、ヴィクトリアとベッドで心地よい夜を過ごせるという思いだけで、脚の痛みが軽くなり、ベッドが結婚につながると納得するに充分だった。

「ルーカス？」かすかなささやき声が聞こえ、湿った草のあいだを通ってヴィクトリアが前に出てきた。フードをかぶった顔を持ちあげる。無防備な優しい表情で見あげられると、ルーカスは心臓がよじれるような気がした。

うめき声をもらし、両手をフードの下に差し入れて彼女の顔を包んだ。ひと言も言わずに頭を低くし、彼女の唇を飢えたようにむさぼる。ようやく彼女から手を離した時にはすでに全身が欲望でこわばっていた。

「フォクストン邸できみが次から次へといろんな男と踊るのを見て、どんなにつらかったか」彼女の喉に向かってつぶやく。

「ルーカス、お願い、いまはそんなふうにキスしてはだめよ。時間がないの。叔母がいつ帰宅するかわからないもの。フォクストン邸で、頭痛がすると叔母に言って先に帰ってきたから、戻ったらわたしの部屋に直行するでしょう」

「自分の評判を危険にさらしてまで言いたかった大事なこととはなんだ、ヴィッキー？」

彼女はベルベットのケープをさらにしっかり自分に巻きつけ、きらめく月明かりのなかで彼と目を合わせた。「簡単に言えることだと思っていたけれど、実際にはそうじゃないみたい」

彼女を胸に抱き寄せて、なにも言う必要はないと請け合いたかったが、その誘惑は抑えこんだ。彼女は自分でこの一歩を踏みだす必要がある。戦略だ、とルーカスは自分に言い聞かせた。

戦略に従うこと。欲望にかられて彼女を誘惑するわけにはいかない。彼女が自分の意志で彼とベッドに行くほうが、どちらにとってもはるかに得策だ。

「聞いているよ、ヴィッキー」

ヴィクトリアが顎を決然と持ちあげた。「このところずっと考えてきたんです」

「よく考えるのが必ずしもいいとは限らない。経験から言って。考えすぎると、心の安定が乱されることも多い」

「ええ、わたしの心はすでに乱されているわ」ヴィクトリアが彼から離れ、濡れた草の上を行ったり来たりし始めた。サテン地の夜会靴の先端が濡れるのも気づかないようだ。「頭のなかでこの問題を何度も徹底的に考えてみたんです。おそらくあなたも気づいているはずの理由ゆえに、これは、ほかの人がいるところでは、話し合うことができないの。叔母であってもだめだわ」

「わかるよ」ルーカスは重々しく言った。「どんな親しい人であれ、話し合えないことはある」

「そのとおりだわ」彼女がまた振り返り、反対の方向に歩く。「結婚を望んでいないことはもう何度も言ったわよね」

「さまざまな折に」

「でも、最近わかってきたの。まったく反対しているわけではないと……男性とのロマンティックな関係に」

「なるほど、わかるよ」

「よかった。うまく言葉にするのがとてもむずかしいことだから」くるりと振り向き、歩いた道を戻る。「あなたは、その、〈緑の豚〉を出たあとに馬車のなかで起こったことを覚えているかしら？」

「非常にはっきりと」

ヴィクトリアがフードの奥にさらに深く頭を引っこめた。「あの時に知って、とても驚いたわ。男女のつながりがとても……強烈なものだと」

ルーカスは笑みを押し隠した。「あの経験をきみが心地よいと感じてくれて嬉しい」

「心地よい」彼女が足を止めてルーカスのほうに振り返った。淡い月明かりに見開いた大きな目が輝く。「心地よいというよりもずっとすごいものよ。狼狽しながらも、ものすごく興奮してしまうこと。そして、信じられないほど嬉しくて楽しいこと」

ヴィクトリアのいさぎよいまでの正直さがルーカスを魅了した。「お世辞でもありがたいが」

「お世辞ではないわ」また歩き始める。「ルーカス、このことについて熟慮に熟慮を重ねた結果、わたしはもう一度経験したいと決意しました。むしろ、この特別な経験のすべてを幅広く知りたいと思います。つまり、知的探求という意味で」

「知的探求」ルーカスはゆっくりと繰り返した。「カブトムシを収集するようなことだな」

「そうとも言えるわ」

「探求を終えたあとは、ぼくを箱に入れて飾っておくのかな？」

ヴィクトリアがフードのなかで顔をしかめて彼をにらんだ。「ルーカス、からかわないで。わたしは真剣に言っているんです」

「ああ、それは見ればわかる」

「単刀直入に言えば、わたしはあなたと、イザベル・ライコットが友人のエッジウォースと楽しんでいるようなロマンティックな関係を築くことを望んでいるの」

「なんてことだ、そうでないことを心から望んでいたのだが」

ヴィクトリアが足を止めて彼のほうに向いた。ショックと恥ずかしさの入りまじった表情を浮かべている。「あなたは、わたしを望んでいないのね？」

ヴィクトリアが彼の言葉をどう解釈したかはすぐにわかった。前に出て、彼女を乱暴に引き寄せて抱きしめると、彼女の唇に唇を重ねて荒々しい所有欲の赴くままにキスをした。ヴィクトリアがすぐに反応して身を震わせる。ようやく身を離すと、両手で彼女の顔を包みこみ、欲求でおそらくはぎらぎらしている目でじっと見おろした。

「ぼくはこの地上のなによりもきみを望んでいる。それは忘れないでくれ、ヴィクトリア。なにが起ころうと、それだけは忘れないと約束してくれ」

ヴィクトリアが彼の手首に指をまわし、震えるような笑みを浮かべた。「わたしもあなたを望んでいるわ、ルーカス。あなたに感じているような欲求が、この世に存在するなんて全然知らなかった。お願い、わたしとそういう関係を結んでくれますか？」

「ヴィッキー、ああ、ヴィッキー、ぼくのかわいくてわがままで情熱的なおてんば娘」つぶれるほど強く抱きしめる。情熱と優しさと安堵が入りまじった奇妙な感覚で頭がくらくらした。「もちろんだ。きみを抱いて燃えあがらせ、そこにぼくも加わって最後には一緒に燃えつきる」

「あまり心地よい感じには聞こえないけれど」彼女がルーカスの上着に顔を押しつけたまま言うと声がくぐもって聞こえた。

ルーカスはにやりとした。「待っていてくれ、やってみればわかる」

ヴィクトリアは小さく笑い声を立てると、両腕を彼のウエストにまわして強く抱きしめた。

「ルーカス、わくわくするわ」

「ぼくもだ」ルーカスはささやき、それからゆっくりつけ加えた。「これは、ぼくとの結婚に同意してくれたのとほぼ同じだ」

ヴィクトリアがはっと身をこわばらせた。「ルーカス……」

「ほぼ同じ、と言っているだけだ。完全に同じではない。落ち着いてくれ、ヴィッキー。きみを不安にさせるつもりはない。だが、ロマンティックなつながり以上の関係をぼくが歓迎することを、きみに知っていてほしい。ロマンティックな関係もいいが、それよりも結婚について話し合わないか？」ルーカスは息を凝らし、ヴィクトリアがイエスと言い、そのひと言ですべてが単純になることを祈った。

「ありがとう、ルーカス。なんてご親切なんでしょう。まったく必要ないことだけど、でも嬉しいわ。必要がないとわかっているのに、そういうふうに言ってくれたことに心から感謝するわ」ヴィクトリアがにこやかに言う。

「でも、答えはノーか？」

「わかっているはずよ。でも、訊ねてくれたことにもう一度お礼を言うわ」ヴィクトリアは顔をあげて唇を彼の唇に軽く押し当てた。それから、輝くような笑みを浮かべて彼を見つめた。「さあ、計画を立てましょう」

彼女が彼の提案をあっさり断ったことがルーカスをいらだたせた。このかわいいおてんば娘は、代償を払わずに望むすべてを手に入れられると思っている。そろそろ、彼女が思っているほど単純ではないことを、優しく指摘する時期かもしれない。

「いいだろう、いつだ？」

ヴィクトリアが目をしばたたいた。「いつってなにが？」

「愛人としての最初のあいびきをいつにするかな？　どうやるかは？　それについてなにか考えたか？　計画をよく練る必要がある。場所の問題もあるだろう？　馬車を雇って、ぼくたちが座席で行為にふけるあいだ、何時間かロンドンをまわってくれというわけにはいかない。快適さに欠けるし、落ち着かない。それに、なかでなにをやっているのか、御者に推測させたくない」わざと露骨な言い方で説明する。

ヴィクトリアの表情がぎょっとした顔からぞっとした顔に変わった。「わたしが思ったのは……思ったのは、あなたがそうした細かいことはやってくれるかと。そうしたことの手配の仕方はよく知っているでしょう？」

「それがそうでもない。これまで、きみのような若いレディとそんな親密な種類の性的関係を持ったことはないからね。ふつうはあり得ないことだ、ヴィクトリア。少なくとも、自分を紳士だと思っている男はやらない。ぼくにとっては、きわめて恥ずかしく気まずい状況に置かれるわけだ」

ヴィクトリアがうめき声を漏らした。「わたしの評判だけでなく、あなたの評判まで危険にさらすことになると、クレオ叔母に警告されたわ」

「彼女が？」どの方向に風が吹いているかをレディ・ネトルシップが推測したと聞いても、ルーカスはとくに驚きもしなかった。実際のところ、クレオはふたりのことをどう考えているのだろうとルーカスは思った。「レディ・ネトルシップは非常に洞察力がある女性だからね。きみが自分の評判をみだりに危険にさらすことが気に入らないだろう」

「あなたの評判もね、ルーカス。これがあなたにとってたやすくないことも、かなりの危険が伴うことも理解したわ。わたしだってなにも見えていないわけじゃないもの」

「きみが知性を発揮してくれてよかったよ、ヴィッキー」

ヴィクトリアが唇を噛み、横目で彼を見やった。「こんなことを頼むのは、あなたを不当に扱っているということね」

「まあ、きみも言ったとおり、数々の危険が伴うことは否定できない」

ヴィクトリアがため息をついた。悲劇のヒロイン的なため息だった。「そうよね。わたしには、あなたの評判を危険にさらす権利はないわよね？　たぶん、すべてを忘れるべきなんだわ」

「ぼくの提案で別な選択肢が可能になる」もう一度言ってみる。

ヴィクトリアは、無邪気な子犬にするように、愛情を込めて彼の腕を軽く叩いた。「あなたの結婚の提案はとても嬉しいわ。でも、わたしにとって、現実的な選択肢はひとつしかないと思うの。あと数年待って、適齢期を過ぎた未婚女性という地位をしっかり確立することよ。そうすればきっと、わたしがレディ・ライコットの先例に倣《なら》ってもだれも気にしないでしょう。許してくださいな、ルーカス。この話題を持ちだしたことがそもそもいけなかったんだわ」

ヴィクトリアがこの件から身を引こうとしていることに気づき、ルーカスの背筋に恐怖が伝った。しかも、唯一の選択肢として、結婚ではなく、適齢期を過ぎた未婚女性になろうと考えている。ここで行かせてしまったら、二度と帰ってこないだろう。それどころか、彼女が望む危険すべてを、なんの配慮も躊躇もなく経験させてやるような男を見つけるかもしれない。

ルーカスは手を伸ばして親指と人差し指で少し乱暴にヴィクトリアの顎をつかんだ。「ヴィクトリア、ただのロマンティックな関係が、本当にきみの望むものならば、それをきみに与えるのにやぶさかではない」

彼女の顔にふいに浮かんだほほえみは明るすぎて、その瞳の輝きも、まるで女の戦いに勝利した喜びのように見えた。「知的探求という意味で、よね？」

ルーカスのなかで遅ればせながら警鐘が鳴り響く。ヴィクトリアの喜びに輝く、むしろ独善的とも言える表情を眺めるうち、実はたったいま、巧みな戦略で裏をかくことができたという卑劣な考えが浮かんだからだ。

「ぼくはこれまでもずっと、知的探求がなにより重要だと思ってきた」真顔で答える。

「まあ、ルーカス、ありがとう。どうやって感謝したらいいかわからないわ」ヴィクトリアが両腕を彼の首にまわして、ぎゅっとしがみついた。「いつもわたしによくしてくれるのね」

心のなかで悪態をつきながらも、彼女からあふれだす歓喜に魅了され、圧倒される。ヴィクトリアになにを望まれようが、結局は拒絶できないという事実をルーカスは理解し始めていた。将来的には、この点に関する自分の弱みにうまく対処する必要があるだろう。

ルーカスは彼の首にまわされた彼女の両腕をしぶしぶはがし、安心させるように鼻の先に軽くキスをした。「では、それで決まりだ。さあ、もう家のなかに戻ったほうがいい。表のほうで馬車の音がしたような気がする」

「まあ、大変、きっとクレオ叔母だわ。行かなければ」ヴィクトリアがすばやく向きを変えると、無残にもびっしょり濡れた靴の周囲でマントがひるがえった。だが、ヴィクトリアはまたすぐにくるりとこちらを向き、心配そうに眉をひそめた。「壁を越える時に脚に気をつけてね、ルーカス。ここののぼりおりがとても心配なの。あなたの脚にいいわけないわ」

「その意見には、ぼくも同意したい気分だ」役立たずの脚は、今夜の第一回の壁襲撃のせいですでにずきずき痛んでいる。それをもう一度繰り返さなければならない。「この壁ののぼりが必要なくなる夜を楽しみに待っているよ。おやすみ、ヴィッキー」

「計画については？　わたしたちの初めての、ええと、関係は……」ヴィクトリアが言い始めたが、やはり通りの馬車の音が聞こえたらしく、不安げに温室の戸口に目をやった。

「あせるな、ヴィッキー。ぼくがすべて手配するから」

「してくれるの？」

ルーカスは庭の塀にまたがって動きを止め、彼女の上を向いた顔を見おろした。出そうになった悪態をなんとか呑みこむ。「ああ、ヴィッキー、ぼくがやる。それがぼくの仕事だからね。そうだろう？」

「詳細が決まり次第教えてくれるわね？」ヴィクトリアが希望を込めて声をかける。

「信じてくれ、マイディア、一番に知らせる」そう言うと、ルーカスは壁を越えて路地に飛びおりた。太腿が強い抗議を訴え、そのあと馬車を待たせている道に向かうあいだも、引きずっている脚がいつにも増してうるさく騒ぎたてた。どうにかして、この壁のぼりをやめる必要がある。

ルーカスは街路を見まわし、だれもいないことを確認した。道を渡り、角を曲がる。そこでナイフを持った男に危うくぶつかりそうになった。

追いはぎもいきなり現れたルーカスに驚いたようだった。陰で獲物を待ちながら居眠りしていたのか、あるいは、ルーカスが近づいてくるのが聞こえなかったらしい。だが、そのあとの反応は意外に早く、すぐに刃を下にしてナイフを構え、突進してきた。

ルーカスはすでに脇に飛んでいた。悪いほうの脚に力が入らないのを感じ、思わず悪態をついたが、そのまま着地するしかない。負傷しているほうの脚の膝が強く地面に叩きつけられたが、その痛みを無視して手を伸ばし、襲撃者のナイフを持った腕をつかんだ。

そのまま転がって男を投げ飛ばす。男が驚きと憤りの叫び声をあげながら、真っ暗な角の家のレンガの壁に激突した。ナイフが敷石の上に転がってかちゃんと音をたてる。

ルーカスはさらに転がり、膝をついて起きあがった。なんとか立ちあがり、レンガの壁に片手をついて自分を支える。左脚に切り裂かれるような激痛が走る。

追いはぎはすでに大きな音を立てながら暗闇に遠ざかっていた。足音が夜の大気に響きわたった。ナイフを回収しようと立ちどまりもしなかった。

「へい、大丈夫か」御者が叫んで駆け寄ってきた。乗客が面倒に巻きこまれたことに遅ればせながら気づき、急いでやってきたらしい。「どうした、旦那？　怪我したかい？」

「大丈夫だ」ルーカスはウェストンの店であつらえた高価な上着を見おろして、また悪態をついた。この上着に大金を支払ったばかりなのに、また新調しなければならない。

「紳士の財布をくすねようと狙っている追いはぎが何人もいるんだ」御者が言い、手を伸ばしてナイフを拾いあげた。「切れそうだ。あの男は本気で仕事をするつもりだったらしい」

「そうだな」ルーカスは答えた。「だが、なんの仕事をしようとしたのかわからない」

「街は人だけじゃなく馬車にとっても安全じゃない」御者が言う。「あんたはうまく撃退したよ、旦那。すっ飛ばしたのを見たぞ。ジェントルマン・ジャクソンズ・アカデミーでそういうことを習ったんだろう？」

「いや、もっと大変な方法で学んだ」ルーカスは馬車に向かって歩きだした。左脚がまたくずおれそうになり、はっと息を止める。図書室で待ち受けるポートワインの瓶を思い浮かべて、なんとかこらえた。「馬車を出してくれ。こんな時間に街路にたたずんで楽しむつもりはないのでね」

「もちろんでさ、旦那。でも、これだけは言わせてくれ。路地裏のけんかをあんたのようにみごとにさばいた紳士は初めて見たよ。たいていの金持ちは喉を掻っ切られて終わりだ」

ヴィクトリアは自室に戻り、静かに扉を閉めた。そのまま木の扉にもたれ、目を閉じる。心臓がまだどきどきしている。脚も力が入らず、まるで溶けてしまいそうだ。

ついにやった。

想像していたより多く、というより、むしろ自分が持っていると思いもしなかったほどたくさんの勇気が必要だったが、ついに言えた。自分はストンヴェイル伯爵ルーカス・マロリー・コールブルックと情事をおこなうことになる。

震える両手で扉をうしろに押して離れ、たよりない足取りで部屋を抜けて窓辺まで行くと、外の暗闇をじっと見つめた。

悩みに悩んだ日々を乗り越え、ようやく目標を達成できることになってみると、反動で自分が気弱になっていることに気づいた。

この計画は多くの危険をはらんでいる。ヴィクトリアにとってもルーカスにとっても。でも、ルーカスの腕のなかで情熱を発見する貴重な機会は、危険を冒す価値がある。彼は尊敬できる立派な男性だ。格好だけつけている愚かな気取り屋でも、無情な放蕩者でもない。ヴィクトリアの評判を心配しつつ、結婚を避けたいという希望を受け入れてくれた。つまり、狙いは財産ではない。彼女だけのように思える。

「まあ、なんていうこと、これではまるで、あの男性に恋をしているかのような言い方だわ」そう思い、ヴィクトリアははっと息を呑んだ。その認識に一瞬圧倒される。「わたしは彼に恋をしている」

今夜の冒険の奇跡を思い、思わず自分を抱きしめた。恋しているけれど、自由。女として、それ以上を望めるだろうか。

窓辺に立ちつくし、暗闇に未来を見ようとした。でも、すべては雲のようにぼんやりして形をなしていない。ずいぶん経ってから、ヴィクトリアは床に入った。

夜明けに突然目を覚まし、はっと起きあがった。

この魔女め、地獄に送り返してやる。

あのナイフ。

ああ、神さま、あのナイフです。

自分を眠りから目覚めさせた悪夢の内容はほとんど覚えていなかったが、詳細は思いだすまでもなかった。この数カ月何度も同じような夢を見て、どれも同様の結末だった。すなわち、ものすごく動揺し、暗闇と、血まみれになった、理屈では説明できないおそろしい感覚にさいなまれる。

少なくとも、今回は悲鳴をあげなかったと思い、ヴィクトリアはほっとした。おそろしい夢を見て悲鳴をあげ、気の毒にナンが起きて、走りこんでくることもよくある。

ヴィクトリアはベッドから出た。心を掻き乱すこの感覚が日の光によって消え去ることは経験上わかっている。いまは、寝ようとがんばってもあまり意味がない。

ヴィクトリアは手を伸ばして部屋着を取った。晴れているから、もうすぐ温室に朝日が差しこんでくるだろう。絵を描くにはうってつけの日だ。すべてがうまく行かない時も、芸術に没頭することで心の平和を取り戻せることもある。

すばやく服を着ると、ヴィクトリアは急いで一階におりていった。家のなかはちょうど目覚めだしたところだった。厨房でかちゃかちゃと音がしているのは、コックが鍋を火にかけているのだろう。

画架と絵の具箱とスケッチブックはそのまま置いてあった。立ったまま、植物が青々と茂る温室全体をさっと見まわし、それから、ゴクラクチョウカのみごとな花々に目を落とした。

朝の陽光に照らされ、花は金色と黄色のあいだくらいの美しい琥珀色に輝いていた。ロイヤルブルーの鮮やかな色がところどころに散っている。まさに極楽鳥のようだ。

ヴィクトリアはゴクラクチョウカがはっきり見られる場所に道具を移動させた。ルーカスが初めて温室に来た日にこの花をどんなふうに褒めたたえたかを思いだす。

彼のためにこの花を描こうと、ヴィクトリアは突然の衝動にかられて決意した。ヴィクトリアが描いた植物の水彩画やスケッチを彼は心から気に入ったようだったし、園芸学に新たな熱意を感じているのは間違いない。ふたりが恋人として一緒に過ごす最初の夜の記念として、ゴクラクチョウカの絵を気に入ってくれるかもしれない。ふたりの忘れられない夜を記念する贈り物とするのはいい考えだろう。

結婚の贈り物のように。ふいにそんな思いが浮かぶ。ヴィクトリアはあわててその思いを押しやり、坐って仕事を開始した。

絵の具箱のふたを開けたとたん、なかに嗅ぎたばこ入れが入っているのに気づいた。ぎょっとして、何秒間かただそれを凝視し、だれがこんな高級な嗅ぎたばこ入れを絵の具箱に入れたのだろうと考えた。数日前の晩に温室の扉の取っ手にかけられた頭文字入りのスカーフを見つけたのと同様、こんなところにこんなものが入っているのは奇妙なことだ。

ざわざわした不安を覚え、ヴィクトリアは小ぶりの嗅ぎたばこ入れをつまみあげてじっと観察した。みごとな細工の品だが、ふたの内側に彫られたWの文字以外は目立った特徴はない。

ヴィクトリアの呼吸が速まった。あなたは幽霊を信じていないはずと、自分に強く言い聞かせる。しかし、だれかがおそろしいゲームを仕掛けているのかもしれないという思いは、幽霊よりもぞっとするものだった。

そんなことは、幽霊よりもあり得ないと思い、ヴィクトリアは大きく深呼吸して神経を静めようとした。分別を持ったほうがいい。スカーフもそうだが、これも継父の嗅ぎたばこ入れであるはずがない。

奇妙な偶然にすぎないはずだ。叔母の知り合いは大勢いる。そのひとりが温室を訪れてスカーフや嗅ぎたばこ入れを忘れたのだろう。スカーフはすぐに見つかったが、嗅ぎたばこ入れはすぐに見つからず、ここにまぎれて忘れられてしまったに違いない。ヴィクトリアに見つかるまで。

それが唯一可能な説明だ。なぜなら、継父が階段の下で亡くなったあのおそろしい夜に実際になにが起こったかを知る者は、ヴィクトリア以外にいないのだから。

四日後、ヴィクトリアはミドルシップ邸のきらびやかな舞踏室で、おびただしい数の着飾った客たちを見まわしながら、結婚式を迎える花嫁であるかのように緊張し、かつ興奮していた。今夜が実行の日。

本物の結婚式を迎えるつもりで楽しむのが一番よいと決意する。

三日前、ルーカスから冷静な口調で、ふたりの最初の夜のためにすべての手配を済ませたと告げられた。計画の実施は、レディ・ネトルシップが、毎年友人に招待される田舎の邸宅のパーティに出かけるかどうかにかかっていると彼に警告された。しかし、それは問題なかった。きょうの朝、クレオは隣接する地方にある大親友の屋敷に向けて元気よく出かけていった。

「今夜、この屋敷にひとりきりで本当に大丈夫かしらね？」クレオ叔母はボンネットの顎ひもを結び、旅行用の馬車にちょうど積みこまれた数個の旅行カバンに続く用意をしながら、ヴィクトリアに三度目となる確認をした。

「ひとりきりとは言えないわ、クレオ叔母さま。ナンがいるし、ほかの使用人がみんないるんですもの。大丈夫よ。それに、思いだして。わたしは今夜、ミドルシップ邸の舞踏会に招待されているのよ。あそこの夜会はいつも夜明けまで続くから、日の出より前に帰宅することはないし、その午後に叔母さまはお帰りになるでしょう？」

「まあ、あなたももうすぐ二十五歳ですものね。それに、わたしが留守と言っても自分の家にいるわけだし、たった一晩だし、舞踏会へはレディ・リンウッドとお嬢さまと一緒に行くのだし、すべて大丈夫ね。いろいろ気をつけなさいね、ヴィッキー」クレオはヴィクトリアの頬に小さくキスをして別れを告げると、馬車に乗りこんで出発したのだった。

ヴィクトリアは石段の上で手を振って見送った。馬車が見えなくなると、期待が急に膨れあがり、同時に胃がちくちくするような奇妙な感覚が起こった。

今夜が実行の日。あと戻りはできない。これは自分が望んだこと。ルーカスは自分が望んだ男性。もうすぐ愛する男性とロマンティックな関係を結ぶ。知的探求への目がくらむような期待感に、ヴィクトリアは息もできないほどだった。

指示された時間になった。ヴィクトリアは群衆のあいだを縫い、静かにゆっくりと歩いて戸口を目ざした。ルーカスが待っているはずだ。

「もう帰るの、ヴィクトリア？」イザベル・ライコットがどこからともなく現れた。

「あいにく今夜はいくつも約束があるので」ヴィクトリアは礼儀正しく答えた。「友人に約束したから、ブリッジウォーター邸に寄って、そのあとに、もうひとつ夜会に行かなければならないの」

イザベルが警告するように扇子でヴィクトリアの手袋に覆われた手首を軽く叩き、謎めいた笑みを浮かべた。「わかったわ。あなたの伯爵にばったり出会うまで、パーティから別なパーティに移動するんでしょう？」

ヴィクトリアは顔を赤らめた。「なんのことをおっしゃっているのかわかりませんわ、レディ・ライコット」

イザベルの笑い声はおだやかだったが、どこか奇妙な敵意が感じられた。「恥ずかしがらなくていいのよ。すてきな男に惹かれるのはめずらしいことではないもの。女として当然のこと。でも、賢い女は決して自分の感情にとらわれないし、つねに状況を把握しているものよ。それに、あまり強い男でなく、簡単にあしらえる男を選ぶように気をつけるわ」

「本当に、レディ・ライコット、もう失礼しなければ」

「ええ、もちろん。でも、わたしの言葉を覚えておきなさい。サミュエルとキャロラインの友人として、あなたには幸せになってほしいから」イザベルの目がきらりと光り、急に厳しくなった。「それに、そんなふうに偉そうにしないほうがいいわ」

ヴィクトリアはショックを受けた。「そんな、あなたに失礼をするつもりは全然ありませんわ」

イザベルの口がよじれて笑みになったが、その笑みは魅力的でもなく、謎めいてもいなかった。「そうでしょうね。あなたは親切で有名ですものね？　でも、あなたがわたしの友人のエッジウォースをどう思っているか知っているわ。公園で会った時にあなたの目が物語っていたもの。あなたの大切な伯爵と比較して、彼はあまりに見劣りすると思ったのよね」

ヴィクトリアはあっけにとられた。「わたしはそんなことは言わな――」

「なにも言う必要はなかった。目を見たらわかったもの。なんて傲慢なこと。自分は血統書つきの種馬を手に入れたのに、わたしは飛節内腫をわずらったぽんこつポニーで甘んじていると思っているんでしょう。でも、あなたはそのうち自分の選択を後悔することになる」イザベルが吐き捨てるように言う。

「どうか、レディ・ライコット、気を落ち着けてください」

「わたしは落ち着いているわよ。言っておきますけどね。わたしがあのエッジウォースをいつかストンヴェイルみたいな男にするわ。あなたが利口ならば、同じことをするでしょう。自分を守りたいならそうするの」

ヴィクトリアは奇妙な話の成りゆきにまごついた。レディ・ライコットはワインを何杯飲んだのだろう。その宝石のようにきらめく美しい瞳はおびえているようだった。「失礼しますわ、レディ・ライコット」ヴィクトリアは立ち去ろうとしたが、イザベルの指が伸びてきて腕をつかまれた。

「もっともすてきでもっともわくわくする男を選んだと思っているでしょ。だからあんたはばかなのよ。いい、操ることができない男は女にとってなんの役にも立たない。それが真実よ。わかんないの？　女は男に依存するしかない、わたしたちはそんな世間で生きることを強いられている。それを阻む唯一の方法は、あらゆる面で男より強くなること。強い女が弱くて扱いやすい男と組めば、望むものはすべて手に入るわ。すべてよ」

「レディ・ライコット、腕が痛いのですけど」

イザベルが驚いたように自分の指を見おろした。即座にヴィクトリアの腕から手を離し、同時に自制心を取り戻す。「気にしないで。どちらにしろ、あなたにとっては、こんな警告は遅すぎるでしょうからね。でも、あなたくらい賢ければ、そろそろ強い男は危険だとわかっていい頃よ。少しでも分別があれば、ヴィッキー、エッジウォースを選んだでしょうに、ストンヴェイルでなく」

イザベルはくるりと背を向け、人混みのなかに消えていった。振り返る直前、彼女の異国風な瞳に涙がきらめくのが見えたのは気のせいだろうか。

ヴィクトリアは遠ざかるイザベルを見つめてしばらく立ち尽くした。期待に満ちた幸せな気持ちは、衝撃的な遭遇のせいで多少陰ったが、外套を受けとり、顔が隠れるようにフードを深くかぶった頃にはまた高揚感が戻り、ヴィクトリアは胸を躍らせながら、街屋敷の表の石段を小走りにおりていった。

ルーカスが約束したとおり、箱形の馬車がヴィクトリアを待っていた。御者台に坐った御者はシルクハットとマントにすっぽり包まれ、顔は陰になっている。ヴィクトリアは彼にほほえみかけると、ミドルシップ邸の従者に助けられて馬車に乗りこんだ。

数分後、馬車はロンドンの街を軽快に走り、ほどなくして中心から離れた静かな区域にやってきた。行き交う馬車の音は途絶え、建物もまばらになり、月光に照らされた牧草地や田畑や農園が視界に入ってきた。

その時、なんの前触れもなく馬車が宿屋の中庭に入って停止した。ヴィクトリアの口がからからに乾く。その時が来たと思ったとたん、矛盾するたくさんの感情に押し流されそうになった。期待と興奮と切望が、心配と不安、そして思い直したほうがいいのではという思いとぶつかる。自分が正しいことをしているかどうか、もう一度考えざるを得なかった。

わたしは二十四歳だと自分に言い聞かせる。十七歳の愚かな小娘ではない。自分がなにを望んでいるかわかって、みずから決断をくだした。もう後戻りはしない。

馬車の窓から中庭をのぞき、彼女の〝御者〟が、馬の世話のために宿屋から出てきた少年に指示を与える声に耳を澄ました。どんな指示を出すにしても、ルーカスの口調はつねに威厳に満ちている。

数秒後、馬車の扉が開くと、そこにルーカスが立ってヴィクトリアを見つめていた。帽子を脱いで、御者の縁なし帽をかぶっている。彼はなにも言わずに手を差しだした。

「きみは本当にこれを望んでいるのか、ヴィクトリア？」彼が静かに訊ねる。

「ええ、ルーカス。あなたと夜を過ごすことを、人生のなによりも望んでいるわ」

彼が浮かべた笑みは優しいが謎めいていた。「では、そうしよう。ぼくと一緒においで」

まもなく、ヴィクトリアは階上の快適な部屋で、心地よく燃えている炎の前に腰をおろし、経営者の妻が盆にのせて持ってきたお茶を飲んでいた。ティーポットの隣にシェリー酒を入れたデカンターものっている。その感じよい女性に〝奥さま〟と呼ばれ、ルーカスが宿屋の主人にヴィクトリアのことを彼の妻と伝えたことがわかった。明らかに上流階級の男女に夫婦だと宣言されれば、だれも質問しようとは思わない。

「宿屋の主人には、きみが疲れてしまったので数時間休憩するが、急いでいるので、夜明け前には出発すると伝えた」ルーカスが部屋に入り、扉を閉じた。「その時間ならば、きみが今夜招待されている最後のパーティに、客の大半が帰ってしまう前に無事に送り届けられる。予定どおり、アナベラ・リンウッドと彼女の母上と一緒に帰宅できるはずだ。気づくほどめざとい者はいない」

「わたし以外は、ということね？」ヴィクトリアは震える笑みを浮かべ、カップの縁越しにほほえみかけた。

彼女を見おろすルーカスの目はとても優しかった。「今夜はふたりで多くのことを学ぶからね」そう言いながら、暖炉に近づき、ヴィクトリアの向かいの椅子に腰をおろした。ふたつのグラスにシェリーを注ぎながら、目をきらめかせる。「知的探求に来たのだから、ヴィッキー」

ヴィクトリアはティーカップを置き、彼の手からシェリーのグラスを受けとった。自分の指がかすかに震えているのを自覚する。「知的探求に」そうつぶやき、グラスをあげて小さく乾杯した。

それに応えてルーカスもグラスをあげて乾杯したが、視線は一瞬たりともヴィクトリアから離さなかった。張りつめた静寂のなか、ふたりともシェリーを飲み終えると、ルーカスはヴィクトリアの指からグラスを取って彼のグラスの横に置いた。

ヴィクトリアは贈り物のことを思いだして、唐突に立ちあがった。外套と手提げ袋をかけたところに急ぐ。

「ヴィッキー？　なにかまずいことでも？」ルーカスがうしろから呼びかけた。

「なにもまずくないわ。あなたにあげるものがあるの。ささやかな贈り物」両手で小さい包みを持って彼のほうに向きなおると、ふいにそれがつまらない贈り物に感じられた。「大したものではないのよ。あなたが気に入るかと思って、いえ、そう願って」せつなげにほほえんだ。「贈り物で思いだしてほしいと思うような夜だと感じたの」

彼がゆっくり立ちあがった。「まさしくそういう夜だ。ぼくもきみに贈り物をあげられればよかった。嘆かわしい軍隊的思考のせいだ。今夜の現実的な問題に気をとられて、ほかのことを、もっと大事なことなのに考えなかった」近づいてきて、両手から包みを受けとる。そしてヴィクトリアを火のそばの椅子まで連れて戻ると、贈り物を開けるために自分も坐った。

ルーカスが包み紙をとり、うつむいてゴクラクチョウカをじっと見つめる姿をヴィクトリアは息を詰めて見守った。ふいに強い疑念が沸きおこった。これはまったく大した贈り物ではないと確信する。ただの花の絵だ。

しかし、顔をあげたルーカスの目には、見たこともないほど強い感情が浮かんでいた。ヴィクトリアはほっとして、深く息を吸いこんだ。彼が喜んでくれた。

「ありがとう、ヴィッキー。とても美しい。毎日見られるところに飾っておくよ。いつ見ても、今夜のことを思いだすだろう」

「気に入ってくれて嬉しいわ。花の絵なんて好きじゃない男性もいるから」

「ちょうどいい。同様の状況で、きみが自分の絵をほかの男にあげてまわるのは嬉しくない」手を伸ばしてヴィクトリアの手を取る。

「ルーカス?」

「指が冷たくなっている」そう言い、ヴィクトリアの手のひらを包みこんだ。そして、その手をひっくり返し、頭をさげて手首にキスをした。ヴィクトリアの指が丸くなった。「緊張しているね」

「たしかに神経質になっているわ。正直に言えば」ヴィクトリアは認めた。

「これからのことに関して、ぼくも少し不安になっていると知れば、少しは気が楽になるかな?」

「そんなこと信じないわ」

「そうだとすれば、きみはぼくの我慢強さを過大評価しているんだ。ぼくはきみがほしい、ヴィッキー。だが、きみを傷つけたくないし、こわがらせたくない。ぼくの不手際や自制心のなさでこの魔法を台なしにしたくない」ルーカスが静かに言う。

ヴィクトリアは驚いて彼を見あげた。ふいに彼を安心させなければという気持ちにかられる。「わたしだけでなく、あなたにとっても大変なことなのね。わたしたち、いろいろな意味で似たもの同士なのかしら？」

ルーカスがうなずいた。「ぼくもそう思いたい」

「あなたは、わたしが頼んだから、こういうことをしてくれた。つまり、わたしのせいで、自分の行動規範にそむかなければならなかったのね」

彼がかすかにほほえみ、ヴィクトリアの指を握った手に力をこめた。「ぼくの良心や繊細さにあまり信頼を置かないほうがいい、ヴィッキー。ぼくがきみの裸体をどれほど抱きたいと思っているか、ぼくが入った瞬間にきみが震えるのをどんなに感じたいと願っているか、ぼくにしがみついて、ぼくを深く引き入れてほしいとどれほど望んでいるか、きみにはわからないだろう。ぼくが今夜ここにいるのは、きみがどれだけ熱く燃えるかを知る方法がこれしかないときみがはっきりさせたから、そしてその疑問の答えを知らずに残りの人生を生きられないからだ」

ヴィクトリアは彼の強烈なまなざしから目をそらすことができず、ただ彼を凝視した。見つめられた肌が燃えるように熱く感じる。それも、彼女のなかに溜まったぬくもりにはかなわない。彼の手に握られた指が細かく震えているのが自分でもわかった。

「ルーカス、あなたに言わなければならないことがあるの」

「なんだい、ヴィッキー？」ヴィクトリアの腕の内側をなぞりながら、彼が甘やかすように答えた。

「わたし……あなたを愛していると思うの」思い切って言う。

「思っているだけ？」彼が目をあげた。瞳がきらりと光る。

「まあ、ルーカス」

彼がヴィクトリアの手を引いて椅子から立たせ、彼の太腿に坐らせた。そして強く胸に抱き寄せ、指を彼女の巻き毛に差し入れて、頭を支えてキスをした。

彼の唇の衝撃的な感触におぼれそうになった。唇に彼の舌が触れるのを感じると、彼が魔法の杖を振ったかのように不安も恐れもいっきに消滅した。もちろん、彼はわたしを望んでいる。疑問の余地はない。ヴィクトリアも彼を心から望んでいた。

そのあとのかすみがかかったような数分間は、小さな動きと優しい愛撫が組み合わさって、どうやったのか、ヴィクトリアのドレスとペチコートが残りの締めつける下着とともに取り去られた。少なくともいくらか気恥ずかしく感じるべきだとふと思う。でも、感じられるのは自分のなかの情熱のうずきと、ヴィクトリアを喜ばせるためだけに彼自身の評判を危険にさらすほど、彼が望んでくれたという驚嘆の念だけだった。

「本当によくしてくれるのね」彼の頰に指をそっと触れる。「わたしに多くを与えてくれた。

さまざまな冒険の夜とこの特別な夜」

「覚えていてくれ。これからはずっと、きみの冒険はいつもぼくが一緒だ」彼の手が乳房から太腿までゆっくり撫でおろされると、ヴィクトリアは彼のシャツに顔を押しつけて、うめき声をもらした。彼の瞳の熱がヴィクトリアの全身に炎を走らせる。

彼はヴィクトリアを立たせ、ベッドまで連れていった。ヴィクトリアはベッドカバーの下に心地よく横たわり、何本もともされたろうそくの火を消す彼の姿をうっとりと見つめた。部屋を照らすのが暖炉の小さい火だけになると、ルーカスはベッドの端に腰をおろした。彼の重みでベッドが大きく沈む。その直後、磨きあげられたヘシアンブーツの片方が床に投げられ、もう一方もすぐにあとを追った。

ヴィクトリアは無意識にシーツを両手で握りしめ、ルーカスが服を脱ぐのを見守った。炉火が彼の肌をブロンズ色に輝かせ、広い肩の筋肉が盛りあがったなめらかな輪郭を強調する。腹部は硬くて平らだ。胸を覆う黒い胸毛の中心でなにかがきらめいたのに気づいてヴィクトリアはじっと見つめた。

「そのペンダントはどんなもの、ルーカス？　金でできているのかしら？」

彼が何気なくペンダントをいじった。「琥珀だ。小さい彫刻が施されている。代々家に伝わってきたものだと聞いている」

「だから、いつもつけているのね？」

彼が肩をすくめた。「伯父から受けとって以来、ずっと身につけていた」ルーカスがほほえんだ。「幸運を運んでくると考えたからだ。実際効果があった。さもなければ、ぼくはきみと一緒にここにいない」彼がペンダントを握りしめた。「でも、ぼくよりもきみに似合うと思う」

首にかかっていた鎖をはずし、ヴィクトリアに近寄る。

「いいえ、ルーカス、あなたのペンダントをもらうわけにはいかないわ。家に伝わるものならなおさらよ。ほかの人に譲ってはだめ」

「ぼくが好きにしていいものだ」ヴィクトリアの首まわりに注意深くかけ、ルーカスは満足げにうなずいた。琥珀がヴィクトリアの肌になじんで蜂蜜色の炎のように輝く。騎士と彼の貴婦人が小さく精巧に彫られて優美な姿を見せている。「きみによく似合う。つけていてほしい、ヴィッキー。ぼくたちが今夜分かち合うことの象徴として。きみがそれをつけてくれているかぎり、きみが好きでいてくれると、ぼくを愛していると思ってくれているとわかる」

優しく官能的な、そしてからかうような笑みに、ヴィクトリアもほほえみ返した。「そうだとすれば、はずす理由は永遠にないと思うわ。あなたに対して、いま感じているように感じないことなんて想像できない」

「いまの言葉をずっと覚えていてくれ」ルーカスは手の甲でそっとヴィクトリアの頬を撫でると、手をおろしてズボンの前を開けた。

残りの服から脚を抜くと、硬く大きくなった彼自身が現れた。しかし、その瞬間、ヴィクトリアの目には、彼の太腿に広がるでこぼこした大きな傷跡しか入らなかった。

「なんてひどい」ヴィクトリアはささやいた。

「これがわずらわしいかな？」彼が両手にズボンを持ったまま、答えを待っている。その目はなにを考えているかまったく読めない。

ヴィクトリアは手を伸ばし、破壊された皮膚を、優しくなぐさめるように指でそっと触れた。「わずらわしいですって？　もちろんそんなことないわ。あなたが言っているような意味ではね」

悲しみがこみあげ、思わず彼を見あげた。「でも、これがどんなにあなたを苦しませたかと考えてしまうわ。どんなに苦しかったかと思うと、そして、死にそうだったと思うととても耐えられない」

「しーっ、ヴィッキー。心配しなくていい。もうずいぶん経っているし、ぼくもいまこの瞬間は、ほんのわずかも気になっていない。考えているのはもっと大事なことだし、それが関係しているのは死ではない。生きることだ」彼がヴィクトリアの指を手に取り、そっとキスをした。「きみはあまり動揺しないだろうと思っていたよ。ショックのあまりたじろいだり、嫌悪したりする女性もいるだろう。でも、なんとなく、きみは嫌がらないと思っていた。きみは本当に並外れた女性だ、ヴィクトリア」

「そんなことないわ、わたしは――」ヴィクトリアはようやく彼の別な部分に気づき、言葉を切った。「まあ、すごい」すっかり魅了され、ヴィクトリアは彼のものを凝視した。完全に張りつめて、硬くそそり立っている。ヴィクトリアの慣れない目には、圧倒的な強さを誇っているように見えた。

「いいぞ、少なくとも、このいまいましい傷跡からきみの気持ちをそらすことができた」ルーカスがズボンを椅子の上に放りながら、冗談めかして言う。

「あなたはとても……」ヴィクトリアの口のなかで舌がかちかちに固まった気がした。唇を湿らせてもう一度言ってみる。「とても堂々として立派だわ。すごく大きい。想像していたよりずっと大きいわ」彼が眉を持ちあげるのを見て、ヴィクトリアは真っ赤になった。「どんなふうかわかっていたわけじゃないけれど、でも、わたし……こんなだと思ってもいなかった」

ルーカスが半ば笑い、半ばうめきのような声を発すると、ヴィクトリアの横に来てベッドカバーの下に滑りこんだ。「ヴィッキー、愛しい人、きみはもっとも驚くべき時にもっとも嬉しいことを正直に言ってくれる。ああ、きみは本当にすてきだ。きみがそばにいるこの瞬間をどれほど長く待ったことか」

ヴィクトリアを抱き寄せ、片手をはだかの尻にまわして、彼の力強い太腿にぐっと押しつけた。片脚を使って両脚を開くように優しくうながされ、ヴィクトリアは初めて自分が両脚をきつく閉じていることに気づいた。全身の力を抜こうとしているのに、なぜか膝をさらに強く締めつけてしまう。

ルーカスが官能的な笑みをさらに深めた。「言っておかねばならないな。知的探求にもいろいろあるが、この特別な側面の探求にかぎっては、きみが膝を閉じていたら進められない」

この言葉がヴィクトリアの緊張をやぶり、くすくす笑いを引きだした。ヴィクトリアは彼の首に両腕をまわしてほほえみかけた。「そうなの？　想像もできなかったわ。この実験では、小さな細かいことまで全部教えてくださらないと」

「わかった。まずここに、小さなものがひとつある。どうしても見のがしてはいけないものだ」そう言いながら頭をさげると、白い歯のあいだに片方の乳首を注意深くくわえ、そっと吸った。

「ルーカス」体を走り抜けた不思議な感覚にヴィクトリアはっとあえいで目を閉じた。本能的に、彼が全部口に含むことができるように身をそらす。

その要求が聞き入れられたとたん、ヴィクトリアの全身に目がくらむような強い感覚が流れこみ、直後に太腿のあいだに彼の脚が滑りこんでくるのを感じた。今回はわずかも抵抗せず、彼が触れられるように自分を完全に開く。

「すごく柔らかくて、すごくきれいだ。触れられるのを喜んでいるのがわかる」ルーカスの声が情熱にかすれている。長い美しい指がヴィクトリアの体を移動し、約束どおり、探検し、調査し、そして燃えあがらせる。

自分の外側と内側の両方で感じる得も言われぬ喜びに慣れるにつれて、ヴィクトリアは大胆になった。彼の肩を撫でて、背筋から腰までなぞると、ルーカスが甘く熱い言葉で励ましてくれた。

「すごく気持ちがいいよ、ヴィッキー。そんな触れ方は初めてだ」

彼が自分のものをヴィクトリアの太腿にかすめ、いっぱいに張りつめた硬さをヴィクトリアに感じさせる。でも、受け入れるように強いることはしない。

動きを止めて考えたりせずに、ヴィクトリアは手をおろして彼の充血したものの先端に指を滑らせた。しずくに触れて息を呑み、指を引っこめる。

「頼む」ルーカスがヴィクトリアの乳房に向かってかすれ声で言った。「もう一度やって」

自分のものをヴィクトリアの手のひらに押しつけ、言葉にせずに愛撫をせがむ。

今回は震える指でおずおずと撫で、彼の深いうめき声を聞いて嬉しくなった。彼に対してそれほど影響を持っていることが信じられない。

ゆっくりと、彼がヴィクトリアの上に移動し、両脚のあいだに体を入れた。彼の両手を膝の裏側に感じた瞬間、そのまま持ちあげられ、彼に向けて完全に開かされた。彼がかがんで唇を重ね、キスをする。

「腰をあげて」彼がうながした。

ヴィクトリアは息を吸いこみ、言われたとおりにした。彼が準備万端で彼女を待っている。入り口に彼のものが触れるのを感じて一瞬身を引いた。すごく大きくて硬い。わずかもたわまない。ヴィクトリアはまつげの下から彼のこわばった顔を見あげた。

「どうにかなると思えないわ」固い声で言う。

「大丈夫だ。急がなくていい、ダーリン。まだ何時間もある」彼がヴィクトリアの喉にキスをして、耳たぶを優しくかじった。「だが、ぼくのほうが何時間も待てないことはたしかだ。早く、ぼくたちがものすごくぴったり合うことをきみに示したい。あまり長く待ち続けていたら、朝にはどうかなってしまうだろう」

彼がどうかなってしまったところを思い浮かべて、ヴィクトリアは神経質に笑ったが、くすくす笑いを漏らすのと同時に、彼が手のひらをヴィクトリアの下半身に滑らせ、一本の指で両脚のあいだに咲く花びらをさぐった。ヴィクトリアの小さな笑いが細かいあえぎに変わる。

それから彼は、あの晩に馬車でやったこと、ヴィクトリアが身を震わせ、彼の肩に口を当てて叫び声をあげざるを得なくなることをした。信じられないような興奮がいっきに渦巻いて全身を走り、からみ合い、凝縮して、ヴィクトリアを激しく乱れ、もだえる生き物に変えた。

体のなかに大嵐が吹き荒れたその瞬間、ヴィクトリアはルーカスにぎゅっとつかまり、肩に爪を食いこませて衝動的に腰を持ちあげ、彼の手に押しつけた。抑えきれない喜びの小さい叫びで始まった懇願が、いつしか女としての解放を求める荒々しい要求に変化する。

「ぼくがほしいか、ヴィッキー？」ルーカスが指で彼女を開き、彼の広い先端を当てて、その感触をもう一度味わわせる。

今回はヴィクトリアも身を引かなかった。「ええ、ああ、すごいわ。イエス、もちろんよ」

彼がうめき、動きを開始した。自制しようとする努力で全身がこわばらせながら、彼女のなかにうずめていく。

ヴィクトリアははっとひるんだ。彼の侵入の圧倒的な力に対して準備ができていなかった。ふいに起こった苦痛に、それまで感じていためくるめく興奮が消滅する。しかし、ここでやめることをヴィクトリアは拒んだ。ここまで来れば、ルーカスも限界の縁にいるはずだ。彼が惜しみなく与えてくれた解放を、彼にも与えないのはあり得ない。彼の腕をさらに強く握りしめて覚悟を固める。

「力を抜いて、ダーリン。苦難の行為ではない」ルーカスがささやいた。

「ごめんなさい。お願い、ルーカス、続けて、大丈夫だから」

「大丈夫じゃだめだ」彼がヴィクトリアの唇に唇を合わせ、彼のものをそっと引きだした。片手をおろし、ふたりの体のあいだにまた滑りこませる。

指を使って彼女の秘部を愛撫し、なかに指を一本滑りこませた。そして二本差しこみ、優しく広げて甘くて熱い蜂蜜を誘いだす。ほどなくして、ヴィクトリアはふたたび官能の興奮の渦に引きこまれた。

今回ルーカスは、彼の下でヴィクトリアが張りつめるまで待った。頭をそらし、彼の腕に押しつけるまで待った。小さく痙攣し始めて、彼を情熱的に、跡がつくくらい強くつかむまで待った。

そうなって初めて、長くて容赦ないひと突きで彼女を貫き、完全に満たした。

そして、激しい絶頂にみずから押し流されながら、ヴィクトリアの驚嘆と解放感が入り交る最後の官能的な悲鳴を呑み干した。

9

ヴィクトリアはぼんやりと目覚め、ずっと聞こえていたどんどんという音が、だれかが扉を強くノックしている音だと気づいた。でも、そんなはずがない。ナンはこんな無作法なノックは決してしないし、この家でこんなに朝早く、ヴィクトリアの部屋に遠慮なく押しかける人は、叔母をのぞけばひとりもいない。

でも、きょうは普通の朝ではなかった。きょうの朝は、めくるめく夜のあとの……。

ヴィクトリアはなにが起こっているか、そして自分がどこにいるかを思いだし、はっと目を開いた。外がまだ暗いのを見て、ほっと安堵する。自分とルーカスは大丈夫。夜明け前に舞踏会に戻るまでにまだ時間がある。その時ようやく、自分がベッドにひとりで寝ていることに気づいた。

あわてて起きあがり、シーツをつかんで喉まで引きあげる。ベッドの足元のそばでルーカスがすばやくズボンを履いているのが目に入った。小さく悪態をつき、シャツをつかむと、はだしのまま戸口に向かった。

「ルーカス、だめ、待って。その扉を開けてはいけないという悪い予感がするわ」

しかし、もう遅すぎた。外に立っているのがだれにせよ、ルーカスはすでにきつい口調で文句を言いながら、扉を勢いよく開いていた。

「いったい全体なんの用だ？　妻とぼくは寝ているんだが」そのあと、この世が終わったかのような間があり、ルーカスが、おそろしいほど厳粛なおももちで言葉を継いだ。「失礼しました、レディ・ネトルシップ。あなたに怒鳴るつもりではなかったのです。どうぞお許しください。正直言って、今夜あなたにお会いするとはまったく思っていなかったので」

「そうでしょうね」クレオ・ネトルシップが凍りつくような声で言う。「それは理解できます」

事態の深刻さを理解し、ヴィクトリアは頭をさげて立てた膝に額を乗せ、目を閉じた。

「数分お待ちください。服を来てすぐに下におります。この状況の説明を求めておられると思いますので」

「そのとおりですよ。でも、下に行く前にひとつだけ答えて。わたしの姪は無事なの？」

「ヴィクトリアは無事です、マダム。誓います」

「早くしてください。まだ夜明け前だけど、余分な時間はありません。決断し、すぐに実行しなければならないことがある。あなたもよくおわかりでしょう」

「わかっています。数分で行きます。話をしているあいだに、ヴィクトリアが着替えられる」

ルーカスは静かに扉を閉めると、ゆっくりとベッドのほうを向いた。くすぶる炉火の暗い輝きのなかで、彼の顔は無表情な仮面のようだった。「すまない、ヴィッキー。見てのとおり、問題が起こった」

「困ったわ。わたしたち、どうしたらいいのかしら?」ヴィクトリアは次々浮かぶ思いを整理できなかった。まるで混沌の海を泳いでいるようだ。

「やらねばならないことをやるだけだ、もちろん」彼が椅子に坐り、すばやくブーツを穿く。そして、軍人らしい効率よい動きですばやく服を着た。

ヴィクトリアはぽかんとしてルーカスを見つめた。「わからないわ。なぜ叔母がここに来たの? わたしたちとこの宿のことをどうやって知ったの? あなたがどこに連れていってくれるのか、わたし自身知らなかった。ルーカス、どう考えてもわからないわ」

彼がベッドに歩み寄り、立ったまま深刻な表情でヴィクトリアを見おろした。「叔母上がなぜここに来たのか、今夜のぼくたちのことをどうやって知ったか、まったくわからない。だが、必ず答えを見つける。だが、わかったとしても、もはや大した違いはない、ヴィッキー。わかるだろう? 最初から、こうした関係には危険が付随することをふたりとも知っていた。見つかってしまえば、なかったことにはもうできない。いまの状況に対処するしかない」

ヴィクトリアは膝を抱え、事態が見えてきたゆえの恐怖と不安に目を見開いて彼を見あげた。「軍隊みたいな言い方をするのね。それに、いまのあなたは戦闘に出向く兵士のようだわ。見ていてこわいほどよ、ルーカス」

彼のまなざしが一瞬和らいだ。かがみこみ、ヴィクトリアの顔をざらざらした両手で包む。「ふたりの関係としてこういう成り行きを選ぶつもりはなかった。しかし、サイコロがこちらの道に転がったいま、ぼくができることは、ぼくを信頼してくれときみに頼むことだけだ。きみのことはちゃんとするよ、ヴィクトリア。名誉にかけて誓う」

それに対する答えをヴィクトリアが思いつく前に、彼は行ってしまった。戸口を出て階段をおりて、叔母に会いに。ヴィクトリアは微動だにせず数分間坐っていた。それから、とてもゆっくりベッドカバーを押しやり、ベッドから出た。

立ちあがると、これまでの人生で一度も痛んだことがない場所が痛かった。熱いお風呂にゆったり浸かれたらどんなにいいだろう。でも、それは不可能だ。

喉元のあたりにペンダントのなじみのない重みを感じ、手をあげてまるでお守りのように琥珀に触れた。

夜の記憶が銀色のみぞれのようにきらきらと心のなかに舞いおりてくるのを感じながら、ヴィクトリアは服を置いた椅子まで歩いていった。ルーカスが服を着た時の器用さとは比べものにならない不器用さで、なんとかペチコートとドレスを身につけた。小間使いの助けなしに夜会服を着るのは、これまで試したこともなかった。

外套まですべて着終わると、ヴィクトリアは深く息を吸って呼吸を整え、扉から出て階段をおりていった。少し前に眠りから起こされた宿屋の主人が心配そうな表情でヴィクトリアを私用の客間に案内した。

部屋に入ったとたん、静かな緊張に気づいた。ルーカスは暖炉のわきに立ち、片腕は炉だなにもたせ、ブーツを履いた足の片方を薪の上にのせている。レディ・ネトルシップはテーブルに向かって席についていた。ヴィクトリアが入ってきたのに気づき、ふたりとも戸口に顔を向ける。

「間違った客間に案内されたのかしら」ヴィクトリアは皮肉っぽく言った。「葬儀の場に入りこんだみたい」

「すべてがすんだあとに、そんなふうに思わなくてすむことを祈ってますよ」クレオ叔母が言う。「坐りなさい、ヴィクトリア」

もう長いあいだ、叔母にいまみたいな口調を使われたことはない。ヴィクトリアは坐った。視線をルーカスに走らせたが、彼の目からはなにも読みとれない。彼の様子に尋常でない不退転の決意が感じられて、それがヴィクトリアを不安にさせた。

「さあ、それでは」クレオがまるで博物学と園芸学の調査のための会合で指示を出すような口調で言った。「ルーカスとわたしは、すべきことについてすでに話し合いました。彼は適切なことをする用意があるそうです。あなたも自分の無分別な行動の代償を進んで払うと信じてますよ。朝一番に特別許可証による結婚を手配します。わたしが許可していると知らしめるためにも、わたしが証人として参列します」

結婚。ヴィクトリアは膝の上で両手を握りしめた。二階で服を着ようともがいているあいだは、今後について考えるのを拒んでいた。ヴィクトリアはなんとか気を落ち着けて、理性的に考えようとした。

「過剰に反応する必要はないのではないかしら」慎重に言う。「ここで見つかったことについては本当に申しわけありません、クレオ叔母さま。でも、今夜ここで起きたことを知っているのが叔母さまだけならば、秘密にできるのでは？」

「あなたをそんな愚か者に育てた覚えはありませんよ、ヴィッキー。わたしがここで、あなたとルーカスが一緒にいるのを見つけたという事実こそ、ほかにだれかが知っているということでしょう。わたしがどうやって知ったと思うんです？」

ヴィクトリアは一瞬目を閉じた。「ええ、もちろんだわ。わたしったら、なんて愚かでしょう。ごめんなさい、クレオ叔母さま。でも、どうやって知ったんですか？」

「田舎の友人宅でちょうど夕食が終わった時に、使いが手紙を届けてきたんです」クレオが冷たく言う。「その手紙には署名がなくて、ただ、わたしの姪が、わたしが友人と見なしている男性とこの宿屋にいるという情報に関心がないだろうか、と書かれていたわ。だから、すぐに駆けつけた。当然でしょう」

「当然ですね」ヴィクトリアは部屋の向こうにいるルーカスを見やった。結婚、頭のなかで繰り返す。愛する男性との結婚。もともと選択した道ではないが、いま考えてみれば、そんなに悪いことには思えない。

実際、さまざまな利点がある。社交界でも、もうふたりの関係を隠さなくていい。一緒にどこでも自由に出かけられる。毎晩一緒に寝られる。そうよ、いまとなっては、結婚がそんなにひどいこととは思えない。「特別許可証を受けるのに少し時間がかかるでしょう？」

ルーカスがヴィクトリアと目を合わせた。「ポケットに入っている。この何日かは持ってているの？」

「こういう緊急事態のためだ、もちろん。それ以外になにがある？　ぼくたちが出会った瞬間から、発見される危険性はつねにあった。そのほかの危険もだ。避けられない事態となった時に、できるだけ損失を少なくしたかった」彼がかすかにほほえんだ。「退却して再編成できる状態をつねに保つことが賢明だとずっと前に学んだ」

「軍人の考え方ね」ヴィクトリアは頭を振った。彼の長期的な戦略は賞賛せざるを得ない。「わたし以外の人はみんな、最悪の事態に備えて防御策を考えていたみたい」

クレオがあわれみのような奇妙なまなざしをヴィクトリアに向けた。「実を言えば、ヴィクトリア。あなたがこんな状況に自分を追いやるとは思いもよらなかったんですよ。たしかにあなたはとんでもないことをいろいろしてきたけれど、男性とのおつき合いに関しては、非常に注意深かった。いったい全体、なぜそんなことを――」クレオが唐突に言葉を切り、ちらりとルーカスを見やった。「まあいいわ。答えはわかった気がするから。どちらにしろ、うしろを向いても仕方がないわ。前に進まなければ」

「ぼくたちは、どちらの方向にも進めません」ルーカスが静かな声で指摘した。「ヴィクトリアが決断をするまでは。子どもではないのだから、無理やり結婚することはできません。ぼくはすでに求婚したし、それを受け入れてもらえれば光栄です。でも、強要はできない」

「さあ、ヴィクトリア？」クレオが厳粛なおももちでヴィクトリアを見つめた。「ルーカスはすべきことをする用意があるようですよ。あなたはどうなの？」

ヴィクトリアはルーカスを見つめた。みぞおちのあたりで、愛と渇望と罪悪感と不安が撚り合わさって固い結び目になっている。これはすべて自分のせいであり、ヴィクトリアはそれを知っていた。ルーカスがこの状況に追いこまれたのは、みずからの良識にそむいて、ヴィクトリアを喜ばせようとしたためだ。

ヴィクトリアは自身の名誉と社交界における叔母の地位だけでなく、ルーカスの名誉と地位も危険にさらした。

「こうなったのは、すべてわたしのせいだわ」ヴィクトリアは言い、うつむいて、握りしめた両手を見つめた。「もしもストンヴェイル卿がわたしに求婚してくださるならば、お受けします」

ヴィクトリアの言葉を迎えたのは張りつめた沈黙だった。ヴィクトリアが目をあげると、叔母は少し緊張を解いた様子だったが、その目はルーカスに向けられていて、当のルーカスはヴィクトリアに熱がこもった揺るぎないまなざしを注いでいた。

彼がなにも言わずに暖炉のそばを離れ、両手で優しくヴィクトリアを立たせた。「とても嬉しいよ。ありがとう、ヴィッキー。きみを幸せにするように努力すると約束する」

彼の両手を感じたとたんに自分のなかの緊張がいっきに解けるのを感じ、ヴィクトリアはゆっくりとほほえんだ。自分は彼を愛していて、彼も大切に思ってくれていることは明らかだ。「結婚は死よりも悪い運命だと思っていたけれど、あなたとならば、全然違う角度で見られると思うわ」

ルーカスがにっこりした、満足そうに目が輝く。ヴィクトリアの鼻のてっぺんにすばやく軽いキスをすると、クレオとまっすぐに向き合った。「感謝します、マダム。最悪なところは越えたと思う。こちらのレディは自分の運命を受け入れてくれた。こうなれば、慎重に、だが迅速に動かなければなりません」

クレオが眉を持ちあげた。「わたしたち全員がそうできるように、あなたが手配してくれるだろうとすでにわたしが思っているのはなぜかしらね。ストンヴェイル、あなたにすべてを任せますよ」

数時間後、ヴィクトリアは叔母の予言が正しかったことを認めざるを得なかった。午前の早い時間にルーカスと結婚してから、事態は目にも止まらぬ速さで進んだ。叔母の屋敷は恐慌状態に陥り、ストンヴェイル邸へヴィクトリアを送りだすために、荷物をまとめるのでおおわらわとなった。現時点での状況を鑑みて、一刻も早く田舎に向けて出発するのが最善策だとルーカスが判断し、クレオ叔母も即刻同意した。

「あなたの年齢がいっているから、ふたりとも大々的な結婚式を望まなかったとみんなに言えるでしょう」クレオがヴィクトリアにルーカスの計画の概要を説明した。ルーカスの姿はどこにもなかった。短い儀式のあと、彼は出発の準備をしに自分の街屋敷に戻っていた。

ヴィクトリアは、〝年齢がいっている〟という言葉を聞いて鼻の頭にしわを寄せたが、その理由づけに異議を唱えることはしなかった。性急な結婚の言いわけとしては不充分だが、ほかにないのだから仕方がない。さまざまな憶測が飛び交うことは容易に想像できる。

「それから、ルーカスが、ストンヴェイル領で至急対処しなければならないことが起きたという連絡を受けたことにするわ。あなたがたふたりは、きょうの午後に街を出発して、彼の領地で蜜月を過ごし、そのあいだに彼は土地の問題を対処するということに。幸運に恵まれれば、だれかが質問しようと思う前に街を出られるでしょう。数週間後に戻ってきた時には、おもしろい噂話の段階はとっくに過ぎて、既成事実となっているわ」クレオが説明する。

ヴィクトリアは従順にうなずいた。ルーカス・マロリー・コールブルックと結婚するという考えに慣れれば慣れるほど、重荷ではなく魅力的なものに思えてくる。玄関広間が自分の荷物でいっぱいになっていくのを見守りながら、ヴィクトリアはこのすべてが大冒険だと考え始めていた。きっと、真夜中のお出かけよりも刺激的なものになるはずだ。

一時間後、レディ・アサートンがお見えですというラスボーンの告知は驚きをもって受けとめられた。

「めったに訪ねてくることなどないのに。きっと、結婚のことでなにか言いにいらしたのね。でも、どうして知ったのかしら？」ヴィクトリアはうろたえた。

クレオが不快そうにため息をつく。「噂がロンドン全域をテムズ川のように流れていくことくらい、言わなくてもわかっているでしょう。ジェシカ・アサートンだけじゃなく、ほかの人たちが気づくのも時間の問題ですよ。でも、もう少し時間を稼げるかと期待していたんですけどね。いらっしゃい、ヴィクトリア。そんなひどいことでもないわ。もしもこの件でわたしたちを無視するつもりだとしたら、訪問などしないでしょうからね」クレオが客間の戸口のほうに顔を向けた。

ジェシカ・アサートンが滑るように部屋に入ってきた。淡いラベンダー色に包まれ、優雅だが見くだすようなほほえみを浮かべている。クレオのもとにまっすぐ近づき、いかにも深い同情と理解を示すように両手を取った。

「クレオ、こんなあわただしいことになって、本当に気の毒ですわ。あなたがどんなお気持ちかわかっているから、話を聞いてすぐに飛んでまいりましたの」

「ご親切に、ジェシカ。どうぞお坐りになって」クレオがそばの椅子を示しながら、あきれ顔で天井を見あげたヴィクトリアにたしなめるように目配せした。「ヴィクトリアの結婚をどうしてご存じなのかしら？」

「まあ、街じゅうの噂になっていますわ、もちろん」ジェシカがあわれむようにヴィクトリアにほほえみかけた。「あなたはいつも行動的ですものね。もう少し適切な方法で行ったほうが賢明だったでしょうけれど、あなたにとってもルーカスにとってもすばらしいご縁であることは間違いないし、わたしが心からお祝いしていることをわかっていただきたくて」

ヴィクトリアはしぶしぶ感謝の笑みを顔に貼りつけた。ジェシカに対応する際の問題は、つねに感謝しなければいけないような気にさせられることだ。非常に面倒で疲れる。「ありがとう、ジェシカ」

ジェシカが椅子のクッションに深く坐り直した。「どういたしまして。噂話はできるだけ気にしないほうがいいわ。もちろん、いろいろ言われるけれど、そのうちおさまるものよ。きょうのわたしの訪問も、すでに噂をつぶす対策となっていることはおわかりでしょう？わたしがこちらを訪問してこの縁組みを支持したと知ったあとに、あなたをあからさまに非難する人はいないと思うわ」

クレオが眉をあげた。「あなたのおっしゃるとおりね、ジェシカ。ヴィクトリアのためにすばやく動いてくださって、なんと思いやり深いのでしょう」

「ご存じのとおり、ルーカスは古い友だちですもの。彼の花嫁が歓迎されていると感じるようにできるだけのことをしたいのよ」ジェシカが手を伸ばし、ヴィクトリアの手を軽く叩いた。

「叔母が言ったとおり、なんて思いやり深いんでしょう、ジェシカ」

ジェシカの笑みがまさに恵み深い聖人の域に達する。「そういえば、レディ・ネトルシップ、このお屋敷の印象的な温室についてよく耳にしますわ。せっかくうかがったのだから、ヴィクトリアにほんの少しだけ案内していただいてもいいかしら」

「もちろんですよ。温室にご案内して、ヴィッキー」女主人役の義務から抜けられることに安堵したらしく、クレオがすぐにそう言った。「ジェシカはきっと、中国から届いた新しいバラを気に入ると思うわ」

ヴィクトリアは気が進まないことを悟られないように、すぐに立ちあがった。ジェシカ・アサートンを案内して温室に向かいながら、無作法なまねをしてはいけないと心のなかで自分を叱る。ジェシカはルーカスやヴィクトリアの役に立とうとしてくれている。少なくとも、感謝の念を持ってこの女性に接することはできるはず。

「なんて魅力的なコレクションでしょう」壁がガラスでできた室内に入ると、ジェシカが言った。「とてもすてきだわ」

通路を歩きだし、時々立ちどまって、小さな植物を観賞する。ヴィクトリアは、ジェシカが賞賛のまなざしを向けるたび、バラやアヤメの多様な種について説明しながらあとをついていった。

しかし、部屋の奥に進むにつれ、ヴィクトリアはジェシカが、口では褒めながら、その植物にほとんど関心を払っていないことに気づいた。実際、その通路の一番奥に達した時には、ジェシカの表情はかなり変化していた。

ジェシカがふたりだけで話すためにこの案内を頼んだことに思いいたり、ヴィクトリアはいらだちのうめきを呑みこんだ。

ジェシカが血のように赤いチューリップのそばでふいに足を止めた。自分を奮い立たせようとしているようだった。そして口を開いた時に出てきたのは、柔らかいが切羽詰まった声だった。「あなたはよい妻になるはずよね、ヴィッキー？」チューリップを観察するふりをして、ヴィクトリアと目を合わせようとしない。「彼はよい妻を得て当然の人よ」

個人的なことに踏みこんだこの無礼な質問に対するヴィクトリアの最初の反応は怒りだった。ヴィクトリアはそれを抑えようとした。ジェシカはよかれと思って言っているのだし、ルーカスの幸せを気にかけていることは明らかだ。「最善を尽くすと約束しますわ、ジェシカ」

「ええ、わたくしもあなたが努力するだろうとは思っているわ。問題は、あなたが彼の好みではないということよ、そうでしょう？　最初からわかっていたけれど、彼があなただと言い張ったから」

「彼の好みはどんな女性だと思うんですか、ジェシカ？」

ジェシカが一瞬ぎゅっと目をつぶった。「もちろん、彼のために、賞賛される女主人役を務めることができて、世帯の管理もしっかりできる女性よ。彼のために跡継ぎをもうけ、子どもたちを社交界で尊敬される人に育てあげることができる。模範的な行儀作法を身につけていて、自分の義務をわきまえ、文句を言わずに遂行する。彼の生活を快適にするために努力を惜しまない。愚かな要求で彼を悩ませたり、問題を起こして困らせたり、恥ずかしい思いをさせたりしない、そんな女性。ルーカスはとても誇り高い人だから」

ヴィクトリアはなんとかこらえようと努力した。「繰り返しになりますが、最善を尽くすとお約束するわ。どちらにしろ、彼はこの結婚にとても満足しているようだし」

「ええ、それは彼が決心したからでしょう。自分の考えをはっきり持ち、それに従って行動する人ですもの。彼は爵位に伴う義務を自覚している。この結婚が自分に合っていると言っていたけれど、その言葉が正しいことを祈るわ」

「ルーカスがあなたに、わたしたちの結婚のことを話したということ、ジェシカ？」ヴィクトリアは初めて、この腹立たしい訪問者に全関心を向けた。

「当然でしょう？　ルーカスは最初から、わたしならば、信頼してすべて打ち明けられると感じていたはずよ。前にも言ったとおり、わたしたち、何年も前から知り合いなの。お互いを理解しているわ」ジェシカの指が長い葉を優雅になぞった。「大切なルーカス、四年前に彼の求婚を断らざるを得なかった時に彼をひどく傷つけたことはわかっているわ。でも、数カ月前に同じ立場となって、彼は、なぜわたしがあの時そうしなければならなかったか、やっと理解したの。だから、わたしならば彼を助けられると感じたのね」

ヴィクトリアはごくりと唾を呑みこんだ。「よくわからないけれど……」

「いまのルーカスは自分の義務をとてもよく理解していて、わたしが必要に迫られて、彼でなくアサートン卿の求婚を受け入れたこともわかっているわ。結婚とは、義務と現実を踏まえてするものよ。そうでしょう？　やらねばならないことをする」

ヴィクトリアは血の気が引くのがわかった。「あなたとルーカスがそんなに親しい間柄だったとは気づかなかったわ」なんとか返事をする。

「ものすごく親しかったのよ、実際は」ジェシカの黒いまつげに濡れた輝くものが現れ、バラの花びらに落ちて露のしずくのようにきらめいた。「これだけ時間が経ったあとで、伯父さまの爵位を継いで、ふさわしい妻を探さなければならないと彼に聞かされた時にわたしがどんなにつらかったか、あなたは想像もできないでしょうね」

ヴィクトリアはジェシカの美しい横顔を凝視した。また一滴のしずくがバラの花びらに落ちる。「ふさわしい妻」自分が繰り返す声は、自分の耳にもばかげて聞こえた。

「彼が必要としているような女性に出会えるように、社交界の友人に紹介してほしいと言ってきたわ」

「どんな女性をさがしていると言ったんですか？」口が乾いて声がかすれた。

「そうね、第一の条件はもちろん、相続財産があること」

「相続財産」ヴィクトリアは倒れるかと思った。

「いまはもう、あなたも気づいているはずだけど、彼の伯父さまがベッドの下に財産を隠したまま亡くなったという話は全部嘘。ルーカスの本当の財政状態を疑問視されないように、わたしが広めた噂なの」

ヴィクトリアは身をこわばらせた。「そうよね、もちろん。なんて賢いこと」

「最善を尽くしたわ」ジェシカが悲痛な表情で胸を張る。「彼を助けないわけにはいかないもの。一度は互いに大切な人だったのだから。でも、彼があなたに求愛するのを見守るのがとてもつらかったことは告白せざるを得ないわ」

「想像できるわ」そばにある植木鉢を取って温室の壁のガラスに投げつけたかった。

「けさ、あなたとルーカスが大急ぎで結婚したと聞いた時には、それが一番いいことだと自分に言い聞かせたわ。ルーカスが地所を救うためにこの結婚を必要としているのはわかっていたし、わたしの時と同じで、少しでも早いほうが、ずっと楽に救えるはずだから」

「わたしはどうなの、ジェシカ？　わたしをルーカスに紹介する時に、わたしのことは考えたのかしら？」

ジェシカがヴィクトリアのほうを向き、彼女の言葉をしばし考えた。「あなたのこと？　なんの不服があるというの？　未婚のまま残りの人生を過ごす瀬戸際だったのよ。それなのに、いまは伯爵夫人。ルーカスと結婚できた。それ以上なにを望むというの？」

「未婚のまま残りの人生を過ごせることかしら？」ヴィクトリアは脇におろした両手を小さくこぶしに握りしめた。「あなたがしたことは、ルーカスのためだったかもしれないけれど、わたしのためにやったなんて嘘はつかないで。わたしはあなたのお節介をまったく感謝していないから。わたしに対して、なぜそんな残酷な、心ないことができたのか、信じられないわ」

答えを待たずにきびすを返し、ヴィクトリアは戸口に向かって通路を歩きだした。

「ヴィッキー、待って。お願い、待ってちょうだい。あなたが怒ることはないわ。理解してくれると思ったのに。あなたは知的な人のはず。頭の回転が速いことで有名だわ。もうその歳なのだから、相続財産が自分の主たる魅力であることは理解しているでしょう？　それがなかったら、言語道断な振る舞いばかりしている制御不能な女性と結婚したがる男性なんて――」ジェシカがはっとして言葉を切り、たじろいだ様子を見せた。「つまり、あなたもルーカスと同じようにこの契約に満足しているはずということ。あなたは伯爵を手に入れたのよ」

ヴィクトリアはぴたりと足を止め、くるりと振り向いた。「そして、ルーカスはわたしのお金を手に入れた。あなたの言うことは正しいわ、ジェシカ。これはふたりで取り決めた契約で、わたしたちは受け入れなければならない。でも、あなたの役目は終わったわ。今後、あなたが、わたしたちのことに関心を持つ必要はありません」

ジェシカの目が見開き、またいくつもの涙がまつげにのって真珠のようにきらめいた。

「あなたが満足していないとしたら、申しわけなかったわ。でも、あなたは大人なのだから、わたしたちの運命は満足とは相容れないと知るべきよ。愛のある結婚を信じているのは女学生だけでしょう。わたしたちは、やらねばならないことをやるだけ。ルーカスに対してどうしても好意を持てないならば、彼にとってこれがどれほどつらいことかを考えるべきね。あなたと同じく、彼にとってもとても大変でしょう。あなたに跡継ぎを産んでもらわなければならないのだから」

「妻の義務を思いださせてくれてありがとう」

「なんていうこと、あなた、本気で怒っているの？　なにも理解していなかったのね。てっきり理解していると信じていたわ。ヴィクトリア、ごめんなさい。申しわけなかったわ、本当に」ジェシカが突然泣きくずれ、大あわてでポケットをまさぐり、ハンカチをさがしだした。

憤りと、感じたくもない同情心のはざまでヴィクトリアはためらった。ジェシカの涙は本物だった。

泣いている人を無視できない自分にいらだちながら、ジェシカは前に出て、ジェシカの腕にそっと手を触れた。

「泣くことはないわ、ジェシカ。気分が悪くなってしまうわよ。さあ、落ち着いて。すんだことはすんだこと。あなたに責任を負わせるつもりはないわ。最初からずっと、すべてを自分で決断してきたのだから、その結果起こったことはすべてわたしの責任だわ」

ジェシカがすすり泣きを呑みこみ、彼女の腕をそっと叩いていたヴィクトリアの手を力なく握った。

「どうかお願いします、ヴィッキー。このことでルーカスを責めないで。彼はただ、爵位のためにしなければならないことをしただけなのよ」

ヴィクトリアは、泣いている女性をこれ以上追いつめない返事を思いつこうとした。だが、言うことはなにもなかった。むしろ、本心を言えば、ストンヴェイル伯爵を徹底的に痛めつけたかった。その情景を頭に思い描いたちょうどその時、玄関のほうから彼の声が聞こえてきた。

「ヴィッキー？　出発するぞ。叔母上の話では、まだ旅行用のドレスに着替えていないそうだが」温室の床のタイルを踏むブーツの音が鳴り響き、ヴィクトリアをさがしに彼が入ってきた。待ちきれないように眉間を寄せて室内を見まわす。彼の目が、ジェシカの震える肩越しにヴィクトリアの目と合った。

妻の腕のなかでだれが泣きじゃくっているかをルーカスが理解する様子を、ヴィクトリアは冷静に見守った。

「レディ・アサートンがお祝いに来てくださいました。いろいろな状況を考えると、とても親切なことではありません？　あなたとこの方が非常に長いあいだ、きわめて親しい間柄だったと知りましたわ。そして、あなたに相続財産のある結婚相手をさがす手伝いをしたことも。あなたの伯父さまが富を貯めこんでいるという噂はまったく事実無根だったそうね。失礼させていただいて、あなたがたをふたりきりにしてさしあげますわ。別れが言えるように。邪魔するつもりはまったくありませんから」

ルーカスのまなざしに理解の光がきらめいた。彼は動かなかった。「なんということだ、ヴィッキー」静かな声で言う。

ヴィクトリアは冷ややかな笑みを浮かべた。「それはこちらの台詞でしょう」

ジェシカの手から逃れ、彼女をよけるようにして戸口に向かう。もうすぐ戸口というところで、ルーカスが前に立ちはだかった。ヴィクトリアは彼を見あげたが、なにも言わなかった。

「あとで話そう」食いしばった歯の隙間から押しだすように彼が約束する。

「話すことはほとんどないと思うけれど。どいてくださいな、伯爵さま？」

彼がしぶしぶどいた。いらだちと怒りで目がぎらぎらしている。「急いで旅行用の服に着替えるように、ヴィッキー。できるだけ早く出発したい。長い距離を行かねばならない」

ヴィクトリアは答える手間を省いた。彼の頭にサボテンを投げつけずに戸口を通り抜けることだけに全神経を集中していたからだ。

自分の寝室に着いた時には、激しい憤りとえぐられたような心の痛みでヴィクトリアの体はぶるぶる震えていた。部屋に入ると、興奮したナンがいくつか最後の品物を集めているところだった。

「ようやくいらっしゃいましたね。わたしももう終わります。アルバートの話では、最後に残ったカバンもいま馬車に積まれていて、馬の準備もできているそうです。急いで着替えをなさらないと。旦那さまが到着されて、すぐに出発なさりたいそうですわ」

「急ぐ必要はないわ、ナン。わたしはきょう、どこにも行くつもりはないから。お願いだから、呼びにやるまで、わたしをひとりにしてちょうだいな」

ナンの口がぽかんと開いた。「なにをおっしゃっているんです、奥さま？　旦那さまから、遅れてはならないと、厳しい指示が出ています。ここでぐずぐずしていると聞いたら、激怒されますよ」

「お願いだから、出ていってちょうだい、ナン」

ナンが唇を噛んだ。こんなに機嫌の悪い主人を見たことがないため、どうしたらいいかわからなかったらしい。とりあえず引きさがることを選んだ。「お茶をご用意しましょうか？　気分がお悪いならば、お茶をいただく時間くらいは旦那さまも許可してくださるでしょう」

「お茶はいらないわ。静かにしていたいだけ」

「なんとまあ。いいんでしょうかね。あとがこわいですよ」ナンがぶつぶつ言いながら戸口に向かった。「男は、旅に出発する時に遅れるのを許さないものですよ。戦場で戦う男たちに命令するのに慣れている人はとくにそうです。飛べと言ったら、みんなが飛ぶのが当然と思っているんだから。そういう人たちです」

ヴィクトリアはぶつぶつ言っている侍女が廊下に出て扉を閉めるのを待って、ゆっくりと窓辺に歩み寄った。ジェシカ・アサートンの上品な馬車がすぐ下の通りで待機している。ルーカスが彼の元恋人をエスコートして石段をおりてくるのが見えた。彼女を馬車に乗せる。御者に馬車を出すように命じると、厳しい表情で石段をのぼり、家に入った。

ほどなく彼女の部屋の外の廊下にせわしない足音が聞こえ、扉をノックする音が聞こえても、ヴィクトリアは驚かなかった。

「旦那さまがお話ししたいそうです、奥さま」閉じた扉の向こうでナンの声がくぐもって聞こえた。「非常に急いでいるとおっしゃっています」

ヴィクトリアは部屋を横切り、扉を開けた。「旦那さまに、わたしは気分がすぐれないと伝えてちょうだい」

「まあ、お願いです、奥さま。そんなこと言えません。機嫌がいいとはとても言えない感じですよ」

「彼の機嫌なんてどうでもいいわ」ナンのぼう然とした顔の前でヴィクトリアは扉を閉じた。

窓辺の持ち場に戻り、クレオが新婚夫婦に貸すと言い張った旅行用の馬車に、自分のカバンの最後のいくつかが積まれているのをぼんやり眺める。

次に扉をノックしたのは、予想どおりクレオ叔母だった。「ヴィッキー、あなた、すぐに開けてちょうだい。これはいったいなんなの？　あなたの夫が遅延なく出発したいと望んでいるのよ。軍隊にいた殿方は不必要な遅れに寛容じゃないわ」

ヴィクトリアはため息をつき、また部屋を横切って扉を開けた。「わたしの夫に伝えてくださいな。彼は好きな時にいつでも出発してくださいと。わたしは一緒に行かないので、待たないでと言ってください」

クレオが厳しい顔でヴィクトリアを見つめた。「結局こういうことになるのね」クレオが部屋に入って扉を閉めた。「レディ・アサートンのけさの訪問はおかしいと思いましたよ。あなたをこんなに怒らせるなんて、いったい全体、彼女はなにを言ったの？」

「ルーカスが彼女に求婚したことがあるとご存じでした？」

「いいえ、でも、なぜそれが問題かわからないわ。ルーカスは三十四歳ですよ。彼が求婚した最初の女性があなたでなくても当然でしょう。それで怒っているの？　さあさあ、ヴィッキー、そんなささいなことで怒るなんて、理性的なあなたらしくないわ。ふたりのあいだになにがあったにしろ、何年も前のことでしょう」クレオが言う。

「彼女は彼の求婚を受け入れられなかったのよ。彼が爵位も、彼女や彼女の家族に見合う財産も持っていなかったから」

「それは彼女の問題でしょう？　ルーカスは、いまは爵位を得ている。これがなぜあなたに影響するのかわからないわ、ヴィッキー」

「ルーカスは爵位を受け継いだ」ヴィクトリアは冷たく言った。「でも、それに伴う財産はほとんどなかったのですって。ジェシカが説明してくれたわ。彼のいまいましい爵位のために相続財産がある令嬢と結婚せざるを得ないという結論をくだし、親愛なる友人のレディ・アサートンにその条件に合う女性の紹介を頼んだのよ。叔母さまの知り合いのだれがその栄誉に浴したか、推測したいかしら？」

クレオの眉が持ちあがった。「それならむしろ、自分から進んでベッドに行っておきながら、そこに寝なければいけなくなったら文句を言うのが知り合いのだれかを推測しましょうかね。その女性が、持っているとわたしが信じているその半分の分別でも持ち合わせていれば、自分にも夫にも快適なベッドにしようとするはずだけど」

思いも寄らない不支持の表明に、ヴィクトリアは目をぱちくりさせた。胸の下で腕を組み、叔母を凝視する。「このことにあまり衝撃を受けていないようだわ」

「そうかしら、それはごめんなさいね。昨晩、あの宿屋であなたを見つけた時の衝撃に対処しなければなりませんでしたからね。この歳では、一度にひとつの衝撃で充分ですよ」

顔が真っ赤になったのが自分でもわかり、ヴィクトリアは目をそらした。「ええ、そうね。それについては本当に申しわけないと思っています。見つかった時よりもいまのほうがもっとそう思っているわ」

クレオの表情が和らいだ。「ヴィッキー、あなたが不必要に動揺しているのではないかと思うのよ。あなたが思っていたほどルーカスが裕福でないと聞いてもわたしは驚きませんよ。けさ、あなたがドレスを着ているあいだに、あの宿屋の一階で真実を話してくれましたからね」

「彼が、お金のためにわたしと結婚すると言ったの？」

「彼は、あなたに紹介してくれるように頼んだのは、正直なところ、女相続人を望んでいたからだと言いました。でも、あなたと結婚するのは、あなたをとても気に入っていて、あらゆる面で自分にぴったりの妻になると思ったからだとも言いましたよ」

「気に入っている。なんとありがたいこと」ヴィクトリアは言った。

「ヴィッキー、単刀直入に言いますよ。あなたがストンヴェイルと面倒なことになる可能性が高いと最初からわかっていました。あなたがたふたりが同じ部屋にいるだけで、ぴりぴりしたものを感じましたからね。でも、わたしは彼が好きだったから、あなたが男性のことで危険を冒すならば、彼がいいと思ったんですよ」

「叔母さまが賛成してくれるとは、すごいことだわ」

「わたしに対してそんな言い方をする必要はありませんよ。この状況にあなたを連れてきたのはあなた自身なんですからね」

ヴィクトリアはうつむいて、しばらく絨毯の模様を眺めていたが、それから顔をあげて叔母の思いやりに満ちた、しかしわずかも揺るがないまなざしと目を合わせた。「叔母さまのおっしゃるとおりだわ。いつものことだけど。これからどうするかは自分で決めることなんだわ」

クレオ叔母がまた声を和らげた。「あなたがまずしなければならないのは、旅行用の服に着替えること。ルーカスはきょうの午後に出発すると決めているし、その決断は正しいとわたしも思いますよ。あなたが街を出るのが早ければ早いほどいいわ」

「ストンヴェイルと一緒にどこにもいくつもりはありません」

「ヴィッキー、それはあまりにばかげているわ。彼と行く以外に選択肢はないのよ」

クレオがさらになにか言う前に、扉を必死に叩く音がした。木の扉越しにナンの声が今度ははっきり聞こえた。「お邪魔してすみません。でも、旦那さまが、いますぐに一階におりてくるつもりがないならば、自分であがってきて、あなたを連れおろすと言っておられます」

ルーカスならばそうするだろう。そんなことはないと思うのはばかげている。避けられない面談を遅らせても意味はない。ヴィッキーは叔母の横を通り、扉の取っ手に手をかけながら、顔だけクレオのほうを振り返った。「たしかに、もっとも魅力的でもっとも騎士道精神あふれる夫を手に入れたみたい。花嫁がそれ以上を望んではいけないかしら?」

10

彼は図書室で彼女を待っていた。夜中に何度も彼女を待っていた庭を見おろす窓のそばに立っていた。ヴィクトリアは部屋に入って扉を閉めたが、そっと閉めたのでほとんど音がしなかった。家全体が気遣うような静けさに包まれていた。人々がみんな息をひそめているかのようだった。

実際、ヴィクトリアの侍女とラスボーンを含めた使用人全員が細心の注意を払って動いていることにヴィクトリアは気づいていた。彼女の夫になってまだ数時間、しかも、叔母の屋敷にいるのだから厳密に言えば客人のはずなのに、ルーカスがすでに権威者と見なされていることは明らかだった。彼の機嫌を損ねたい者はひとりもいない。勇敢に立ち向かうのはヴィクトリアだけだった。

「お呼びになりましたか？」氷のような丁重な振る舞いで防御を固める。

彼がじっと見つめている視線を感じながら、ヴィクトリアは部屋のなかほどまで入って足を止めた。彼の表情はおそろしいほどに抑制されていた。「旅行用のドレスに着替えていないのかな」

彼と向き合い、自分の決断を伝えるのは、想像以上に勇気が必要だった。「きわめて正当な理由により、わたしはあなたと一緒にまいりません。どうぞ、いい旅になりますように」

そう言うなり、きびすを返し、戸口に向かった。

「いまここで出ていったら、ヴィッキー、いまのきみには想像できないほど後悔することになる」

その破壊的なほど優しい声が、なにがあろうと決して立ち止まらない覚悟だったヴィクトリアを止めた。振り返って彼と対峙する。「これは失礼しました。ほかにおっしゃりたいことがあったとは知りませんでした」

「たくさんある。だが、すでに時間が遅れているから、叔母上の図書室ではなく馬車のなかで話したい。いまここでは、ひとつだけ、レディ・アサートンが感情を爆発させたことを謝罪する。あのような不適切な態度で泣き崩れるとは思ってもいなかった」

「ええ、彼女の泣く時機はたしかに不適切でしたわね？　あなたはいつ、わたしに真実を話す予定だったのかしら？」

「どの真実を話せというんだ？　かつてジェシカに求婚したことか？　昔の話だ、ヴィッキー、ぼくたちにとって重要ではない」

「いい加減にして」ヴィクトリアは憤りを隠さなかった。「わたしがどの真実のことを言っているか、あなたはよくわかっているはず。わたしに近づいて結婚しようとした理由は、わたしが相続人だからだった。それを厚かましくも否定するんですか？」

ヴィクトリアがにらんだ冷たい視線をルーカスは淡々と受けとめた。「いや、しない。思いだしてもらいたいが、その時きみは、まさにそのとおりのことを推測したはずだ。ぼくの記憶によれば、きみはその理由からぼくを遠ざけようとした。それでも、ぼくが提案したことを、きみはどうしてもほしかったんだろう？　だから、危険なゲームをやり、そして負けた。だが、ゲームをしたのはあくまできみの選択だ。危険がなければ真の冒険とは言えないというのは、きみがぼくに言った言葉だったと思うが？」

「この場におよんで、わたしの愚かさをわざわざ非難することないでしょう？」

「なぜいけない？　きみがぼくに期待するのはその程度じゃないか？　もともと財産目当ての無情な求婚者が思いがけず女相続人と結婚したにすぎないのだから」

みぞおちを殴打されたような気がした。「それなのに、反論もせずにこの屈辱を受け入れることを期待しているわけ？」

彼がほんの数歩で部屋を横切り、ヴィクトリアの腕をつかんだ。その目はぎらぎら燃えている。「ぼくが期待しているのは、ぼくに対する信頼を示してくれることだけだ。きみこそいい加減にしろ。この数週間、きみはぼくを信頼して、きみの安全と名誉を預けてくれた。妻となったいまも、同じことを期待しているだけだ」

「あなたを信頼する？　こんなことをされたあげくに？」

「こんなことって、いったいぼくがどんなひどいことをしたというんだ？　昨夜発見されたことについてはなにも関与していない。計画そのものが危険だときみに言ったはずだ。それでも、どんな犠牲を払ってでも知的探求の夜を持ちたいと言い張ったのはきみだろう？」

「そこまでわたしをばかにすることはないでしょう、ルーカス」

「ばかにしているわけじゃない。ぼくに性的行為をさせることを、きみがいかに正当化しようとしたかを思いださせているだけだ。昨晩のことを、きみはぼくと同じくらい望んでいた。くそっ、ぼくを愛しているとまで言ったのに」

ヴィクトリアは目がうるむのを感じて頭を振った。「あなたを愛していると思うと言っただけよ。明らかに間違っていたわ」

「きみはぼくにゴクラクチョウカの絵をくれて、それから、無条件で自分を差しだした。きみがぼくを愛してくれているとぼくは信じていた。きみの叔母さんが扉をノックした時、最初に浮かんだのは、きみを守ることだった。どうすればよかったというんだ？　結婚を申しこむことを拒否したらよかったと？」

「わたしの言葉をねじ曲げないで。待ち続けていた好機が見えたから、それをつかんだだけでしょう。否定しなくていいわ」

「否定しないのは、ぼくがきみと結婚したかったからだ。いつかはきみと結婚すると確信していなければ、昨夜も、きみの名誉、そして自分の名誉を危険にさらしたりしなかった。叔母さんがぼくたちを見つけて、この一連のことを要求したのは残念だったが、最終的にこの結果は避けられなかった」

「避けられなかったわけじゃないでしょう」

「ヴィッキー、理性的に考えてくれ。あの状態を長く続けられないことはきみもわかっていたはずだ。昨晩あそこに行く以前に、もう状況は危うくなっていた。人々は噂し始めていたが、きみはそれを防ごうとしなかった。きみの気まぐれな夜中の冒険をやればやるほど危険は増していた。遅かれ早かれ発見され、いったんそうなれば、ぼくにもきみにも選択肢はなかっただろう。きみが妊娠した可能性もある。それは考えたのか？」

「こうなる前に、なぜ真実を話すことができなかったの？」自分の耳にも、その声は激怒した女のヒステリックな金切り声に近づいていた。ヴィクトリアは必死に声をさげようとした。

「きわめて率直に言えば、ぼくはきみを勝ちとろうと躍起になっていて、ぼくの財政状態を詳しく言えば、きみに機会をもらえないことをおそれていたからだ。きみは頑固に結婚しないと言い張って、財産目当ての求婚者という問題には敏感に反応したから、きみが受け入れられる方法で求愛する以外に選択肢はなかった。この数週間がぼくにとってどれほど過酷なものだったか、きみはわからないだろう。だが、少なくとも多少の敬意や親切心は示してくれてもいいはずだ」

ヴィクトリアは信じられなかった。「親切心ですって？　わたしに罪悪感を抱かせようとするわけ？　よくもそんなことができるわね」

「なぜいけない？　きみはだれに対してもとても親切だ。レディ・アサートンにまで親切だった。温室できみの肩にすがって泣き続ける彼女をなんとか慰めようとしているのを見たよ」ルーカスがふいにヴィクトリアを放し、指で自分の髪を掻きあげた。「それなのに、ぼくがわずかな親切を求めてなぜいけない？　ぼくはきみの夫であり、その役割が簡単なものでないことは明らかなのに？」

「その見返りは？」

彼が深く息を吸った。「きみのよい夫となるよう最大限の努力をする。誓っていい」

「そのわたしのよい夫という言葉を、あなたはどう解釈しているのかしら？」ヴィクトリアは、彼にきつくつかまれたせいで赤くなった場所を両手でさすった。「財政的にわたしを養ってくれないことは明らかね。あなたの元恋人の話では、この結婚によって資産を提供するのはわたしだそうだから。爵位は与えてくれる。それは認めるけれど、わたしはこれまでもずっと、爵位にはさほど関心がなかった」

ルーカスが唇をぎゅっと結んだ。「きみが求めていた冒険を与えたはずだが」

「つまり、冒険でわたしを引っかけたということ」

「ヴィッキー、聞いてくれ……」

「知っておかなければならないことがひとつあるわ、ルーカス。今回の結婚に伴う面倒なことを済ませたら、あなたはレディ・アサートンとの愛人の関係を始めるつもりなの？」

「なんだと？　とんでもない。きみはぼくの誠実さに対してまったく重きを置いていないようだが、いま知っているつもりのジェシカではなく、本当のジェシカを知れば、彼女との愛人関係など問題外であることを理解するはずだ」

ヴィクトリアは顔をしかめた。「ごめんなさい、もちろんそうだわね。レディ・アサートンは適切な生き方のお手本ですもの。あなたとの不道徳な情事に浸ろうとは夢にも思わないでしょう」

「彼女は気高い女性だから、四年前にあなたではなく、アサートン卿の求婚を受け入れた時も、自分の心の声ではなく義務の指示に従うことになんのためらいもなかったのね」

「そのとおりだ」

「彼女はしなければならないことをしただけだ」ルーカスがいらだった声で言う。

「まあ、なんと理解があること」ヴィッキーは皮肉をこめて言った。

「四年は長い」ルーカスが肩をすくめた。「しかも、正直に言えば、ジェシカと結婚することにならなくて、いまは心からほっとしている。ひどいことになっただろうと最近つくづく思う」

ヴィクトリアは横目で彼を見やった。「なぜそんなことを言うの？　あなたにとって完璧な女性に思えるけれど。従順な妻で、先ほども指摘があったとおり、女性の振る舞いのお手本なのに」

「安心していい、ヴィッキー」ルーカスの口角がかすかに上がった。「実を言えば、彼女は非常に退屈な人だと思う。というより最近、自分はもっと冒険心のある女性のほうが好みだとわかったのでね。ついでに言えば、昨夜からは、情熱的な女性も好みだと知ったが」

「そうですか？」ヴィクトリアは顎をつんと持ちあげた。「それはきっと、経験から言っているのでしょう？　もちろん、ベッドでのわたしとベッドでのレディ・アサートンを比較できるわけだから」

ルーカスのかすかな笑みが広がって、不道徳なにやにや笑いになった。「ばかなこと言わないでくれ、ヴィッキー。きみの限りなく飛躍する想像力をもってしても、ジェシカがぼくとかほかの男とこっそり宿屋にいく姿を思い描けるか？　保証する。四年前の彼女もいまと同じようにまっとうでとりすましていたよ。男のためとか、あの宿屋でぼくたちがおこなった知的探求の夜のために、自分の評判を危険にさらすことなどあり得ない」

ヴィクトリアはため息をついた。「わたしと違って」

「そうだ、きみと違って。はっきり言って、まったく違う。というより、ぼくはこれまで、ほんの少しでもきみのような女性に会ったことがない。きみは本当に独特だよ、ヴィッキー。そのせいで、時々、きみをどう扱えばいいのかわからなくなるのだと思う。だが、最善を尽くすつもりだ、約束する。さあ、ぼくたちは、この無意味な話し合いでかなりの時間を無駄にした。二階に行って、すぐに着替えてきてくれ」彼が時計を見やった。「十五分だ」

「もう一度言いますが、わたしはあなたと一緒には行きません」

ヴィクトリアがふいに飛びあがったのは、彼がなんの警告もなく動き、彼特有の奇妙にバランスの取れた歩き方でふたりのあいだの短い距離を詰めたからだ。指の先でヴィクトリアの顎を持ち、無理やり彼に目を向けさせる。仕方なく目を向けた時、ヴィクトリアは凍りついた。それほど激しく、彼の目は抑制から完全に解き放たれた強い意志できらめいていた。

戦場で兵士たちがなぜルーカスに従い、叔母の家の人々がなぜあんなに注意を払って歩いていたのかを、ヴィクトリアはふいに理解した。

「ヴィクトリア」彼が言う。「どうやらきみは、十五分以内に出発することがどれほど重要か充分に理解していないようだ。明らかにぼくのせいだな。これまで、きみを喜ばせるために、きみのわがままなやり方につき合い、あえて自分の判断を無視してきたが、その結果、きみはぼくの命令を無視できると思いこんだようだ。はっきり言うが、それは事実ではない」

「わたしはあなたからも、ほかの男性からも命令は受けません」

「いまは違う、ヴィッキー。好むと好まざるとにかかわらず、きみには夫がいて、その夫はロンドンをあと」――言葉を切り、高い柱時計を見やった――「十三分で出るつもりだ。出発の準備が完了した時にきみが旅行用のドレスに着替えていなければ、その時にどんな服を着ていても、夫自身の手でそのまま馬車に乗せる。わかったかな、マダム？」

彼が言ったとおりにするとわかり、ヴィクトリアは思わず息を呑んだ。「まるで手に鞭を持っているようだわ」わざとあざける口調でゆっくりと言う。「そして、たいていの男と同じように、なんの躊躇もなくそれを使いそう」

「言っておくが、ヴィッキー、ぼくはきみに鞭を使わないし、きみもそれを知っている。さあ、ぼくの忍耐力を試すのはやめるんだ。あと十二分しかないぞ」

ヴィクトリアはきびすを返して逃げだした。

遠く離れたヨークシャーの荒れ地に向かう旅は、ヴィクトリアがこれまで経験したどの旅よりも長かった。そのあいだ、夫のことはほとんど見かけなかった。ルーカスは馬車に乗ってヴィクトリアの不機嫌につき合うことをせず、自分の愛馬ジョージにまたがって馬車の横を走るほうを選んだ。夜には宿屋でナンと部屋を分け合い、ルーカスは従者と別な部屋に泊まった。食事はつねに冷えきった礼儀正しさのなかで行われた。

ストンヴェイルに到着するまでに、ヴィクトリアの気分はわずかも改善せず、ルーカスも同様だろうとヴィクトリアは思った。ただし、彼女が彼を煩わせないかぎり、無視することで満足しているようだった。

最初に眺めた新居のまわりの土地の景色も、元気づけてくれるものではなかった。今年の夏に並みの収穫さえ望めないことは、ヴィクトリアの園芸学と植物学における幅広い知識がなくても明らかだった。農民の荒れ放題の小屋から、野原に力なくたたずむやせ衰えた家畜に至るまで、目に入るものすべてが陰鬱な雰囲気に包まれていた。

村の商店の商品が並んでいない飾り窓が、この地域に暗雲のように垂れこめる経済的困窮を物語っている。泥のなかで遊ぶ子どもたちを見て、ヴィクトリアは眉をひそめた。ロンドンの浮浪児のようにひどい身なりだったからだ。

「こんなこと、許されないわ」ヴィクトリアはナンにささやいた。「ここの土地は枯れて死に絶えるままに放置されているわ」

「旦那さまはよほどがんばって仕事をなさる必要がありますね」ナンが遠慮がちに言う。「自分の主人が伯爵に対してどう感じているかはよくわかっている。「この場所に少しでも命を取り戻すことができれば、旦那さまが爵位を継いだ甲斐がありますね」

「たしかにそうね」ヴィクトリアは暗い顔で同意した。そして、それをするためにわたしのお金が必要なのよ、と心のなかでつけ加える。ルーカスがストンヴェイル領を相続した時に負った責任の重大さを、ヴィクトリアは初めて理解した。ここの経済を統治する一族の繁栄と指導力に、領地内とその周辺の住人全員の命がかかっている。

もしもこの土地を救済する任務を受け継いだとしたら、自分はお金のためになど結婚しないと断言できるだろうかとヴィクトリアはいぶかった。おそらくできないだろう。レディ・アサートンが言ったように、人はやらねばならないことをやるだけだ。

しかし、そう認めたからといって、ルーカスに対して寛容な気持ちになれるわけではない。女相続人と結婚しなければならなかった必要性は理解できても、自分を選び、そしてだましてこの結婚に誘いこんだことは絶対に許せない。上流社会をよくさがせば、進んで申し出を受けるレディがいくらでもいたはずだ。地所つきの爵位と自分の財産を交換するレディたちが。

「すてきな屋敷じゃないですか、奥さま？」ナンが言う。馬車の窓から身を乗りだし、ストンヴェイルの巨大な屋敷を一瞬見ることができたらしい。「土地と庭がみすぼらしいのが残念です。レディ・ネトルシップの田舎の地所とは全然違いますね」

屋敷もなにもかも、ルーカスに関するすべてに対して軽蔑と無関心を貫くと誓っていたにもかかわらず、気がつくと、ヴィクトリアもひと目見ようと身を乗りだしていた。

ヴィクトリアの侍女の指摘は正しかった。ストンヴェイル邸は立派な屋敷だった。石造りの正面は堂々として、みごとに均整がとれている。幅の広い玄関階段をおりたところは丸石を敷いた前庭で、広い車寄せがぐるりを囲んでいる。その中心を飾る噴水と池も巨大だった。しかし、その池には水の代わりにがれきが詰まっていた。噴水は沈黙していた。

屋敷もまた、村や周囲の農地と同じ憂鬱と絶望の雰囲気を醸していた。馬車が停止すると、ヴィクトリアは落胆の思いで自分の新居を見つめた。叔母と一緒に暮らしていた、よく手入れされた庭がある贅沢で快適な世界とはほど遠い。

ルーカスが馬を馬丁に預けると、ヴィクトリアをエスコートして石段をのぼり、屋敷に入った。

「見てわかるとおり」彼が静かに言った。「やるべきことが山積みだ」

「正確な所見だと思います」ヴィクトリアは軽いめまいを感じた。

「この仕事をきみと力を合わせてやっていきたいと思っている、ヴィッキー。ぼくたちはどちらもストンヴェイルと利害をともにしている。そして、この屋敷はぼくときみのふたりの家だ。いつかはぼくらの子どもたちの家になる」

そう言われてジェシカ・アサートンの言葉を思いだし、ヴィクトリアはたじろいだ。ルーカスに対してどうしても好意を持てないならば、彼にとってこれがどれほどつらいことかを考えるべきね。あなたに跡継ぎを産んでもらわなければならないのだから。彼女はそう言った。

ヴィクトリアはすぐに表情を戻したが、一瞬浮かんだ怒りの表情をルーカスが目撃したのは明らかだった。彼も表情を硬くしたからだ。「使用人たちに紹介しよう。とはいっても、それほどいない。執事の名前はグリッグスだ。ロンドンで雇った使用人で、こちらに来てくれている。家政婦はミセス・スニースだ。村から来ている」

長旅で疲れきり、ストンヴェイルの現状に意気消沈し、しかも、自尊心のせいでルーカスのささやかな提案にも譲歩できないまま、ヴィクトリアはスカートを持ちあげて階段をのぼり、自分の新しい寝室に向かった。

その晩の晩餐は印象深いものだった。グリッグスが質の悪いワインしかないことと、給仕の従者がいないことを謝罪した。食事は質、多様性ともに限られていた。絨毯は擦りきれ、家具は傷だらけで磨かれておらず、銀器も変色している。頭上のシャンデリアが何年も掃除されていないのは一目瞭然だった。

しかし、ヴィクトリアにとって一番こたえたのは、テーブルを支配する厳格な沈黙だった。もともと長く黙っていられるたちではなく、沈黙を持続する能力の限界にすでに達しつつあった。なにより頭にくるのは、ルーカスがその気まずい雰囲気にまったく気づいていないように見えることだった。

「それで」元気づけにワインを大きくひと口飲んでから、ヴィクトリアは沈黙を破った。「わたしのお金をどこから使うつもりかしら？　庭？　小作人の農地？　それとも、この家の内装を新調する？　必要なことはたしかだけど」

ルーカスはグラスのワインをまわしながら、一瞬ヴィクトリアをじっと見つめた。「きみはどこから始めたい、ヴィッキー？」

「わたしの気持ちなどどうでもいいことでしょう？　ストンヴェイルを救うのはあなたの計画で、わたしの計画ではないわ」ヴィクトリアは凍るような冷たい笑みを浮かべた。「それに、あなたはもうわたしのお金を手に入れたのだから、使う方法はいくらでもあるでしょう。わたしの義理の父は、母のお金を馬や女性たちに使うことになんのためらいもなかったけど」

「ぼくには、マダム、そもそもきみがこの苦境にいるのは、きみの人生にやりがいがまったくなかったせいに思えるが」

ヴィクトリアは彼をにらんだ。「それはどういう意味？」

「きみは知性と活力にあふれた女性で、たまたま大金を使える立場だった。その金できみは自立を買い、社会生活を送る資金をまかなったが、とくに有益なことには使っていない」

そうはっきり言われると思いのほか傷ついた。「慈善事業にはいつも多額の寄付をしているわ」

「寄付は、きみ自身の時間や技術をほとんど必要としない。そのうえに、かなりの力を注ぎこむべき夫や家族もいなかった。植物画の趣味とたまにある科学の講演会以外、きみの時間と能力を発揮する本格的なものはなにひとつやっていない。きみの唯一のはけ口は社交の場だけだ。だから、退屈して、冒険にあこがれるようになった。それがきみを厄介な状況に引きこんだ」

ヴィクトリアはいきりたった。「わたしは街の生活に退屈していたわけではありません」

「そうかな？ 退屈だったせいで真夜中の冒険を思いついだのだろう」

ヴィクトリアは青ざめた。「そんなことありません。わたしがなぜ真夜中の冒険を求めていたかなにも知らないくせに、ばかげた推測はやめていただきたいわ」

彼が考えこむような表情で首を振った。「いや、ぼくの推論は正しいはずだ。初めにきみがぼくに魅力を感じたのは、単にぼくが、きみの望む冒険を提供する意思を持っていたからだ。財産目当ての結婚を嫌っていたときみは言うが、それならば、きみがぼくに惹かれた理由が、単にぼくがきみにつかのまの興奮を提供できることだったと知って、ぼくがどう感じたと思うんだ？ きみは、自分の目的のためにぼくを利用する気まんまんだった。そうだろう？」

「そんなことはありません」なにか考える前に反論していた。

「そうかな？ では、自分が望む冒険の遂行にぼくを利用するという軽薄な願望ではなく、もっと深い愛情を感じたと認めるのか？」

ヴィクトリアは彼をにらみつけた。「そうよ、つまり違うわ。やめてちょうだい、ルーカス。あなたはわたしの言葉をわざと曲解しているわ」

「どちらにしろ、きみはここにいる、マダム。そして、戻ることはできない。きみは危険性を知りながら、危険を冒すことを選んだ。ゲームの第一のルールは、負けたとわかったら潔く掛け金を払うすべを学ぶことだ。きみがやったのだから、きみが支払う」

「泣き言など言っていません。怒っているんです。全然違うわ」

ルーカスが椅子の背に深くもたれ、腕組みをした。「きみはすねているだけだ、ヴィッキー。それ以外のなにものでもない。いまのようなきみは初めてだから、これがどれだけ続くのかぼくは興味がある。ここに着くまでに最悪な状態は抜けるだろうと期待していたが、どうやら間違っていたようだ」

「ええ、あなたが間違っていたことは明らかだわ」激しい怒りに声が震える。彼の不当な言いがかりは到底許せない。「まったくの間違いよ」

「きみはぼくに感謝するべきだ、ヴィッキー。必ず起こる大惨事を回避する手段を提供し、ここに無事に連れてきた。しかも、ここならば、きみの時間とお金の両方を使える重要な計画をきみに与えることができる」ルーカスがヴィクトリアを見つめた。「ストンヴェイルの屋敷と領地を復興するのを手伝ってほしい」

「わたしのお金という言い方をしてくださるとは、なんてご親切なこと」

「ヴィッキー、ぼくはきみにここの一部になってほしい。ここをぼくと分かち合ってもらいたい。たしかに、きみの相続財産を使わなければ、ぼくがなにもできないことは認める。だが、きみに相談せずにきみのお金を使うつもりはない。細かいことまですべてにきみがかかわってくれれば、それ以上ありがたいことはない。きみは意欲的だし、すばらしい環境に育ったおかげで豊富な知識を持っている。きみならば、このストンヴェイルに劇的な変化をもたらすことができると信じている。ぼくがきみに頼みたいのは、不機嫌な気分に浸っているのをやめて、ぼくと一緒に働いてほしいということだけだ」

「あなたの申し出は控えめにいっても、たしかにとてもやりがいがありそうだわ」ヴィクトリアはわざと優しい声で言った。「そこまでわたしを細かいことすべてに関与させたいのなら、当然、書面にした夫婦財産契約書を作ってもらえるのでしょうね？　わたしの同意なしに、もともとのわたしの財産には一ペニーたりとも手をつけないと保証するものを」

彼が悲しげに口をゆがめた。「ぼくもそこまで愚かではない、マダム。きみがいまのように不機嫌な時に、そんな契約書を作成するのは、ぼくにとって愚行の最たるものだろう。きみが本気で愛される妻になろうと決心したあかつきには、それについてもう一度話し合いができると思うが」

「いいえ。あなたはそんな契約書など作る気もなくて、わたしもあなたもそれをわかっている」

「そんなことはない。だが、どちらにしろ、契約書を作成しても、法的にはなんの重みもないよ、ヴィッキー。ぼくたちは夫婦だ。夫は法律上、妻が持ってきた財産を自由にできる権利があるからね」

「わかっているわ。それがすべての問題じゃないの」

ルーカスがかすかにほほえんだ。「あいにく法律がそうなっているからね。いますぐにそんな契約書を作成すれば、きみはそれを使って、この結婚の仕返しをするだろう。そうだろう、ヴィッキー？　きみは策略に負けることに慣れていないから、いまは、仕返しすることしか頭にない」

「少なくとも、時間と活力を注ぐことができるものをわたしに提供するという意味で、仕返しという考えも役立つことは否定できないんじゃないかしら？」冷たくほほえみ、立ちあがった。「さあ、失礼させていただきますわ。まだ、自分をあわれむ作業を終えていないの。寝室にさがって、しばらくすねることにしますわ」

グリッグスが大慌てで扉を開けると、ヴィクトリアは滑るように食堂から出ていった。

ルーカスは妻の堂々たる退出を目を細めて見送ってから、執事にポートワインを注ぐように合図をした。ルーカスがロンドンから持参したものだ。何日もかかる長距離をずっと馬に乗っていたせいで、脚がひどく痛んだ。

かなり長いあいだポートワインをすすりながら、自分がどちらをよりやりたいか考えていた。ジェシカ・アサートンの首をしめることとか、自分の膝の上にヴィクトリアを乗せて尻を叩くこととか。

全体的に見れば、妻を膝の上でうつぶせにするほうがずっとおもしろい選択肢に思える。彼女の尻の魅惑的な曲線をぜひもう一度見たいものだ。

ルーカスはポートワインの瓶が空になるまで、わざとゆっくりすすりながら究極の孤独に浸った。ワインは腿の痛みを和らげる以外にも有効だった。満たされない欲望を鈍らせてくれる。あの宿屋での情熱に満ちた甘く熱い不道徳な夜以来、ルーカスはその記憶に悩まされ、そのせいで、いつもならば決して揺らがない自制心が限界まで押しやられている。

ヴィクトリアが同じ記憶に悩まされていないとは到底信じられなかった。反応がよく情熱的で、彼を信頼し、すべてを受け入れた。ちくしょう、とルーカスは思った。彼を愛していると思うとさえ言っていた。間違いなく、ほかの男には一度も言ったことがない言葉だった。

彼女がだれにも身を任せたことがないことは紛れもない事実とわかっている。彼女の性的な発見を見守る喜びは、もっともエロティックな経験だった。

ゴクラクチョウカの絵はすでに二階の自室に持っていき、毎朝必ず見ることができるように、化粧台のそばの壁にかけてある。自分のものの荷ほどきをする時に、一番に開けるように指示をした。この小さな贈り物が彼にとってどれほど意味のあるものか、ヴィクトリアはわかっているだろうかとルーカスはいぶかった。

おそらくわかっていない。いまのこの瞬間は、痛めつけられた自尊心のこと以外、なにも考えていないはずだ。

自分がゴクラクチョウカの絵に深く感動していることに気づき、ルーカスはぎくりとした。母が亡くなって以来、女性からもらった初めての贈り物だったからに違いない。ジェシカ・アサートンが思い出の品として四年前にくれた、黒髪がひと筋入ったロケットのことはあえて数に入れない。

ジェシカは涙ながらに彼の求婚を断り、自分の義務とはなにかを説明して、それを彼の手のひらに押しつけたのだった。ルーカスは戦争に行く直前のある晩にそのロケットをどぶに捨てた。

ポートワインの最後の一杯を終えて、空の瓶をじっと見つめる。それから、自分を待ちうける空っぽのベッドを思った。

こんなふうに事態が白日の下にさらされなければ、今夜もロンドンの街屋敷で、ある屋敷の庭の塀をのぼる準備をしていただろう。彼の向こう見ずで情熱的な夜の同伴者も、夜の冒険を楽しみに、わくわくしながら待っていただろう。

しかし、事情は変わった。自分はその生意気な小娘と結婚し、なんとかして、彼女と折り合いをつける方法を見つけなければならない。不機嫌な妻の隣で残りの人生を過ごすのはあり得ないし、自分の寝室でひとり夜を過ごすつもりもない。

ヴィクトリアはいともたやすく、だれに対しても親切にする。そう思い、ルーカスはいらだちを覚えながら立ちあがった。その親切のほんのわずかでも夫に分け与えることがなぜできない？　彼にほかの選択肢がなかったことは、彼女もよく理解しているはずだ。

現実として、彼の立場の男は、どんな手段を使ってでも女相続人を娶る以外に生き残るすべはない。ヴィクトリアの歳ならば、そうした結婚の現実は当然理解している。いずれにせよ、結婚式が執りおこなわれたいま、ヴィクトリアがこの状況を進んで受け入れるよりほかにない。すねた態度はやめてもらう必要がある。彼女の不機嫌をこれ以上我慢するつもりはない。

ひとりのベッドをそれほど長く許容するつもりもなかった。結婚したのだから、それに伴う権利と特権がある。

強い決意を固め、ルーカスは食堂を出て階段をあがった。今夜もう一度ヴィクトリアと話す努力をしよう。彼女が耳を貸すことを拒んだら、彼女の怒りを和らげる別な方法を見つける。

彼の従者オームズビーは主寝室でまだ忙しく荷ほどきをしていた。ルーカスが部屋に入っていくと、驚いて顔をあげた。

「旦那さま、今夜は早くお休みになるんですか？」

「そうだ。そうする。使用人たちもみんな休んでいいとグリッグスに言ってくれ。長い旅だったから疲れているだろう」

オームズビーがうなずいた。「脚の痛みを和らげるものをなにかお持ちしましょうか？長い時間馬に乗っていると必ず痛くなるでしょう」

「いまポートワインをひと瓶空けてきた。それでなんとかなるだろう」

「わかりました、旦那さま」オームズビーが動きまわる。効率的な動きは見ていて気持ちがいい。「レディ・ストンヴェイルも今夜はもうお休みになったとナンが言っていました。いつもそうでしたら、ここでは使用人たちも街と違う時間帯で動いたほうがいいかもしれませんね」

「そうだな。せわしない都会よりも田舎の生活のほうがいい」ルーカスは無意識に悪いほうの脚をさすった。あの庭の壁をのぼらなくても少しも残念ではない。賭博場や売春宿やロンドンの裏通りを楽しそうに遊びまわる同伴者の身元を隠し、安全を守って、つねに気を遣わねばならない任務も、一生懐かしく思うことはないだろう。

数分後、オームズビーが出ていくと、ルーカスはその足音が聞こえなくなるまで待ってから、ろうそくを取りあげ、続き部屋に入っていった。ヴィクトリアの部屋からはなんの音も聞こえてこない。おそらくもうベッドに入っているのだろう。眠っているのかもしれない。

自分には妻の寝室に入っていく権利があるとみずからを納得させ、静かに扉を開ける。取っ手は簡単にまわった。彼を入らせないようにヴィクトリアが鍵をかけるのではないかと思っていた。その場合に備えて、鍵は手に入れてある。

彼女の寝室は暗闇に包まれ、唯一の明かりは窓から差しこむ淡い月明かりだけだった。ヴィクトリアはカーテンを開けたまま寝たらしい。一般的な習慣とは言いがたい。

ろうそくの光と月明かりで、カバーをかけてうずくまるように横たわる妻のほっそりした姿を認識できた。彼の下腹がぐっとこわばった。

残念ながら、ろうそくの光は色あせたカーテンや汚れた絨毯、そして寝室に置かれた使い古しの家具も露呈している。ルーカスは狼狽にも似た鋭いうずきを感じた。彼がヴィクトリアに与えた新居が彼女の基準に達しなかったことは明らかだ。

ベッドに歩み寄りながら、どのように声をかけて、夫としての権利を要求しようかと考える。

二階にのぼってくるあいだに、妻の義務と夫の権利についてかなり長いスピーチを練りあげたが、いまとなっては、それも説得力があるとは思えなかった。彼女がもう彼を望んでいなかったら、自分はどうするだろうと思うとわびしい気持ちになる。

凍るような思いが頭に浮かんだちょうどその時、ろうそくの光が、彼女の胸のあいだにすっぽりおさまった琥珀のペンダントを照らしだした。温かな日だまりのように金色にきらめいている。

まだこのペンダントをつけている。

全身に安堵感が広がった。すべてが失われたわけではない、ルーカスはそう思って嬉しくなった。

燃えあがる炎のように、喜びが血管を駆けめぐるのを感じたその時、ヴィクトリアの頭が枕の上で落ち着かなげに少し動いた。まつげがはためいたその次の瞬間、ぱちっと目が開いた。彼をまっすぐに見あげ、悲鳴をあげる。

「やめて、だめ。いや。あっちに行って」

ルーカスは仰天し、あっけにとられて、ヴィクトリアがベッドの上で唐突に起きあがるのを眺めた。彼を払いのけようとするかのように、片手を突きだす。自分が間違っていた。ヴィクトリアは夫がベッドに来るという思いに耐えられないのだ。胃がぎゅっとよじれて、ルーカスは吐きそうになった。

「ヴィッキー、頼むから……」

「ナイフよ。ああ、どうしよう、そのナイフ」恐怖におののいて、ろうそくを見つめる。

「やめて、お願い、やめてちょうだい」

ルーカスはようやく、ヴィクトリアがはっきり目覚めていないことに気づいた。悪夢の途中に彼が起こしてしまったせいで、その夢のなごりにとらわれているらしい。

ルーカスはすばやく動いた。近くのテーブルにろうそくを置き、ヴィクトリアの肩をつかむ。彼女がまた悲鳴をあげようと口を開いた。目は彼女だけに見えるなにかを凝視している。

ルーカスはヴィクトリアを揺さぶった。「ヴィクトリア、起きるんだ」

彼女の目に反応がなかったので、ルーカスは戦闘の前線でヒステリーを起こして正気の縁から滑り落ちそうになっている兵士に対峙した時にすべきことをやった。片手を引き、冷静な予測に基づいて、かなり強くヴィクトリアを引っぱたいたのだ。

それが彼女を押しとどめた。はっと息を呑み、混乱した様子で目をぱちくりさせる。最後にようやく彼の顔に目の焦点が合った。

「ルーカス」激しくあえぐ。「ああ、よかった、あなたなのね」安堵のあまり小さい叫び声をあげ、彼の腕のなかに飛びこんだ。地獄から救いだしてくれた天使だと思っているかのように彼にしがみついた。

廊下を小走りに近づいてくる足音がして、ヴィクトリアの部屋の扉がノックされた。「奥さま？　わたしです、ナンです。大丈夫ですか？」

ルーカスはヴィクトリアがしがみついている手をしぶしぶほどいた。彼女が小さく抗議をつぶやいたので、そっと撫でてなだめた。

「しーっ、ダーリン。きみの侍女に大丈夫だと言ってこなければ。すぐに戻る」

戸口まで行って扉を開けると、ナンが心配そうに廊下をうろうろしていた。

「階段のところにいたんです。寝にいくところでした。その時、奥さまの叫び声が聞こえたので」ナンがルーカスを見あげる。手に持つろうそくの光のなかで疑わしそうな表情が見てとれた。「問題ありませんか?」

「彼女は大丈夫だ、ナン。ぼくがいけなかった。悪夢の途中で起こしてしまったようだ」

「ええ、そうかと思いました」ナンの目から非難の気配が消えた。「お気の毒に。この数カ月、よく悪夢を見るようなんです。今シーズンのロンドンでパーティや夜遊びにしょっちゅう出かけていらしたのはそのせいかと思います。夜明けまで忙しくしていれば、悪夢を見なくてすむから。でも、田舎の時間帯でお休みになったから、また厄介な夢を見るようになったんですね。わたしが近くで休むようにしましょうか」

「きみは心配しなくて大丈夫だよ、ナン。彼女にはもう夫がいるからね。覚えているかな? ぼくが妻の面倒はちゃんと見るよ。きみよりぼくのほうが近くに寝ている」

ナンが顔を赤らめ、急いでうなずいた。「ええ、そうですね、旦那さま、では失礼します」小さくお辞儀をすると、また急ぎ足で廊下を立ち去った。

ルーカスは扉を閉じると、ベッドのほうを向いた。ヴィクトリアがいる場所は陰で暗くなっている。そのなかで、膝を両腕で抱えこみ、じっと彼を見守っていた。暗がりでも瞳が大きく見開かれているのがわかった。

「すまなかった、ヴィッキー。驚かすつもりはなかったんだ」ルーカスは言った。

「そもそも、なんでわたしの部屋に忍びこんでいるの？」彼女が辛辣な口調で訊ねる。

ルーカスはため息をついた。妻が無防備だった瞬間はもう過ぎ去ったらしい。「びっくりさせたかもしれないが、きみには夫がいて、夫には妻の寝室に忍びこむ権利がある」彼は部屋を横切り、妻の敵意に満ちた目を無視して、ベッドの端に腰をおろした。「きみの侍女が言っていたが、最近よく悪夢を見るそうだな。なにか特定の理由があるのかい？」

「いいえ」

「そう聞いたのは、ぼくも時々いやな夢を見ることがあるからだ」彼は優しい声で言った。

「だれでも時々見るものだと思うけれど」

「ああ、だが、ぼくの夢はとても変わっていて、しかも、いつも同じだ。きみのもそうか？」

ヴィクトリアはためらった。「ええ」それから、おそらく会話の方向を変えたかったのか、急いで言った。「あなたの夢はどういう夢？」

「死者や瀕死の男たちでいっぱいの戦場で、死んだ馬の下敷きになって動けない夢だ」ルーカスは深く息を吸い、揺らめくろうそくの炎を見つめた。「男たちのなかには、死ぬまで長くかかる者もいる。その夢を見るたびに、必ず男たちが苦しむうめき声を聞くことになる。そして、自分も死ぬのだろうかという恐怖にさいなまれ、戦闘後に死者から略奪する人間の屑どものだれかが、喉を掻き切ってこのすべてを終わらせてくれることを願う」

ヴィクトリアが苦しそうに小さくあえぎ、ルーカスの部屋着の袖に指を触れたのに気づき、彼女の顔に視線を戻した。

「なんておそろしい」ヴィクトリアがささやいた。「信じられない。どんなにこわいでしょう。あなたの夢はわたしのよりもひどいわ」

「きみのどんな夢より？　ヴィッキー？」

ヴィクトリアがシーツを握りしめてうつむいた。「夢のなかで、わたしはいつも階段の上に立っているの。男……の人がわたしのほうに来る。片手にろうそくを持ち、もう一方の手に短剣を持って」

まだ先があるのを感じ、ルーカスは待った。〝男の人〟と言った時に一瞬ためらった様子から、悪夢に出てくる人物を彼女が知っているという印象を受けた。しかし、彼女の口からそれ以上夢の詳細が語られることはなく、ルーカス自身も、詳しく聞くことで、新しく生まれたせっかくの親密さを台無しにしたくはなかった。

事実、とルーカスは思った。ふたりが愛し合った夜、あの運命を変えた夜以降のどんな時よりも、今夜は妻に近づけた気がする。追求しすぎないほうがいい。急ぎすぎないほうがいい。

戦略だ、とルーカスは自分に言い聞かせた。長い目で見れば、戦略で進めるほうが力づくよりも必ずうまくいく。

ルーカスはうめき声をこらえて立ちあがった。「本当に大丈夫か？」

ヴィクトリアが小さくうなずいた。彼と目を合わせようとはしない。「ええ、ありがとう。大丈夫だと思うわ」

「それならば、おやすみ。必要な時はいつでも呼んでくれ、ヴィッキー」

自分に強いて部屋に歩き戻るのは、ルーカスが最近やったことのなかで、もっともむずかしいことだった。

11

翌日の午後、自分とルーカスのあいだのきわめて礼儀正しい、そしていまは無言で戦われている戦争の緊張から逃れようと、ヴィクトリアはスケッチブックを持って近くの森に向かった。

足を止めるまでにかなり歩き、丘の上の、木が何本か集まって生えている木陰を選んだ。そこならば、坐ったまま農村の風景を一望できる。とはいえ、絵ごころをそそられるわけではなく、それは気が滅入るような光景だった。修繕が必要な家々、深いわだちができて補修しなければならない道、ほとんどなにも植わっていない畑。ルーカスがその田畑のどれかに出かけていることをヴィクトリアは知っていた。きょうの午後は、馬に乗って、財産管理人と視察にいく予定を立てていた。

この土地にやるべきことがたくさんある事実は、ヴィクトリアも認めざるを得ない。夫がどんな人間であろうとも、少なくとも、ヴィクトリアのお金をよいことのために使おうとしているのは間違いない。彼がワインや女性にお金を注ぎこんでいる証拠はないからだ。

しかも、熟練の賭博師という評判にもかかわらず、軽薄な人間でないこともはっきりしている。

さまざまに浮かぶ一貫性のない思いに顔をしかめ、ヴィクトリアはかがんで、まわりに生えている小さな植物を観察した。専門家の目から見ると、ほとんどがよく知られている種だ。しかしその時、非常にめずらしいキノコを見つけた。暗い気分にもかかわらず、いっきに関心をそそられ、スケッチブックを開いた。

これこそ、自分に必要なことだと、ヴィクトリアは思った。一時的にしろ、スケッチや水彩画がもたらしてくれる心の平和を欲していた。

ヴィクトリアは作業に没頭し、長い時間を費やして繊細な作りのキノコを細部まで描いた。時はあっという間に過ぎていき、結婚の重圧も、少なくともその瞬間は消えていた。

キノコを描き終えると、そばに小さく積もっていた変わった模様の枯れ葉を何枚か描いた。葉っぱのあとは、とても魅力的に見えた綿毛にした。綿毛を描くのは、毎回真剣に取り組まねばならぬ挑戦だ。きわめて小さな細部をおろそかにすることなく、軽やかなふわふわの外観を描きだすのはとてもむずかしい。植物画はまさに芸術と科学の融合であり、ヴィクトリアはそこが気に入っていた。

二時間後、ようやくスケッチブックを閉じて、木の幹に寄りかかった。気づくと、ずっと気分がよくなっていた。だいぶ冷静になり、落ち着きも取り戻した。暖かな午後の陽光が心地よく感じられ、眼下に広がる田畑や農場もそれほどわびしく見えない。ストンヴェイルには希望があると、ヴィクトリアはふいに思った。ルーカスはこの土地をきっと救えるだろう。それができる人がいるとすれば、それはルーカスだ。

わたしのお金でだけど、もちろん。

しかし、その思いもいまは前ほど腹立たしく思えなかった。油断ならない考えがふと浮かぶ。昨夜夕食の時にルーカスが言ったことはたしかに的を射ているという考えだ。自分のお金でこれほど役立つことを、過去にしたことがあるだろうか？

それでも、ヴィクトリアのお金であることには変わりない。ヴィクトリアは顔をしかめ、立ちあがって散歩服についた葉っぱを払った。この状況において、自分はあくまで罪のない犠牲者であることを忘れてはならない。

三日後、ヴィクトリアは初めて村に足を踏み入れた。自分の新しい生活の地をよく観察するためにも馬に乗っていきたかったが、ルーカスは断固譲らなかった。

「新しいストンヴェイル伯爵夫人が、最初のお目見えを馬上でするわけにはいかない。ここは適切な作法が要求される場面だ、マダム。馬車に乗って侍女と馬丁と一緒に行くか、まったく行かないかのどちらかだ」そう言い渡した。

ルーカスとの関係は、よく言って、かろうじて不安定な均衡を保っている状態だったから、ヴィクトリアは反論を控える判断をしたのだった。

ヴィクトリアは一連の行動を選択するうえで、この家のほかの人々と同じくらい分別を持つようになった。ことあるごとに夫にたてつくのをやめたほうが、自分にとっても、ストンヴェイル邸の使用人たちにとっても、はるかに簡単であることを学んだからだ。

自分の陣地を少しずつ彼に明け渡しているかもしれないと思うと腹が立った。しかし、現実として、二十四時間ずっと、とげとげしい防衛体制を保つのはむずかしい。ルーカスと一緒にいて幸せな気持ちになることに慣れてきていた。戦争状態ではなく。

家庭内でうわべだけでも平和を保つことの利点が即座に現れたことを、ヴィクトリアも不承不承受け入れざるを得なかった。彼女が新たに採用した思慮深さに応えて、ルーカスがおそろしいほど冷淡な不機嫌さでほかの人々を震えあがらせることをやめた事実は否定できない。この男性には絶対的な権威が備わっていて、彼がそれを発揮すると決めた時には要注意だった。

彼の指導力と統率力はおもに軍隊生活によって培われたものだとヴィクトリアは推測していた。だが、それが、あたかも天性のものであるかのように身についている。彼は生まれながらの指導者だった。

そして、天性の指導者の尊大さが骨の髄まで染みこんでいる。その尊大さと指導者的な性格がなければ、ストンヴェイル伯爵家とその地所を救済する見込みは万に一つもないだろう。

その受け入れがたい事実について考えているあいだも、馬車は村内のでこぼこ道をがたがたと揺れながら走った。

思い起こしてみれば、結婚前にも、たしかにルーカスの鋼《はがね》のような強さを時々見る機会があった。むしろ、それが彼に感じた魅力のひとつだったのかもしれない。しかし、自分がその鋼に対峙することは一度もなかった。彼が慎重に求愛している最中だったのだから当然だろう。彼の性格のあまり感じがよくない面は当然隠したに決まっている。

「こんなさえない場所で買い物なんてできませんでしょう、奥さま」村の大通りに馬車が入ると、ナンが言った。「ボンドストリートやオックスフォードストリートとあまりに違いますよ」

「ええ、そうね。でも、舞踏会用のドレスを買うつもりではないもの。きょうのところは、村をざっと見ること。あとはお屋敷といつも取引している人々にも少し会えるかもしれないわね。ここは新しい生活の地ですもの。隣人たちに会わなければいけないわ」

「奥さまがそうおっしゃるなら、まあいいですけど」ナンはその見解に納得できないらしい。

ヴィクトリアは小さくほほえみ、もっと現実的な理由で攻めることにした。「あなたもストンヴェイル邸の状態を見たでしょう？　屋敷はひどいありさまだわ。悲惨と言ってもいいほどよ。旦那さまは小作人のことで忙しすぎて、家のなかの管理まで気がまわらないでしょうし、気にしたとしても、元軍人だからどうやればいいかわからないかも」

「きっとそうですよ。ストンヴェイルほど大きな屋敷の管理は女性の仕事ですわ。すみません、差し出がましいことを」

「残念ながら、あなたが正しいと思うわ、ナン。そして、その任務を押しつけられる女性はまさにわたしだわ。ここで暮らすからには、この場所を快適に住める場所にしなければね。屋敷を快適にするためにお金を使うとすれば、この村でもできるだけ使わないといけないでしょう？　ここの人たちの収入はストンヴェイルが頼りなんですもの」

この論理でナンの表情がいくらか明るくなった。「おっしゃっていることはわかりますよ、奥さま」

人々が店や古い小さな酒場などから出てきて、わだちのできた道を悠然と走る伯爵家の馬車を見物する。ヴィクトリアは笑顔で手を振った。

ひとりふたりがおずおずと手を振り返したが、全体として、ストンヴェイルの新しい女主人に対する熱意は、こちらがたじろぐほど欠如していた。村人たちがヴィクトリア自身に魅力を感じないのか、それとも、彼らの態度は、もともとの伯爵家に対する感情を示しているにすぎないのか、いったいどちらだろうとヴィクトリアはいぶかった。この大邸宅の前の主人に完全に見放されていたことを鑑みれば、村人たちが将来について悲観的だとしても責められない。

この気の毒な人々は、とヴィクトリアは思い、下唇を噛んだ。どれほど苦しんできたのだろう。ここそまさに、お金によって多くを改善できる場所だといえる。

村の真ん中あたりで小さな小間物店を見つけた。「買い物を始めるには最適のお店だと思うわ」

ナンはなにも言わないようにしていたが、その店に関する彼女の意見は明らかだった。侍女のいかにも取り澄ました態度に思わずほほえみながら、ヴィクトリアは従者の助けを借りて馬車からおりたった。

春の太陽の温かい陽光がいっきにヴィクトリアに降り注いだ。ドレスの濃い琥珀色の色合いをきわだたせ、蜂蜜色の髪をきらめかせる。黄色い小ぶりの帽子についた琥珀色の羽根がそよ風に揺れ、喉元のペンダントが光線をとらえて、まるで生きているかのように光を放った。道に出ていた村人たちがひとり残らず、一瞬動けなくなったかのようにただ立ちすくんでヴィクトリアを凝視した。

その時突然、母親のスカートのうしろという安全な場所からのぞいていた小さな少女が喜びの声をあげながら通りに飛びだすと、ヴィクトリアを目指して一直線に走りだした。

「琥珀の貴婦人、琥珀の貴婦人」嬉しそうに叫びながら、はだしで駆けてくる。「きれいな琥珀の貴婦人、帰ってきたのね。ばあちゃんが絶対帰ってくるって言ってたよ。金色と蜂蜜色の混じった髪で、金色のドレスを着てるってばあちゃんが言ってたよ」

「さあさあ」ナンが優しくないとは決して言えない口調で言いながらヴィクトリアの前に動き、子どもを停止させた。「奥さまのドレスに泥をはね散らかしたくないでしょう？　あっちにおいき、いい子だから。かあさんのところに戻りなさい」

少女はナンを無視して、すばやい身のこなしでひょいと避けると、汚れた手でヴィクトリアの黄色いスカートをつかんだ。

「こんにちは」ヴィクトリアは歓迎の笑みを浮かべた。「あなた、お名前は？」

「ルーシー・ホーキンス」子どもが誇らしげに答え、畏敬に満ちた目でヴィクトリアを見あげた。「あれはかあさんよ。その横がねえちゃん」

ルーシーが母親だと指さした女性はすでに前に出てきていた。疲れ切った顔がおびえたようにこわばっている。実際の歳はヴィクトリアと五歳も違わないだろうが、二十歳は年上に見える。

「申しわけありません、奥さま。まだ子どもなんで、失礼するつもりはないんです。お偉い方に対する礼儀を知らなくて。会ったことがないので。お偉い方のことです」

「心配することないわ。あなたのお子さんはなにもしていないもの」

「そうですか？」母親の顔に心底驚いた表情が浮かんだ。「あなたのドレスを汚してしまいました、奥さま」万が一ヴィクトリアが気づいていないといけないと思ったらしく、上等な琥珀色のモスリン地についた汚い手のあとを指さした。

ヴィクトリアはその汚れを見おろすことさえしなかった。「あなたのお子さんの温かい歓迎がとても嬉しかったわ。ルーシーはこの村で話した初めての人ですもの。家政婦のミセス・スニースのほかにまだどなたにも会っていなかったから。そういえば、あなたの上のお嬢さんか、そのお友だちは調理場の仕事に関心がないかしら？　屋敷で使用人を必要としているの。いま働いている少ない人数でどうやっているのか想像もできないほどよ」

「仕事？」母親がぽかんとした顔をした。よほど驚いたらしい。「あのお屋敷の仕事ですか、奥さま？　ありがとうございます。感謝します。夫はもう何年も仕事がなくて。このあたりの男はみんなそうです」

「感謝しなければならないのは、ストンヴェイル卿とわたしのほうだわ」馬車のまわりに輪になって見つめている好奇心に満ちた顔をさっと見渡した。「実を言うと、何人も必要としているの。庭や厩舎や調理場で働くことに関心がある人は、あしたの朝に屋敷にいらしてくださいな。その場で雇いますから。さあ、失礼しますね。このすてきな村で少し買い物をしたいと思っているの」

ヴィクトリアがナンをしたがえて歩き始めると、群衆は魔法にかかったようにふたつに分かれた。小さな店の敷居をまたいだ時も、まだルーシーが金切り声で琥珀の貴婦人のことを叫んでいるのが聞こえていた。

二時間後、ヴィクトリアは風を切るようにストンヴェイル邸の中央広間に入っていった。

「旦那さまがどこにいらっしゃるか知っているかしら、グリッグス？　会わなければならないの」

「ミスター・サザウエイトと図書室におられます、奥さま。新しい財産管理人との打ち合わせが終わるまで邪魔しないようにと固く指示されておりますが」

「今回のわたしの用事は例外にしてくれるはずよ。それに、サザウエイトが一緒ならばなおさら好都合だわ」ヴィクトリアはにっこりすると、子ヤギ革の手袋の片方を取りながら、きびきびした足取りで図書室の閉じられた扉に向かった。

グリッグスが飛びあがり、急いでその扉の前に立ちふさがった。「お許しください、奥さま。旦那さまはご自分の指示が厳格に守られることを望まれます」

「びくびくしなくて大丈夫よ、グリッグス。わたしが話すから」

「差し出がましいことですが、奥さま。もう数カ月お仕えしている身としまして、旦那さまの好みは充分心得ております。ご指示には従ったほうがよろしいかと」

ヴィクトリアは笑みを浮かべた。「心配しないで。ストンヴェイルの面倒な性格はわたしが一番よく理解しているから。お願いだから、扉を開けてちょうだい、グリッグス。騒ぎが起こっても、わたしがすべての責任を取るわ」

明らかに信用していないが、かといって女主人に刃向かいたくはないらしく、グリッグスが不安そうな表情を浮かべて扉を開けた。

「ありがとう、グリッグス」ヴィクトリアはもう一方の手袋を取りながら、図書室に入っていった。ルーカスが目をあげ、顔をしかめるのが見えた。だが、邪魔したのがだれかわかると、そのしかめ面は驚きの表情に変わった。

「ごきげんよう、マダム」ルーカスが礼儀正しく立ちあがった。「村に行ったかと思っていたが」

「行きました。いま戻ってきたの、ご覧のとおり。あなたが財産管理人とご一緒のところに居合わせることができてなんて幸運でしょう」ヴィクトリアはそう言い、ミスター・サザウエイトにほほえみかけた。真面目な様子の若者は執務机をはさんでストンヴェイルの向かいに腰かけていたが、あわてて立ちあがり、抱えていた仕訳帳を落としたのもかまわずに、深々と頭をさげた。

「なにとぞお見知りおきを、奥さま」

ルーカスがどこか警戒するような目でヴィクトリアを見つめた。「用事はなにかな?」

「いくつか細かいことをお知らせしたくて。わたしたちが使用人を雇おうとしていることを村で告知してきましたわ。関心がある人は、たぶんかなりの数になると思うけれど、朝に屋敷に来るように指示しました。ミスター・サザウエイトに対応していただけるかしら。あとで、この家が必要としている正確な人数をグリッグスとミセス・スニースと相談しておきます。あなたが借家人のことで忙しいのは承知しているので、庭師のこともわたしが決めますね」

「なるほど」ルーカスがうなずいた。

「それから、村でいくつか買い物をしたことも言っておかなければ。そのほとんどは、あすの朝に店の人たちが届けてくれることになっているので、すぐに支払いをするように手配をお願いします。こちらの都合を待つ余裕がないことは明らかなので」

「ほかにはあるかな、マダム？」ルーカスがそっけなく訊ねる。

「ええ、村でミセス・ワースにお会いしたの。教区牧師の奥さまよ。それで、あすの午後にご夫妻をお茶にお招きしました。この村で必要な慈善事業についていろいろ話ができると思って。あなたも参加するように予定してくださるとありがたいわ」

ルーカスはその依頼に対し、わかったというように重々しく頭をさげた。「空いているかどうか、あとで予定を確かめよう。それで全部かな？」

「いいえ、まだあるわ。村の悪路をなんとかする必要があると思います。あまりにひどすぎるから」

ルーカスがうなずいた。「補修が必要なもののリストに入れておこう」

「そうしてください、旦那さま。いまのところはこれで全部だと思うわ」ヴィクトリアは啞然としているミスター・サザウエイトに温かくほほえみかけると、きびすを返して扉のほうに歩きだした。戸口で立ちどまり、肩越しに振り返ってルーカスを見やった。「もうひとつあったわ、旦那さま」

「驚きもしないが」ルーカスは返事をした。「続けてくれ、ちゃんと聞いている、マダム」

「琥珀の貴婦人という言葉はなんなのかしら？」

ルーカスの目が一瞬ヴィクトリアのつけているペンダントに動いた。「どこでその言葉を聞いたんだ？」

「村の子どものひとりに、その奇妙な称号で呼ばれたの。あなたは聞いたことがあるかと思って。この地域の言い伝えかなにかでしょう？」

ルーカスがサザウエイトをちらりと見やった。「ほとんど知らないが、知っていることをあとで話すよ」

ヴィクトリアは肩をすくめた。「わかりましたわ、旦那さま」図書室から滑りでると、グリッグスが急いで扉を閉めた。深い懸念の表情でヴィクトリアを見つめる。

「こわがることはないわ、グリッグス」まさに聖域である図書室襲撃というささやかな成功に気をよくし、ヴィクトリアは誇らしげににっこりした。「旦那さまは歯をお持ちだけど、妻のささやかな侵害くらいでは嚙みつかないわ」

「こころえましてございます、奥さま」

図書室では、ルーカスがまた腰をおろしたところだった。次の古びた会計帳簿に手を伸ばしたところで、サザウエイトが興味しんしんの顔で彼を見守っていることに気づく。

「ぼくの妻は、見てのとおり、この地所に活動的に関わろうと思っている」

「ええ、伯爵さま。地元のことに関心をお持ちとお見受けしました」

ルーカスは満足の笑みを浮かべた。「レディ・ストンヴェイルは活力と熱意にあふれている。関心が持てて、全精力を傾けられるむずかしい挑戦を必要としているんだ」

「あの貧しい村で買い物をしたのは、とても慈悲深い親切な行動だと思います。奥さまほどご趣味のいい方が、地元の店でほしいものが見つかるとは思えませんから」

「目的は、地元の経済に貢献することだろう」ルーカスは考えこんだ。「ありがたいと思う。ストンヴェイル領を救うためには夫婦の協力が必要だ。前にも言ったとおり、直面している難問は一筋縄ではいかない」

サザウエイトは執務机に置かれた仕訳帳と会計帳簿を眺めた。「失礼を言うつもりではありませんが、伯爵さま、この領地には、一連隊がかかりきりになっても間に合わないほど難問が山積みですよ」そう言いながら、自分の雇い主に視線を向ける。その表情には、戦場で戦ったことのある年長者に若者が抱くような英雄崇拝が感じられた。「もちろん、あなたは軍隊のことはたくさん経験しておられると思いますが」

「ここだけの話だが、サザウエイト、ぼくはこの土地の継続的な生産力を取り戻したいと考えている。非常にむずかしいことはわかっているが、戦争に行くよりもずっとやりがいがあると思う」

サザウエイトは明らかに戦争より刺激的なことはないと思っているらしく、賢明にも口を閉じて、目の前の仕訳帳を開いた。

夜遅く、ルーカスは客間で肘掛け椅子にゆったりもたれて暖炉のほうに脚を伸ばしながら、食後のお茶を注ぐ妻を見守るというまさに男らしい喜びに浸っていた。

お茶を注ぐということ自体はささやかなことだが、多くのことを象徴しているように思える。ヴィクトリアが不可避に対して降伏したと考えるほど愚かではないが、このいかにも妻らしい行動を、その方向への一歩だとルーカスは見なしていた。

そこまで考えて、ふいに、男性の大半と同じく、所帯を家庭に変えるためのささいな仕事の積み重ねについて、自分がなにも考えていなかったことに気づいた。少なくとも、つい最近までほとんど意識していなかった。妻を得たことにより、妻に付随すると思いこんでいたささやかな快適さが、実は自動的に手に入るものではないことをようやく発見したところだ。

この三日間は、武装したままの停戦状態で過ごしている。停戦といっても、数センチも前進すれば戦闘再開になりそうなものだ。食事が提供され、室内用便器の始末がなされるという最低限のこと以外、家政はいっさいなされていなかった。グリッグスは絶望しかけ、ミセス・スニースは、このままでは仕事がたまりすぎて手に負えなくなるので、お暇をいただきたいと言いだしていた。

だが、ヴィクトリアが村から戻った瞬間から、事態が変化し始めた。家庭内の調和という蜜を少しずつすするたびに、どれほど喉が渇いていたかを痛感した。ヴィクトリアが彼のためにお茶を注ぐという行為もそうした金色の一滴だった。結婚の誓いを唱えてから初めて味わうものだった。

「琥珀の貴婦人の言い伝えについて話してください」ヴィクトリアが受け皿にのせた茶碗をルーカスに手渡しながら言った。「できれば、詳しく聞きたいわ」

「ぼくも、全部の話を知っているわけじゃないが」ルーカスはお茶をかきまわし、この会話をいかにもたせようかと考えた。ここに来て以来、ヴィクトリアはいつも、さっさと寝室にさがってしまう。「伯父が亡くなる前に少し話してくれた。彼がくれたペンダントと関係している」ルーカスは顔をしかめ、ヴィクトリアの注意が首にさがった琥珀に向かないことを願った。一日二十四時間ずっとそのペンダントを身につけていることを、ヴィクトリアはまったく忘れているように見える。「話を聞きたいと頼んだが、伯父がそもそも短気で意地の悪い性格だったことはわかってほしい。そのうえに、ぼくが会ったのは亡くなる間際で、ぼくにしろ、ほかのだれにしろ、いかなる願いも聞き入れようとしなかった」

「伯父さまはなんとおっしゃったの？」

「そのペンダントはこの家に何世代も伝わってきたものだと、それだけだった。初代のストンヴェイル卿のものだったらしい。村人たちからもっと聞けるだろうと伯父に言われたので、ミセス・スニースに訊ねた。あのろくでなしの老いぼれが亡くなった時にただひとり残っていた使用人だったからね。伯父がほかは全員解雇した」

「そうなのね。それで、ミセス・スニースはなんと？」

ルーカスはヴィクトリアを見つめた。美しい瞳が好奇心で明るく輝いている。「ミセス・スニースに会って、彼女がおしゃべりな性格でないことはもうわかっているだろう。初代ストンヴェイル卿と彼の貴婦人について伝わる古いおとぎ話なら、村人たちが話すだろうと言っただけだ。初代ストンヴェイル卿は、戦場でつけていた装具の色から琥珀の騎士と呼ばれていたそうだ」

「では、その方も戦士だったのね」ヴィクトリアがつぶやき、暖炉の炎を見つめた。

「ストンヴェイル領くらい広い領地を得た者はほとんどそうだ」ルーカスは指摘した。

「その方の夫人を琥珀の貴婦人と呼んだのね」

ルーカスはうなずいた。「言い伝えによれば、卿とその妻はとても愛し合っていて、地所と住民たちに力を尽くした。彼らの導きにより、ストンヴェイル領は繁栄した。初代を継いだ子孫もみな幸せな結婚をして、ここは何世代にもわたって豊穣な土地だった。それで、この地所やその周辺の安寧はこの邸宅に住む夫妻が幸せかどうかにかかっていると人々が噂するようになった」

ヴィクトリアは眉をひそめた。「ずいぶんあてにならないものに、この地域全体の繁栄がかかっているのね」

「ただの言い伝えだ、ヴィッキー」

「わかっているわ。でも――」

ルーカスはすばやく彼女の言葉をさえぎった。「ミセス・スニースが言うには、ストンヴェイル伯爵は愛する女性と結婚しなければならない、さもないとこの土地が苦しむという話が村でまことしやかに語られているそうだ。それでこの地の繁栄が保証されるならば、跡を継いだ伯爵も喜んで恋愛結婚をしただろう。好都合な言い伝えだ」

「たしかに好都合ね。でも、そのおかげでお金のための結婚をする必要がなかった。いまの世代になるまでは。そういうことね？」

ルーカスはその方向に自分を待ち受ける流砂を察知し、それを避けたい一心ですばやく言葉を継いだ。「そのことだが、三世代前のストンヴェイル伯爵は若い女性に恋をしたが、その女性はすでにほかの男性に心を寄せていたそうだ」一瞬言葉を切る。「明らかに心だけでなく、すべてを与えていたらしい。彼女の家族は、娘が別な男の子どもを身ごもったと知るやいなや、彼女を無理やり伯爵に嫁がせた。子どもの父親であるどこかの次男で無一文の男は、彼女がストンヴェイル伯爵と結婚したと知り、アメリカに去った」

「かわいそうな方。愛していない男性と結婚させられて、どんなに悲しかったでしょう。でも、家族は娘が伯爵夫人になる機会を失いたくなかったのでしょうね」ヴィクトリアがつぶやく。その声には、かすかだが苦々しさが混じっていた。

「そうだろうな」ルーカスは同意した。「しかし、その若い女性に対して同情をあふれさせるならば、初夜に純潔でなかった女性と一生縛りつけられることになったぼくの先祖に向ける分も多少はあるかな?」

ヴィクトリアのまなざしがさらに冷ややかになった。「あったとしたら? わたしもこの結婚をした時に純潔ではなかったわ、あなたが覚えているかどうか知りませんが」

「結婚前にきみが関係した唯一の男がぼくだという事実を考えれば、それは同じとはとても言えない。いずれにせよ」ルーカスは自分も険悪な気分になってきて、ひと言つけ加えずにはいられなかった。「ぼくたちはまだ初夜を迎えていない。つまり、きみの指摘は見当違いだ、控えめに言っても」

「それはどうかしら、ルーカス。あなたの祖先やあなたやほかの男性たちになぜ、妻が純潔であることを期待する権利があるのか、わたしには全然わかりませんけど」

「自分の子どもたちが自分自身の子どもだと納得するためだ」

ヴィクトリアは肩をすくめた。「クレオ叔母に聞いたことがあるわ。あまりに横暴にそのことを固執する男性に対して、女性は純潔を装う方法を見つけてきたと。たとえ初夜に純潔だと確認できたとしても、妻の産んだ子どもの父親が従者でないと確認できないわ。できますか?」

「ヴィクトリア……」

「できないでしょう。わたしの考えでは、男性が子どもたちを自分の子だと確信できる方法はただひとつ、妻を心から信頼し、妻が子どもは彼の子だと言った時に、その言葉を信じることができると、はっきりわかっていることだけだわ」

「ぼくはきみを信頼している、ヴィクトリア」ルーカスは優しく言った。

「あなたも前に言っていたように、わたしたちに関しては、この方法は当てはまらないけれど」

「必ずしもそうとは言えないが」ルーカスはつぶやいた。「ヴィクトリア、言い伝えの話を先に進めてもいいだろうか？」

ヴィクトリアが目をしばたたき、また忙しくお茶を注ぎ始めた。「ええ、もちろんだわ。そのお話の先を聞かせてくださいな」

なぜ会話がここまで暴走するのを黙認してしまったのだろうと思いながら、ルーカスはお茶をひと口飲んだ。「伯爵は疑っていたが証拠がなく、しかも新妻を愛していたから、自分が信じたいように信じると決めた。それがうまくいったのは赤ん坊が死産になるまでだった。夫人は悲しみのあまり理性を失った。すべてを告白し、自分の不幸は、心から愛する人との結婚を不可能にした夫のせいだと非難して、みじめだから死にたいと言い張った。そして、すぐにそうなった」

ヴィクトリアの視線がはっと彼に向いた。琥珀色のまなざしに深い疑念が浮かんでいる。

「どうして？」

「そんなふうにぼくを見ないでくれ。彼が殺したわけではない。ただ、出産から回復しなかった。ミセス・スニースによると、言い伝えでは、夫人は死ぬと心に決め、まるでその決意をかなえるように高熱が襲ったそうだ」

「悲劇的な話だわ。伯爵はどうなったの？」

「女性不信に陥り、冷酷で無情な男に変わった。跡継ぎをという家族の圧力で最終的には再婚したが、今回は愛のためではなく、あくまで家の事情だったから、彼と二番目の妻が幸せな夫婦になれるはずもなかった。求められていた跡継ぎが生まれたあと、夫妻はほとんど一緒に過ごさず、ストンヴェイルに滞在することもなかった」

「この土地が衰退し始めたのはその時なのね？」

ルーカスはうなずいた。「そうだ。その言い伝えだけでなく、古い会計帳簿の記録でもそうなっている。単なる好奇心から、きょう何冊かざっと見てみたが、たしかに三世代前の悲劇的結婚をきっかけにこの地が徐々に衰退していったことは認めざるを得ない」

「では、真実なのね？」

「ああ、そうだ。次の伯爵、つまりぼくの伯父の父親は、冷酷無情な性格だっただけでなく、放蕩者かつ下手な賭博師だった。土地より賭博台に多くの時間を費やすというストンヴェイル伯爵の伝統は彼から始まった。最終的には結婚したが、やはり愛情ある結婚ではなかった。跡継ぎである伯父が生まれると、ふたりは別居したそうだ」

「そして、土地は衰退し続けたのね。主人たちが関心を持たなければ、当然そうなるでしょうね。それで伯父さまは？」

「メイトランド・コールブルックは愛のためはもとより、継承者の確保のための結婚さえしなかった。そして、残っていた財産をすべて使うことに専念したんだ。土地をからからになるまで搾取したのちこの田舎に引きこもり、自分の不運をののしり続けた」

「村人たちがいまの貧しい状態になったのは、そういうことだったのね」ヴィクトリアがまた暖炉の炎を見つめて考えこんだ。「興味深いわ」

ルーカスは妻の横顔を観察し、いまここで膝に乗せてキスをしたら、どういう反応が戻ってくるだろうかと思った。これまでのように、とろけて彼にもたれるだろうか、それとも、爪で彼の目を引っ掻き、毒舌で心をずたずたに引き裂くだろうか。ひとつだけたしかなことがある。いつか両腕に妻を抱くことができたその瞬間から、夫婦にとって本物の冒険が始まるだろうということだ。

「もっとも興味深いのは、村のホーキンスの子どもがきみを琥珀の貴婦人と呼んだことだ」

ルーカスは静かに言った。

「なぜ？　あの子はその話を聞かされていたから、黄色い服を着たわたしを見て、子どもらしい結論に飛びついたんだと思うわ」

ルーカスはヴィクトリアの黄褐色の髪が、暖炉の炎に照らされて琥珀色と金色にきらめくのを眺めた。「その子が見当違いの結論に飛びついたとはぼくは思わない。きみはまさに琥珀色だ。瞳も髪も着る服の色も」

ヴィクトリアが彼をにらんだ。「お願いだから、ルーカス、そんなばかばかしいこと言わないで」

ルーカスはお茶を注いでもらうために茶碗を差しだした。「その子がきみを琥珀の貴婦人と信じても当然なんだ。この言い伝えの最後をまだ話していなかったね」

ヴィクトリアは彼の茶碗にお茶を注ぎながら、ちらりと彼を見やった。「その話はどのような結末なの？」

「いつか琥珀の騎士と彼の貴婦人がこの屋敷に戻ってきて、ふたりの愛とともにストンヴェイルの土地がいま一度繁栄するだろうと言われている」

「美しい結末だこと」それはさげすむような口調だった。「でも、領主とその妻が愛のある結婚をするかどうかにこの地域の運命がかかっているとすれば、ここの人々が運をあげるのは次の機会まで待ってもらわなければならないわね。新しいストンヴェイル伯爵は愛のためではなくお金のために結婚したのだから」

「くそっ、待ってくれ、ヴィッキー……」

しかし、彼女はすでに立ちあがっていた。「失礼してよろしければ、旦那さま。休ませていただきますわ。とても疲れたので」

ルーカスも立ちながら、口のなかでまた悪態をついた。妻が出て扉が閉まるのを待ってから茶碗を置き、冷ややかな表情を浮かべて部屋を横切り、ブランデーのデカンターを取りあげた。

ぼんやりと痛む脚をさする。長い夜になりそうだ。

三時間後、ルーカスは目を覚ましたままベッドに横になり、隣の部屋の静かな気配に耳を澄ましながら、自制し続ける自分は愚かだろうかと考えていた。この待つゲームは結局のところ、あまり賢い戦略ではないかもしれない。

隣の部屋からなにかが動くかすかな音が聞こえてきた。ヴィクトリアがベッドから出た音のように思える。彼女もまだ眠っていないらしい。おそらく、また悪夢に引きこまれる恐怖から、眠るのがこわいのだろう。

悪夢を回避するには、ともに分かち合う情熱的な経験が最適だとルーカスは思った。心配する夫としては、たとえ強いることになったとしても、与えられるかぎりの慰めと安心を与える義務がある。

決意を固め、ルーカスはベッドカバーを押しのけて部屋着に手を伸ばした。いくらなんでも、もう充分だ。なんとかして通常の婚姻関係を築かねばならないし、彼がみずからに課した自制が彼女の反抗心になんの効果もないことが、急速に明らかになりつつある。

つまり、とうらみがましく考える。このまま待っていても、彼女が愛の行為をせがむことはあり得ない。

寝室をつなげている扉をノックしようとルーカスが手を持ちあげたその時、彼女の寝室の廊下側の扉が開いて閉まる音が聞こえた。ルーカスは静かに取っ手をまわして、無人となった妻の部屋に足を踏み入れた。

激しい怒りと恐怖に襲われる。こんな真夜中に逃げだすほど愚かではないはずだ。それから、ヴィクトリアが真夜中の外出に慣れていることを思いだした。そのやり方のかなりの部分は彼が教えたものだ。

ルーカスはろうそくを置き、ズボンとシャツを着てブーツを履いた。数分も経たないうちに早足で階段をおりていた。彼の本能は、ヴィクトリアが調理場の戸口から出たと言っていた。気づかれずにこの家を抜けだそうと思えば、自分もそこを使うはずだ。ルーカスは急いで妻のあとを追った。

数分後、家から出ると、すぐにヴィクトリアが見えた。荒れ果てて悲しいほど草が生い茂った家庭菜園のなかで静かに立っている。冷気をふせぐためのフードがついた琥珀色のマントをはおり、月光を浴びている。彼女の叔母の庭で密会した真夜中の記憶がどっとよみがえり、痛みを感じるほど激しい渇望に襲われた。

この女性は自分の妻であり、自分は妻を欲している。

ルーカスはゆっくりと陰のなかに足を踏みだした。音を立てなかったが、彼の気配を感じたらしくヴィクトリアが振り向いた。ルーカスは短く息を吸いこんだ。

「庭での密会が懐かしいな」静かな声で言う。

「真夜中の冒険を約束したのは、とても賢い求愛方法だったわね。だれにも屈したことがなかったのに、その魅力に負けたわ」

その声にかすかに混じる辛辣さに、ルーカスは胃がよじれるような気がした。「今夜も冒険を求めているのか、ヴィッキー？　若い貴族の子弟や彼らが連れているオペラの踊り子たちであふれた賭博場や売春宿や酒場は、この村には一軒もないと思うが」妻のほうに歩いていき、少しだけ離れた場所に立った。

「ただ歩きたかっただけ」彼女が静かに答えた。

「一緒に歩いてもいいかな？」

「わたしに選択肢はあるのかしら？」

「ない」まるで夜中にひとりでうろつくことを許すと思っているようだとルーカスは思った。

「どこを歩くつもりだった？」

「わからない。とくに考えていなかったわ」

彼はすばやく思いを巡らせ、この数日、馬に乗って地所をまわっている時になにを見かけたか思いだそうとした。「あまり遠くないところに空いた小屋がある。ストンヴェイルで猟場番人を雇っていた時にその男が住んでいたはずだ。そこまで行って戻ってこようか？」

「いいわ」ヴィクトリアが黙りこむ。

「気持ちのいい晩だな」

「少し寒いと思うけれど」心ここにないような返事だった。

「そうだな」ルーカスは同意し、すばやく考えた。小屋の外には古い薪が少し積んであった。きのう、調べた時に室内を掃除しなかったのは残念だ。ルーカスは実際は存在しない石につまずいたふりをして少しよろめき、小さなうめき声を呑みこんだ。

「どうしたの？」ヴィクトリアが心配そうに眉をひそめた。

「大したことではない。今夜は足の調子が少し悪いようだ」ルーカスは毅然とこらえているような口調を心がけた。

「まあ、大変。ルーカス、脚が痛む時に、こんな冷えた夜中に歩きまわってはいけないことぐらい、もうわかっているでしょう」

「きみの言うことはまさしく正しい、マダム。しかし、きみが夜中に走りまわるのが好きなようだから、ぼくとしては、同行する以外に選択肢はなかった」

「こういうことを好きじゃない女相続人を選ぶべきだったのよ」彼女が言う。「完璧なミス・ピルキントンなら、あなたにぴったりだったでしょうに」

「本当にそう思うか？　彼女がジェシカ・アサートンの候補者リストに入っていたことは知っているが、どういうわけか、まったくその気になれなかった。ミス・ピルキントンと結婚するという展望が退屈に思えてね。きみとアナベラが言ったように、彼女はあまりにレディ・アサートンに似ている」

　ヴィクトリアがマントのフードをさらに深くかぶった。声がくぐもる。「その点はあなたの言うとおりかもしれないわ。レディ・アサートンが何年か経つうちに退屈な人になったと思うなら、絶対にミス・ピルキントンに会うべきだわ。勘違いしないで。とてもいい方なのよ。でもまだ十九歳なのに、宗教の道に入りたいと自分で言っていたの」

「なるほど。では、ますます合わなかっただろう。彼女を賭博場に連れていくことなど想像もできない。売春宿の用心棒を杖で叩く姿も思い浮かべられない」

「その一方で、きっとあなたにひとつも面倒をかけなかったでしょう。義務を重んじるすばらしい妻になったはずよ。義務と言えば……」

ルーカスはため息をついた。「なんだ？」

「レディ・アサートンが警告してくれたわ。わたしは義務を遂行して、あなたに跡継ぎをもうけなければならないと」

「レディ・アサートンを絞め殺してもかまわないが」

「彼女はただ助けてくれようとしただけよ。そもそも、女相続人を見つける手伝いをしてほしいと頼んだのはあなたでしょう」

「思いださせてくれる必要はないよ」

「ルーカス？」ヴィクトリアが恥ずかしそうに呼びかけた。

「うん？」

「レディ・アサートンに指摘されたわ。この義務がわたしにとってつらいことだと思うならば、結婚のベッドで少しでも愛情があるふりをしなければならないあなたがどれほど大変かを考えるべきだと」

「そんなでたらめはくそくらえだ」ルーカスは唐突に足を止めると、ヴィクトリアをくるりとまわして、自分のほうを向かせた。ヴィクトリアを見おろし、信じられないという顔でにらみつける。「彼女の話をまさか信じたわけじゃないだろう？　あの宿屋で一緒に夜を過ごしたあとで？」

ヴィクトリアが真っすぐに彼と向き合い、フードの陰で瞳をきらめかせた。「わたしは母と叔母の両方から、男性が必要に応じて、肉体的な愛着を感じているふりをするのはそれほどむずかしいことではないと学んだわ」

「その見せかけを用いることができるのは、男だけじゃないぞ」ルーカスはつぶやき、それから冷淡につけ加えた。「あの晩、きみがどれほど深く感じていたかを訊ねる正当な理由があると言うこともできる」

彼女のまなざしに怒りが浮かんだ。「あの晩、わたしがどんなふうに感じたかを疑っているということ？　わたしはあの時、自分のすべての感情に対して正直だった」

ルーカスは肩をすくめた。「きみが言うようにそこまで深く感じていたのだとすれば、なぜそのあと、いとも簡単に葬り去ることができたのかがわからない」

「それは、自分が利用されたと感じたから急いで葬ったのよ。いい加減にして。愚かしい愛情など押し隠すほかに選択肢はなかった。あの呪われた夜の自分の行動を思いだすたび、恥ずかしさしか感じないわ」

「そうだとすれば、きみは自分の感情を非常にうまく隠していたと言わざるを得ない。だれが見てもきみがぼくに嫌悪感しか抱いていないと思ったはずだ」

「ええ、それはたしかに――」言葉を切ったのは、彼がまたよろめき、顔をしかめたからだ。

「今度はどうしたの？」いらだったように問いつめる。

「言っただろう？　今夜は脚の具合があまりよくないんだ」

「いくらなんでも非常識すぎるわ」ヴィクトリアが彼の腕を取って支えようとした。「ひどく転ぶ前に戻ったほうがいいわ」

「あまり長く歩けそうにないな。小屋のほうが近い。そこで少し休めば、大丈夫になると思う」

「わかったわ」ヴィクトリアが言った。「さあ、わたしに手伝わせてちょうだい」

「ありがとう、ヴィッキー。助かるよ」彼女に必要以上に重くもたれながら、ルーカスは手伝ってもらうことに甘んじ、猟場番人の小屋という暗い狭い空間を目ざした。

12

戦略だ。

ルーカスは小屋の床に腰をおろし、立てたほうの片膝に腕をのせ、痛む脚はまっすぐ伸ばしていた。ヴィクトリアが暖炉に火を焚く姿を嬉しく見守る。彼女はルーカスが薪を運ぶのを許さず、休んでいるようにと言い張った。

「小さいけれど、とても居心地がいいところだわ。そう思わない？」ヴィクトリアが、たったいま彼女の手によって燃えあがり、室内の様子を明らかにした炎から目をあげて言った。「わりと最近までだれかが住んでいたみたい。煙突もきれいに掃除されているし、床の埃もそんなに溜まっていないし」

「立ち退きさせられた借家人が、ぼくたちが来るまでここに住んでいたとしても驚かないな。伯父は非常に厳しく立ち退かせていたようだ」

「ほんとにひどい方ね」

「いちおう、ぼくは直系ではなく傍系の子孫であることを覚えておいてくれるとありがたい」彼が指摘する。

ほほえませるつもりの言葉を、ヴィクトリアは非常に真面目に受けとった。「だれだって、自分の家族の行動まで責任を取る必要はないわ。さあ、脚をさすらせてちょうだい」

ルーカスは抗議しなかった。痛む脚を最初にさすってもらった時の光景が頭のなかで燃えさかっていたからだ。「ありがとう。頼むよ」

ヴィクトリアは自分のマントを折りたたんで床に敷き、そこに膝をついた。彼の脚に全神経を集中し、優しくもみほぐし始める。最初に両手が触れた瞬間にルーカスはうなった。

「痛くしたかしら？」

「いや。とても気持ちがいい」彼は両目を閉じて、頭をうしろの壁にもたせた。「どんなに気持ちがいいか、きみにはわからないだろう」

「ひどかったに違いないわ」

ルーカスは目を開けて妻を観察した。「なにがひどかったに違いないんだ？」

「あなたが怪我をした日よ」

「あれがぼくの人生最高の日でなかったことは認めよう。もう少し高く、できれば。そうだ。そこだ、ありがとう」彼女の手は彼の股間から十数センチしか離れていなかった。彼のぴったりしたズボンのなかで急速に成長している膨らみに、妻はなぜ気づかないでいられるのだろうとルーカスはいぶかった。「暖炉の火が気持ちいい」

「ルーカス？」短い間があった。

ルーカスはヴィクトリアの真剣な顔を見やった。「なんだ？」

「彼女をとても愛していたの？」

ルーカスはまた両目を閉じて、彼女の思考の飛躍になんとか追いつこうとした。「だれを？」

「レディ・アサートンよ、もちろん」

「ああ、彼女か。その時は愛していると思っていたはずだ。そうでなければ、なぜ、わざわざ結婚を申しこんだ？」

「そうだわ。なぜ？」ヴィクトリアがつぶやく。

「振り返ってみれば、申しこんだこと自体が信じがたいことだ。それほど愚かだったんだな」

「彼女はいまもあなたを愛しているわ」

「彼女が愛しているのは、自分が薄幸の恋に耐え忍んだという思いと、男への愛よりも義務に身を捧げた勇敢な殉教者だという感覚だ。ぼくはアサートン卿をほんのわずかもうらやましいと思わない」アサートンのベッドはとても冷たいだろうとルーカスは考えた。

「こう言っては失礼かもしれないけれど」ヴィクトリアが言う。「男性にしては非常に洞察力のある発言だわ」

彼が片方の目だけ開けた。「洞察力のある発言ができるのは女性だけだと思っていたか？」

「ええ、いいえ、違うけれど……」

彼がまた目を閉じた。「男のなかにも、みずからの過ちから学び、その過程で新たな認識を獲得する者もいる」

「本当に？」

ルーカスははっと息を吸いこんだ。「ああ、ヴィッキー、そこの場所はもう少し柔らかく揉んでもらえるかな？　もう少し上のほうなんだが」

「こうかしら？」ヴィクトリアが彼の太腿のもう数センチ上に指を滑らせた。

自分がなにを言いだすか、ルーカスはまったく信用していなかった。彼女の手のあまりに親密な感触に、もはや、いつ自制心を完全に失うかわからない。

「ルーカス、大丈夫？」今度は本気で心配している声だった。

「あの宿屋で一夜を一緒に過ごしたのだから、きみの手の感触でぼくがどうなるかわかっているはずだ」

彼女の両手が彼の太腿の上でぴたりと止まった。「やめてほしい？」遠慮がちに聞く。

「とんでもない。絶対にやめないでくれ。こんな拷問を受けたなら、男は幸せに死ねるだろう」

「ルーカス、もしかして、わたしに……誘惑させようとしているの？」

ルーカスは両目を開けて妻をまっすぐに見つめた。「きみがぼくを誘惑してくれるならば、魂を売ってもいい」

ヴィクトリアは彼のぶしつけな言葉に目をしばたたいた。その目にみるみる渇望があふれるのがわかった。「その代償はとても高いわよ、旦那さま」

彼は妻の顔に触れ、その指をペンダントの鎖に沿って滑らせた。「知的探求に関して、きみがつねに正直であるのがありがたい」

「まあ、ルーカス」ヴィクトリアが小さく叫ぶと、彼の胸に飛びこみ、もたれて両手を彼のウエストにまわした。「あの夜のことをしょっちゅう考えているわ。あなたと過ごした数時間が本当に幸せだったから」

「もう一度あんなふうに幸せになるのを妨げているのはきみの自尊心だけだ」ルーカスは彼女の腕を撫でながら、胸にかかる重みを楽しんだ。「その自尊心は、ふたりのあいだでこんな軋轢を生むほど重大なものなのか？　ぼくたちは死ぬまで一緒にいるんだぞ、ヴィッキー。どちらにとっても地獄のような日々を永遠に続けるつもりか？」

彼の肩に顔を押しつけて、顔を見ないようにしながらヴィクトリアが言う。「あなたがそんなふうに言うと、たしかに無意味なことに思えてくるけれど。クレオ叔母からも、事態を面倒にしているのはあなた自身だと言われたわ。それを正せるかどうかはあなた次第だと」

「叔母上の意見に全面的に賛成だ。ぼくとしても、ベッドに殉教者がいるのは避けたい。覚えていると思うが、かつて一度、その運命からかろうじて逃れているからね」

ヴィクトリアがくすくす笑うと肩が小さく震えた。「ええ、覚えているわ。そうね、わかりました、ルーカス。あなたの妻としての責任を遂行するという決断を、義務感によるものではなく、論理と良識の問題としてとらえることにします。あなたが言ったとおり、ふたりで地獄のような日々を送るのは無意味なことだわ」

「偽善的な殉教者よりは、論理的な才女のほうが絶対にいい」ルーカスはヴィクトリアの顎を持ちあげてそっとキスをした。「少なくとも、情熱に屈するように自分を説き伏せてくれて、情熱なんて楽しめないというふりをしない才女ならば」彼の唇がゆっくり動いてヴィクトリアの唇を覆う。

ヴィクトリアは一瞬ためらった。みずから起こした問題の解決策としてこの方法が一番正しいかどうかを確認するため、もう一度自分の論理をざっと見直しているかのようだった。それから、小さくあえぎ、最高に甘くて熱い反応を示した。彼がいつも魅了される情熱的な反応だ。

彼の背中にまわされた両手がぎゅっと締まり、唇が開いた。その口に舌を滑りこませると、まもなく彼女の体にも入れるという期待がいっきに高まった。彼女が彼に身を押しつける。ドレスの胴着の下の乳房を感じ、彼女の全身が待ち切れずに震えているのがわかった。

「ふたりの初夜をどんなに待ち望んだか」唇を離し、手を伸ばして、彼女が膝をついていた琥珀色のマントを取った。片手で手際よくそれを広げて妻を横たえる毛布代わりにする。

「汚れてしまうわ」彼女が反射的に抗議したが、熱心な言い方ではなかった。

「ほかにもあるだろう」彼女のドレスを手探りする。彼の一部分は、その性急さと、性急すぎるゆえのいつになく不器用な自分に愕然としているが、その他の部分は、待つという拷問がもうすぐ終わるという期待で、すでに自由奔放に振る舞いつつあった。

最初の時は、ヴィクトリアが彼と同じくらい切望していると確認できるまで自制する用意があった。彼女を傷つけたり警戒させたりしないことに専心した。彼女を喜ばせることだけに集中した。しかし今回は、もう一度自分のものにすることしか考えられなかった。ヴィクトリアが彼のものだと、あらためて納得する必要があった。

今回は自分を抑えることができなかった。

ヴィクトリアは彼の切迫した様子に一瞬驚いたようだったが、マントの上に横たえようとする彼の動きにみずから進んで協力した。ドレスと格闘するのは諦めて、スカートをウエストまで押しあげるだけでとりあえず満足する。それから、すばやく見あげ、気遣いの欠如を妻が怒っていないかどうか確かめた。そして輝くような笑みと瞳に映る熱い炎を見届けると、自分の服に取りかかった。

「くそっ」

「どうしたの?」ヴィクトリアが優しい声で聞く。

「なんでもない。自分が不器用なだけだ」ようやくズボンの前を開け、脱いだりブーツを取ったりする時間は待てないと判断する。欲望が燃えさかり、全身を駆けめぐっている。

ルーカスは妻に身を重ね、熱い興奮に身を任せた。太腿に両手を置くと、彼女のほうから彼のために脚を開き、自分を差しだした。両脚のあいだに身を入れる。柔らかい場所を押すと湿ったぬくもりが伝わってきた。片方の乳首を口に含み、この上なく優しく甘噛みしながら、妻のきつくて熱い水脈に押し入った。

ヴィクトリアが叫び声をあげて彼にしがみついた。着実な動きでさらに深く押し進めると、彼女の体の本能的な抵抗を感じた。妻にとってはまだ慣れないことだと自分に思いださせる。

「腰を持ちあげて、ヴィッキー。ぼくのために大きく開いてくれ」片手を彼女の下に滑りこませ、あふれるような臀部に当てて、腰をあげるようにうながし、しっとり濡れたぬくもりにさらに深く挿入する。

「ルーカス」

「痛いか？」彼の声は、自分の耳にもかすれて聞こえた。

「いいえ、正確には違うわ。でも、形容しがたい感じ。ああ、ルーカス」

「わかっている、わかっている、ダーリン」根元までゆっくりうずめると、彼女の太腿が震えるのを感じた。無防備なまでに彼を包みこみ閉じこめる動きにルーカスは危うく達するところだった。「脚をぼくの腰にまわしてごらん。そうだ。それでいい」

ヴィクトリアが小さい叫び声をあげ、最初の晩とまさに同じように自分を差しだした。彼にしがみつき、彼の名前をつぶやいて、彼が約束した解放を懇願する。

興奮が打ち砕かれたきらめきになって、彼の感覚に降りそそぐ。炎の熱とヴィクトリアの欲情した体のそそるような香り、そして彼を締めつける柔らかい腿の絹のような力を感じる。目を開けると、ヴィクトリアの目はしっかり閉じられていた。彼の腕にのせた首をそらして白い喉をあらわにし、激しくあえいでいる。自分自身の欲望に完全にとらわれている。その光景に五感を圧倒され、完膚なきまでに魅了された。狭くて小さいとば口から引きだそうとするたびに彼女が引き戻す感覚を味わうため、ルーカスはわざとゆっくり動いた。

「ルーカス」

「いいぞ」もう一度彼女のなかにゆっくり挿し入れ、まとわりつくような濡れた熱いぬくもりを心ゆくまで味わう。いまや汗が噴きだし、放出に向けて全身がうねりながら高まっていった。その時ふいにヴィクトリアのなかが張りつめるのを感じ、彼女が限りなく絶頂に近いことを知った。

片手を彼女の尻に移し、一本の指を背後から割れ目に這わせ、ふたりがつながっているところまで滑らせる。

ヴィクトリアの目がぱっと開き、唇が開いて小さくて女らしい驚きの悲鳴が漏れた。

「ルーカス？　なんてことを、ルーカス」

彼のまわりが小さく痙攣し、彼をさらに深く引きずりこむ。その瞬間、絶頂の波が押し寄せ、ルーカスの勝利の雄叫びが小さい室内に響き渡った。

動けるようになるまで数分がかかった。ようやく動いた時も、仰向けに寝返り、ヴィクトリアを抱き寄せることしかできなかった。暖炉の火はいまだ陽気に燃えさかり、壁に楽しげに躍る影を投げかけている。寄り添っている妻の力が抜けた脚が彼の脚に沿って伸びている。

「結婚にも少しは恩恵があることを認めるべきだぞ、マダム。少なくとも今回は、見つかるとか、社会的な破滅に瀕することを心配しなくていい」ルーカスは大きくあくびし、自分があり得ないほど満足していることに気づいた。「だが、次の時にはきみかぼくの寝心地のよいベッドで試してみるというのはどうだろう？　宿屋のマットレスはでこぼこだったし、この床はあまりに固い」

「でも、わたしたちは冒険をしているのよ。自分たちのベッドを使うのは、少しありきたりすぎないかしら」

「刺激を好む女性と結婚するとこうなるわけだ。普通ではない場所と奇抜な状況下でしか愛し合いたくないらしい」ルーカスは愛情をこめてヴィクトリアの短い巻き毛をくしゃくしゃにした。「心配しなくて大丈夫だ、マダム。きみの夫はベッドでもきみを楽しませ、満足させるように最善を尽くすから」

「あなただけがとても大変なように聞こえるけれど」

「安心していい。きみが次になにを思いつくかを心配しながら、真夜中にきみを追いかけるよりも、きみの寝室の快適な空間で興味深いことを考えだすほうがずっと簡単だ」

ヴィクトリアはそれに答えず、代わりにもぞもぞした。実際、とても楽しんでいる感じで、彼の腕から逃れようという動きもしていないが、それでもなにも言わずに沈黙している。

ルーカスは心配し始めた。

「ルーカス?」

「なんだい、ヴィッキー?」

「あの宿屋の最初の時に、叔母がわたしたちを見つけるように取り計らったのではないと誓える?」

彼のなかで怒りがはじけ、楽しんでいた満足感を追いやった。肩肘をついて身を起こし、顔をしかめてヴィクトリアを見おろす。「なんてことだ。ぼくの目的はきみを誘惑することで、きみをはずかしめることじゃない。ぼくがわざとそんなことをするなんて、どうして思えるんだ？」

「あなたが、女相続人と結婚すると決めていたと言ったから」

「きみと結婚すると決めていたんだ」ルーカスは強い口調で訂正した。「ほかの女相続人じゃない。さらに、ぶしつけに言わせてもらえば、ぼくはきみの叔母さんが発見するように手配するなどという極端な手段に頼る必要はまったくなかった」

ヴィクトリアが互いがくっつきそうなほど眉をひそめた。「どういう意味かしら？」

「きみを誘惑して結婚するという名誉ある仕事を、ぼくは自分の力だけで達成できたということだ。ほかのだれの助けも必要としなかった。ぼくたちの関係が進行する速度を考えれば、きみが自分から結婚すると言うのは時間の問題だった」

「まあ、なんて傲慢な人でしょう」ヴィクトリアは身を起こし、彼を押しのけようとした。

ルーカスはにやりとすると、片脚をあげてヴィクトリアの太腿の上にまわした。くるりと寝返って上になり、彼女の両方の手首を頭の両側の床に押さえこむ。「それが真実であることは、きみもわかっているはずだ、ヴィッキー。認めろよ。結婚しなければ、きみが望むような情熱的な情事を続けられなかったと認めるべきだ。不可能だったと」

ヴィクトリアが彼を見あげてにらみつけ、むなしくもがいた。「可能だったかもしれないわ。綿密な計画が必要だっただけよ」

「断言する。計画と戦略となれば、ぼくは非常に得意なんだ。そのぼくでも、きみの満足と安全を長いあいだ守ることはできなかった。宿屋できみを誘惑しようとしたその一回さえも、成功させられなかった。情事を持ちたい時に、毎回夜会からこっそり逃げだし、見知らぬ馬車に乗って宿屋に行くのは不可能だろう。遅かれ早かれ、だれかに気づかれたはずだ」

「もっと慎重にすれば、うまくいくかもしれないわ」ヴィクトリアが言い張る。

「そうかな？　たとえそうだとしても、社交シーズンが終わって、きみが気づかれずに抜けだせるような大きなパーティが開かれなくなったらどうするんだ？」

ヴィクトリアがいらだったように下唇を噛んだ。「なにか考えることができたはず」

「いや、できないさ。ぼくたちは最初から厄介な方向に進んでいたんだ」

「そして、あなたはそれをわかっていたというわけね」

「もちろんわかっていた。きみだって愚かじゃない。そのうち分別を取り戻し、そのことを理解していただろう。だから、きみがぼくと結婚することを真剣に考え始めるだろうとぼくは確信していた」彼はほほえんでみせた。「真実を言えば、知的探求に対するきみの意欲を見て、そんなに長く待たなくていいと信じていた」

ヴィクトリアが黙りこみ、まつげの下から彼を見つめた。「確信していたから、特別許可証をポケットに入れて持ち歩いていたんですものね」

「準備だけはしておきたかった。ぼくたちがやっていたのは火遊びだったからね」

彼の満足げな笑みを見て、ヴィクトリアは目を閉じた。「そして、わたしが燃えてしまったのね」

「燃えるのも悪くないだろう？」ルーカスは優しく言い、唇をヴィクトリアの唇にかすめた。

体があっという間に反応し、思わずうめく。

「この数日、この状況についてじっくり考えたわ」ヴィクトリアが言う。その表情はとても真剣だった。「違う世の中だったら、わたしは絶対に結婚を選ばなかった」

その点を妻が譲らないことにルーカスはいらだった。顔をしかめて言う。「もしも世界が違っていたら、ぼくも女相続人を娶る必要はなかっただろう」

「そうよ、ルーカス。言ったでしょう、わたしはよく考えたの。わたしたちは、名誉を重んじることを求められ、取引を結ぶことを余儀なくされた。これは仕事の取引と同じだわ。わたしはこの結婚をその観点で見ることに決めたの。わたしたちは同じ事業に投資している仕事上の仲間だということ」

ルーカスは眉をひそめた。「仕事として考えるという話は気に入らないな」

ヴィクトリアが落ち着かなげに頭を振った。「どうなるか考えてみてちょうだい。今後、わたしたちは一緒に投資をすることになる。そして、ふたりで仲良く仕事をする方法を見つけられれば、互いにまあまあ満足できる関係だと思えるようになるわ」

「まあまあ満足」ルーカスは繰り返し、妻を彼の膝にうつ伏せにさせることを本気で考えた。「数分前、ぼくの腕のなかで震えていた時にそう考えていたわけか？　まあまあ満足？」

彼女の顔が急に赤くなったのは、暖炉のぬくもりのせいだけではなかった。「やめて、ルーカス。紳士はそういう親密な質問はしないものよ」

「どうしてわかる？　こうした状況でほかの紳士と話したことはないだろう？」

「推測することはできるわ」ヴィクトリアが切り返した。「それに、それは論点ではないわ」

「では、論点はなんだ？　ぼくたちの結婚を仕事の協力関係と考えるという話か？　投資の話？　たまたま一緒に寝る間柄の仕事仲間と取引する話か？」彼が燃えるようなまなざしでヴィクトリアを凝視する。

「でも、まさにそういうことではないの？　それこそあなたの望んでいたことでしょう？」

「とんでもない。それはぼくが望んでいたこととはまったく違う」

「そう。きっと、わたしが対等な仲間ということが気に入らないのね？　わたしのお金だけが必要で、わたしはまったくかかわらないほうがいいということね？　あなたの跡継ぎを生むために必要な時以外は」

「ヴィッキー、ヴィッキー、落ち着いてくれ。きみはぼくの言葉を誤解して、すべて悪くとっている」

「わたしは、やらなければいけないとみんなに言われることを、ただやろうとしているだけよ。この状況と折り合いをつける知的で分別のある方法を見つけようとしているの。わたしがようやくすべてを理性的にとらえるようになって、あなたが喜ぶと思ったのに」

ルーカスはなんとか怒りを抑えようとした。「ぼくは仕事仲間がほしいわけじゃない。妻がほしいんだ」

「そのふたつのどこが違うの？　妻は時々あなたとベッドを共有するという事実以外に？」

「時々よりはもっと多い。そして、その違いはきみがぼくを愛しているということだ、マダム。きみが自分でそう言った」

ヴィクトリアが目を見開いた。「言ってないわ」

「いや、言った。宿屋での最初の晩に。きみが言うのをぼくは聞いた」

「わたしはただ、あなたを愛していると思うと言っただけよ。どちらにしろ、どんなことでも、その後の事情で変わるものでしょう」

「いい加減にしろ」ルーカスは彼女の手首をつかんだ指に力をこめた。「ヴィッキー、仕事の取引というたわごとをまことしやかに話すのはやめてくれ。ぼくたちは夫婦だ」

「わたしたちのあいだに、契約以上の関係があるとでも言っているの？」

「もちろんある」

ヴィクトリアが目を細めた。「わたしを愛していると言っているの？」

「もしぼくがそうだと言っても、きみは信じないだろう」ルーカスはヴィクトリアを離し、坐って服を直した。

「どうかしら。信じるかどうか、なぜ試さないの？」

ルーカスはヴィクトリアを観察したが、その目に浮かんだ表情がなにを意味するかよくわからなかった。だが、挑んでいることは間違いない。「ぼくにどうしろと言うんだ、ヴィッキー？」

「新婚の花嫁がみんな聞きたいと望んでいることよ」ヴィクトリアが冷やかに言う。「永遠の愛の告白と不滅の献身の約束。でも、わたしがそれを受けとることはありえないわね？」

「なんてことだ」ルーカスは立ちあがった。足元の砂がみるみる崩れていくような気がした。女性というのは、利点を最大限に活用する。女性は言葉で男を翻弄する。とくにヴィクトリアのような女性は、影響力を最大限に生かすすべを心得ている。ヴィクトリアが巧妙にルーカスを操り、彼自身の良識に逆らう決断をさせた証拠は十二分に揃っている。レディ・ネトルシップの庭の塀によじのぼった夜のおそろしい記憶だけで、脚がまた痛みだすほどだ。

「ぼくをからかうのは非常に危険だ、マダム」

「それは、わたしが望んでいるものをあなたは与えられないという意味ね？」

「ぼくはきみの気分を信用していないという意味だ。きみの要求の裏になにかあると疑っている。きみはぼくを操る方法をさがしているだけだと思う。ぼくが永遠の愛を告白し、不滅の献身を約束したら、きみはぼくがきみの気まぐれにつき合うのを拒否するたびに、それをぼくに投げつけてくるだろう。きみを愛していると嘘をついたと責めるはずだ」

「つまり、わたしを愛していないという意味ね？」

「つまり、そもそもロンドンで、きみをあんなに甘やかしたのは間違いだったという意味だ。そのせいで、きみはなんの苦労もなく、自分の意のままにぼくを動かせると思うようになった」吐き捨てるように言う。

「わかったわ」ヴィクトリアがゆっくりと立ちあがり、服を整え始めた。

傷ついた感情を抑えているせいで硬くこわばっている妻のほっそりした背中を、ルーカスは凝視した。何分か前まで、彼が経験したこともないような情熱をふたりで共有していた。

それがいま、単なる言葉だけで、そもそももろかった関係が粉みじんになったように思える。いったいどこですべてが悪い方向に向かったのか、ルーカスにはわからなかった。

「ヴィッキー、こんなことやめてくれ」妻をこちらに向かせて、両腕に引き寄せる。だがその瞬間にふんと鼻を鳴らす音を聞き、無力感に襲われた。その感覚がたまらなかった。「なにも知らない小娘じゃないだろう。いい加減にしてくれ」

ヴィクトリアはためらい、それから彼の肩に向かってしぶしぶうなずき、シャツに顔を押しあてた。「あなたが正しいわ。たしかにわたしは、勉強を終えたばかりで、世の中の現実に向き合えない愚かな小娘みたいに振る舞っているわね」ルーカスから身を離し、新たな決意が浮かんだ顔で彼を見あげた。「先ほど言ったとおり、ルーカス、わたしたち双方が論理的に、そして分別を持って行動することに同意すれば、この結婚はうまくいくとわたしは信じているの。この取引における自分の役割は守ると誓うわ」

ルーカスはいまだに涙できらめいている瞳を見おろした。なにを言えばいいかわからない。最初の晩に言ってくれたようなおずおずした甘い愛の言葉を自分は聞きたかったのだとようやく気づくが、いまはそれを要求する時ではないと感じていた。

「ヴィッキー？」

「はい、旦那さま？」

「この結婚の最善を目指そうと決心してくれてありがとう」自分が優しく言うのが聞こえた。

「感謝している」

「どういたしまして、旦那さま」

ルーカスは、彼女のとってつけたような丁寧な返答に顔を少しゆがめたが、それでもなんとか笑みを浮かべた。立ったまま妻を見おろすと、琥珀のペンダントが火明かりに照らされてきらめくのが目に入り、それで多少気をゆるめることができた。

すべてうまくいくのを待つと決める。妻にとってふさわしい時期があるはずだ。その時が来れば別な言葉が聞けるだろう。「自分の感情を無理に分析しようとすれば、混乱するだけだ。ヴィッキー。ぼくの感情もだ」ルーカスはペンダントの金鎖に触れてほほえんだ。「いつかはすべてがよくなると思う。さあ、帰ろう」

ヴィクトリアはすばやくうなずいて同意を示すと、うしろにさがり、床のマントを彼が取りあげて振るのを見守った。少し埃っぽくなった以外はとくに問題なかった。ルーカスはそのマントを妻に着せかけた。女性としては背が高いほうだが、それでもルーカスと比べればかなり低い。なにがあっても妻の安全を守りたいと思っていることを、ルーカスは改めて自覚した。

「ルーカス」ルーカスが暖炉の火を消していると、ヴィクトリアが考えこみながら言った。「あの晩に宿屋でわたしたちが見つかるように手配したのがあなたでないならば、だれがやったのかしら？」

ルーカスは肩をすくめた。「わからない」

「レディ・アサートンかしら？　あなたの女相続人獲得を助けたいという熱意が高じたあま

り？」

彼女の声に生意気な口調が戻ったことに気づき、ルーカスはにやりとした。「可能性はあると思う。だが、どうでもよくないか？　もう終わったことだ」妻の腕に手を添えて戸口のほうに連れていった。

「あなたが言うとおりね」ヴィクトリアがゆっくり言う。「もう終わったことだわ。でも、ロンドンにいた時に二度起こった奇妙なことと、わたしたちが監視されているのではないかという疑惑が合わさったせいで、考え始めたのよ」

「なにについて？」

「いいの、気にしないで。わたしの想像だと思うから」

ルーカスは寒気を覚えた。小屋を出たところで、妻を引いて足を止めさせる。「ヴィクトリア、なんの話をしているんだ？　奇妙なこととは、いったいなにがあったんだ？」

「いいのよ、ルーカス。なんでもないと思うわ」

「答えてほしい、マダム」

「わかっているかしら、ルーカス。その口調を聞くと、そばにいる全員が命令に従わねばならない気になることを。軍隊で習得した口調でしょうね、きっと」

ルーカスは忍耐力がもつように心のなかで祈った。「揚げ足を取るのはやめてくれ、ヴィクトリア。ぼくたちがだれかに監視されているのではないかとぼくに訊ねた理由を言うんだ。言わなければ、言うまでここを動かない」

「二回の知的探求の時、そのあとにあなたが優しくなくなる印象を受けたわ。最初は叔母が現れたという極端な状況だったせいだと思ったけれど、今回はなにもないものね。男の人はみんなそうなのかしら?」

「そうやってぼくをあおり続けなければ気がすまないのか? 最近のきみは度を超している」

ヴィクトリアが肩をすくめた。「そうかしら。いいわ、どうでもいいことですものね。二度の奇妙なことというのは、わたしのものでない品が見つかったのよ。両方とも〝W〟の飾り文字が記されていて、片方は温室の扉にかかっていたスカーフ。賭博場に行った夜に見つけたの」

「馬車に轢かれそうになった晩か?」ルーカスは眉をひそめた。「もうひとつは?」

「嗅ぎたばこ入れよ。絵の具箱のなかにあったの」

「そして、どちらもだれのものかわからないのか?」

「ええ」ヴィクトリアは首を振り、家に戻る道を歩き始めた。

彼女に歩調を合わせて横を歩きながら、ルーカスは考えようとした。「嗅ぎたばこ入れを見つけたのはいつだ?」

妻が答えをつぶやいたが、小さすぎてルーカスには聞きとれない。

妻がそむけた顔を、ルーカスはいらだちのまなざしでちらりと見やった。「なんと言った?」

「叔母の庭で最後に運命的な会合を持った晩の翌朝に見つけたと言ったのよ。その晩のことはあなたも思いだせるでしょう。あなたに手配を頼んだ晩で、そして……」

「ああ、そうか。あの晩だな。たしかに運命的だった」彼女の言葉を考えめぐらして共通点を見つけようとした。「奇妙だな」

「なにが奇妙なの？」

「ぼくが馬車に戻る時に追いはぎに襲われたのもその晩だ。通りすがりでなく、ぼくを待ちかまえていたような印象を受けたんだが、あり得ないとその時は気にしなかった」

ヴィクトリアがくるりと振り向いた。ショックで目を見開いている。「襲われたの？ 追いはぎに？ なぜ言ってくれなかったの？ ひどいわ、ルーカス、なにか言ってくれるべきだったわ」

「たとえば？」妻が彼の安全をまた心配し始めたことにルーカスは喜びと安堵を覚えた。

「そんな言い方しないで。これはとても重要な問題なことよ。怪我したかもしれないわ。お金とか懐中時計とかを盗まれたの？」

「いや、取られなかった」

「そうよね、もちろん」ヴィクトリアが急いで同意する。「あなたのすばやい反撃にやり返せなかったはずだもの」

「それは褒めすぎだ。単に幸運だったのではないかと思っているよ」ルーカスはまた妻と腕を組み、屋敷に向かって歩きだした。「追いはぎの件は、たまたま出くわしただけだと思っていた。そうでなくても、だれかがぼくの上着を台無しにしようとたくらんだくらいだと。しかし、偶然の一致としては気になる」

「どんなこと？　そもそも、その襲撃がなぜたまたまだと言い切れるの？　警戒すべき重大問題だとわたしには思えるけど」

「たしかにそうだ。だが、気になると言ったのは、ぼくたちがそれぞれ、きみがその〝W〟が書かれた品物を発見する直前に命拾いをしたことだ」

ヴィクトリアがじっと黙りこくった。これはかなりまれなことだ。妻の頭のなかが勢いよくまわっているのが見えるようだった。「偶然ではないと解釈したということ？」

「正直言えば、どう解釈していいかわからない。おそらく、関連はないだろう。だが、追いはぎがエッジウォースに雇われたのではないかと思ったのは否定できない」

「エッジウォース。そうよ、彼だわ。カードで恥ずかしい思いをさせられ、大損したから？　あなたにお金を取られただけで、そんな仕返しをするほど最低な人間だと思う？」

ルーカスはエッジウォースと最後に交わした会話を思いだした。「賭博台の出来事よりも、もう少し血なまぐさいやりとりがあった。だが、たとえあの襲撃が彼の策略だとしても、きみが温室で発見した品物のことは説明できない」

ヴィクトリアが眉をひそめた。「そうね。それに、馬車のほうは事故だから、やはり結びつかないわね。でも、もしもあれも意図的な襲撃だったとしたら、わたしが狙われたと考えるのは違うんじゃないかしら？」

「ぼくが標的だったと思うのか？」妻の洞察力に驚き、しばしその可能性を考える。「わからないな。可能性はある。あの時、ぼくたちはそれほど離れて立っていたわけじゃないからね」

「それもエッジウォースかしら？」

ルーカスはその可能性を考えた。ルーカスとエッジウォースがヴィクトリアの名誉に関して対立したのは、あの馬車の事故の晩よりもあとのことだ。だが、賭けの負けの件があるし、エッジウォースは、自分の評判がクラブで急落していることに気づいていただろう。それに、彼らのあいだに立ちはだかる過去のささやかないかさま行為は永遠に消えない。

「可能性はある」ルーカスは言った。

「でも、そのふたつの襲撃が、わたしの見つけたスカーフと嗅ぎたばこ入れにどう関係するのかしら？」

「〝W〟で始まる名前の人をだれか知っているのか？」

「ノー。というか、もちろんイエス。何人も知っているけれど、どちらの品もなくしたと申し出た人はいなかったわ」

そのあと早口で、自分の知り合いの〝W〟で始まる名前の人々全員について言及し、叔母がどのようになくし物がないか訊ねたかも話したが、ルーカスは聞いていなかった。

彼の単刀直入な質問に対して、妻が最初に発した答えの奇妙な口調に気づき、それに気をとられていたからだ。つい最近も同じようなためらいの口調を聞いたような気がする。距離を置くようなよそよそしい口調は、質問した内容について、それ以上立ち入ってほしくないという意思表示のようだった。前にそれを感じたのがいつだったかを考え、すぐに思いだした。悪夢について語った晩だ。

「……それで、叔母は尋常じゃないほどの量の嗅ぎたばこを吸っているレディ・ウィバリーにも念のために確認したわ。ウィルキンソン卿も確認したと思うわ。いつもスカーフを巻いているから。それから、もちろんウォーターソンも。でも、なにもわからなかった」

「ヴィッキー」

「でも、ウォーターソン卿がすべてのことをよく覚えているわけじゃないから。卿が両方をなくして、それを覚えていない可能性も大いにあるわ。気象学のような高度な問題のことしか考えていないから。雨量を測定する画期的な道具を開発したのよ」

「ヴィッキー」

「前にも話したとおり、叔母の知り合いはとても多いから、だれか見落としているかもしれないし」

「ヴィッキー、ダーリン、頼むから一分だけ黙ってくれ。ぼくはきみにきわめてむずかしい質問をしたい。率直に答えてくれれば大変ありがたい」ルーカスが足を止めたのでヴィクトリアも止まった。妻を自分のほうに向かせ、両手で肩をつかんだ。

「はい、ルーカス？」

「ヴィクトリア、きみが好きでない人物で〝W〟で始まる名前の者がいるか？　きみがこわがっているか、あるいは信頼していない人物だ。きみを極端な不安に陥らせる人物？」

「いいえ」ヴィクトリアが即答した。

その明らかな嘘にルーカスはほほえんだ。「もう一度答えてくれ。ぼくに真実を伝えることをおそれるな。ぼくはきみの深夜の冒険の仲間だろう？　だれにも言ったことがないことも、ぼくには言っても大丈夫だ」

「ルーカス、お願い。そんなふうにわたしを問いつめるのはやめてちょうだい」

ルーカスは妻を引き寄せ、彼のシャツに顔を押しあてさせた。彼女の琥珀色のマントが彼の脚のまわりではためいた。「話してくれ、ヴィッキー」

彼女は肩をいからせ、全身をこわばらせた。「あなたにはわからない」

「試してみろ」

「ルーカス、彼は死人よ」

その短い言葉に深い絶望を聞きとり、ルーカスは妻の柔らかい髪のなかで顔をしかめた。女相続人さがしを始める前にジェシカ・アサートンから聞いた情報をざっとおさらいする。二秒もかからず、ひとつの名前を思いだした。サミュエル・ウィットロック。「ぼくたちはもしかして」優しい声で訊ねる。「きみの継父について話しているのかな？」

ヴィクトリアがはっと頭をそらした。必死に落ち着こうとしているのがはっきり見てとれた。「不可能よ。彼は死んで埋葬された」

「だが、彼のことを好きじゃなかったわけだね？」

彼女の瞳が月明かりを受けてきらめいた。「わたしがあの男を憎んでいるのは、あの男が母にしたひどい仕打ちと、機会があればわたしにもしたであろうことのため。母はわたしを叔母に預けることで、あの好色なろくでなしからわたしを守ってくれた。でも、自分のことは守れなかったの。そして、ついにあの男に殺された」

13

「きみは継父が母上を死に追いやったと信じているんだね？」

ルーカスの声は驚くほど冷静だと、ヴィクトリアは思った。夕食の前にシェリーを一杯飲むかどうか訊ねているような口調だった。彼はそう言いながらヴィクトリアの肩に片腕をまわし、また歩き始めた。

「ええ、そうよ。でも、そのことは叔母以外の人にはだれにも言っていないわ」肩が重たかったが、その重みがヴィクトリアに不思議な安心感をもたらした。彼はとても強いとふいに思う。すべてを頼れるほどに。

ルーカスが肩にまわした腕になぜこれほど癒やしの効果があるのかわからなかったが、それを疑問に思う余裕はなかった。次の言葉を慎重に選ぶようにと自分に釘を刺すのに忙しかったからだ。すでに意図していたよりもはるかに多くを口走ってしまった。

「叔母さんはどう考えているのかな？」

ヴィクトリアはマントの合わせの部分を握りしめた。「その可能性はあると思っているわ。あの男がどんな人間だったかよくわかっているから。良識のかけらも持ち合わせない冷酷で無慈悲な飲んだくれよ。もしもサミュエル・ウィットロックが母を殺したならば、手をくだすまでになぜ何年も待ったかが疑問だと叔母は指摘したわ。なぜ、母と結婚して、母の財産を使えるようになったあと、すぐにおしまいにしなかったのかと」

「最初の頃は、命まで奪う理由がなかったのかもしれないな」ルーカスが、まるで頭のなかでパズルをやっているかのように考えながら言う。「きみの言うとおり、母上の財産を好き放題に使えたのに、なぜ殺人で絞首刑になる危険を犯す？」

ヴィクトリアはため息をついた。「クレオ叔母も同じことを指摘したわ。母はわたしを叔母と一緒に暮らさせただけでなく、時々やってきては何週間も、時には何カ月も叔母の家に滞在したのよ。自分が結婚した相手の正体を知ったあとは、できるだけ一緒に過ごさないようにしていたの。酔うと暴力を振るうから」

「言葉を換えれば、自分のお金を夫に与えただけでなく、その使い方にも口出ししなかったわけだ。それなのに、何年も経ってから、なぜ殺害したんだ？」ルーカスが疑問を投げかける。

「ただ母に飽きただけかもしれないわ」ヴィクトリアはこわばった声で答えた。「ある日、母に対してひどく怒って、かっとして殺したのかもしれない。おそろしいほど短気だったから。腹を立てたら自制心を失って、正気じゃなくなってしまうのよ」ルーカスとは全然違う、とヴィクトリアはふと思った。彼はつねに自制する。怒っている時でさえも。

「母上は乗馬の事故で亡くなったと思ったが」

「ええ、継父の田舎屋敷の近くで。週末に継父の友人たちをもてなすために行っていたの。その前の何週間かは、いつものようにクレオ叔母とわたしと一緒に過ごしていたんだけど、ウィットロックから、妻としての義務を果たすために数日戻ってこいと命令されて、それに従った。母はとても美しくてとても魅力的で、しかもすばらしい女主人役を務められる人だったの。ウィットロックは友人たちに好印象を与えるためにしょっちゅう母を使ったわ」

「乗馬事故というと、計画的な殺人には聞こえない。激怒した状態でできるものではないからね」

ヴィクトリアは肩をすくめた。「そうかもしれないわ。わたしにわかっているのは、彼がやったということだけ」

「どうして、やったとわかるんだ？」

なぜなら、彼が自分でそう言ったから、とヴィクトリアは思った。階段の下に待ち受けるみずからの死に飛びこんでいきながら。

でも、継父の罪をここまで確信している理由をルーカスに言うことはできない。ルーカスは洞察力があまりに鋭い。わずかな情報から真実を探りだす。しかも、彼に抱かれたとたんに彼を信じ、完全に無防備になるという悪い癖が自分にあることはすでにわかっている。

そのうえ、とヴィクトリアは暗い気持ちで考えた。ルーカスはたしかにさまざまな点でほかの男性とはまったく違うが、それでも、殺人者と結婚したという真実を理解し、許容するとは思えない。

「もちろん、決定的な証拠はないわ」ヴィクトリアは慎重に言葉を選んだ。「でも、わたしのなかでは、継父は確実に有罪よ」

彼はその言葉に反論しなかった。「乗馬事故は頻繁に起こるものだ、ヴィッキー」

「母は傑出した乗り手だったの」ヴィッキーはきっぱり言い、これで話が終わることを期待したが、ルーカスは特有の鋭さでさらに追及した。

「きみはウィットロックと対決したのか？」

危険な領域にきわめて近い質問だった。「ええ、でも、継父はわたしが証拠を持っていないと知って、笑い飛ばした」

ルーカスがヴィクトリアの肩にまわした手の力を強めた。「それで、きみはどうしたんだ？」

「わたしにできることはなにもなかった。その二カ月後に彼は亡くなり、クレオ叔母とわたしは正義がなされたと納得した」

「階段の下で見つかったと思ったが？」

ヴィクトリアはすばやく彼を見あげた。「そんなこと、だれから聞いたの？」

ルーカスの口が皮肉っぽく曲線を描いた。「ジェシカ・アサートン」

「レディ・アサートンからありとあらゆる情報を得ていたのね」

「その言い争いを再開するのはやめよう。きみの継父はそのように亡くなったのだろう？」

「ええ」ヴィクトリアはまた気をつけて言葉を選んだ。「その晩は非常にたくさんのお酒を飲んでいたらしいわ。まあ、彼にとってはめずらしいことでもなかったけれど、それで階段の上でつまずいて、長い階段を一番下まで落ちてしまった。それですべてが終わった」

「そうとも言えない」

ヴィクトリアは彼を見つめた。「どういう意味？」

「だれかのスカーフに刺繍されたり、奇妙な嗅ぎたばこ入れに彫られたりした彼の頭文字を見ただけできみは動揺している。どうしたんだ、ヴィッキー？　本当に幽霊がいると信じ始めているわけではないだろう？　ウィットロックが戻ってきて、きみにとりついていると思ったのか？」

「そんなこと言わないで」ヴィクトリアはすぐに自制心を取り戻した。「もちろん、幽霊なんて信じていないわ。スカーフと嗅ぎたばこ入れが気になっているのは、どちらも、十中八九わたしが見つけるであろう場所に残されていたからよ」

「スカーフの置かれていた場所がとくに興味深い。きみが遅い時間に温室の戸口を抜けて家に戻ってくることをだれかが知っていたということだ」

「ええ、そこなのよ、ルーカス。思い返してみると、だれかがわたしたちをずっと監視していたのではないかという疑念が湧いてくるわ。そうなると、男性か女性かわからないけれどその同じ人が、あの晩わたしがパーティから抜けだし、あなたが借りた馬車に乗ったのも見ていたということになるわ」

「そして、宿屋までぼくたちをつけてきたということか？　あり得るな」

「ジェシカ・アサートンという可能性もあるのでは？」

ルーカスがおもしろがっている声で言う。「レディ・アサートンが真夜中に庭の塀をのぼってのぞき見する姿はどうやっても思い描けない」

「たしかにそうだわ。では、スカーフと嗅ぎたばこ入れを残したのは別な人ね。あるいは……」

「あるいは、なんだ？」

ヴィクトリアの頭にある考えが浮かんだ。「彼女がわたしたちを見張るために探偵を雇ったということはないかしら？」

「探偵を雇うのが簡単だということは、ほかのだれよりもきみがよく知っていることだからね」

その言葉のあとに切るような沈黙が続き、その沈黙のなかでヴィクトリアは、自分が最初に心の声ではなく明晰な思考の指示に従っていれば、慎重に探偵を雇い、この謎めいたストンヴェイル卿の情報を集めていただろうと思った。

「いつきみがそうするかと思っていたよ」ルーカスが言う。

ヴィクトリアは眉をひそめた。心を読まれたに違いない。「なにをすると？」

彼がにやりとすると、白い歯が一瞬きらめいた。「探偵を雇ってぼくを調べることだ。それも、できるだけ早く求婚を終えることを望んでいた理由のひとつだ」

「あなたは本当に卑劣な人だわ、ストンヴェイル」

「ぼくはこの取引にきわめて満足している、マダム」調理場に入る戸口の外で足を止め、ヴィクトリアの唇に軽くキスをした。彼の目がきらりと光る。「もちろん、あの晩宿屋できみが気まずい立場になったのはきわめて遺憾に思うが、事態の成り行きを考えれば、そこまで残念とは言いがたい。全体から見て、ぼくたちがあれだけ危険を冒していたことを考えれば、結局はうまく切り抜けたと思う」

「あれ以上にひどいことなどないと思うけれど」

「そうだとしたら、想像力が足りないと言わざるを得ないぞ、マダム。ぼくは真夜中の外出の最中に起こりうる最悪な事態をあれこれ考えて夜も眠れなかった」彼がヴィクトリアの顎を持ちあげる。「ぼくと一緒でそんなに不幸か、ヴィッキー？」

ヴィクトリアは、自分が彼を愛しているほど彼が自分を愛していないと責めたかった。彼がヴィクトリアを巧みに操ることで結婚に持ちこんだことも、その結婚で自分の心はずたずたに引き裂かれそうなのに、彼がまったく落ち着いて見えることも非難したかった。彼の圧倒的な責任をもっと自覚させて、ヴィクトリアに許しを請い、無条件の愛と献身を宣言させたかった。

要するに、自分をいまの状況に追いこんだことに対する彼の償いを望んでいるのだとヴィクトリアは思った。しかし、現実的に考えれば、彼がそんなものを与えるはずがない。

とはいえ、自分も失敗から学んでいる。そう思い、ヴィクトリアは心の秘密は隠し通すと心に誓った。もっと邪悪な秘密をこれまでずっと隠してきたように。ストンヴェイル伯爵がこの結婚に満足しているのなら、自分も満足するように努力する。ただし、彼がわなをかけてまでとらえようとしたのは、嬉しく受け入れた結婚が実はお金のためだけの結婚だったという事実を素直に受け入れる女相続人なのだから、自分としても、それ以上のものはいっさい与えない。

「思うけれど」ヴィクトリアは慎重に言った。「夫として考えれば、あなたもそんなに悪いほうではないわ」

「褒め言葉にもならないそんな言い方でぼくを傷つけるのか、マダム」彼がおだやかな口調で不満を述べる。「もう少しましな言い方があるだろう？」

ヴィクトリアは彼を見あげ、下唇をなめた。月明かりに照らされた彼はとてもおそろしく見えた。大きくて力に満ちていて、ヴィクトリアの上にそびえ立っている。その顔の力強い輪郭には淡い銀色と深い影が刻まれている。瞳にきらめく官能の脅しを見ただけで、最近味わった満足感がよみがえってくる。彼のことを恐れるべきだと、ヴィクトリアは自分に言い聞かせた。それなのに、彼がいるだけで滑稽なほど安心を感じる。本当にいまいましい。

ヴィクトリアの直感は、彼に抱きついて愛を告白するべきだと言っていたが、自己防衛の本能と自尊心が、そうした無分別で無益な行動に出ることを禁じていた。あの宿屋の運命の夜のように、ルーカスに対して完全に無力になってしまう失態を繰り返すつもりはない。

「前にも言ったと思うけれど、この取引における自分の役割に関しては、最善を尽くして担うつもりだわ」

ルーカスが悲しげに首を振り、ヴィクトリアの鼻のてっぺんにキスをした。「ずいぶん誇らしげな言い方だ。それに、役割としてやるべきこと以外はみじんもやらないという決意に満ちている。どうしてそんなに残酷になれるんだ、ヴィッキー？」

「自分が置かれたこの状況を進んで受け入れると言っているのに、なぜ残酷と言うのかわからないわ。それ以外にあなたがわたしに合法的に要求できるものはなにかしら、ルーカス？」

「すべてだ」

「もしかして、わたしが完全に降伏する話をしているの？」

「そうかもしれない」

「それならば、世の中が変わって、女性が人前でもズボンを穿くことが許されるようになるまで待ってもらわなければならないわ。つまり、永久にということ」

「たぶん、そんなに長くはかからないはずだ。だが、その件はまたあとで話し合おう。いまは、今夜の進展で充分満足だ」彼はヴィクトリアの手を取って、寝静まった暗い家のなかに入っていった。


教区牧師夫妻は緊張した様子だった。ストンヴェイルの大邸宅でお茶を飲むことに慣れていないことが痛々しいほど伝わってくる。この夫妻は、いかなる理由でもこの家に招待されたことがなかっただろう。地元の慈善活動の相談さえ一度もなかったはずだと思い、ヴィクトリアは怒りを覚えた。前伯爵が自分の土地に住んでいる人々のことをまったく気にしていなかったさらなる証拠だ。

「こちらの屋敷に伯爵さまと美しい奥さまが来られて、わたしたちがどれほど幸せに感じているか、とても言い表せないほどですよ、ストンヴェイル卿」歳の頃は五十代、赤ら顔で体格のいいワース牧師が熱心に言う。

「ええ、本当ですわ。伯爵さまご夫妻をお迎えできて、とても喜んでおりますの」夫の隣で堅苦しく坐っていたミセス・ワースが震える声で言い添えた。愛らしい顔立ちの小柄な女性だ。小さな手に持った茶碗を震わせながらほんのひと口お茶を飲む。時折おずおずと客間の様子に目を走らせる様子は、自分がこの邸宅のなかにいることをまだ信じられないかのようだ。

「ありがとう」ヴィクトリアは優しく答え、そわそわしている夫人にほほえみかけた。「急にお誘いしたのに、繰り合わせてお越しくださり、本当にご親切ですわ」

「いえいえ、とんでもありません」夫人があわてて言い、危うくお茶をこぼしそうになった。「ご夫妻が村のことに関心を向けてくださり、とても感謝しています」

隣の牧師は主人役の伯爵と目を合わせようと果敢に努力していた。「こう言って、お気を悪くされないでほしいのですが、あなたさまのご一族の土地はあまりに長いあいだ放置されてきました。あなたさまがすでに改革に着手していると村の人々が話しているのを聞いて、とても嬉しかったですよ。心からほっとしました」

「喜んでくれて嬉しいですよ、ワース司祭。この地所や周辺の現状については、あなたのおっしゃるとおりだ」ルーカスがかちりと音をさせて茶碗を置いたのに気づき、ヴィクトリアは笑みを押し隠した。夫はいらだちをうまく隠しているが、実を言えば、この社交の場を逃げだしたいと思っていることをヴィクトリアは知っていた。

その朝、彼は非常に明確な言葉で自分は多忙であり、教区牧師とお茶を飲んで無駄にする時間はないとヴィクトリアに告げた。この責任を逃れるわけにはいかないとヴィクトリアは断言し、そしてついに勝利して、廊下での議論をたまたま聞いていた新しい使用人数人を驚かせたのだった。新しいストンヴェイル伯爵が花嫁に甘い傾向があることは、だれの目にも明らかになりつつあった。

「やるべきことはたくさんあります」ワース牧師が指摘する。「このあたりの状況は絶望的ですからね」

「奥さまは地元の人たちにすばらしい印象をお与えになりました」ミセス・ワースが恥ずかしそうに言う。「けさ、ベッツィ・ホーキンスを訪ねて娘さんのペチコートを渡そうとしたら、もう施しを受ける必要はないと誇らしげに言ってました。娘をこちらの調理場で雇っていただいて、ご主人も厩舎で働き始めたそうですね。彼女は本当に幸せそうでした、奥さま。想像できないくらいですよ。気の毒にとても大変な思いをしてましたから。ほかの人たちもほとんどそうですが」

「働く意欲のある人がたくさん来てくれて、わたしたちこそ感謝してますわ。この場所を正常な状態に戻すには、とてもたくさんの人が必要ですもの」ヴィクトリアは言った。本心だった。きょうの牧師夫妻の訪問のために、まずまずはおろか、そのまた半分の状態にするだけでも大変な労力を必要とした。新しい使用人たちに、夜明けから掃除してもらってようやくこぎつけたのだった。

「こう言ってはなんですが、村人たちに関するかぎり、伯爵さまと奥さまは幸先のよいスタートを切りましたよ。密猟者の幽霊の話も功を奏しました」牧師はくすくす笑ったが、妻のぎょっとした顔を見てはっと口を閉じた。急いで茶碗を取りあげ、咳払いをする。「これは失礼しました」

しかし、ルーカスははぐらかされなかった。「なんの幽霊の話ですか、それに、なんの密猟者ですかな、ワース司祭？」

教区牧師の困惑は目に見えて深まり、話しすぎたと後悔していることは明らかだった。小さく咳払いをして答える。「言いにくい話ですが、地元の男たちのなかに、少数ですが森で密猟している者がおりましてね。大変な時はとくにですよ。このところずっと大変だったので。それで時に命を落としたり、手足を失ったりする者がいることを主はご存じだ。侵入者を防ぐために先代の伯爵さまが仕掛けたわなのせいなのです」

「心配しなくていいですよ、ワース司祭。ぼくも従軍していて、時にはその土地のもので食いつなぐ必要があったので、多少の密猟は無視したいと思っています。密猟者用のわなはすべて見つけだして取りはずすようにすでに手配しました」

教区牧師がにっこりした。それは、曇りの日に差しこんだ陽光のようなほほえみだった。

「それを聞いてとても嬉しいです。伯父上さまは、ご存じのように、まったく違う考え方をされていました」

「それで、その密猟者の話というのは？」ルーカスは静かな声でうながした。

牧師は妻とすばやく視線を交わし、それから深々とため息をついた。「ええ、そうですね、たまたまけさ耳にした話でして。ほら、村人たちがどんな話をするか、ご存じでしょう。実はある恐れ知らずの密猟者が昨夜、近道をして帰る途中で、琥珀の騎士と彼の貴婦人を見かけたというんですよ。あの言い伝えはすでにお聞きになられましたか？」

「ええ、聞いています」

ヴィクトリアは興味を引かれて身をのりだした。「琥珀の騎士と彼の貴婦人がこのあたりで目撃されたんですか？」

教区牧師の妻が神経質な笑い声を立てた。「この地所のなかですわ。少なくとも、けさの話ではそうでした。真夜中をとっくに過ぎた時間に、騎士と貴婦人が歩いて帰る姿を見かけたとか。すてきな話ではありませんか？」

「ええ、興味をそそられるわ」ヴィクトリアはうなずいたが、頭のなかではすでに真相が明らかになっていた。どうやら、真夜中に自分とルーカスが密猟者を驚かしたらしい。琥珀色のマントがひらめいていたのだろう。「庭を抜けて家に戻っていったのかしら？」ルーカスが制止の視線を向けたのを感じたが、無視することを選択した。あまりにもおもしろすぎる。

「そんな夜中に、騎士と貴婦人はなにをしていたのでしょうね？」

ルーカスが咳払いをした。「もう一杯お茶を注いでもらえないかな？　喉が渇いてしまった」

「ええ、もちろんよ」ヴィクトリアは従順にお茶を注ぎながら、夫にほほえみかけた。ルーカスにいかめしい顔でにらみ返されたが、そのくらいでは、新しいいたずらがひらめくばかりだ。「なんでしたかしら、ミセス・ワース？」

「わたし、なにか申しました？　そうそう、真夜中になにをしていたかという話ですわね？」夫人がためらいがちにほほえんだ。「ほら、幽霊ですものね、もちろん。きっと、真夜中しか動きまわれないんですわ。それに、言い伝えによれば、ふたりはよく真夜中に逢い引きをしたそうですわ。夜じゅう馬を走らせて、夜明け前に家に戻るとか」

教区牧師が咳払いをした。「幽霊に関する考察はもう充分ではないか？　ストンヴェイル卿ご夫妻に、村の噂話ばかりしていると思われてしまうぞ」

「そんなことありません」ヴィクトリアはきっぱり言った。「とてもおもしろいと思いますわ、そうじゃない、ストンヴェイル？」

「とてもくだらないと思うが」ルーカスが抑えた声で答える。

「ご理解くださいませ」牧師の妻が急いで言った。「村人たちはこの話が大好きなんです。信じたいんですわ。このあたりの状況がよいほうに変わるのではないかと。言い伝えによれば、琥珀の騎士と彼の貴婦人が戻ってきた時に初めて、ストンヴェイルがまた栄えるそうですわ。村人たちがささやかな希望の話を信じることをどうぞ認めてくださいな」

「そうよ」ヴィクトリアは夫に優しくほほえみかけた。「お願いだから水をささないでちょうだい、ストンヴェイル」

牧師夫妻が唖然としてヴィクトリアを凝視した。ルーカスはまた制止の視線を向けたものの、お茶を飲んでいてなにも言わない。

明らかに新婚夫婦のささやかな戯れに遭遇したことを察知したらしく、牧師は少し顔を赤くし、果敢にも話題を変えようと試みた。「見かけるならば、無害な幽霊の夫婦のほうが、この数週間、このあたりに出没している追いはぎよりもずっといいと思いますがね」

「追いはぎ?」ヴィクトリアの関心は即座に新しい方向に引き寄せられた。「追いはぎってどういうこと? まさか襲われたのですか、司祭さま?」

「わたしではありません。それに、知るかぎりでは、村人たちも襲われていない。追いはぎされるほど金目のものを持っていませんからね。だが、馬車が二台ほど止められたという報告を受けています。その悪党はあまり有能じゃないらしい。一台目は馬車の御者がピストルを抜いたとたんに茂みに逃げこんだそうです。二台目は、数枚の硬貨と価値のない指輪で追い払ったそうで」

「出没する場所の近くに隠れ家を持っている追いはぎも多いが」ルーカスが言う。「その男は地元の人間だと思いますか?」

教区牧師は首を横に振ったが、その振り方は少し早すぎたし、前よりも落ち着かない様子になった。「おそらく違うでしょう。このあたりを馬で通る者がやっているのだと思いますよ。すでにここでの仕事は終えて遠くに行っていても驚かない。移動しながらやるほうがつかまらないでしょうから」村の状況をわずかでも弁護できたことに満足し、牧師は安全な方向に話題を戻した。「いかがですか、ストンヴェイル卿。でしゃばるつもりはないですが、どんな作物を植えるか、もうお考えになりましたか？　この土地に何十年も暮らして、わたしもここの土になにが合っているかをいろいろ考えておりましてね」

ミセス・ワースがすぐさま止めに入った。「やめてくださいな、あなた。必要ならば、伯爵さまのほうから聞いてくださいますよ」

「もちろん、もちろん」牧師が顔を深紅色に染め、あわてて言う。「園芸が趣味なんですよ。その分野の研究はかなりやっておりまして」

ルーカスが急に頭をあげた。「そうなんですか？」

牧師はまた小さく咳払いしたが、今回は、少し自信を取り戻したように見えた。「実を言えば、『ボタニカル・プログレス』に論文もいくつか掲載されましてね。いまは庭の花の育て方について執筆しています」

「ソバについては、知識がありますか？」ルーカスがぶしつけに聞く。これまでの落ち着かない様子が瞬時に消えた。

「家畜の飼料として最高ですな。もちろん、ここの痩せた土地には合っています。まあ、わたしはできれば燕麦や小麦やとうもろこしのほうが好きですが」

「小麦が不作の時は、ソバを食用にできると聞いたのですが」

「食べるのは大陸の人々だけですね。よほど空腹でないかぎり、英国人にソバを食べさせるのはむずかしいかもしれません」

「なるほどね。もうひとつ、堆肥に代わるものとして泥灰土に関心を持っているのだが」ルーカスがさらに言う。「あなたのご意見は？」

「たまたまですが、わたしもそれについて少し調査したんですよ」牧師が顔を輝かせて身を乗りだした。

「妻の育てているバラの木に泥灰土を試してみました。泥炭と骨粉と魚粉もやりましたよ。詳しく記録を取りました。結果をお聞きになりたいですか？」

「ぜひ聞かせていただきたい」ルーカスが立ちあがった。「書斎に行って、地所の地図を見ながらうかがおう」ルーカスが遅ればせながらヴィクトリアのほうを向いた。

「失礼していいかな？」

「もちろんですわ」

「さあ、ワース司祭、どうぞこちらへ。あなたにうかがいたい質問がまだほかにもあるんですよ。たとえば、厩肥について。すぐに使えて便利なことは間違いない」

「そうですね。しかも、使いきっても、ロンドンからすぐに取り寄せられます。ロンドンには何千頭もの馬がいますからね。その厩肥をどうにかしなければないわけだ。ところで、ハンフリー・デービーの『農芸化学の諸原理』は読まれましたか？」

「まだ読んでいませんね」ルーカスが答える。「しかし、マーシャルの『ヨークシャーの農業経済』は持っています。マーシャルが泥灰土を推奨しているんですよ」

「たしかに、泥灰土には長所がある。よかったら、デービーの諸原理の本をお貸ししますよ。彼は科学的な方法で肥料を研究しています。きっとおもしろいはずですよ」

「ぜひお借りしたいものだ」ルーカスがうなずいた。

男性ふたりは熱心に話しながら部屋を出ていった。

ヴィクトリアは客のほうに向きなおった。「もう少しお茶はいかが、ミセス・ワース？」

「ありがとうございます、奥さま」ミセス・ワースが申しわけなさそうに言う。「どうか夫の失礼をお許しくださいい。園芸と農業の研究にかなり打ちこんでいるものですから」

ヴィクトリアはにっこりした。「失礼なんてとんでもない。お話しできてとてもありがたいわ。夫が関心を持ち始めたのは最近ですもの。お気づきと思いますが」

ミセス・ワースがほっと緊張を解き、嬉しそうにくすくす笑った。「そのようですね。客間で堆肥について話し合うなんて信じられませんよ。でも、それが田舎の生活ですね」

「ロンドンの叔母の家でもあまり変わりませんわ。叔母は知的な研究に大変関心を持っていて、実はわたしもそうなんです。学問的な議論はとても楽しいわ」

牧師の妻が嬉しそうにほほえみ、身を乗りだした。「毎週木曜日の午後、おもしろいことの研究調査と題して、牧師館にこのあたりの方々が集まって会をしております。ご関心がある題目の時に、ぜひストンヴェイル卿とおふたりでご参加ください。かなりたくさんの方が集まります」そう言ってから、夫人は急に真っ赤になって口ごもった。「もちろん、わたしどもの会合など、そんなご関心ありませんわね。都会で生活されていれば、研究もはるかに進んでいるでしょうから」

「とんでもない。その会合に参加するのはとてもおもしろそう。楽しみにしていますわ」

ミセス・ワースの顔に笑みが戻ってきた。「なんてご親切なんでしょう。友人たちに言うのが待ちきれませんわ」

「ところで、バラを育てているとおっしゃったかしら、ミセス・ワース?」

ミセス・ワースがまた満面の笑みを浮かべ、恥ずかしそうに答えた。「はい、大好きなんです」

「それならば、ぜひこのストンヴェイル邸の庭のこともご相談したいわ。世話の行き届いたすてきな庭にしたいけれど、ルーカスは農地の問題で忙しくて助けてもらえないから、自分でやらないといけないの。一緒に来て、庭を見ていただけるかしら?」

「ええ、喜んで」

「よかった。そのあいだに、村でもっとも必要としている慈善活動について話しましょうか。実のところ、庭よりもそちらを早く始めたいと思っているの」

牧師の妻が満面の笑みで心からの賛同を表明した。「琥珀の貴婦人が戻ってきたと村人たちがあれほど信じたがっていた理由がよくわかりましたわ」

ヴィクトリアは思わず笑いだした。「あれは、服の色がそんな色だからでしょう。まったくの偶然だわ」ヴィクトリアは苦笑して、黄色と白のアフタヌーンドレスをちらりと見おろした。

ミセス・ワースがぎょっとして、ばつの悪そうな顔をした。領主の夫人に対してあまりに個人的な感想を述べてしまったと思ったらしい。「いいえ、違います、奥さま。そのすてきなドレスのことを言ったのではありません。もちろん、その色がとてもお似合いで、たしかに琥珀色に見えるとは思いますけど。いえいえ、わたしが言ったのは言い伝えのことですわ。琥珀の騎士の貴婦人はとても親切で優しかったそうです」

ヴィクトリアは鼻の頭にしわを寄せてまた苦笑した。「それでは、わたしがそうとは言えないわ。わたしは模範的な妻ではありませんもの。夫に訊ねたらすぐにわかるわ」

一週間後、ヴィクトリアは化粧台の鏡の前に坐り、ナンはベッドの準備をしていた。侍女に部屋着を渡されたちょうどその時、形だけのノックとともに、ヴィクトリアとルーカスの部屋のあいだの扉が開いた。ぶらぶらと入ってきたのはもちろんルーカスで、所有権を主張するような雰囲気も、それがなにを意味するかもヴィクトリアはすでに学んでいた。ヴィクトリアは鏡に映った彼をじっと見つめ、ルーカスに小さくお辞儀をした侍女に向かってうなずいた。

「もうさがっていいわ、ナン。ありがとう」

「かしこまりました、奥さま。お茶の盆を運ばせましょうか？」

ヴィクトリアは鏡のなかのルーカスと罪深いほど魅力的な目と目を合わせ、首を横に振った。「いいえ、いらないわ。ありがとう、ナン。今夜はもうお茶はほしくないから」

「わかりました。おやすみなさいませ、奥さま、旦那さま」ナンが急ぎ足で戸口に向かった。

ルーカスは侍女が廊下に出て扉が閉まるまで待ってから、ゆったりした、しかし脅威を感じさせる動きでヴィクトリアのすぐうしろに立った。前にかがんで化粧台に両腕を置き、ヴィクトリアを閉じこめる。目は鏡のなかのヴィクトリアとずっと合わせたままだ。

ヴィクトリアは期待に小さく身が震えるのを抑えられなかった。彼の存在そのものが、ヴィクトリアの五感に破壊的な影響をもたらす。しかし、ヴィクトリア自身も、彼の身体的な反応を支配する力を学びつつあった。ふたりの関係はこれからもずっとこんな感じなのだろうかとふと思う。

「きょう、叔母上から手紙が届いていたようだね」ルーカスが頭をさげてヴィクトリアのうなじにキスをした。「レディ・ネトルシップはなんだって？」

「醜聞については、ほとんど無傷で切り抜けたようだと書いてきたわ」ヴィクトリアは叔母の手紙の内容を思いだして、かすかにほほえんだ。「ジェシカ・アサートンのおかげですって。わたしたちの急な結婚を、今シーズン最大のロマンスだとうまく言ってくれたそうよ」

「さすがジェシカだ」ルーカスがヴィクトリアの耳の感じやすい縁に舌を走らせた。

ヴィクトリアは身震いした。「言っておくけど、ルーカス、わたしはあの人に借りを作りたくないわ」

「それはぼくも同じだ。しかし、軍人として務めるあいだに、いかなる陣営であろうが、その時に得られる助けを受けとることを学んだ」

「あなたがそうしたことは明らかよね。さもなければ、わたしたちはいま、ここにこうしていなかったでしょうから」

「手厳しいな。そういう言い方をしないでいることはできないのかな？」

「それはとてもむずかしいわね」ヴィクトリアは言った。彼の近さとそのまなざしのせいで、すでにどきどきしている。もしもだれかがあした魔法の杖を振って、この結婚の魔法を解き去ったとしても、この男性から完全に自由になることはないだろうと、ヴィクトリアは思った。

「叔母さんからの情報はほかになにか？」

彼の目に厳しい表情がひらめくのを見て、その質問は、彼がすでに開始している官能的な攻撃とは無関係とわかった。「あなたが言っているのは、〝W〟と書かれたほかの品物を見つけたかどうかということ？　答えはノーよ。それに、スカーフと嗅ぎたばこ入れの持ち主も現れなかったと書いてあったわ」

「エッジウォースのことはなにも言っていなかったか？」

「ええ、なにも」

「よかった。ところで、ヴィッキー、きみはどんな返事を書いたんだい？」ルーカスが訊ねた。

「庭をどうするかについての計画を書いて、あとは都合がつき次第、できるだけ早く来てほしいと伝えたわ。それから、あなたと教区牧師が農業技術や園芸学や堆肥に共通の関心を持っていることがわかったことも書いたわ。それで全部だったかしら。そうそう、挿し木と種を少し送ってほしいと頼んだわ」

「それだけ？　きみが不幸な運命を気高く受け入れて、従順な妻になると誓ったことについてはなにも書かなかったのか？」彼がヴィッキーの首にキスをした。「事情が事情だから、夫婦の行為も当然ながら非常に不快なものであるにもかかわらず、女性としての名誉を重んじて夫に従うようにしたことも？」彼が耳たぶをそっとかじる。「夫婦のベッドにおける妻の義務に、きみがいかに果敢に耐えているかということは？」ヴィクトリアのなめらかな肩にキスをする。「どのように自分の愚かさのつけを払っているか、このすべてがどんな教訓になったかについての感傷的な説明もなしか？」

ヴィクトリアは勢いよく立ちあがり、くるりと振り向いて彼の肋骨のあたりを激しく叩いた。「ストンヴェイル、そんなにからかって、本当にいやな人。あなたなんて、地獄で朽ち果てればいいわ」

「おいおい、叩くな。脚に響いて痛い。いますぐやめてくれ、マダム。さもないと、一生歩けなくなる」ルーカスがベッドのほうに退却する。彼の笑い声が寝室を満たした。

「脚なんて知らないわ」ヴィクトリアはさらに叩きながら彼を追いつめ、ベッドに押し倒した。彼の上に飛びのり、またがって勝ち誇った表情を浮かべる。ルーカスが両手をあげて降伏した。

「勘弁してくれ、マダム。倒れてしまった無力な男をまだ叩き続けるのか？」

「あなたは倒れていても、全然無力じゃないわ、ストンヴェイル。まだ口が使えるし、そもそも今夜はその口のせいでこんな事態になったんじゃないの。どうせ、一番下劣な言い方でわたしをからかわずにはいられないんでしょう？」

彼のゆったりした笑みは官能的な約束に満ちていた。「口はもっといいことに使いたいものだが、マダム」

彼は片手を伸ばし、指を広げてヴィクトリアの後頭部に当てた。ヴィクトリアの顔をさげさせ、唇で彼女の唇をとらえる。

柔らかいため息を漏らし、ヴィクトリアは夫の抱擁という魔法に身を任せた。

14

ようやく編み始めた家庭調和という蜘蛛の巣が、翌月曜日の朝にずたずたに引き裂かれた時、それがだれのせいでもなく自分のせいであることをルーカスは知っていた。

その気配を事前に察知すべきだった。それに備えて準備をしておくべきだった。戦略や計画に長けていると自負している自分が油断につけこまれたことに弁解の余地はない。だが、敵を徹底的に調べる陸軍司令官に比肩するほど、妻のタイミングは計算し尽くされていた。

妻が手に持った叔母からの手紙をひらひらさせながら軽やかな足取りで図書室に入ってきたのは、まさにルーカスが、過去三年間の妻の投資の会計報告に目を通していた時だった。

「ここにいらしたのね、ルーカス。いいえ、わざわざ立たないでくださいな。ただ、次の投資のために、少しまとまった額の銀行手形を振りだしてもらいたいので、その報告に来ただけですから。あなたが今月の出費を考える時に、ご存じのほうがいいでしょう」

ルーカスはあげかけた腰をまたおろし、ついいましがた妻の投資傾向を知った時の衝撃から立ち直れないまま、顔をあげた。太陽を思わせる黄色のモーニングドレスを着て、大きな執務机の向かいでにこやかにほほえみかけている妻はいつにもまして生き生きして気品に満ちている。

「どのくらいの額をどんな投資に使うつもりなんだ？」ルーカスは慎重に訊ねた。

「特別な投資なのよ。まあ数千ポンドもあれば充分かしら」

「数千？」

「たぶん一万か一万五千」ヴィクトリアは手に持った手紙に目を落とした。「クレオ叔母の話では、いつものグループでランカシャーの新しい炭鉱に投資するそうなの」

「一万か一万五千ポンド？　ランカシャーの石炭生産事業に？」ルーカスは唖然とした。「まさか、そんなばかげたことは、いくらきみでもやれないだろう。ぼくが許さない」

妻の美しい瞳に戦いの炎を燃えあがるのを見た瞬間、ルーカスは深刻な戦略的過ちを犯したことに気づいた。

「わたしたちの投資を仲介してくれるミスター・ベックフォードが、最近この事業を一番に推していたのよ」ヴィクトリアが言う。「クレオ叔母は自分でも投資すると書いてきているわ」

「きみの叔母さんは好きなようにしたらいい。だが、きみがそれだけの額をランカシャーの炭鉱に注ぎこむのはだめだ。炭鉱の投資で全財産を失う者もいる」

「いまはあなたのものになった財産はもともとわたしのものだったのよ、ルーカス、覚えていると思うけれど？」ヴィクトリアが甘すぎる声で言う。「そのためにわたしと結婚したんですものね」

ルーカスは陥ってしまった窮地から抜けだす道を見つけだそうとした。「きみの財産はたしかに巨額だが、無尽蔵というわけではない。むしろその逆だ。きみは頭のいい人だから、当然そのことを理解しているだろう。一万とか一万五千ポンドを失う危険を冒せるほどの余裕はない。その額を地面に費やすならば、高価な穴を掘るのではなく取得に使うべきだ」

「でも、地所はすでにロンドンにいくつかあって、そこからよい収入を得ているわ。それに」ヴィクトリアが挑むような笑みを浮かべてつけ加えた。「あなたの配偶者として、わたしもヨークシャーにかなり広い地所を所有しているわけだけから、これ以上土地は必要ないわ、ルーカス」

ルーカスは会計報告に目を戻し、感情を交えずに言い渡した。「それではその金は、ストンヴェイルで必要な改革に使えばいい」

「その改革については、あなたがわたしの多額のお金を費やすのに忙しいじゃないの。この炭鉱事業の投資は、わたしの個人的な投資です」

「ヴィッキー、信じてくれ。炭鉱の投資はきわめて危険だ。とくに他人が経営しているものはだめだ。鉱業投資を本気で考えているならば、ヨークシャーに同様の炭鉱があって、それならば土地の価値をあげる可能性もある。だが、自分たちが管理に関われない遠方の事業に金を捨てる暴挙を許すことはできない」

ヴィクトリアがつかつかと机に近寄り、叔母からの手紙を放りだした。「つまり、自分のものだったお金を好きなように使う権利をわたしから奪うということ？」

ルーカスは神の導きがあるように祈ったが、当然そんなものはどこからもやってこない。

自分の力でこの悪魔的な質問に対処するしかないが、どうやろうとうまくいかないのは目に見えていた。

次の言葉を慎重に選ぶ。「きみが持ってきた多額の資産は、ぼくたちの子どもや孫やそのまた子どもたちのために守られるべきものだから、きみの投資を指導するのは夫としての義務だ」

「思ったとおりだわ」ヴィクトリアが厳しい声で言い返した。「やっぱり、こういうふうに始まるのね。妻には管理能力がないと夫が決めつけ、自分が代わりにやることを妻に許可させる。そして、しまいにはすべてを管理する方向にもっていき、もともと妻のものだったお金を使うことに対して妻本人の口出しはいっさい許さなくなるんだわ」

その言葉にかっとなり、ルーカスはいらだった手ぶりで机の上に開いたまま置いてある会計帳簿を示した。「非常にぶしつけに言えば、きみが自分のことに関してすべてを決定するのが最善とはとても思えない。財政面に関するかぎり、きみは危険を好む傾向がある。深みにはまって身動きがとれなくなったことも一度や二度ではないようだ」

「でも、いつも取り戻しているわ、会計帳簿を見ればおわかりのとおり」

「それはロンドンの地所のおかげだろう、ヴィッキー？　投資は土地がもっとも信頼性が高い。きみだけでなく、相続資産を持つ人々にとってはよい避難場所になっている。国債や海運業や遠方の炭鉱事業で危険を冒すべきではない」

「危険を冒すべきではないですって？　あなたからそんなことを聞くとは滑稽よね。わたしと結婚する前のあなたは、危険を冒すことで全収入を得ていたでしょう。戦場や賭博台よりも危険なところはあるかしら？」

妻の指摘が的を射ていたせいでルーカスのいらだちはさらに募った。「つまらないことを持ちだすな、ヴィッキー。ぼくはほかに金を稼ぐ手段がなかった。やるべきことをやっただけだ。しかし、いまは事情が違う。ぼくたちには、ストンヴェイルとこの結婚できみが持ってきた収入を、できるだけ賢く管理する責任がある。豊富な資金できみが危険を冒す日々はもう終わりだ」

ヴィクトリアが前に出て両手を机についた。怒りで瞳がきらめく。「簡単な言葉で言ったらいかが、ストンヴェイル。あなたがはっきり言うのを聞きたいものだわ」

「これ以上はっきりした言い方はない」

「わたしに対して、わたしがやりたい方法でわたしのお金を使うことを禁じると、はっきり言えばいいでしょう。この際、ふたりのあいだではっきりさせておいたほうがいいわ」

ルーカスもいまや、ヴィクトリアと同じくらい激高していた。「きみはぼくをわざと陥れようとしている、ヴィッキー。きみに完全な自由を与える言葉を言うか、それとも、きみの母親が結婚した男と同じような支配的な夫になるか、そのどちらかを選ばせたいのか。そんなに簡単にぼくを操れると、本気で思っているのか、マダム？」

「あなたを操ろうとしているのではない。その反対よ。あなたがわたしを操ろうとしているんだわ」彼の厳しい視線にさらされても、ヴィクトリアの声は震えなかった。

「ぼくはきみを、きみ自身の無謀な性格から守ろうとしているんだ」

「無謀？　わたしを無謀だというの？　初めは軍人、そのあとは賭博師として生計を立てていたあなたが？　そんなのただの言いわけにすぎないわ。あなたはただ、わたしのお金全部を自分のものにして、その使い方にいっさい口だしされたくないだけ。次はどうするの、ルーカス？　四半期ごとの少額の手当でがまんするよう、わたしに強制するんでしょう？　わたしは、あなたが与えると決めた額のお金で服も絵の具も本も馬の費用もまかなうわけね」

いくらなんでも言いすぎだろう。ルーカスのなかにわずかに残っていた忍耐心がその時点で完全に消滅した。「ではそうしようか？　財政状態を顧みない軽薄で金遣いの荒い女をきみが演じるつもりなら、ぼくのほうも、そういう女性として扱う以外に選択肢はないだろう。ぼくを困らせるためだけにそんな演技をするほどきみが愚かでないことは、きみもぼくもわかっているはずだが」

「わたしのものだったお金を自由に使うのを禁じるというの？」

「きみの叔母さんの頼んでいる実業家が推薦したということ以外、なにも情報がない危険な事業に巨額を費やすことを禁じるんだ」

「これまで、ミスター・ベックフォードの推薦でたくさん儲かってきたのよ」

「だが、損もしている。きみの帳簿にその証拠が残っている。これまでの結果を見るかぎり、ミスター・ベックフォードが絶対に間違わないとは到底言いがたい」ヴィクトリアの会計帳簿をぺらぺらめくりながら、ルーカスは指摘した。

「大金を稼ぐためには、多少の損失は仕方ないでしょう」

「その考え方のせいで家族を破滅に追いこんだ、きみよりもはるかに金持ちだった男を何人も知っている」

「いい加減にして、ルーカス。さあ、言えばいいわ。面と向かって言いなさいよ。わたしの相続財産に関して、わたしにはもうなんの権利もないと」

ルーカスは状況をよくしようと努力するのをあきらめた。「ヴィッキー、きみが真夜中に無鉄砲な思いつきを実行するのを手伝ったからといって、思いどおりにぼくを操ろうとするのまで許すつもりはないことは、前にもはっきりさせているはずだ。なにをしようがその事実は変わらないことを、きみもそろそろ学んだほうがいい」

「言いなさいよ、ルーカス」ヴィクトリアの目は一瞬もそれずに彼を大胆に見据え、口元にはわざとらしいあざけりの笑みが浮かんでいる。

ルーカスは口のなかで小さく悪態をついた。「いいだろう、マダム。きみがこの問題を無理にでも全面戦争に持ちこもうと決めているのは明らかなようだから、きみがほしがってると思われるもの、つまり戦う敵を提供しよう。これよりのち、きみが炭鉱事業に投資することを禁じる。銀行には、きみに少額の手当だけを支給し、ぼく個人が許可しないかぎり、それ以外はいっさい支払わないように指示しておく」

ヴィクトリアが驚きのあまりぼう然として、ルーカスを凝視した。彼の報復の大きさに衝撃を受けたことは間違いない。「信じられない。本気で言ったはずがないわ。炭鉱事業の投資を禁じるのはまだわかるとしても、わたしのお金を使うことをいっさい禁じるなんて……信じられない」

ルーカスは椅子にゆったりもたれて、妻を冷静に観察した。本気で驚いているようだ。彼女がこの論争を始めた時に予期していた結果と、実際の結果がまったく違ったらしい。

「きみが驚くのは理解できる」ルーカスは優しく言った。「数分前にこの部屋に入ってきた時のきみは、勝者として出ていくことを確信していただろうからね。きみは賢いから、勝利の確率がかなり高いと確信しないかぎり、攻撃を仕掛けないだろう。だが、きみはぼくを過小評価した。そしてぼくは、その評価を改めさせないかぎり、きみが延々と議論を続けると判断した。そういうことだ。有能な司令官ならば、敵を過小評価する過ちは犯さない」

「まるでわたしたちが戦場にいるような言い方ね」

ルーカスはうなずいた。「ああ、それこそまさに、きみが作りだした状況だろう」

「それなのに、あなたのことをまあまあいい夫だと思っていたとはね」ヴィクトリアはくるりとうしろを向き、飛ぶように戸口に向かった。ルーカスに追いつく隙さえ与えず、一瞬も立ちどまらずに扉を開ける。

「どこへ行くつもりなんだ、ヴィッキー？」

「外出です」彼女の笑みは、ルーカスが皮膚を剝がされるかと思うくらい冷ややかだった。

「ヴィッキー、きみがなにか悪さを見つけにいって怒りを発散しようというなら、それは間違いだ」

「心配しなくていいわ、旦那さま。行くのは、普通の集まりですから。牧師館の会合に参加するんです。あなたがいくら取り澄ました保守的な態度と融通の利かない堅苦しいやり方を新たに採用したとしても、わたしがそういう集まりで午後を過ごすことに反対できるはずはないわ。誓ってもいい」

「きょうの会合にはどんな人々が出席するんだ？」

「おもしろいことの研究調査に取り組む人々よ」ヴィッキーが高慢な態度で返事をする。

「予定を調整すれば一緒に行かれるかもしれないが」ルーカスは慎重に申し出た。

「嘘でしょう。ルーカス。それは不可能だわ。あなたは忙しすぎて、一緒に来られないと思います。ほら、よく考えなければいけない重要な問題が山積しているじゃないの」ヴィクトリアはそう言うと、あっという間に戸口から出て、勢いよく扉を叩き閉めた。

その衝撃にランプの光が揺らぎ、ルーカスは一瞬ひるんだ。しばらく黙って坐っていたが、それから慎重に立ちあがり、部屋の向こうまで行ってグラスにブランデーを注いだ。

窓辺に立ち、ブランデーを飲みながら、長い作戦行動になりそうだと暗澹たる気持ちになった。彼女と結婚したことで大変な部分が終わったと思ったのは、単に自分を欺いていただけだ。真の困難が結婚後に来ることがようやくわかった。

なんということだ。新たに背負った責任の重さのせいで、自分は本当に融通の利かない堅物になってしまったのか？

牧師夫妻のこじんまりした住まいに到着した時も、ヴィクトリアはまだ怒り心頭に発していた。それでも、光に満ちた心地よい客間に案内されると、なんとか感じのよい笑みを浮かべ、地元の紳士とその夫人たちで混み合った室内に入っていった。人々に心からの歓迎を受け、その温かな雰囲気にヴィクトリアの不機嫌な気分はすぐに解消した。

「わたしたちのささやかな会合にようこそおいでくださいました、レディ・ストンヴェイル。いまやっている研究は、通風とリューマチの痛みを癒やす薬を改良した調合です」紹介が終わると、ミセス・ワースが、手を振って小さいグラスがたくさん並んだテーブルを示しながら説明した。どのグラスにも液体が入っている。「わたしたちは、薬効のある草木にとくに関心を持っています。たとえば、こちらのサー・アルフレッドは、英国におけるケシの生産を増加させる方法の発見で、そのうち王立技芸協会の賞を受けるかもしれませんわ。上等なケシの栽培に成功しておられるんです」

「それはすばらしいですわ」ヴィクトリアは言った。「大変な功績ですね、サー・アルフレッド」

サー・アルフレッドが遠慮がちに顔を赤らめる。

「それから、あちらのドクター・ソーンビーは、カンゾウやダイオウやカミツレなどの材料をアルコールと化合して、さまざまなチンキと煎じ薬を作る実験をしておられます」

今回はドクター・ソーンビーが誇らしさに顔を紅潮させる番だった。

「それは興味深いですわ」ヴィクトリアはつぶやき、いくつも並んだグラスを観察した。「叔母とわたしも、そうした問題を論ずる講演会にいろいろ出席しました。その実験はかなり成果が出ているのですね？」

「ご存じのように」ドクター・ソーンビーが熱意を抑え切れない様子で語り始める。「アヘンとアルコールを合わせたアヘンチンキは痛みの軽減には非常に効果的ですが、患者が極端な眠気に襲われます。軽い症状には有効ですが、痛風やリウマチ痛や、女性の病気など慢性的な問題には効果が薄い。痛みを軽減しながら眠気を引き起こさないものが必要です」

「つまり、患者が日常生活を送れるような鎮痛剤をほしいということですね」ヴィクトリアはうなずいた。「とても重要な研究ですわ」

「このあたりの農民や労働者は、経験を生かして自分たち独自の治療薬を作っていますよ」隅にいる恰幅のいい紳士が口を挟んだ。「非常によく効く」

「問題は」別な男性が言う。「調合の規格化や分析が行われていないことだ。それぞれがその家独自の調合薬を持っているが、その作り方は代々受け継がれるだけで、科学的な原理や研究よりも、慣例や言い伝えの結果です。たとえば、どの主婦もその家の咳止めシロップを作れるが、同じシロップはふたつとない」

「たしかに、その問題に関しては、研究すべき点がいろいろありそうですね」ヴィクトリアはうなずいた。

「そのとおり」ドクター・ソーンビーがテーブルに近寄った。「しかし、科学的研究方法はひとつだ。実験をして詳細に記録する。このグラスにはそれぞれの調合が入っています。きょうの目標は、このうちのどれが眠気を誘わずに鎮静作用を発揮するかを確認することです」

「実際の痛みの軽減についてはいかがですか？」ヴィクトリアは非常に興味を引かれた。

「それはどうやって測定するんですか？　たとえば、わたしはいま、頭痛はまったくありませんけれど」

「それについては、この実験の次の段階にまわさざるを得ないでしょうな」牧師が認めた。

「痛風とか頭痛に襲われた人を同時に五人から十人集めるのはむずかしい」

「たまたまですけれど」ミセス・ワースが役に立とうと申し出る。「きょうの午後は、リューマチがかなり痛んでいますわ」

「わたしも頭痛がしますけれど」レディ・アリスも志願する。

牧師が顔を輝かせた。ドクター・ソーンビーもサー・アルフレッドも同様だった。

「すばらしい、すばらしい。そうだとすれば、もしかしたら、きょうのうちに両方の実験をできるかもしれませんね」サー・アルフレッドがヴィクトリアに視線を向けた。恥ずかしそうなまなざしには、期待がはっきり見てとれた。「こうしたことに非常に興味がおありとお見受けしました、レディ・ストンヴェイル。検査分析を一緒になさいますか？　それとも見学されますか？」

「ただ見学するよりは、実験に参加したほうがずっとおもしろいですわ。ぜひとも皆さんの調合をお手伝いさせてくださいな。とても勉強になるに違いありませんもの」

サー・アルフレッドはヴィクトリアの言葉が嬉しかったらしく、それは室内のほかの人々も同様だった。ドクター・ソーンビーが進み出て指示を開始した。「それでは、このテーブルにノートを置く。グラスを飲むたびに、それぞれが自分の反応をこのノートに詳しく正確に記録する。まず生のブランデーを飲んでその反応を記録し、そのあとに混合液を試そう」

「そうだ、もちろん」牧師が賛成する。「そうすれば、純粋な蒸留酒とほかの成分が入った蒸留酒の違いを見分けられる。賢いぞ、ソーンビー」

ヴィクトリアはあることを思いつき、眉間にしわを寄せた。「全部の実験を通じて、だれかひとりがなにも混じっていない蒸留酒だけを飲んだらいかがでしょう？　ほかの成分が入ったものを飲んだ人の反応と蒸留酒だけを飲んだ人の反応を比較できるのでは？」

その発言に、何人もがうなずいて賛同した。

「すばらしい考えです、奥さま」サー・アルフレッドが言う。「科学的な実験技術に精通しておられるのですね」

「少し経験があるだけですが」ヴィクトリアは謙虚に答えた。「わたしの思いつきですし、きょうはとくに体の不調もありませんから、わたしが蒸留酒だけをいただく役目を志願しますわ」

「大変助かりますよ、レディ・ストンヴェイル。本当に」ドクター・ソーンビーがうなずいた。「では始めましょう」そう言うと、ブランデーのグラスをヴィクトリアに差しだした。

その日の午後、借家人を訪問し終えて屋敷に戻った時に自分を迎えた光景を見て、ルーカスは愕然とした。ふらふらのヴィクトリアが侍女と心配そうな顔をした従者ふたりに支えられて、表の石段をのぼっていたのだ。ルーカスは馬の手綱を馬丁に放り、そちらに駆け寄った。

「どうした、なにがあったんだ？　具合が悪いのか、ヴィッキー？」心配してヴィクトリアの顔をのぞきこむ。

「あら、こんにちは、ルーカス」ヴィクトリアが輝くような至福の笑顔で彼を振り返り、その勢いでバランスを失って危うく転げ落ちそうになった。「慎重で融通の利かない気取り屋の役は楽しめたかしら？　わたしはきょうの午後をもっと有意義なことに費やしましたよ。わたしがやったのは……」控えめにゲップをする。「ささやかな実験」

ブランデーのぴりっとした香りがルーカスの鼻の前を漂う。真実に思いあたり、ルーカスは不安げな侍女をにらみつけた。「ぼくが妻の面倒を見る」鋼のような声で宣言する。

「はい、旦那さま。わたしはコックに奥さまのお茶を用意するように言ってきます」

「必要ない」ルーカスはうなり、ヴィクトリアのウエストをつかんだ。

心配そうに見つめている執事の前を通り、さらにふたりの従者とふたりの女中の前を通りすぎて、なんとか階段をのぼらせ、ベッドに寝かせた。枕に頭をのせて優雅に寝そべると、ヴィクトリアはまたほほえみ、夢見るような目つきでルーカスを眺めた。「ルーカス、そんなに脅すようなこわい顔をしてはだめよ。にらみつける癖はよくないわ」

「いったい全体なにを飲んだ?」

ヴィクトリアが顔をしかめた。「ええと、ブランデーだと思うわ、ほとんどは。実験のことを説明したかしら?」

「詳しくは聞いていないが、その件はあとで調査する」

「またお説教されるということ?」

「残念ながらそうだ、ヴィッキー」ルーカスは厳しい声で言った。「きみのすることはたいがい大目に見ようと思っているが、昼間に酔っ払って帰宅するのは許さない。これは最終通告だ」

「その話はあとにしてくれるかしら、ルーカス。いまはあまり気分がよくないから」ヴィクトリアが横向きになり、ベッドの下の室内用便器をつかんだ。

ルーカスはため息をつき、妻の頭を支えた。彼女の言うとおりだ。説教はあとにするしかない。

結局のところ、彼の説教は翌朝まで延期せざるを得なかった。朝もヴィクトリアは遅くまで起きず、起きてからも自室にお茶を頼むことで彼を避けようと試みた。しかし、九時を過ぎるとすぐに女中がやってきて、十時に図書室に来てほしいというルーカスの指示を伝えた。

ヴィクトリアは科学実験のせいでまだ具合が悪いと主張することで、いやなことを回避できるかどうか考えたが、実際的な性格がその考えを邪魔した。

すべて終わらせたほうがよさそうだと思いながら、ベッドからゆっくり身を起こした。目の奥にずきっと痛みが走り、また顔をしかめる。少なくとも、胃の具合は戻りつつある。侍女がお茶を持ってくると、ヴィクトリアはポットの中身をほぼ全部飲み、それでいくらか気分がよくなった。

衣装部屋で一番明るい黄色と白の色合いのモーニングドレスを選び、正式な訪問の時のように念入りに服を着ると、ヴィクトリアはしぶしぶ階下におりていった。

図書室に入っていくと、ルーカスが広々した執務机の向こうで立ちあがって、ヴィクトリアの顔を注意深く眺めた。

「坐ってくれ、ヴィッキー。見た感じはそれほどひどい状態ではないようだ。元気になってよかった。きのうの午後にきみが行ったような実験の結果、翌日は生きているとも言えない状態に陥った男を何人も知っている」

「科学の発展には、ある程度犠牲が必要だわ」ヴィクトリアは腰をおろし、できるだけ威厳のある声で答えた。「人類の繁栄のために少しでも貢献できて誇りに思うわ」

「人類の繁栄のために貢献？」ルーカスの口元がぴくりとひきつる。「きみはそう呼ぶのか？　真っ昼間に完全な酩酊状態で帰宅したのが、知的探求の一環だと言うのか？」

「知的探求の一環という名目でもっと危険なことをしてしまったけれど」ヴィクトリアは思わせぶりに言い返した。「それによって、わたし自身のお金をわたしが適切と思う分さえも使わせてくれない男性と結婚したという事実を考えてほしいわ」

ルーカスの唇が厳しい線に結ばれた。「古い非難を投げつけて、ぼくの気をそらそうとするのはやめろ。いま問題になっているのは、きみのきのうの行動だ」

「薬効のある液体を試して、さまざまな効能を記録したのよ」ヴィクトリアはつんと頭を持ちあげた。純粋に科学的な調査に問題はないでしょう。あるなら言ってみたらいいわとヴィクトリアは憤然と考えた。

「それで、その薬効のある液体というのは全部、ブランデーになにか加えているんだな？」

「いいえ、もちろん違うわ。いくつかの薬草はエールに溶かしたし、シェリーとクラレットに混ぜたのも少しあったわ。ほら、どのお酒がどの薬草と合うかわからなかったから」

「なんてことだ。それで、その実験で何杯くらい飲んだんだ？」

ヴィクトリアはこめかみを揉んだ。頭痛はどんどんひどくなっている。「正確な数は覚えていないけれど、ドクター・ソーンビーの実験の本にはちゃんと記録されているはずよ」

「牧師夫妻も関わっているのか？」

「そうね、実を言うと、ミセス・ワースはかなり早いうちに寝てしまったの」ヴィクトリアはなだめるように言った。「そして、ワース司祭はその調合薬のひとつをかなりたくさん飲んだあと、隅に行って、壁に向いて座っていたわ」

「きみがなんの調合薬を飲んだのか、聞くのもこわいな」

ヴィクトリアが顔を輝かせた。「あら、わたしは実験のあいだずっと純粋な蒸留酒だけ飲んでいたのよ、ルーカス。ほかの混合薬の効果を判断する基準となるために。この実験において、とても重要な役割よ」

ルーカスは小さい声で悪態をつき、それから黙りこんだ。大きな柱時計の時を刻む音が部屋に響く。ヴィクトリアはそわそわし始めた。

「残念だが、きみのためにもうひとつルールを決めなければならないようだ、マダム」ルーカスがついに口を開いた。

「それをおそれていたのよ」反撃したくても、頭痛がひどすぎた。対立するための意欲を掻き集めることもできなかった。いまはただベッドに戻って横になりたかった。

ルーカスはヴィクトリアの不機嫌な表情を無視したが、新しいルールを説明し始めた時、その声は思いのほか優しかった。「今後、ぼくが許可しないかぎり、いかなる科学的実験にもかかわらないこと。はっきりわかったか？」

「毎度のことだけど、あなたの言い方は耐えがたいほどはっきりわかるわ」ヴィクトリアはまた頭を高くあげた。「結婚って、女性にとっては本当につまらないものね？　冒険なし、知的探求もなし、自分のお金を使う自由もなし。女性たちはいったいどうやって一生耐えているのかしら。退屈で死んだりせずに」

ヴィクトリアは立ちあがり、扉から出ていった。


その晩ルーカスはベッドに横になり、窓越しに月を眺めていた。一時間前に彼の部屋とのあいだの扉の向こうでなにか大きい重たいものを引きずる音がしたあとは、ヴィクトリアの部屋からなにも聞こえてこない。

妻が自分の寝室に立てこもる音に耳を澄ませていた時にはいらだちが抑えられなかった。そもそも、妻が人の手を借りずに重たいものを押していることが耐えられなかった。少なくとも、使用人の手を借りるべきじゃないか？　さすがの妻も、このささやかな反抗に手を貸してくれとは、恥ずかしくて従者や侍女に頼めなかったのだろう。

その一方で、闘志が見えたのはいい兆候だと、ルーカスは自分に言い聞かせた。けさよりはずっとましな気分になっているに違いない。事態は平常に戻りつつある。

平常。ヴィッキーとの生活にその言葉が当てはまるとすればの話だが。

ルーカスはベッドカバーを押しのけて、ベッドからおりた。

彼のなかの戦略家の部分は、きょうの対立が避けられなかったことを知っていた。どうしても避けられない戦闘はある。それが起こった時、男は断固たる態度で戦うことしかできない。

ヴィッキーはまだこの結婚を完全に受け入れてはいない。独立心旺盛で気が強いうえに、あまりに長く、自由な行動を許されてきた。それでも、彼が現れるまでは、彼女自身の知性と生まれつきの親切な性格、そして社交界における叔母の立場を危うくしたくないという願いが抑制になっていた。

けれどもいま、妻が夫のことを、自分の前に立ちはだかり、自主性を脅かす存在と見なしているのをルーカスは知っていた。彼に対する感情と、結婚にとらわれたという怒りのはざまで引き裂かれている状態だ。

ロンドンの舞踏会で彼女が踊っていた男たちを思いだして、ルーカスはうなった。彼女は身の程をわきまえた男たちに慣れ、男たちを支配することに慣れている。

だが、ルーカスは感じとっていた。本人はわかっていないかもしれないが、彼を支配できないというまさにその事実が、最初に彼女がルーカスに惹かれた理由のひとつであることを。ヴィクトリアは強い女性だが、その自分より強い男を必要としている。

だからルーカスを見つけた時、彼を試してみたい気持ちに抗えなかったのだ。

表立った戦いになったことは残念だが、戦線が開かれたいま、負けを認めてヴィクトリアに勝手にさせるわけにはいかない。そんなことをしたら、将来が地獄となることは間違いない。

ヴィクトリアにとっても自分にとっても、人生が劇的に変化した。それを彼女になんとか理解させせなければならない。いまや、自分たちのことだけでなく、次の世代のことを考えなければならない。ストンヴェイルのような地所は子孫のために保持すべきものだ。将来のための投資だ。現在のためではない。

そして、その子孫は自分とヴィクトリアの血を引くことになるとルーカスは思った。つまり、ヴィクトリアはこの土地に対し、彼と同じくらい深い利害関係を持っているわけだ。ふたりとも、結婚前にやっていたような向こう見ずなやり方を続けるわけにはいかない。

なんてことだ。自分は本物の堅物になりつつあるらしい。

もしかしたら、コールブルックの新しい世代がすでに彼女のお腹のなかにいるかもしれない。ヴィクトリアが彼の赤ん坊を身ごもって丸くなっていく姿を思い浮かべただけで、わくわくするような満足感を覚えた。

それから、その妻が自分の部屋の扉の前に重いものを置く様子が目に浮かび、ルーカスは顔をしかめた。もしも妊娠しているなら、なおさらそんな行動を許すわけにはいかない。彼女は彼の保護下にある。本人が好もうと好まざると、彼が面倒を見る。

しかし、まずは妻のとげだらけの防御壁を突破する方法を見つけなければならない。ルーカスはレディ・ネトルシップの庭にあったサボテンを思いだして思わずほほえんだ。そして、衣装部屋に行き、シャツとズボンを取りだした。

窓の外の横桟の上に彼が現れた時、夜の銀色の光に照らされて黒々と浮かびあがった男っぽい危険な姿にヴィクトリアはすぐ気づいた。悪夢に出てくる光景ではなかった。ルーカスだった。その瞬間、自分が彼を待っていたとわかった。

続き部屋の扉の前に化粧台を置くようなささやかな抵抗を彼が放っておくはずがない。ヴィクトリアは身を起こして膝を抱え、横桟の上の黒っぽい姿が窓を開けて彼女の寝室に入ってくるのを見守った。彼はちゃんと服を着ていた。

「なるほど、化粧台だったのか」ルーカスが続き部屋の戸口をちらりと見やり、冷静な声で言った。「そんな重たいものを動かしてはだめだ。次の時はだれかに助けてもらいなさい」

「次の時があるのかしら？」ふたりのあいだの張りつめた挑戦を肌で感じながら、ヴィクトリアは静かに問い返した。

「おそらく」彼は歩いてきてヴィクトリアのベッドの足元に立った。「ぼくたちはしょっちゅう喧嘩する運命にあるのではないかと思うからね、ヴィッキー。きみの向こう見ずなやり方とぼくの嘆かわしいほど退屈でのろいやり方を考えれば、避けられないだろう」

「退屈でのろいというのは、わたしがあなたを形容する言葉とは違うわ、ルーカス。傲慢とか支配的とか頑固というほうがずっと合っていると思いますけど」

「そして、堅物？」

「残念だけど、そうね。堅物というのも、最近のあなたにはぴったりかも」

ルーカスは片手でベッドの支柱を握り、あわれっぽくほほえんだ。「安心したよ。きみがぼくのことをそこまでひどく思っているわけじゃないとわかって」

ヴィクトリアが身をこわばらせた。「ルーカス、こんな真夜中にここに忍びこんで、夫の特権を主張できると思っていると一瞬でも信じているならば、それは間違いよ。このベッドに入ろうとしたら、家じゅうに聞こえるくらいの悲鳴をあげるから」

「それはどうかな。使用人たちの前で、ぼくのことも自分のこともはずかしめたくはないだろう。いずれにせよ、ベッドに忍びこめばきみの怒りが和らぐと考えるほどぼくが愚かだと思っているならば、それはあまりにぼくを誤解している。まあ、前にもぼくを過小評価する傾向について警告したが」

ヴィクトリアが彼に用心深い目を向けた。「それでは、なにをする計画なのかしら?」

彼はヴィクトリアから目をそらし、肩越しに開いた窓辺を見やった。カーテンがひるがえり、夜の大気をかき乱している。「夜が呼んでいる、マダム。きみがその呼び出しに応えないはずはない。真夜中に馬で走ったことはあるかい?」

ヴィクトリアは彼を凝視した。「真面目に言っているの?」

「これ以上真面目だったことはない」

「この時間に馬に乗りに行こうと誘っているの?」

「そうだ」

「なにかの策略でしょう? わたしを油断させて、あなたの横暴さに対する怒りを忘れさせようとしているの?」

「そうだ」

「否定さえしないのね」

ルーカスのすくめた肩がすべてを物語っていた。「なぜ否定しなければならない? 本当のことだ」

「つまり、わたしはあなたの提案を拒否すべきだということね」

彼のいたずらっぽい笑みが暗がりできらめいた。「疑問はすべきかどうかではない。できるかどうかだ」

ルーカスはわたしのことをよくわかっていると、ヴィクトリアは思い、唇を噛んだ。彼と一緒に行っても降伏とは言えない。貴重な冒険の機会を活用するだけだ。月の光を浴びて馬を駆る。とてもおもしろそうだ。しかも、ずっと前に頭痛は治っていたが、まったく眠れなかった。

「わたしが同行することを選んだら、あなたはきっと勘違いするわ」ヴィクトリアは言った。

「そうかな？」

ヴィクトリアはにこりともせずにうなずいた。「あんな仕打ちをしておいて、わたしが許すと思うでしょう」

「そんなにたやすくきみが許してくれると思うほど、ぼくは愚かではない」

「それはよかった。だって許さないから」

「わかっている」彼が重々しく言う。

「わたしが降伏したとは思わないでしょうね」

「そうでないことは、きみがすでにはっきりさせている」

ヴィクトリアはもう一秒だけためらい、それからベッドを飛びだして衣装だんすまで走っていき、ロンドンの真夜中の冒険で穿いたズボンを見つけだした。

「うしろを向いていて」寝間着を脱ぎながら命令する。

「なぜだ？　ぼくはもう何度もきみのはだかを見ているのに」彼がベッドの支柱にゆったりもたれ、胸の前で腕組みした。「それに、男もののズボンをきみがどうやって穿くのか見たかった」

ヴィクトリアはルーカスをにらみつけ、服を持って部屋を横切り、反対側に置かれたついたての陰に入ってズボンを穿いた。

「もう紳士の格好は飽きただろう。認めろよ、ヴィッキー」

「わたしはなにも認めません」

十分後、首のまわりに琥珀色のスカーフを巻いて、ズボンとシャツの上にフードがついたマントを羽織り、手に頭絡を持って、ヴィクトリアは厩の外に立ち、ルーカスがヴィクトリアの雌馬と眠そうな彼のジョージにすばやく鞍をつけるのを眺めていた。

「こんなことをして、後悔することにならないことを願うよ」ヴィクトリアが馬に乗るのに手を貸しながら、ルーカスが言う。

「考え直すのはもう遅いわ」ヴィクトリアは手綱を取り、馬にまたがるという、ふだんは女性に許されていない自由を心から楽しんだ。「自分の良識ある判断に逆らっている時のあなたが一番好きだわ。さあ、行きましょう」

「ゆっくりとだ」ルーカスは鞍にまたがりながら、うしろから声をかけた。「真夜中だからね、ヴィッキー。気をつけて馬を導いてくれ。道からはずれるな」

「でも、森のなかを通っていきたいのに」ヴィクトリアは抗議した。

「侵入者用のわなが全部撤去されているかどうかわからない。だから、道を行こう」

気分が浮きたっていたせいもあり、ヴィクトリアはそれ以上言い張らなかった。いまは月明かりのなかを馬に乗って出かけるだけで大冒険に感じる。雌馬を道のほうに向けると、気立てのいいジョージが並んで歩調を合わせた。

ストンヴェイルの屋敷から門に続く道の両側には木々が並び、自然の天蓋になっている。その下を抜け、ふたりはしばらく馬を歩かせた。ずいぶん経ってからルーカスが口を開いた。

「牧師とは、もっとたくさん木を植える計画について話した。おそらくカシかニレだな。ぼくたちの子どもや孫たちのためのいい投資になるだろう」

「ルーカス、今夜は投資の話をしたい気分じゃないのよ」ヴィクトリアは言った。

「では将来のことは？　将来のことは話したいだろう？」

手綱を持った手に思わず力が入った。「いいえ、とくには」

彼の声は優しかった。「もう赤ん坊を身ごもっているかもしれないと思わないか？」

「それも、いま考えたいことではないわ」

「その話題がおそろしいのか？　驚いたな、ヴィッキー。きみは臆病者じゃないはずだ」

「跡継ぎの話をするために、わたしを外に連れだしたの？　それならば、もう帰るわ」

ルーカスは一瞬黙った。「ぼくのことを憎んでいるから、ぼくの子どもを身ごもりたくないということか？」

「あなたを憎んでなんかいないわ」ヴィクトリアはあわてて言った。「そういうことを言っているんじゃないのよ」

「それを聞いて安心したよ」

ヴィクトリアはため息をついた。「ただ、今夜はあなたの跡継ぎのことは話したくないだけ。ほかの晩もだけど。あなたとわたしのあいだのことが解決するまでは」

「ぼくたちのあいだを邪魔しているのはきみの自尊心と、自立した立場を失うかもしれないというきみの恐怖心だけだ。自由でなくなったのは自分だけじゃないとわかれば、少しは気分がよくなるか？」

ヴィクトリアは横目で彼を見やった。「自分のことを言っているの？」

「そうだ」

「わたしには、充分自由そうに見えるけれど」

「周囲を見まわしてくれ、ヴィッキー。ぼくはストンヴェイルを受け継いだ日に、すべての自由を失った。この土地と子孫に対する責任に一生涯縛られる」

「そして、あなたはどんなことが起ころうが、必ず責任を全うする人ですものね」そう言いながら、ヴィクトリアは馬の両耳のあいだに見える前方の地面に気を配った。

「ぼくは最善を尽くすつもりだ、ヴィッキー。その責任のいくつかはきみが気に入らないことかもしれない。だが、覚えておいてほしい。ふたりが戦っている真っ最中でも、いまはちょうどそうだと思うが、ぼくは、それがぼくたちのために、ぼくたちの将来のために最善と思うからやっているんだということを。簡単な気持ちできみに反対などしない」そう言って小さくほほえんだ。「本当だ。きみと争うのは大変な努力を要するから、ささいないさかいに時間と気力を費やす余裕はない。可能ならば、つねにきみを甘やかしているほうがずっといい」

ヴィクトリアは憤慨した。「わたしを甘やかすですって？」

彼が真夜中の周囲を身振りで示した。「まわりを見てごらん。きみの知り合いの男で、ただきみを喜ばせるためだけに、こんな真夜中に暖かなベッドから起きだしてくるやつがいるか？」

口元がゆるんで笑みになるのが自分でもわかった。ルーカスとの夜のこの時間の外出には、ヴィクトリアの五感に幸福感をもたらすなにかがある。いまの瞬間、丸一日煮えたぎっていた激しい怒りはもはや湧いてこなかった。「それについては、知り合いの男性たちがこんなふうに機嫌を取ってくれるとはたしかに思えないわね。調べたことはないけれど。もしも訊ねて歩いたら、わたしを甘やかしてくれる気高い男性がひとりかふたりはいるかもしれないわ」

「きみがそんな調査をしているところを見つけたら、一週間は馬に乗れないようにしてやる」

ヴィクトリアはおもしろがっている表情をさっと消した。「あなたが甘やかすというのはその程度なのね」

「限界があると言うことだ、マダム。残念ながら、そこはきみが学んでもらわねばならない」

「わたしは、化粧台を毎晩扉の前に置き続けることができますから」ヴィクトリアは警告した。

ルーカスが自信に満ちた笑みを浮かべた。「ぼくの窓からきみの窓にいける横桟は充分広いから、月が出ていなくても安全に歩ける。だが、警告しておこう、マダム。悪天候のなかでそれをやることになれば、着いた時に非常に寛容な気分でいることは保証できない」

「そんな時でも、わたしの部屋の窓に来るつもりなの？」

「そうだ、ヴィッキー。日の出と同じくらい確実だ」

危険覚悟でもう一度彼を見やると、ヴィクトリアをじっと見つめているのがわかった。彼の瞳が月明かりを反射していたからだ。そのまなざしがもたらす抗しがたい力にヴィクトリアの全身が反応した。彼はわたしを欲していて、しかもそれを隠そうとしていない。その事実に自分の持つ力を実感し、めまいがするほどの興奮を覚えた。

その時、ヴィクトリアの馬が静かな声でいなないた。

「ルーカス、わたし……」

「しーっ」彼が自分の馬の手綱を引き、手を伸ばしてヴィクトリアの雌馬も止めた。彼の官能的な雰囲気が一瞬で警戒態勢に変化した。

ヴィクトリアも本能的に声をひそめた。「なにがあったの？」

「ぼくたちのほかにもだれかいるようだ」彼が言う。「急げ。森に入るぞ」

ヴィクトリアは反論しなかった。彼の馬に従って道の脇の森に入る。そして、木々の陰の隠れ場から月明かりに照らされた道を眺めた。

「だれから隠れているの？」小さい声で訊ねる。

「わからない。だが、この道で真夜中に仕事をしている人間がひとりいるのではないかと思う」

「追いはぎね」ふいに息苦しさを覚えた。「結局、この地所を出ていっていなかったのね。ルーカス、どきどきするわ。本物の追いはぎに出会ったことがないもの」

「それならぼくに感謝すべきだな。きみが今夜追いはぎに出会うことになったのは、ぼくの責任だからね」

遠くからぱかぱかと蹄《ひづめ》の音が聞こえてきた。一瞬のち、農耕用らしいずんぐりした馬が黒々した人影を乗せてカーブした道の向こうから姿を現した。追いはぎはぼろぼろの黒いマントを着ているようだ。顔の下半分をスカーフで隠している。

近づいてくると、ヴィクトリアの位置からも、その男がせっかちに馬の丸い腹を蹴っているのが見えた。夜の大気を通して、乗り手のあせっているような声がはっきり聞こえてきた。

「急げ、役立たずだなあ。ひと晩中歩いてらんねえぞ。もうすぐあの馬車が来てしまう。速く行けよ、このでぶっちょ」

馬はとぼとぼと歩き続け、乗り手が向きを変えると、道の逆側の森に入っていった。

ヴィクトリアは、自分とルーカスが道のこちら側に閉じこめられたことに気づいた。追いはぎにしろなんにしろ、あの男がここから立ち去ることを選ばないかぎり、自分たちは道に出られない。横で、ルーカスが小さい声で悪態をつくのが聞こえたような気がした。しかし、彼の注意をとらえて、この窮地からどうやって抜けだすつもりなのかを聞く前に、馬車の車輪のがらがら鳴る音が静寂を破った。

どうやら、自分たちは地元の追いはぎが仕事をするのを目撃することになるらしい。

数秒後、年老いた馬たちに引かれた同様に年代物の馬車がカーブした道の向こうから現れた。安定した速度でこちらに向かって走ってくる。

追いはぎが馬を駆って森から出てきて、道の真ん中をふさいだ。大きなピストルを振りまわす。

「止まれ」大きな声で叫んだ。「有り金置いて行け」

御者がびっくりして悲鳴をあげ、手綱を引いて駆け足をさせていた馬を止めた。

「なんだ、おまえは」御者が不安そうに声をあげる。「なんの騒ぎだ？」

「聞こえただろう。客に有り金渡せと言え。さもないと、おまえも客もひどい目に遭うぞ」

ルーカスがため息をついた。「やれやれ、このあたりで、こんなばかげたことを許しておくわけにはいかない。ここにいてくれ、ヴィッキー。ぼくが呼ぶまで森から出てくるな。わかったか？」

彼が強盗を止めるつもりであることはすぐにわかった。「わたしも手伝うわ」

「きみは手伝わない。この場所からも動かない。これは命令だ、ヴィッキー」

ヴィクトリアの答えを待たず、ルーカスはポケットから拳銃を出すと、馬をうながして追いはぎの背後の道に出ていった。

15

「もういいだろう。だれかが怪我をする前に銃を渡せ、小僧」ルーカスの声は驚くほど落ち着いていた。そのきっぱりした口調はめったに使わないが、使えば絶大な効力を発揮する。抗しがたい威厳があって、即座に従わねばならない気にさせられるのだ。不本意ながら、ヴィクトリアもさすがだと認めざるを得なかった。

追いはぎがぎょっとして鞍に乗ったまま振り返った。「なんだ……？　くそっ、おまえはだれだ？　この馬車はおれのものだ。おまえはほかで別なのをさがせ。おまえなんかと分けるつもりはないぞ」

「きみは誤解している。小僧。馬車がほしいわけじゃない。ぼくはぼくの仕事をしているだけだ。さあ、銃をこちらへ」

「おまえだれだ？」追いはぎの声が震えているのがわかった。「何者なんだ？　まさか、戻ってきたとみんなが言ってる幽霊じゃないよな？　あり得ない」

「銃をこちらへ」少し語気を強めただけで、追いはぎはすぐに伸ばされたルーカスの手に拳銃を落とした。「賢いやつだ。では、乗客に会うとしようか」

その時、明らかに、立ち向かわねばならない追いはぎがひとりでなくふたりに増えたという印象を受けたらしい御者が、機会とみて御者席から飛びおり、転がるように茂みに逃げこんだ。

乗客のひとりが窓から外を見て、御者が持ち場を放棄したことに気づいたのか、馬車のなかでつんざくような悲鳴をあげた。

その金切り声に動揺した馬たちが飛びあがり、ものすごい勢いで走りだした。持ち手を失った手綱がばたばたと跳ねまわる。

「くそっ」馬車が走りすぎる時にルーカスが馬の一頭をつかもうとしたが、うまくいかない。その瞬間、追いはぎが好機と見たらしく彼の太った馬の腹を猛烈に蹴飛ばした。おびえた馬が飛びだし、馬車とは逆方向に重そうな音を立てて走り去った。

馬車の開いた窓からまた悲鳴が聞こえてきた。ルーカスが馬首をめぐらして馬車を追い始めた。ヴィクトリアも時間を無駄にしなかった。彼よりも自分のほうが馬車に近いし、追いはぎは逃げることしか考えていないから、襲われる危険はない。

雌馬をうながして道に飛びだした。「わたしが行くわ、ルーカス。追いはぎをつかまえて」馬車に追いつき、年老いた馬車馬たちの横に並んで自分の馬を走らせ、手を伸ばして一頭の手綱をつかんだ。人間の制御を感じて安堵したらしく、その馬がすぐに速度を落とした。

「頼むから、気をつけてくれ」ルーカスが叫んだ。だが、馬車が安全に止まりつつあるのを見ると、また馬の向きを変え、重たい足取りで走っている農耕用の馬のあとを追い始めた。

ヴィクトリアは馬車馬の汗に濡れた首を軽く叩きながらすばやく振り向き、農耕馬がルーカスの純血種の馬に到底太刀打ちできないことを確認した。追いはぎが逃げられるチャンスはわずかもない。

馬車の全部の馬の手綱を集めてから、顔がもっと陰になるようにかぶっていたフードをさらに引いた。「もう大丈夫ですよ」逃げだした御者に向かって呼びかける。「出てきていいわ。もう危険はないから。御者席に戻ってくださいな、お願い」

頭にターバン状の帽子をかぶった年配の小柄な婦人が馬車の窓から頭を突きだした。「まあ、なんていうこと。あなたは女性じゃないの？　こんな真夜中に女性がズボンを穿いて走りまわるのが許されるなんて、いったいどんな世の中かしら？　あなた、恥ずかしいと思いなさい」

ヴィクトリアはにやりとした。「はい、奥さま」控えめな声で答える。「夫もあなたと同じ意見ですわ」

「で、その夫はどこにいるんです？」

ヴィクトリアはうなずいて道の先のほうを示した。意気消沈した様子の追いはぎを連れ、ルーカスが馬車に向かって歩いてくるところだった。「夫はあそこにおりますわ。あなたのために、追いはぎをつかまえたところです」

「あらまあ。わたくしは追いはぎなんて、いりませんよ」婦人が首を引っこめて、なかでヒステリーを起こしているらしい同行者に向かって言った。「マーサ、その声、いらいらするからやめてちょうだい。そして、御者のジョンを呼び戻して。森に逃げこんだはずですよ。最近の使用人はほんとにあてにならないわね」

「ここにいます、奥さま」御者が返事をして、あわてた様子で茂みから姿を現した。「悪者をつかまえる機会を待っていたんです」そして、ヴィクトリアを見やり、ぎょっとして手綱を放した。「あんたも強奪するつもりか？」

「いいえ、わたしは強奪などしないわ」

「なに言ってるの、あなた、この人が追いはぎに見えるんですか？」年配の女性がまた窓から顔を突きだして、馬たちを集めている御者をにらみつけた。「この人は男もののズボンを穿いた女性ですよ。まったく恥ずかしいことだけど。良家の夫人がこんな真夜中に馬に乗って走りまわると考えてごらんなさい。夫に少しでも分別があったら、鞭で打って罰しますよ」

その時ルーカスが捕虜を従えて馬で駆け戻り、婦人の最後の言葉をちょうど耳にした。

「お約束しますよ、マダム。あなたのご忠告を考慮しましょう」

婦人の関心は即座にルーカスに向いた。「あなたがご主人なのね？　いったいなんのために、妻をこんなふうに走りまわらせるんです？」

ルーカスがほほえんだ。「あなたの馬車に追いつくためですよ。かなりむずかしいことでしたが。あなたも同行者も無事ですか？」

「まったく無事。感謝しますよ。友人のところから戻るのが遅くになってしまってねえ。こんな間違いは二度としませんよ。この男をどうするつもりです？」いまだにスカーフで顔を隠してうなだれている追いはぎのほうを顎で示した。

「ああ、それについては」ルーカスが言い始めた。「ぼくのほうでしかるべき筋に引き渡しましょうか？」

追いはぎが異議を申し立てるつぶやきが聞こえたが、すぐにやんだ。

「そう、そう、しかるべき筋ね」婦人がてきぱきと言う。「そうしてください。それを終えたら、奥さんについてどうにかしたほうがいいですよ。ズボンを穿いて真夜中に走りまわることが許されている女性なんて、いい死に方をしませんからね。さあ、ばかげた騒ぎはもうおしまい。帰りますよ、ジョン」

「はい、はい、奥さま」御者が御者席にのぼり、手綱を振るった。馬車ががらがらと進み始め、ほどなく次のカーブに入って視界から消えた。

ヴィクトリアは追いはぎを観察した。さほど見る目がなくても、その馬が近くの農場の馬であることは推測できる。「専門的な追いはぎならば、もう少し速い馬を調達するでしょうね。あなたはだれ？　このあたりの人なの？」

追いはぎがまたなにかつぶやいた。すがるような目でルーカスを見やったのは、まるでそちら陣営の救いを期待しているかのようだ。

「奥さまに答えろ」ルーカスが静かに命ずる。

若者はしぶしぶ手をあげてスカーフをはずした。彼がせいぜい十五歳くらいの少年であることを理解し、ヴィクトリアの胸が痛んだ。少年はおびえた表情でまずルーカスを見つめ、それからヴィクトリアに視線を移した。「名前はビリー」

「ビリー、そのあとは？」ルーカスが忍耐強くうながす。

「ビリー・シムズ」

「そうか。なあ、ビリー、きみは非常に困ったことになっている」ルーカスは言い、拳銃をポケットにしまった。「ストンヴェイル伯爵は、地所の付近で追いはぎが出るのはよくないと考えている」

「偉い旦那がどう思おうと知るかよ」ビリーが感情をあらわにした。「前の伯爵がかあさんとおれと妹を家から追いださなければ、追いはぎなんてやってねえよ。とうさんが高熱で死んじゃったあと、どうしたらよかったんだよ。おばさんの家にその家族と住んでるけど、部屋もないし食べものもない。うちの女たちみんなが飢えるのを眺めてればいいってのか？そんなわけにゃいかない。とうさんが残してくれた拳銃を使って、やらなきゃならないことをやってるだけだ」

ルーカスは黙って、じっと少年を見つめた。「たしかにそうだな、ビリー。きみの立場だったら、ぼくも同じことをやっただろう」

ビリーが戸惑った顔でルーカスを見やった。「あんたは紳士に見える。家がないことなんて、わかんないだろ」

「きみが言ったとおり、ビリー、男はやるべきことをやるだけだ。だが、それはそうとして、ぼくが聞いたところによれば、このあたりもいろいろ変わってきているらしい。ストンヴェイルに新しい伯爵が来たんだ」

「前のよりいいはずねえよ、絶対だ。同じに決まってる。おれやおれの家族みたいな村人から最後の血一滴まで絞りとる。かあさんは、新しくお屋敷に来た人たちが前と違うって言ってたし、幽霊がまた出たって村で噂になっているのも聞いたけど、おれは信じねえ」

「ほんとに信じていないのか？」ルーカスの馬が頭を振りあげる。ルーカスは無意識に馬の首を軽く叩いた。「きみは最初、ぼくのことを幽霊だと思った。違うか？」

ビリーがルーカスに怒った顔を向けた。「あんたがおどかしたからだ、それだけだ。幽霊とかそんなんじゃない」しかし、少年はヴィクトリアの喉に巻かれた琥珀色のスカーフから目を離せないようだった。先ほどは馬車から漏れた光に照らされて、もっとはっきり琥珀色に見えていた。

「そうだったな、ビリー。だが、それはどうでもいい。ぼくたちはいま問題を抱えている」

ビリーが手の甲で鼻を拭った。「なんの問題？」

「きみをどうするかという問題だ、もちろん」

「そのくそったれの拳銃でぼくを撃って、終わらせるんじゃないの？」

「なるほど、それも可能性としてはひとつあるな。追いはぎの末路としては、珍しいものじゃない。きみはどう思う、マダム？」ルーカスがヴィクトリアを見やった。

「わたしが思うのは」ヴィクトリアは優しく言った。「ビリーはあしたの朝、ストンヴェイル伯爵の厩舎に行き、厩舎長に会って、雇ってもらえるはずと言うべきだということ。それまでは家に戻って、お母さんを安心させてあげなさい。息子のことをものすごく心配しているはずだから」

ビリーが急に顔をあげた。「お屋敷でぼくが仕事をもらえるって、なんでそんなことわかるんだ？」

「安心しろ、ビリー」ルーカスが静かに言った。「行けば仕事が待っている。いまのこの仕事よりもずっと将来性がある仕事だ。追いはぎほどの興奮は味わえないが、男はやるべきことをやる、というので、おれたちは意見が合ったものな。きみには養う家族がいるんだから、今週か来週に殺されるかもしれない仕事はやめたほうがいい」

少年がうさんくさそうにルーカスを眺めた。「これってなんかのゲーム？」

ヴィクトリアはフードの陰でほほえんだ。「ゲームじゃないわ、ビリー。家に帰って、お母さんを安心させて、あしたの朝になったら、厩舎長のところに行きなさい。追いはぎで稼ぐほど給金は高くないかもしれないけれど、少なくとも安定するでしょう。それこそ、あなたの家族に必要なものよ。失うものはなにもないでしょう？　うまくいかなければ、いつでもこの仕事に戻ればいいのだから」

ビリーはかなり長いあいだヴィクトリアを見つめて、フードの下をのぞきこもうとしたが、しまいにあきらめ、畏敬の念にも似た表情で頭を振った。「あんたたち、そうなんだろ？　ふたりとも幽霊だよね。琥珀の騎士と彼の貴婦人だ。あんたが巻いているスカーフ、村で言ってたとおりだ。やっと戻ってきて、真夜中にストンヴェイルの領地で馬を走らせているんだね」

「家に帰るんだ、ビリー。今夜はもう充分楽しんだだろう」ルーカスが言った。

「うん、旦那さま。言われなくてもそうするさ。幽霊と話すのは慣れてないからね」ビリーが手綱を引いて腹を蹴ると、ずんぐりした彼の馬は骨ががたがたするほどの勢いで走りだした。

ヴィクトリアは少年が道の向こうに姿を消すまで見送った。それから、フードをうしろに押しやり、くすくす笑った。「あなたと真夜中の冒険に出かければ、絶対におもしろい時間が過ごせることを認めなければね」

ルーカスがぶつぶつと悪態をつく。「必ずなにか起こる」

「そうね。このあとはどうするの？」

「馬車の婦人の助言に従おうかな。きみを家に連れ帰り、尻を叩いて、こともあろうに、男もののズボンを穿いて真夜中に走りまわったことを罰するというのはどうだ？　あまり効き目はないだろうが」

「ええ、まったく効果はないわ」ヴィクトリアが明るく同意する。「どちらにしても、今夜の冒険は最初からあなたの考えだったのだから、わたしを叩くのは公平ではないわ」

「そうかな。だが、ぼくが公平な男だときみは思っていないんだろう、ヴィッキー？　横暴、支配的できわめて冷酷、しかも堅物だと思っている」

ヴィクトリアがまつげを伏せた。「ルーカス、わたしは……」

「気にするな、ヴィッキー。とにかく、戻る時間はとっくに過ぎている。きみも今夜の分の冒険はもう充分だろう」

ルーカスがジョージを先ほど走ってきた方向に向けたので、ヴィクトリアもついていくしかなかった。

三十分後、ヴィクトリアは自分のベッドに無事に戻り、しかもまったくひとりだった。それでも、とても眠れる状態ではなかった。

枕を膨らませて脇を下に横になり、ルーカスの言葉を頭から追いだそうとした。きみはぼくを横暴、支配的できわめて冷酷、しかも堅物だと思っている。

だって、彼はそうだもの。ヴィクトリアはもう百回も自分に言い聞かせていた。けさの対決のあとでは、あれ以上の証拠は必要ない。結婚して妻の財産を支配できたあとは、彼が遅かれ早かれ正体を現し、いわゆる紳士と呼ばれる男たちがするような振る舞いをし始めるとわかっていた。

しかし、自分が知っているいわゆる紳士ならば、かわいそうなジミーを逮捕させ、気のとがめなどいっさい感じずに若者を絞首台に送るか、あるいは、あの少年を撃ち殺し、それをやった自分を英雄だと自画自賛することも、ヴィクトリアにはわかっていた。

でも、自分はさっき、あの地元の若者と話した瞬間から、ルーカスがこの状況をうまくさばいてくれることを疑わなかった。彼が少年を撃たないことも、絞り首にしないこともわかっていた。

真実は、夫がヴィクトリアの知っているほとんどの紳士と全然違っていて、それを自分が最初からわかっていたということ。だからこそ、この状況になるのを受け入れたということ。

でもそれは、ルーカスが傲慢で横暴で支配的ではないという意味ではない。

ヴィクトリアは寝返りをうって逆を向き、ふたりの部屋をつないでいる扉を見つめた。化粧台はまだ扉の前に置かれている。彼はヴィクトリアをこの部屋の戸口まで送ると、まっすぐ自分の部屋に戻っていった。

夜の冒険のあとに、彼がヴィクトリアのベッドに来るかもしれないと期待していた。でも、明らかに彼はその気がなかったらしい。

彼とのあいだの扉を障害物でふさいだのは、さすがにやりすぎだっただろうか。ただの反抗心からだったが、強すぎる一撃で彼の自尊心を傷つけたのかもしれない。彼はヴィクトリアの夫であり、彼には権利がある。

そして、自分も彼の妻であることと、それに伴う義務を否定することはできない。

夜の冒険において同伴者であり仲間だったように、この結婚でもそうなるべきかもしれない。

しかもヴィクトリアはいま、彼と一緒にいたかった。

寝ようとする無意味な努力を諦め、ヴィクトリアはベッドカバーの下から滑りでた。そして、寝間着の裾がくるぶしのあたりをかすめるのを感じながら、扉をふさいでいる化粧台に近づいた。隣の部屋から聞こえてくる音に耳を澄ます。彼も眠れないかどうかわかるだろうと思ったが、なんの音も聞こえてこなかった。

音を立てないよう静かに扉を開けて、彼がぐっすり眠っているかどうか知りたいという衝動はあまりに圧倒的だった。でも、その障害物が問題だった。もちろん、元の場所に戻すことはできるが、そうすればその音でルーカスを起こしてしまう。

窓のほうを見やり、ヴィクトリアは小さくほほえんだ。ストンヴェイル伯爵が窓の横桟を使って部屋から部屋へ移動できるのならば、自分もできるはずだ。

窓辺に行き、窓を開けて見おろした。ここからだと、地面はとても遠いし、ルーカスの部屋の窓までつながっている横桟も思っていたほど幅広くない。それでも、足が悪いにもかかわらず、ルーカスは行ったり来たりしている。

ヴィクトリアは深く息を吸うと、横桟の上に出ていった。薄いモスリンの寝間着にひんやりした空気がしみこんできて、ヴィクトリアは身を震わせた。

壁の冷たい石をつかみ、横向きでじりじりと隣の窓に向かう。思っていたほど簡単ではなかった。高いところが苦手ということにいまごろ気づいたからだ。下を見るたびに目まいがする。

ふたつの窓のちょうど半分まできたところで、ヴィクトリアはぴたりと止まった。これ以上一歩も進めないとわかった。横桟を歩くこの難行を、ルーカスはまるで公園の散歩のことのように話していた。彼がどのようにやってのけたかわからないが、自分は敗北を認めざるを得ない。

深刻な問題に直面していることに気づいたのは、横桟伝いに自室に戻ろうと試みた時だった。戻るのは、進むのと同じくらいむずかしい。

こんなのばかげている。自分がまったく動けないことを理解して、ヴィクトリアはぞっとした。寒さに身を震わせながら石の壁に背中をぎゅっと押しつけ、目を閉じて考えようとする。ここにひと晩中立っていられないことは明らかだ。それから目を開けて、ルーカスの部屋の窓が開いたことに気づいた。

「ルーカス？　ルーカス、聞こえる？」

がっかりしたことに返事はこなかった。使用人のだれかが気づくまで助けを求めて悲鳴をあげ続けるのは、いくらなんでも屈辱的で、考えたくもない。

「ルーカス」今回はもう少し大きい声で呼んだ。「ルーカス、そこにいるの？　もうまったく。ストンヴェイル、これはみんなあなたのせいよ。起きてどうにかしてちょうだい」

「なんてことだ」ルーカスが窓辺に現れた。「きみがなにかやるだろうと予測すべきだったよ。いったい全体なにしているんだ？」

安堵感が全身に広がった。「ちょっと歩こうと思っただけよ」小さい声でつぶやいた。「ただ、高いところがちょっと苦手みたいなの」

「動くな。ぼくがすぐに行くから」

「どこにも行かないわ」彼がなにも穿いていない脚を窓枠にかけ、乗り越えて横桟に立つのを見守った。「まあ、あなた、はだかなの？」

「きみの繊細な感性を傷つけて申しわけない。中に戻って、先に服を着たほうがいいか？」

「いいえ、それはだめ。とにかく先に、このおそろしい横桟からわたしを救いだしてちょうだい」

「わかった、わかった、仰せのままに、奥さま。手伝いができて嬉しいよ。だが、声を少し落としてくれ。さもないと、朝には使用人たちの噂になってしまう」

彼の手に手首をがっしりつかまれて、ヴィクトリアは少し体の力を抜いた。「わたしの部屋に来た時、あなたはいったいどうやったの？」

「ぼくがこの道を使ったのは、横桟の上を走りたかったからじゃない。きみが扉の前に化粧台を置いたから、仕方なく使ったんだ、覚えているだろう？　あの障害物がまだあそこにあるから、きみはここにいるという理解でいいのかな？」

「残念ながら、まさにそのとおりよ」彼に導かれて彼の部屋の開いた窓に着いた時には、感謝の気持ちでいっぱいだった。一瞬のち、ヴィクトリアは無事に彼の寝室におり立った。安堵のため息をつき、両手から埃を払う。「本当にありがとう、ルーカス。実を言えば、あそこにいた時は少しばかり心細かったの」

「そうか。実を言えば、きみがあそこにいるのを見てぼくも少しばかりおそろしかったよ」彼が両手でヴィクトリアの肩を強くつかんだ。「もちろん、ぼくのベッドに来たいというきみの熱意は非常に嬉しいが、次にぼくと一緒にベッドに入りたいと思った時は、いちおう扉をノックしてみてくれないか」

ヴィクトリアは彼をにらんだ。「そんなこと思っていません。あなたが勝手に言っているだけでしょう？」

「そうかな？　では、横桟に出たのは、退屈を紛らわせる方法として、ひと晩中窓から窓を伝って歩く以外に思いつかなかったからか？」

意地を張っても意味がない。彼の寝室に来ようとしたことはどうやっても否定できないからだ。「からかわないで、ルーカス。すでにとても恥ずかしい思いをしているのだから」

彼の顔にゆっくりと官能的な笑みが浮かんだ。「夫婦のベッドで一緒に楽しむことができると認めるのが、なぜ恥ずかしいんだ？」

「そのことじゃないわ。一日中あなたに対して怒っていたのに、不覚にも、わたしがベッドをともにしたいからここに来たという結論にあなたを飛びつかせてしまったこと」

「では、きみがここにいる理由はそうではないと？」

「いいえ、そうよ。でも、だからといって、ほかのことについての考えが変わったわけではないわ。あなたはもちろん、変わったと思うでしょうけれど。もっと悪くすれば、真夜中の冒険に連れていくだけでわたしを従わせられるという結論に達するかもしれない。でも、そういうことではないのよ」

ルーカスが静かに笑った。「きみが恥ずかしいと思うようなことはなにひとつない、ヴィッキー。だが、もしもこう言えば、きみの恥ずかしさが消えるならばあえて言うが、ここにきみがいるからといって、ぼくは永久に許されたという結論には決してならない。むしろ、なぜそうなる？　あしたはまた、きみがけさ開いた戦線に戻る可能性もある。きみが本当にそれを望んでいるならば」

「ルーカス、あなたは救いがたい人だわ。あしたはそんなことにならないとわかっているくせに。今夜あなたと一夜をともにしたあとに、どうすれば冷たい態度を取り続けられるというの？」

「わからない」彼はヴィクトリアを抱きあげてベッドに寝かせた。「どうやるんだろうな？」

ヴィクトリアはまつげの下から、すぐ隣に来た彼を見あげた。「ビリー・シムズの代わりにあなたの厩舎で仕事をしたらいいかもしれないわ。そうすれば、あなたが予定している手当にうわのせできるかも」

彼がヴィクトリアの喉に口づけた。「あの横桟の上で手足と命を危険にさらしたのは、ただ議論を続けたかっただけなのか、それとも、ぼくがきみを愛せるようにここに来たのか、どっちだ？」

ヴィクトリアは体の力を抜いて、彼の首に腕をまわした。「もちろん、あなたが夫としての義務を遂行できるように、ここに来たのよ」

「ぼくもそうだと思ったよ」彼は手でヴィクトリアの乳房を包み、口で唇を覆った。

しばらくあとで、ヴィクトリアは大きなベッドのなかで眠りからぼんやり覚めた。目を開けると、ルーカスが窓辺に立っているのが見えた。片足を横桟にかけている。「いったいなにをしようとしているの？」

「あの化粧台をきみの戸口からどかしてこようとしているんだ。今夜も奥さまは立てこもりを続けたと、侍女に思われたくないだろう？」

「ええ、もちろん思われたくないわ。でも、気をつけてね、ルーカス」

「すぐに戻る」

彼は夜のなかに姿を消し、数分後には、重たい化粧台がもとの場所に戻される音が聞こえてきた。あいだの扉が開き、ルーカスが両手の埃を払いながら、自分の寝室に帰ってきた。

ヴィクトリアは彼をにらみつけた。

「そんな目で見られるとは、今度はなにかやったかな？」彼がベッドのヴィクトリアの隣に滑りこみながら聞く。

「なぜそんなに気楽に、はだかで歩きまわれるのかわからないわ」

「見る人はいないだろう？　きみを除いてだが、もちろん」彼はにやりとすると、片脚をヴィクトリアの脚にからませた。「しかも、きみもぼくと同じくらいまるっきりはだかだ」

「わかったわよ」ヴィクトリアはちょっとためらった。「ルーカス、あなたに言わなければならないことがあるわ」

「なんのことだ？」

ヴィクトリアはルーカスをしばし眺め、言葉を選んだ。「わたしたちの議論について」

「どの？」

「わたしのお金についての議論」

「この話し合いは朝食まで待てないかな？　ぼくは疲れている。馬で真夜中に走りまわり、窓の桟からレディを救出し、重たい家具をもとに戻すのは、ぼくの歳の男にとってはかなりの負担だ」

「重要なことなの、ルーカス」

「わかった、いいだろう。ぼくたちが少しは眠れるように、先に話をすませよう」

「ただ、ごめんなさいって言いたかっただけなの。少なくとも、お金に関する議論のあいだにわたしが言ったひどい言葉のほとんどについては、申しわけなかったと思っているわ」

ヴィクトリアは真剣な顔で言った。

「ひどい言葉のほとんど？　全部ではないのか？」

「ええ、全部ではないわ。わたしが完全に間違っているとは思えないからよ。とは言っても、妻のお金を管理するほかの夫たちとあなたが同じであるかのように言うべきじゃなかったわ。つまり、あなたはわたしが会ったことのあるほかの男性たちとまったく違うということ」

ルーカスがヴィクトリアの胸のあいだにおさまった琥珀のペンダントに手を触れた。「そしてきみは、マダム、ぼくが会ったことのあるほかの女性たちとまったく違う。きみが言ったひどいことのほとんどについて謝ってくれたならば、少なくとも、四半期の決まった手当しか使えないというぼくの脅しは取り消すことができると思う」

「そうよ、そうすべきだと思うわ。本当に、ルーカス、あなたがそのひどい脅し文句を言った時の言い方、どんなに傲慢だったか自分でわかっていないでしょう」

彼は笑いだし、ヴィクトリアを引き寄せて胸に抱いた。「きみの気まぐれをかなえさせるために、ぼくに塀を飛び越えさせようとしていた時の言い方がどれほど傲慢だったか、きみは自分でわかっていないだろう」

「そんなことしていないわ」

「そうかな?」彼の親指がヴィクトリアの頬骨をなぞった。「きみは始終ぼくを試している、ヴィッキー。いろいろなやり方で押して、ぼくがどこまでそれを許容するかを探っている。そして、ぼくが限界に達して、なんらかの形で要求を拒絶すると、即座に、ぼくを妻の金だけを狙う支配的な男の典型と決めつけ、まったく信用できないと非難する」

ヴィクトリアは黙りこんだ。「あなたはわたしの振る舞いをそう思っているのね? あなたを操ろうとする試みだと?」

「ぼくは、きみがこういうやり方を取っているのは、自分はぼくの言いなりになっていないと、そして、自分はぼくを操ることができていると、そして、それによって、きみ自身が追いこまれたこの状況も制御できていると、自分に納得させるためだと思っている。だが、そのせいで、ぼくたちのあいだに気まずい瞬間が生まれているのは事実だ」

「わたしはあなたが、最初からわたしを操り、支配しようとしていたように思えてならないの」ヴィクトリアは静かな声で言った。「叔母の庭で会った最初の晩に、ほかの男性が与えられないものを与えるから、わたしはあなたを断れないだろうって言った時から、そう言っていたでしょう?」

「たしかに言った」

「それで？　そのことについての謝罪はあるのかしら？」

「謝罪する意味がないだろう？　ぼくが遺憾に思っていないのだから」ルーカスがヴィクトリアの顔を寄せて唇をとらえる。「きみを得るためにしなければならないことをしたまでだ」

ヴィクトリアの全身に寒気が伝った。ルーカスはどんな犠牲を払おうが女相続人を手に入れるつもりだった。この契約に愛情は含まれていない。少なくとも彼のほうは。彼は最初から無情に物事を進めてきた。彼の腕のなかに横たわった時はとくに、その事実を思いだす必要がある。こういう時にふたりのあいだがすべてうまくいっているふりをするのはとてもたやすいことだ。彼の目的がヴィクトリアを降伏させることではないというふりをするのもたやすいこと。

「イザベル・ライコットが言っていたわ。女性にとって、弱い男性は簡単に操ることができるから、強い男性よりもはるかに役立つと」ヴィクトリアは彼の唇に向かってつぶやいた。

「ぼくを見てごらん、愛しい人。ぼくはきみの意のままだ。きみの不道徳で官能的な欲望の前で無力な奴隷だ。男がこれ以上に役立つことなどあるか？」

「たしかにそうね。あなたがこの結婚のその領域に関して、少しも出し惜しみしないのは認めないわけにいかないもの」ヴィクトリアは唇を開き、彼の堅い唇の縁に舌を滑らせた。

ルーカスがうめき、この結婚のこの領域において、自分が彼のレディにどれだけ奉仕するつもりがあるかの証明を開始した。

ヴィクトリアは夜明け前にもう一度目覚め、ルーカスが眠りながら、落ち着かなげに寝返りを打っていることに気づいた。彼の腿のぎざぎさの傷跡に手を当てて、こわばった筋肉をほぐす。ほどなく彼は力を抜き、また静かな眠りに落ちていった。

ヴィクトリアは彼の隣に寝たまま、しばらく目を覚ましていた。ここストンヴェイルで最初の夜を迎えて以来、悪夢に悩まされていないことを考える。それでも、つきまとう不安が解消することはない。ヴィクトリアは、なにか暗くておそろしいものが、ゆっくりと自分に近づきつつあるという感覚から逃れられなかった。

ルーカスの堅くて温かい体に身を寄せると、彼の腕が動いてヴィクトリアを閉じこめた。ヴィクトリアは手をあげて、最近よくやるように、喉元の琥珀のペンダントをぼんやりいじった。そしてすぐにくつろいで眠りに落ちていった。

16

「奥さま、聞いてもきっと信じないですよ。昨夜も幽霊が目撃されたんですって。ぞっとするじゃないですか？　でも、このあたりの人たちは、あのふたりの特別な幽霊が出没しても全然気にしていないみたいなんですよ。まあ、田舎ですからね。変わってますよ」ナンがヴィクトリアの黄色い模様のモスリンのドレスの胴着を結び終えて、銀色のヘアブラシを取った。

ヴィクトリアは鏡に映ったナンを眺めた。「あなたが話しているのは、琥珀の騎士と彼の貴婦人のことなの、ナン？」

「ええ、そうです。とにかく、調理場ではそう呼んでいましたよ」

「幽霊が出た場所については、なにか言っていた？」ヴィクトリアが慎重に聞いたちょうどその時、ふたつの部屋のあいだの扉が開いて、ルーカスが彼女の寝室に入ってきた。ヴィクトリアは彼がすでにきちんと服を着ているのを見て安堵し、悪いほうの脚をとくにかばっていないことに気づいてさらに嬉しくなった。

「おはようございます、旦那さま」ナンはすばやくお辞儀をすると、すぐにヴィクトリアの短い髪にブラシをかける仕事に戻り、少しぞんざいに乱した最新流行の髪型に整えた。

「おはよう」ルーカスが気軽に答える。鏡のなかのヴィクトリアと目を合わせ、満足そうにゆったりとほほえんだ。「話を続けてくれ、ナン。幽霊たちはどこに出たんだ?」

ナンの目が輝いた。「道に出たそうですよ、大胆ですよね。想像できます? 貴族の夫婦の幽霊が真夜中に馬に乗るなんて、あり得ませんでしょう? 村の人たちの作り話ですよ」

「ぼくもそう思う」ルーカスはうなずき、鏡のなかのヴィクトリアと合わせた目をきらめかせた。「聡明な幽霊夫婦がそんな時間になぜ馬を乗りまわしているのか見当もつかない。だれが目撃したんだ?」

「それがよくわからないんですよ、旦那さま。調理場で働く娘から聞いたんですけど、その子は厩舎に新しく入った若者から聞いたそうで。けさから働き始めた人ですが、彼がどこで話を聞いてきたかは知りません」ナンが答える。

「きっと、全部が作り話なのよ」ヴィクトリアは言った。「ありがとう、ナン、いまのところ、これ以上用事はないわ」

「かしこまりました、奥さま」ナンはまた小さくお辞儀すると部屋を出ていった。

侍女のうしろで扉が閉まると、ルーカスはにやりとした。「昨夜の出来事にうまいひねりを入れたのは、十中八九ビリー・シムズだな」

「絶対にそうね」ヴィクトリアは笑った。「冗談がどんどん大きくなっているわね、ルーカス」

「幽霊たちが実は現ストンヴェイル伯爵と彼のおてんばな伯爵夫人にすぎなかったと人々が気づいた時に、おもしろがってくれるかどうかは疑問だな。だが、その問題はそうなった時に考えよう。朝食におりていく準備はできたかな？」

「ええ、できたわ。実は、けさはとてもおなかがすいているの」

「なぜおなかがすいたのかな」彼がつぶやきながら、ヴィクトリアのために扉を開けた。

廊下に出ると、ヴィクトリアはルーカスの腕に腕をまわした。「食欲を湧かせるちょっとした運動にまさるものはないわね。旦那さま。ところで、きょうのご予定は？」

「新しい灌漑方法についていくつか思いついたことを検討するために、教区牧師に会う。きみのほうの予定は？」

ヴィクトリアはほがらかにほほえんで階段をおり始めた。「午前中は、もしも厳しい手当しかもらえないことになったら、相談するかもしれない金貸し業者の金利を調べようと思っているけれど」

「無駄なことに力を使わないほうがいい、マダム。金貸し業者のもとにきみが行くのをぼくが許すとしたら、それは、ぼくが戦いを完全に放棄して、白旗をあげた時だ」

「それは興味深い考えだわ。あなたがなにかに対して負けを認めるところなど想像できないもの、ストンヴェイル」

「きみもだんだんぼくがわかってきたようだな、ヴィッキー」

ちょうどふたりが朝食を終えた時に、ヴィクトリアのもとに三通の手紙が届けられた。一通には叔母の印章が押され、もう一通はアナベラ・リンウッドのものだった。アナベラの手紙を先に開けた。

親愛なるヴィッキー

なんて嬉しい騒ぎを引き起こしてくれたのかしら。これが今年のロマンスナンバーワンになるんじゃないかって、みんな言っているわ。レディ・ヘスターリーの娘さんなんて、あなたたちの結婚を祝して、バイロンが一、二篇詩を書くはずだとまで公言したのよ。もちろん、それを聞いたカロライン・ラムはかんかんになったそうだけど。とんでもなくロマンティックなだれかさんのせいで、自分の影が薄くなるのをラムが一番嫌うことは周知の事実ですものね。

どちらにしろ、あなたの結婚の話に比べれば、ほかの噂話はどれも色褪せて聞こえるわ。早く戻ってきてちょうだい、ヴィッキー。騎士道物語から出てきた神話の愛の女神みたいに歓迎されるから。それに、こう言ってはなんだけど、あなたがいないと人生が退屈で仕方ないの。最近わくわくしたのは、ようやくバーティを説得して、バートン子爵の求婚を断らせるのに成功したことだけですもの。彼は（バーティではなくバートン子爵）いまは落ちこんでいるみたいだけど、あの様子では、元気になってほかの女性に関心を持つのも時間の問題だと思うわ。

愛をこめて

アナベラ

「気の毒なバートン、身から出たさびだな」ルーカスがつぶやいた。「女癖が悪すぎる」

「本当にそうよね」ヴィクトリアはおもしろがってうなずいた。次に叔母の手紙を開けて中身にざっと目を通し、うろたえた小さな悲鳴をあげた。「まあ大変。いくらなんでも、こんなひどいことってあるかしら」

ルーカスは新聞から目をあげた。手紙と一緒に届いていたものだ。「なにがひどいんだ？」

「すべてよ。最悪だわ。大惨事よ」

ルーカスは新聞をたたみ、皿の横に置いた。「叔母さんになにかあったのか？　病気でも？」

「いいえ、いいえ、そんなことじゃないわ。わたしたちの身に大惨事が起こったの。ああ、ルーカス、どうしたらいいかしら？　このおそろしい状況から、どうやって抜けだせるのかしら？　こんなこと、とても耐えられないわ」

「その耐えられないおそろしい大惨事について、もう少し詳しく教えてくれれば助けられると思うが」

ヴィクトリアはちらりと目をあげた。顔が深刻そうにしかめられ、眉毛がくっつきそうになっている。「冗談ではないのよ、ルーカス。クレオ叔母が書いてきたところによれば、ジェシカ・アサートンが訪ねてきて、あなたもわたしも社交シーズンが終わる前にロンドンに戻ってきたほうが賢明だと勧めたんですって。レディ・アサートンがご親切にも、歓迎会を開いてくださると言っているそうよ」

ルーカスは考えこんだ。それから肩をすくめた。「おそらく、彼女が正しいだろう。少なくとも悪い考えじゃない。ぼくたちが愛し合って結婚したというみんなの認識を強化できる」

ヴィクトリアは愕然とした。「ルーカス、聞いていたの？　歓迎会をしてくれると提案しているのは、ほかならぬジェシカ・アサートンなのよ」

「ほかにだれがいる？　ぼくたちふたりを知っているし、なにより、社交界では無敵の立場を誇っている」

怒りにかられて、ヴィクトリアはルーカスをにらみつけた。「気でもおかしくなったの？　この件でジェシカ・アサートンに手伝ってもらうことをわたしが許すと本気で信じているの？　あり得ないわ。またあの女性に借りを作るなんて、とんでもありません」

ルーカスが坐っているほうの食卓の端が一瞬しんと静まりかえった。「また？」彼がついに口を開いた。「もしかして、この結婚のために紹介してもらったことを、彼女に対して借りと感じていると言っているのか？」

「からかうのはやめてちょうだい、ルーカス。そんな気分じゃないわ。これはおそろしいことよ。クレオ叔母になんて言えばいいかしら？　どうすれば断れるかしら？」

「ぼくの忠告は」ルーカスは言いながら立ちあがった。「断るべきではないということだ。叔母さんは正しい。このシーズンが終わる前に、ジェシカ・アサートンのような立場の人間が主催する舞踏会に姿を見せるのは賢いことだと思う。社交界に関するかぎり、それによって、きみの結婚に承認印が押される」

ヴィクトリアは耳を疑った。「とんでもない。絶対に断ります。これはあなたや叔母に言われて気が変わるようなことではないわ。ジェシカ・アサートンと彼女の惜しみない親切な支援はもうたくさん。一生彼女に会わなくても全然かまわないわ。ロンドンに行くことが、彼女によるお祝いの舞踏会に出席することを意味するならば、わたしは絶対に行きませんから。考えるのもごめんだわ」

ルーカスがヴィクトリアの椅子まで歩いてきて身をかがめ、ヴィクトリアの巻き毛のてっぺんにキスをした。「ヴィッキー、きみは過剰反応をしている。ジェシカがぼくたちのために歓迎会を開くのは、非常に筋の通った話だと思う」

「いいえ、こんな筋が通っていない話は聞いたことがありません」

「きみが落ち着いたら、もう一度話し合おう。さあ、ぼくはもう行かなければ。牧師というのは、たいてい約束より早めに来るからね」

「これに関して、わたしは絶対に意見を変えないから、ルーカス。警告しておくわ」そして、朝食室を出ていくルーカスの背中をにらみつけていらだちを発散させたあと、最後の三通目の手紙に手を伸ばした。不思議に思ってよくよく眺めたが、宛名の手書きの文字も封印も見覚えがなかった。

せっかちに手紙を開くと、小冊子が一冊と新聞の切り抜きが一枚、そして短い手紙が入っていた。手紙は非常に短かかった。

マダム、知的探求に関するあなたの関心を鑑みれば、同封のものにも深い興味を持つことと思う。死者は必ずしも死者のままでいないようだ。

その文章の最後には、大文字の〝W〟が一字だけ書かれていた。

全身からさっと血の気が引くのを感じ、ヴィクトリアは小冊子を拾いあげて題名を声に出して読んだ。『電気を用いて死者を生き返らせる問題に関するある興味深い実験について』

新聞記事は、ある棺桶を最近掘りだして開けたところ空だったことについて詳述したものだった。遺体の窃盗は、医学学校に解剖用の人体を供給するいい仕事になっている。しかし、その遺体を電気実験のために購入する研究者のグループがあるらしく、その筋が調べているという内容だった。

人生で覚えているかぎり初めて、ヴィクトリアは気が遠くなるのを感じた。なんとかうなずいて従者に合図し、コーヒーのおかわりを頼む。そして、コーヒーが注がれるのを黙って見つめた。時間が止まり、黒い色のコーヒーが注ぎ口からものすごくゆっくりと流れ落ちているように感じた。

自分の指をまったく信頼できなかったので、ヴィクトリアはとても気をつけて繊細な磁器の茶碗を持ちあげると、ひと口でそのほとんどを飲み干した。頭のぐらぐらした感じが消えた。

　くずおれないでなんとか動けると思えるまで待ってから、ヴィクトリアは立ちあがり、手紙とその中身を集めて自分の部屋に向かった。


　ルーカスは最高の気分でホールを抜けて図書室に入っていった。周囲を見まわして満足を覚える。

　ストンヴェイル邸は自分が相続した時とはまったく違う場所になった。上質の木造部は新しい磨き粉の層の下で光り輝いている。色褪せたカーテンは修繕するか取り替えられた。古い絨毯も掃除されて繊細で美しい模様が現れ、窓は朝日を受けてきらめいている。

　いまは充分な数の使用人が働き、家事全般の手順もすでに確立している。新しい制服を着た従者たちは誇りを持ち、食卓に供される料理は新鮮なものが適切に調理されている。

　図書室の窓越しに、ヴィクトリアの指示のもとで庭師たちが改良を施している庭が見渡せた。ヴィクトリアが発注した小さな温室もまもなくできあがる。珍しい植物の仕切り箱がいくつか、すでにロンドンから搬送中だった。

　家の内外でのこうした改革すべてが、ヴィクトリアの時間と専心のたまものであることをルーカスは知っていた。彼女のお金だけでは、ストンヴェイル邸が「わが家」になる奇跡は起こらなかったはずだ。この離れ業には女性の手が必要だ。

　ヴィクトリアはこの結婚に、彼女の財産よりもはるかに貴重なものをもたらした。生まれつきの熱意と知性と寛大な心を持った彼女自身だ。使用人も小作人もみんな彼女を慕っている。村人たちはみな、伯爵夫人が自分たちの店をひいきにする価値があると思ってくれたことに誇りを抱いている。しかも、請求書がいつも滞りなく支払われる事実も知れ渡っていた。この村で購入できる商品の品質がみるみる向上していることは明らかだった。

自分はよい選択をしたと、窓越しに庭を眺めながらルーカスは思った。妻に求めるほとんどすべてを手に入れた。日々を一緒に過ごす知的なレディ、夜には彼のベッドを暖め、炎のように情熱的に燃える相手。これ以上なにを望めるというんだ？

しかし、なまなましい事実として、ルーカスは自分でも奇妙に思うほど満たされていなかった。ほかにいくつかほしいものがあるとつい最近わかったばかりだ。自分は、妻が結婚した日から言わなくなった甘くおののくような愛の言葉を望んでいる。そして妻の全面的な信頼を得たいと願っている。

たしかに、自分には、彼女の愛と信頼を得る資格がないのかもしれない。だが、そのふたつなしで一生を送ることはできないと最近自覚した。彼女が自分の運命を仕事として考えているのがいやだった。彼女にとってこの結婚は単なる財政的な投資なのか。冗談じゃない。妻がこの結婚をそんなふうに扱い続けることを許容するわけにはいかない。

ゴクラクチョウカの絵を見やった。先ほど階下に運んできて執務机の上に飾ったものだ。その絵を見るたびにルーカスは、あの宿屋の晩にヴィクトリアが見せた輝かんばかりの表情を思いだした。

わたし、あなたを愛していると思うの、ルーカス。

椅子に座ったままで、机の真正面に見えるように絵を置き直したちょうどの時、図書室の扉が開いた。ワース牧師が部屋に入ってくるなり、ルーカスにほほえみかけ、嬉しそうに雑誌を差しだした。「『農業評論』の最新刊です。お読みになりたいかと思いましてね」

「ぜひ読みたい。ありがとう。どうぞ坐ってください」

「おお、よく見える。レディ・ストンヴェイルが庭の改修を終えたら、この窓からすばらしい景色が眺められますね」牧師がマホガニーの肘掛け椅子に腰をおろしながら、現在進行中の作業を眺めた。「奥さまはすばらしい方だ、伯爵さま。失礼とわかっていますが、ぜひ言わせてください。男が望みうる最高の配偶者であり協力者だと思いますよ」

「ぼくもちょうど同じことを考えていました」

「村人たちが最近はあたりまえのように、奥さまのことを琥珀の貴婦人と呼んでいるのを、もちろんご存じだと思いますが？」

ルーカスはにやりとした。「小作人たちがぼくを琥珀の騎士と呼び始めるまでは気にしないでおきましょうか。自分たちの領主が幽霊だとは思ってほしくないな。来世まで賃料の支払いを延期できると勘違いされては困る」

「安心してください」牧師がくすくす笑いながら言う。「あなたのことは本物だと思ってますよ。明らかに幽霊ではない。あなたは天性の指導者だ、ストンヴェイル伯爵。ご自分でも気づいているでしょう。その統率力こそ、この土地のここに暮らす人々が長いあいだ必要としていたものです。ああ、そうだ、そういえば」

「なんですか？」

牧師がわけ知り顔で眉を持ちあげた。「昨夜遅くに琥珀の騎士と彼の貴婦人が馬で走っていたと村で聞きました」

「そうですか？」

「村のある若者が見たと報告したんですよ。実は、わたしも自分でその若者に、真夜中にいったいなにをしていたんだと質問しましてね。まあ、見当はつきますが。とにかく、騎士と貴婦人との出会いが、追いはぎというきわめて危険な仕事についての彼の気持ちを変えたんですな。代わりに、こちらの厩舎で働くことにしたようです」

「おもしろくはないかもしれないが、はるかに安全な仕事だ」

「ええ、そのとおりですよ」牧師がほほえんだ。「根はとてもよい少年で、しかも母親と妹を養う責任を負っています。琥珀の騎士が、彼を道で撃ち殺すか、絞首台に送ることを自分の義務と考えなくて、非常に喜ばしい」

ルーカスは肩をすくめた。「騎士もおそらく、若者の無意味な死をあまりにたくさん見てきたのでしょう。幽霊でも、そういうことにはうんざりするんじゃないかな。ところで、ワース司祭、あなたの庭の本の進捗状況をぜひうかがいたいのだが」

牧師が一瞬鋭いまなざしで彼を眺め、それから目をしばたたいて優しい笑みを浮かべた。

「聞いてくださってなんとご親切な。いま、ちょうどバラの章を執筆しているところです」

そう言いながら、牧師は机に飾られた絵に目を向けた。「これはゴクラクチョウカをみごとに描きだしている。細部にいたるまで完璧で、まるでそこに咲いているかのようだ。傑作ですね。どのように手に入れたか、うかがってもいいですか？」

「贈り物です」

「そうですか？　実は、わたしの本に彩色図版を描いてくれる人がなかなか見つかりませんで」

「そのことは、以前にうかがった気がする。植物のことに多少素養があって、しかも腕のいい水彩画家をさがしていると」

牧師はまだヴィクトリアの絵に見入っていた。「これを描いた方なら完璧ですね。まさか、たまたま作者をご存じということはないでしょうね？」

「その画家は女性です。そしてイエスです。あなたのために話をしてみましょうか」

「それは本当にありがたい」牧師が嬉しそうに言った。「こんなにありがたいことはない」

「お安いご用です」ルーカスはうなずいた。「あなたが直接会えるように取り計らいましょう。ところで、森に隣接する農地の灌漑設備について、ぜひ意見を聞かせていただきたい」

ルーカスは机の上に地図を広げて、その土地を指し示した。

「おお、そうだ。その地域の生産性をあげることをしなければなりませんね。どれどれ、見せてください」牧師は地図にかがみこみながら、最後にもう一度ちらりと絵を見あげた。

「無理を言うつもりはないんですが、あなたが言っているその水彩画家と、いつ頃お会いできるでしょうね?」

「すぐですよ」ルーカスは約束した。「非常にすぐ」

二時間後、ルーカスは訪問者を玄関の外まで見送ると、大切なゴクラクチョウカの絵を持って二階にあがっていった。自分がやったことにかなり気をよくしていた。この気分を表す正しい言葉は〝得意満面〟だと、階段の上に達して廊下を自室に向かって歩きながら、ルーカスは思った。

この結婚に、夫と比べものにならない多額のお金を持参した妻に対し、ふさわしい贈り物を選ぶのはこの世でもっともむずかしい課題と言えるだろう。妻にダイヤモンドのネックレスを買うために、その妻自身の相続財産を使うわけにはいかない。

ルーカスは彼の絵をもとの正確な場所にぴったりかけると、数歩さがって眺めてその手際に満足してから、寝室のあいだの扉まで行ってノックした。少し待ったがなんの返事もなく、ルーカスは眉をひそめてもう一度ノックした。ヴィクトリアは寝室にいると、グリッグスがたしかに言っていた。

「ヴィッキー?」

それでも返事がないので、ルーカスは取っ手をまわした。扉を開いて中をのぞくと、ヴィクトリアが窓辺に坐っているのがすぐに見えた。目の前の紫檀《したん》の小さな書き物机の上に、朝食の時に届いた三通の手紙がのっている。彼に気づいて振り向き、笑みを浮かべたが、それはいまにも消えそうな笑みだった。

「ごめんなさい、ルーカス。気分がすぐれなかったので、あがってきて休んでいたの」

ルーカスは奇妙な緊張感で体がざわざわするのを感じた。戦場で最初の一発が撃たれる直前に感じるざわつきに似ていた。「朝食の時は気分がよさそうだったのに」

「この手紙を開ける前はそうだったんだけれど」

ルーカスは少し緊張を解いた。「ジェシカの招待を受けたほうがいいと言ったことをまだ怒っているのかな？」

「いまの気分に、ジェシカ・アサートンはなんの関係もないわ」

「それを聞いてほっとしたよ」ルーカスは部屋に入っていき、ヴィクトリアの向かい側に腰掛けた。脚を前に投げだし、無意識に太腿をさする。「なにがあった、ヴィッキー？　きみの気分はいろいろ経験したが、いまのようなのは初めて見たぞ。正直言って、きみのころころ変わる気分に追いついていくので息が切れている」

「わたしもこんな状況に置かれたのは初めてだから、どう対処していいかわからないの。でも、なにかしなければならない。さもないとわたしの頭がおかしくなってしまうから」

「本当に具合が悪いのか？」彼はほほえんだ。「もしかしたら妊娠では？　それは考えてみたかい？」

「実を言えば、子どもを身ごもるほうが、この件に比べればずっと簡単だわ」

つまりは彼の子どもは身ごもっていないわけだ。ルーカスは失望感に襲われた。「それは残念だ。それなら、なにをそんなに困っているのか、言ってくれたほうがいいと思う」

ヴィクトリアは小さい机にのった手紙を見おろした。また目をあげた時、その琥珀色の瞳は真剣な表情のせいで、まるで驚いているように見えた。

「ルーカス、電気の機械を使って死人を生き返らせることは可能だと思う？」

「死人を生き返らせる？　ばかげている。きみは幽霊役をやりすぎたんだ、ヴィッキー。そういう実験が成功したという信頼できる例は聞いたことがない」

「でも、行われた実験すべてを把握しているわけじゃないでしょう？　最近は英国中の人たちがみんな電気をいじっているもの」

ルーカスは首をかしげた。「そうかな。蘇生の実験が成功すれば、雑誌や新聞に必ず掲載されるはずだ」

「されないかもしれないわ。もしも結果を公表しないようにだれかがお金を払ったとしたら」

ヴィクトリアが非常におびえていることがわかってくると、彼のなかで怒りが沸き起こった。それ以上質問せずに、手を伸ばして、彼女の机に置かれた手紙を取った。アナベラとレディ・ネトルシップの手紙は脇に放りだす。小冊子と新聞の切り抜きをひと目見ただけで、それが消えた死体と蘇生の実験に関することだとわかった。

「興味深いが、成功した話は聞いたことがない。これをどこで手に入れたんだ？」ルーカスは小冊子と切り抜きを示した。

「わたし宛てに送られてきたのよ。朝食の時に開けた三通目の手紙に入っていたの。これと一緒に」ヴィクトリアが彼に短い手紙を渡した。

ルーカスはすばやくそれを読み、激しい怒りをなんとか制御しようとした。「マダム、知的探求に関するあなたの関心を鑑みれば、同封のものにも深い興味を持つことと思う。死者は必ずしも死者のままでいないようだ。W」ルーカスは手を乱暴に動かして、その手紙を机に放りだした。「とんでもない手紙だ」

「ルーカス、これは彼よ。また〝W〟だわ。スカーフと嗅ぎたばこ入れを置いた人」ヴィクトリアもまた自制しようと懸命になっている。

そのせいで表面には出ていない衝撃と恐怖の兆候にルーカスは目ざとく気づいた。戦闘の前夜に、勇敢だがおびえている若い将校に話す時と同じように、わざと冷静な声を保つよう努力する。「落ち着いて、ヴィッキー。これはいくらなんでも行きすぎだ。なにか対策を講じて、この裏にだれがいるのかを突き止めて、必ずやめさせる」

ヴィクトリアの美しい唇が細かく震えた。「この裏にだれがいるかはわかっているわ。サミュエル・ウィットロック。わたしの母の命を奪った男。彼が戻ってきたのよ、ルーカス。なんらかの方法で死人からよみがえって、わたしを殺すか、死に追いやろうとしている。わたしが――」はっと言葉を切り、両手で顔をおおった。「ああ、どうしよう。どうしたらいいのかしら」

ルーカスは立ちあがり、両手を伸ばして妻を抱き寄せた。彼がまわした両腕のなかという円形の避難場所のなかに立ち、ヴィクトリアは震えていた。両手を優しく動かして、ほっそりした妻の背中をなだめるようにそっと撫でながらも、彼の怒りはいまや骨の髄まで凍らせそうに冷えきっていた。

ヴィクトリアの体を苦しめていた震えが次第におさまると、ルーカスはゆっくり妻を放し、化粧台に行ってハンカチを取ってきた。

「死者の復活などというばかげたことを信じて、なんて愚か者だと思っているでしょうね」ヴィクトリアがルーカスに背を向けたままハンカチで涙を拭いながらつぶやいた。

「ぼくが思っているのは」ルーカスは言った。「きみがおびえていることと、だれかがわざとそうしたということだ」化粧台の鏡に映った妻の顔をじっと見守る。「そんなことをしそうなのはだれだ、ヴィッキー？」

「言ったでしょう、サミュエル・ウィットロックよ」

「いいや、サミュエル・ウィットロックではない。彼は死んだ。きみはその手紙の〝W〟の署名におびえるあまり、論理的に考えられなくなっている」

「彼しかあり得ないわ」ヴィクトリアがくるりと振り返った。「わからない、ルーカス？彼は死んでいないのよ。あの晩にあの階段の下で本当は死ななかったか、だれかが電気の機械で生き返らせたかのどちらかだわ。このおそろしい復讐を実行する理由を持つのはウィットロックだけ」

ルーカスはヴィクトリアをじっと眺めた。「それは興味深い意見だ。ウィットロックがきみに対して復讐したい理由はなんだ？」

ヴィクトリアの瞳が計り知れない悲しみに陰った。「ルーカス、それをあなたに言うことはできない。もしも言ったら、あなたはわたしに対する嫌悪感で、わたしを見ることも耐えられなくなると思うから」

ルーカスの口角が知らず知らず持ちあがり、小さな笑みになった。「そんな重大な事実につながる告白ならば、いますぐにすべてを話してくれなければだめだ。さもないと、好奇心のあまり、今度はぼくが死んでしまう」

「冗談を言っているんじゃないのよ、ルーカス。わたしがなにをしたか、あなたには想像もできないと思うわ」

ルーカスはヴィクトリアに近づき、こわばった体をまた彼の胸に抱いた。「安心していい。きみが自分についてなにを言ったとしても、ぼくがきみを見るのが耐えられなくなる可能性はきわめて低い。きみの告白がどんなものであろうと、戦場で見た地獄の断片とは比較になりようがない。さあ、ぼくにすべてを話してくれ、ヴィッキー」

「わかったわ、ルーカス」ヴィクトリアの声は悲しみに打ちひしがれていた。「わたしが警告しなかったとは言わないでね」

「絶対に言わない」

「彼が死んだのはわたしのせいなの」彼の腕のなかで、ヴィクトリアは微動だにせず、その静けさから、彼のショックと嫌悪を受けとめる覚悟が伝わってきた。「わたしが、サミュエル・ウィットロックを殺したの」

「ふーむ」ルーカスはつぶやいた。「そうではないかと思っていたんだ」

ヴィクトリアがはっと頭をそらし、彼を凝視した。「そうなの？　でも、なぜそう思ったの？　わたしはもう何カ月もこの秘密をだれにも言わなかったわ。叔母でさえ、わたしがなにをしたか知らないのに」

「きみがとくになにか言ったとか言わないとかじゃない。ただいくつかのことが若干気になった」

「いくつかのことって、どんな？」

「そうだな。たとえば、ウィットロックの死がきみのお母さんの亡くなってすぐの出来事だったこと。それから、ウィットロックがきみの母親を殺したと、だけど絞首刑にならないと、きみが確信していた事実。そのふたつに加えて、ぼくはきみをかなりよく知る機会があった。ぼくが知りたいと望んでいるようではないにしても、きみが母親の殺害犯を、仕返しもしないまま放置するはずはないと予測するに充分なくらいは知っている」

そのあとにはっきりと間があり、そのあとにヴィクトリアは消え入るような声で言った。

「あなたはあまり動揺していないように見えるわ」

ルーカスは妻の言葉について考えた。「ぼくが動揺するとしたら、それをするためにきみが危険を冒したに違いないという思いだけだ」

ヴィクトリアがため息をついた。「実際に手をくだしたわけではないのよ、もちろん。わたしは彼の告白がほしかっただけ。でも、彼が死んだと知っても気の毒に思わなかったことは認めるわ。実を言えば、心からほっとしたわ」

「無神経な言い方はあまりしたくないが、つまりきみは彼の死を目撃したということか？」

ヴィクトリアはルーカスの胸に顔を押しあてた。「ええ、そう。はっきり目撃したわ。そして、危うく自分の死も目撃するところだった」

「くそっ。どうなったんだ？」

「長い話よ。本当に聞きたいの？」

「丸一昼夜かかってもかまわない、必要とあらば」ルーカスはヴィクトリアを肘掛け椅子に坐らせ、自分も向かい側に腰を落ち着けた。「さあ、ヴィッキー、すべてを話してくれ」

膝の上でハンカチを絞りながらも、ヴィクトリアはひるまずにルーカスと目を合わせた。

「まずわかってほしいのは、わたしの継父がお酒におぼれていたということよ。時には暴力を振るったわ。その酒癖は秘密でもなんでもなかったから、わたしはそれを利用しようと決めた」

「戦略だ」ルーカスが褒めるように言う。

ヴィクトリアは顔をしかめた。「ええ、そうね。でも、戦略というより、それ以外にはなにも思いつけなかったの。叔母のもとに送られるまで数年間暮らしていたから、継父の屋敷については、古い広大な建物だったけれど構造を熟知していた。秘密の通路や長い廊下がたくさんあって、思いがけないところに入り口が隠れていたり、それが思いもよらない部屋に通じていたりするの。その知識を利用して幽霊になり、継父を悩ませたのよ」

「幽霊になって悩ませた？」

ヴィクトリアは鼻をかんだ。「ええ」

「驚いたな」

「ねえ、ルーカス、この話にそんな感心したような様子を見せるべきじゃないわ。あなたは非難しなければいけないはずなのに」

「知的な観点から非常におもしろいと思っただけだ。それのなにが悪いんだ？　死体を復活させようという試みよりははるかにましだ。さあ、続けてくれ、スイートハート」

「たまたま隣に住んでいた友人たちのところに一週間滞在する計画をしていたの。わたしが継父のそばに居づらいことはみんな知っていたし、その人たちは母の友人だったから、わたしに同情してくれていた。その滞在中に何回か真夜中に友人宅を抜けだし、森を抜けて、継父の屋敷に行ったわ。母が結婚した時に着ていたドレスを着て幽霊に扮し、サミュエル・ウィットロックのそばに出没した」

「飲み過ぎでもうろうとして、自分の死んだ妻の亡霊を見ていると思うことを期待したのか？」

ヴィクトリアはうなずいた。「最初は悪夢を見ていると思ったみたい。そのあとは、わたしに話しかけ始めた。気味が悪かった。不気味な光景だったわ、ルーカス。消え失せて、平安を乱すなとわたしに命令した。そのあとは、最初から結婚したくなかったが、金のためにしないわけにはいかなかった。なぜそれが理解できないのかと責めだして、それから、ほうっておいてくれと懇願し、そしてついにある晩、完全に正気を失ったの。ナイフを持ってわたしを追いかけてきて、もう一度殺してやると、今回は殺したことを確認すると言っていたわ」

ルーカスは一秒間目を閉じて、妻自身も死ぬ寸前だったことを考えないように努力した。

「その時、階段から落ちる事故が起こったのか」

「ええ。わたしは追ってくる彼から逃げて廊下を走り、階段をおりだした。彼はすぐうしろにいて、ナイフを持った手を振りあげ、どうやってわたしを殺すか叫んでいたわ。そして次の瞬間、階段を三分の一くらい踏みはずし、それから下までいっきに落ちていったの」

「使用人は？」ルーカスが小さな声で訊ねた。「どこにいたんだ？」

「その頃は屋敷にふたりしか使用人がいなくて、しかもその老夫婦の部屋は遠く離れた裏にあったの。早くさがって、朝まで主人の邪魔をしない習慣になっていたのよ。その晩も、もしかしたら悲鳴を聞いたかもしれないけれど、あの家ではたいして珍しいことではないから、余計なことに首を突っこまなかった」

「なるほど。継父が本当に死んだかどうか確認したのか？」

「いいえ、心底おびえていたから、走って逃げたわ。もしかしたら、あの落下で彼は死ななかったのかもしれない」ヴィクトリアは新聞記事に目をやった。「ルーカス、わたしはもうなにを信じたらいいかわからない。わたしが幽霊になったからといって、それの仕返しのために、自分の葬儀をわざわざやると思う？」

「可能性はある」

ヴィクトリアは唇を噛んだ。「もしもまだ生きていたら、この数カ月はどうしていたのかしら？」

「隠れていたんじゃないか？　きみが官憲に通報するかどうか確認できるまで待っていたとか？」

「彼は亡くなった。彼が死んだことをわたしは知っている。わたしが殺したんですもの」

ヴィクトリアが言った。

「きみは彼を殺していない、ヴィッキー。非常に賢いやり方で彼から告白を引きだすことを試みて、それに成功した。その過程で、危うく自分のことも殺しそうになった。それがすべてだ」ルーカスはきっぱりと断言した。「彼が本当に死んだかどうかに関しては、調べる必要があるな。この小冊子や手紙の件はたしかに、決着をつけるべき問題が残っていることを示している」

「この手紙と小冊子と新聞記事をわたしに送ってきたのがだれかということとか？」

「そうだ」ルーカスはうなずいた。「その点も、できるだけ早く回答を得るべきだと思う。いくつかの疑問のうちのひとつだ。ほかにきみが危うく轢かれそうだった馬車の件もあるし、きみが嗅ぎたばこ入れを見つける前の晩にぼくを襲った追いはぎが何者かという件もある」

「ルーカス、このせいで、気が変になりそうなのよ。だから、このまま放置することはできないわ。どうしても答えを得なければ」

「その点はぼくも心から同意する。さっきも言ったように、できるだけ早く答えを見つけなければならない疑問がいくつかある。調査をするならば、すべてが始まったロンドンで開始したほうがいいと思う」彼がほほえんだ。「これで、レディ・アサートンの舞踏会に招待される以外に、ロンドンに行くすばらしい理由ができたじゃないか？」

ヴィクトリアは弱々しくほほえんだ。「ルーカス、あなたは本当にあり得ない人だわ。こんな時でさえ、あなたの思いどおりにわたしを動かす策略を練っているなんて」

「戦略だよ、ヴィッキー。ぼくはそれが得意なんだ。ところで、いまの件が、さほど仰天するようなものではなかったとわかったところで、きみにささやかな贈り物がある。ゴクラクチョウカの絵のことは覚えているかな？」

「ええ、もちろん。それがどうしたの？」

ルーカスはヴィクトリアにほほえみかけた。「教区牧師が、執筆中の庭の花の本のために、同様の水彩画を半ダース描いてほしがっている」

ヴィクトリアの顔に浮かんだ衝撃の表情は非常に満足のいくものだとルーカスは思った。

17

ヴィクトリアの告白を、ルーカスは当然のことのように、まるできょうの夕食になにを用意させたらいいかと訊ねられたかのように受け入れた。自分はなにを予期していたのだろう？　数日後、ロンドンでもっともはやっている婦人服の仕立屋の店でアナベラとクレオ叔母とともに衣装を選びながら、ヴィクトリアはいまだに自分に問いかけていた。

あのような衝撃的な知らせを聞いた時に、一般的な夫が示すような反応をルーカスが見せると、自分は一瞬でも考えたのだろうか？

ルーカスについて学んだことをひとつあげるとすれば、それは彼がいわゆる一般的な夫とまったく違うということだ。時には傲慢で横暴で頑固、そして、たしかに、いくつかの点についてはまったく融通が利かないが、一方でなすすべなく途方にくれることは決してない。しかも、つねに自分がすべきことをする。ストンヴェイルの地所と人々に対する献身がそれを証明している。

夫についてそれだけ知っていても、あれほどおだやかで実際的な反応は予想していなかった。ヴィクトリアの卑劣とも言える過去を冷静に許容してくれたことには、畏敬の念さえ覚える。もちろん、自分が相手にしているのは普通の男性ではない。ヴィクトリアを賭博場や売春宿に案内し、真夜中の乗馬に連れだした男性だ。

「この絹地はすてきじゃないかしら？　あなたの色だし」クレオ叔母が明るい琥珀色の布地を示した。「とてもすてきな夜会服になりそう」

「あら、本当。ヴィッキー、ジェシカ・アサートンの舞踏会にぴったりだわ」アナベラが断言する。「大きな会ですもの。とても映えて、魅力的に見えるはず。それに、叔母さまのおっしゃるとおり、まさにあなたの色」

「とてもすてきだわ」ヴィッキーは美しい布地を指で撫でた。

「こちらのモスリンはどう思う、ヴィッキー？」クレオ叔母がヴィクトリアのほうを向く。

「そちらもいいわね」ヴィクトリアは目の前のことに意識を向けようと努力した。モスリン地は深い黄色だった。ヴィクトリアはひと目で気に入った。

「でも、レディ・アサートンの舞踏会には合わないでしょう」アナベラが言い張る。

「それなら、水色で縁取りして、外出着にしてはどうかしら？」そう言ってみたのは、美しいモスリン地のほうも諦めきれなかったからだ。

仕立屋はフランス語なまりが強い小柄な女性で、ヴィクトリアの言葉に大げさに同意してみせた。「とてもすてきになると思いますよ、奥さま」

「では、絹のほうを夜会服にして、黄色いモスリンを外出着にお願いするわ」ヴィクトリアはきっぱりと言った。「夜会服のほうは、最新流行の形にしていただきたいの」

「それがいいわ、最高にすてきだと思うわ」アナベラがまた断言する。「こちらのような感じがいいんじゃないかしら」見ていたデザイン画のひとつを示した。

「お似合いになると思います」仕立屋が請け合う。

アナベラが指さしたデザイン画をのぞいたクレオ叔母が眉をひそめた。胸のほとんどがあらわになるドレスが描かれていたからだ。「ルーカスが気に入らないと思いますよ、ヴィッキー？　昨夜の夕食の時にはっきり言っていたじゃないの。あなたに極端に低い襟ぐりの服は着てほしくないと」

「ルーカスはそういうことを言いたがる人なのよ」ヴィクトリアは答えた。「でも、実は流行の服のことは全然わかっていないの。たしかに、レディ・アサートンの舞踏会にこのドレスを着ていったら、そうね、アナベラの言うとおり、最高にすてきでしょうね」

「それはそうかもしれないけれどねえ。まあいいわ、ルーカスの説得はあなたがしてちょうだいね」クレオが言った。「なんと言っても、あなたの夫なのだから」

アナベラがくすくす笑った。「ヴィッキーのことだから、もうとっくにあの旦那さまを、なんでも言うことを聞いてくれる優しい夫に変えているんじゃないかしら」

ヴィクトリアは晴れやかにほほえんだが、心のなかでは、ルーカスがそういう夫になるには、ぎざぎざの縁をまだまだたくさん磨く必要があると認めざるを得なかった。「このドレスなら、彼も絶対に喜ぶわ」

「ああ、ヴィッキー、あなたはわたしたちみんなのあこがれよ」アナベラが賞賛の声で言う。

クレオ・ネトルシップが眉を持ちあげた。「あるいは、とても危険な症例かもしれないですよ。まあいいでしょう。もう出ましょうか。きょうはいくつも予定がありますからね」

ほどなくして、ヴィクトリアも叔母とアナベラを追ってボンドストリートに出ていった。最高級品店の街並みはいつものようににぎわっていた。街の風景に、しゃれた馬車や美しく着飾った婦人たち、奇抜な服をまとっただて男たちがそこここにいる。

クレオ叔母の馬車はその通りの少し離れたところで待っていたが、一同が馬車のほうに歩き始めたちょうどその時、別な馬車がそのうしろに停止した。御者が飛びおりて乗客がおりるのに手を貸している。

おり立ったのはイザベル・ライコットだった。瞳によく映る深緑色のドレスを着て、つややかな黒髪に羽根飾りのついた小ぶりの帽子を上品にのせている。

「あら、おはようございます、レディ・ネトルシップ。お目にかかれて嬉しいわ」

「イザベル」クレオが礼儀正しく頭をさげた。

「そして、光輝く花嫁さん」イザベルが謎めいた笑みをヴィクトリアに向けた。「あなたがストンヴェイル卿と結婚した時は、大騒ぎだったわよ。まあ、ロマンティックなことはたしかね。でも、こんなあわただしい結婚をご両親がなんとおっしゃったかしらねえ」

「もう亡くなっていますから、そこまで重要とは思えませんけれど?」ヴィクトリアは言った。

「そうかしら。ところで、ご夫妻で戻ってきたと聞いたけど。レディ・アサートンがあなたがたのために会を開くんですって?」

「そうですわ」ヴィクトリアは答えた。「ところで、お元気でしたか、レディ・ライコット？」無理に笑みを浮かべる。

「ええ、おかげさまで。ありがとう」

「それから、あなたのご友人のエッジウォース、彼もお元気？」

イザベルの笑顔がわずかにこわばった。「エッジウォースとはしばらく会っていないわ。たぶん元気でしょう。それよりヴィッキー、今夜はフォクストン邸でお会いできるのかしら？」

その質問に答えたのはクレオだった。「少しだけ寄るつもりですよ。でも、長くはいられないのよ。ヴィッキーとストンヴェイルはほんの数日しか街に滞在しないのに、ご招待をとてもたくさんいただいているので。全部を受けるのは不可能なのよ、おわかりでしょう？」

「ええ、想像はできますわ」イザベルがうなずいた。「このシーズン最高の結婚という評価をレディ・アサートンがくだしたいま、どこの屋敷の夫人も、有名なご夫婦が自分たちの舞踏室に来る栄誉に浴したいと願っているでしょうから」

ヴィクトリアはイザベルが仕立屋に入っていくのを見送ってから、叔母とアナベラに続いて馬車に乗りこんだ。「あの人と話すとなんだかいらいらするわ。はっきりどこがとは言えないけれど、どうしても好きになれない」

「だれが？　イザベル・ライコット？　あなたの言っている意味わかるわ。なんとなくかんにさわるわよね」アナベラがうなずく。

「男性に対しては違うんですよ」クレオがそっけなく述べる。

ヴィクトリアは顔をしかめ、動きだした馬車から店のほうを振り返った。「エッジウォースについておかしな言い方をしていたわね」

「彼女の愛人は彼が最初だったわけでもないし、最後にもならないでしょうからね」クレオが言う。「ひとりふたりはつねに従えているから」

アナベラが眉をひそめて考えこんだ。「そういえば、エッジウォースの姿を最近見かけないわ。イザベル・ライコットと一緒のところだけでなく、ほかの人とでも」

「そうなの？」ヴィクトリアは、その小さな情報をルーカスに言うのが待ち切れなかった。

しかしその日はたまたま、ルーカスの街屋敷で、晩餐会に出かけるために一階におりるまで、夫と話す機会がなかった。ロンドンにおける既婚婦人としての最初の晩だったから、ヴィクトリアは細心の注意を払って服を選んだ。黄色とクリーム色のドレスはくるぶしまですっきり流れる上品なデザインだ。琥珀のペンダント以外の装飾品はつけないことに決め、髪に鼈甲《べっこう》の櫛だけ挿した。

ルーカスは玄関広間でヴィクトリアを待っていた。白と黒だけの装いは洗練され、シャンデリアの光に黒髪が輝いている。

下から三段目までおりたところでヴィクトリアは足を止めて彼を見おろし、自分が彼を愛しているように彼が心から愛してくれる日は決して訪れないだろうと思った。望めるのはせいぜいが好意と仲間としての友情、そしてみずからの責任と認める人々全員に与える保護くらいだろう。

彼から得られるものがそれだけだとしても、到底文句は言えないとヴィクトリアは自分に言い聞かせた。夫、とくに金のための結婚をした夫からそれだけ得られれば、ほとんどの女性は満足するだろう。

最後の二段をおりてきたヴィクトリアの手を取り、ルーカスが優しく一礼した。「とても美しい、マダム。自分がこの世で一番幸運な男と思うくらいだ」

ヴィクトリアはほほえんだ。「わたしのほうが幸運と感じているわ」

「さあ、出かけていって、みんなのために演じることにしようか」

「本当にそんな感じだわ。あなたと真夜中の乗馬に行くほうがずっと嬉しいけれど、ルーカス」

「ぼく個人としては、舞踏会場を渡り歩き、興奮した人々に押されたり踏みつけられたり、退屈したりという比較的おだやかな夜を楽しみにしているがね。きみに真夜中に引っぱりだされる時に遭遇する冒険に比べれば、むしろ安らかに感じる」

ヴィクトリアは彼の手に助けられて馬車に乗りこみながら、彼に非難のまなざしを向けた。

「まあ、ルーカス、そんなふうに文句を言うと、まるであなたが真夜中の冒険を楽しんでいなかったようじゃないの。それよりも、あなたにエッジウォースのことを伝えたくて、きょう一日うずうずしていたのよ」

「あの男のなにを？」ルーカスがヴィクトリアの向かいに坐りながら訊ねた。

「きょう、ボンドストリートでたまたまイザベル・ライコットに会ったら、もう彼には会っていないとはっきり言っていたわ。叔母とアナベラの話からも、彼がもう上流階級の集まりにまったく出入りしていないような印象を受けたわ」

「賭博台でさらに損失を重ねて、出てこられなくなっただけかもしれないぞ」ルーカスが控えめな意見を言う。

「ルーカス、あなたは、あの馬車の事故や追いはぎの襲撃に彼が関与していたかもしれないと言っていたでしょう。あの小冊子と手紙をわたしに送ってきたのも彼かもしれないとは思わない？」

「それはぼくも考えた」ルーカスは馬車の窓から外の街路を眺めた。「ぼくが不幸な事故に遭うことをあの男が望んでいるのは間違いないが、きみまで標的にする意味がわからない。ゆすりを計画しているならば話は別だが」

「でも、ゆすりの連絡は来ていないわ」ヴィクトリアは言った。

「わかっている。先ほども言ったが、意味が通らない。これまでのところはだが。どちらにしろ、エッジウォースについて調査をしよう。なにもしないよりはましだろう」

「わたしたちも探偵を雇うの？」そう考えただけでわくわくする。「バートン卿を調べさせた探偵はとても優秀だったわ」

ルーカスがヴィクトリアと目を合わせた。「できれば、探偵は雇いたくないと思っている」

「それはなぜ？」

「なぜなら、それによって、きみの継父の死に関して厄介な疑惑を生じさせ、それがきみへの疑惑に結びつく可能性もないとは言えないからだ」

「まあ」ヴィクトリアは座席に深くもたれた。「たしかにそうだわ。あなたは本当に賢いわ、ルーカス。つねに先を考えているのね」

「そうしようと心がけている」

「では、どうやってエッジウォースを調査するの？」

「クラブで二、三、質問するところから始めよう。エッジウォースくらい賭け事にのめりこんでいた男ならば、だれかがなにかを知っているはずだ」

「いい考えだわ」

「きみが賛同してくれて嬉しいよ。なぜなら、今夜何カ所か顔を出したあと、きみはまっすぐに帰宅しなければならないことになるからね」

「なんですって？　そんなつもりはないけれど」

「だが、そうしなければならない、マダム。きみをぼくのクラブに忍びこませるわけにはいかない。それはわかっているだろう？　しかも、ぼくが一緒でないかぎり、きみに夜中に出歩いてもらいたくない。ということは、きみが安全に家のベッドにくるまれているのを見る以外に選択肢は残されていない」

「あなたは出かけて、情報を集めているのに？」ヴィクトリアはいきりたった。「そんなの不公平だわ、ルーカス」

「これは公平とか不公平の問題ではない。きみの安全の問題だ。これ以上、暴走する馬車や追いはぎや〝W〟がついた物を置いていく幽霊に遭遇する危険は冒せない」

「でも、ルーカス、クレオ叔母かアナベラと一緒にいられるわ。ひとりではないのよ」ヴィクトリアは言い張った。

「それでも充分とは言えない、ヴィッキー。きみの叔母さんやアナベラが暴走する馬車や追いはぎを見張ることは期待できない。そもそも、なにを見張ればいいかもわからないとすればなおさらだ。ぼくはクラブにいるあいだも、きみが安全に家にいるとわかっていたい」

彼が絶対に譲らないことを感じて、ヴィクトリアはかっとなった。「わたしをこの調査から閉めだすことはできないわ。そんなことは許容できません。ロンドンに戻ってくる一番の目的はこの件の調査ということで、わたしたち同意したはずだわ。しかも、これはわたしの件なのよ」

「きみを締めだそうとしているのではない。ぼくがきみと一緒にいられない時に、きみがどこにいるかを知っていたいだけだ。すべての事故はこのロンドンで起きている。だから、街にいるあいだは、ぼくと一緒でなければ、鍵と鍵穴の保護下にいてほしいんだ」ルーカスが言う。その口調は、言葉と同じくらいはっきりしていた。

ヴィクトリアはいらだった。「ルーカス、あなたはたいていの場合はまあまあいい夫かもしれないけれど、そうやって司令官の態度でわたしに命令し始めた時は我慢ならないわ。わたしはあなたの指揮のもとにいる兵士じゃない。仲間なのよ、そうでしょう？　協力して仕事をする立場よ」

「そして、なににもまして、ぼくの妻であり、ぼくはきみの夫としてきみに責任を持っている。命令口調できみの気持ちを害したなら謝る。古い習慣からなかなか抜けられないようだ」

ヴィクトリアは身のすくむような一瞥を彼に向けた。「古い軍隊の習慣のせいにしないでほしいわ。ただの言い訳に過ぎないし、それはあなたもわかっているはず」

「そうか。では正直に言おう、ヴィッキー。時々、きみに対して、直接命令する以外にやりようがない時がある。今夜はそういう時のひとつだ。さあ、絞め殺したいような顔でぼくをにらむのはやめて、愛情あふれる花嫁のまなざしにしてくれ。フォクストン邸に着いたようだ」

「ルーカス、愚かな子どものように扱われるのを、わたしは我慢ができないと警告しておくわ」

「そんなことをしようとは夢にも思っていない」ルーカスは馬車が停まると窓から外をのぞいた。「ぼくらは、レディ・フォクストンが今夜の会に大勢の人々を集める手助けをしたようだ。間違いなく感謝しているだろう。用意はいいか？」

「ひどいわ、ルーカス。こんなやり方で逃げるなんて」馬車からおりて、ヴィクトリアに手を伸ばしたルーカスをにらみつける。「あなたが事実上自分の好きな時にわたしを誘惑できるからといって、あなたの思いどおりに命令できるような、頭が空っぽで意志の弱い女になったわけじゃないわ」

彼は片手でヴィクトリアの指をぎゅっと握った。ふいに彼の目に笑いがあふれる。「どうやら聞き間違えたらしい。いまの話をもう一度言ってもらえるかな、マダム？」

「ちゃんと聞こえたはずよ。あら、見て、あそこにアナベラとバーティがいるわ」ヴィクトリアは輝くような笑みを浮かべた。「ふたりと早く話したいわ」ヴィクトリアはルーカスを引っ張り、フォクストンの街屋敷の表階段に集う人々のなかに入っていった。


彼の妻の時機を読む勘の鋭さは、いつものことながらすばらしい。ルーカスはクラブの玄関前で馬車をおりながら、ひとりでにやにやした。彼には思いのまま妻を誘惑する力があると認めたあの言葉は、即座に妻を家に連れ帰り、ベッドに運びたいという欲求を引き起こすに充分だった。

しかしそうせずに、フォクストン邸の舞踏室にエスコートしていくことを余儀なくされ、そこでは、ヴィクトリアのかつての崇拝者を払いのけることに時間を費やさざるを得なかった。そこにいた多くの崇拝者全員が、彼女がほかの男と結婚したと知るやいなや、心からの苦悶を告白する必要があると感じたらしい。ヴィクトリアが心ゆくまで楽しみ、あちこちで愛想を振りまいているのを見て、ルーカスは帰宅したら必ずその報いを受けさせようと決意したのだった。

どのような報復にするか決めるにはかなりの集中力を要するが、いましばらくは、その全集中力を必要とする別な案件がある。

クラブに入って最初に出会ったのは、ファーディ・メリヴェイルだった。若者は笑顔でルーカスを出迎えた。

「ご結婚おめでとうございます、ストンヴェイル。とても驚きましたが、お幸せを祈ってますよ。それにしても、あなたは幸運な方だ。すてきなレディです、新伯爵夫人は」

「ありがとう、メリヴェイル」ルーカスは自分のグラスにクラレットを注いだ。

「カードをやりにいらしたんですか？」メリヴェイルが訊ねる。

「残念ながら、賭け事に明け暮れる日々は終わったよ。もう妻帯者だからね。ひと晩中カードをしているわけにはいかない」

メリヴェイルがくすくす笑った。「レディ・ストンヴェイルになにか言われたんですね、きっと」

「まあ、ぼくの妻が雄弁であることは間違いない」ルーカスはうなずいた。「なにかおもしろいことはあったかな？」

「ありましたよ。あなたは数週間田舎に行かれていたんですよね？　街を離れる少し前にエッジウォースとああいうことがあったから、きっと関心を持たれると思いますが、最近エッジウォースは全然クラブに現れていないんですよ。もうこのクラブはやめざるを得ないでしょうね」

「エッジウォースが賭け事をあきらめるとは想像できないが」

「ええ、あきらめたわけじゃないと思います。かなりいかがわしい場所で仕事を続けているという噂も聞きました。少し前に、あなたがぼくを救いだしてくれた賭博場で目撃されたらしい。〈緑の豚〉です。汚らわしい場所だが、むしろ、あの男には合っていると思いませんか？」

「たしかに、彼にとってはあそこのほうが居心地がいいだろうな」ルーカスはうなずいた。

それから二時間後、ルーカスは〈緑の豚〉に入っていった。ヴィクトリアを連れてきた時からなにも変わっていなかった。賭博場がしょっちゅう行きたくなる場所ではないとヴィクトリアに理解させるために、ルーカスが熟考のあげくここを選んだまさにその理由である、耐えがたい騒音も相変わらずだった。ルーカスは心のなかでにやりとした。あの晩、ヴィクトリアは最高に楽しんでいた。

エッジウォースは身なりのいい若者たちと一緒にカードテーブルについていた。若者たちがひどく酔っ払っていることは一目瞭然だ。都会生活の底辺を経験することに一夜を費やすつもりらしい。ルーカスはそばを通った給仕女の盆からビールのジョッキを取ると、カードに興じている若者たちのテーブルに歩み寄った。

「皆さん」おだやかに声をかける。「よろしければ、エッジウォースとふたりで話をしたいのだが」

若者のひとりが目をあげて顔をしかめた。「だけど、いまちょうどいいところなんだ。それに割りこむ権利はないでしょう」

しかし、もうひとりの若者はすぐに立ちあがり、遅ればせながらルーカスに気づいたらしく目を丸くした。「すみません、ストンヴェイル。お好きなだけどうぞ。お待ちして、それからまた続けますよ。そのあいだに運が変わるかもしれないし」

ルーカスはその若者を見やり、かすかにほほえんだ。「運が変わる唯一の方法は、別なテーブルを見つけることだ。エッジウォースとやっているかぎり、負け続けることは間違いない」

「一時間ほど前にぼくは数百ポンド勝ったんだ」最初の若者が断言する。

「そうか？　それでいまはどのくらい負けているんだ？」

若者がルーカスをにらみつけた。「あんたには関係ない」

「そうだな。きみはやりたいようにやればいい。ぼくはきみの損失には関心ないからね。さあ、失礼していいかな？」

「来いよ、ハリー」ふたり目の若者がささやき、友人を引きずってテーブルから離れた。

「ストンヴェイルと喧嘩なんて、きみもしたくないはずだ。嘘じゃない。ぼくの友人が半島戦争で彼の指揮下にいたんだ。自分の身の守り方を熟知している男だと言っていた」

エッジウォースは若者ふたりが遠ざかっていくのを見守り、姿が見えなくなると、ようやくルーカスのほうを振り向いた。「毛をきれいに刈り終える前におれの子羊たちをおびえさせては非常に困るんだが、ストンヴェイル。あんたが金と結婚する幸運をつかんだからといって、残りのおれたちが生活のために稼ぐ必要がなくなったわけじゃない」

「夜明け前に、別な金づるを見つけられるさ。きみは昔から、不用心な者を見つけて、ポケットの中身をありたけ巻きあげる達人だったからな。教えてくれ、エッジウォース。死者や死にかけた者たちから盗むよりも、飲みすぎただけの愚かな若者たちをだますほうが楽しいか？」

エッジウォースはテーブルの上のカードを集めて切った。「そうか、あんたはあの日おれを見たんだな。どうだろうかと思ってはいたが。あの時、あんたの首を掻っ切って、確実に死なすべきだった」

「なぜしなかった？」

エッジウォースが肩をすくめた。「正直言って、脚にあんな穴が開いた状態で、あんたが日没までもつとは思わなかった。生き延びるとだれが予想する、ストンヴェイル？　あんたはよほど運が強いらしい」

「つい最近、その運を変えようと試みた者がいる。だれがそうしたがっていると思うか、きみの意見を聞こうと思ってね」

エッジウォースが笑みを浮かべ、半ば閉じたまぶたの奥で目を光らせた。「過去にきみのせいで大金を失っただれかだな」

「そのリストにはきみも含まれるだろうな」

「そうだろうな」

ルーカスは少しためらい、それから言葉を継いだ。「きみを殺さずにはいられないところまでぼくを追いつめようというのか、エッジウォース？」

「安心していい。また決闘を申しこませる気はないさ。だが、幸運が変わったと思ったのはなぜだ？　おれから見れば、ずいぶんうまくやっているように見えるが」

「ひとつふたつ小さな事件が起こった。詳細を言う必要はないだろう。きみが本当になにも知らないならば、知らないほうがいい。しかし、もしもなにか知っているならば、その結果がどうなるか知りたくないか？」

「あんたになにが起ころうと、おれには関係ない。おれにとって、あんたは迷惑でうるさいだけだ、ストンヴェイル」

「ではこうしよう。なにかぼくが変だと思うことがまた起きたら、すぐにきみをさがしにくる。もう少し深く話し合おう。クレリーフィールドでやってもいいぞ？　夜明けに？」

エッジウォースの手はまだカードの上に置かれていた。「おれが犯人でないとすれば、それは公平とは言えない」

「そうだ。だが、人生は不公平なものじゃないか？　きみが死者と負傷者のあいだを歩き、ポケットをあさって見つかるものすべてを盗んでいるのを見たあの日、ぼくはそれを知った」

ルーカスは立ちあがって背を向けると、二度と振り返らずにカードテーブルから歩き去った。

ヴィクトリアが寝間着のまま窓辺にたたずんでいると、背後で部屋のあいだの扉が開く音がした。くるりと振り返る。ルーカスはもう部屋着に着替えていた。

「帰っていらしたのね。ああよかった。とても心配していたのよ」彼のもとに飛んでいき、腕のなかに飛びこんだ。

ルーカスはその勢いを悪いほうの脚に受けてわずかにぐらついたが、すぐにバランスを取り戻し、両腕をまわしてヴィクトリアを強く抱きしめた。「こんな歓迎を期待できるならば、もっとたびたびきみを心配させることにしようかな」

「お願いだからからかわないで」ヴィクトリアは彼の肩に当てていた顔をあげ、顔をしかめた。「どこへ行っていたの？　なにをしていたの？　なにか役立つことがわかったの？」

ルーカスは片手をヴィクトリアの顎に当てた。「質問は一度にひとつだ、ヴィッキー。長い夜だったからな」

「ええ、でも、わたしにとってもそうだったわ。それと、言っておくけど、今後は二度と、あなたが情報を求めて外をうろついている時に、わたしに家にいろと命令しないで。坐ってただ待っているのは、ものすごく神経にさわるから。さあ、なにをしてきたの？　エッジウォースは見つかったの？」

ルーカスは妻を放すと、倒れこむように椅子に坐った。「見つけたが、とくに発見はなかった。彼がなにかを知っているかどうかはなんとも言えない。だが、ぼくに嫌がらせをしたいと思う動機を持っていることはたしかだ」

ヴィクトリアはうなずき、彼の向かい側に坐った。「あなたのおかげで、クラブに歓迎されないようになったから？」

ルーカスは脚をさすった。

「実を言えば、すべてはもう少し前にさかのぼる」

ヴィクトリアは彼をじっと見つめた。「どこまでさかのぼるの、ルーカス？」

「ぼくの脚にこのいまいましい穴が開いた日までだ。エッジウォースもそこにいた」

「その日に彼も戦っていたということ？」

「ちょっと違うな」ルーカスは答えた。「安全な場所から眺めることを選んだと言っておこう」

ヴィクトリアはようやく理解した。「脱走兵だったということ？」

「戦場ではよくあることだ。エッジウォースが最初でもないし、最後でもない。だれでもありうる。地面を踏みしめて、どちらかが倒れるまで撃ち合わないだけの分別をもっと多くの男が持っていれば、戦争も減るかもしれない」

ヴィクトリアは驚きを覚えた。「ルーカス、あなたはエッジウォースが臆病だったことを非難しないのね？」

「する必要はないだろう、たしかに戦火のなかで臆病なのは、賞賛すべき性格とは思われないだろうが――」

「もちろん思わないわ」

「しかし、理解はできる」彼はヴィクトリアに冷静な視線を向けた。「そして許せる。恐怖と折り合いをつけるのは非常にむずかしいことだ。しかも、問題を解決する方法として、戦争はあまりに知性を欠いている。軍隊にいるあいだになにも学ばなかったとしても、それだけは学んだ。男が戦闘の現場から逃げることを選ぶという考えを受け入れるのはさほどむずかしくない。考えてみれば、むしろ理にかなっているとも言える」

ヴィクトリアは最初の衝撃から立ち直り、いま聞かされたことについて考えた。「たしかに一理あるかもしれないわ。クラブで友人たちには言わないほうがいいかもしれないけれど」

ルーカスはほほえんだ。「ぼくもそこまでばかじゃない。こんなことはきみにしか言わないよ、ヴィッキー。きみはぼくがなにを話してもいいとわかっている唯一の人だ」

胸に甘いぬくもりが沸き起こるのを感じ、ヴィクトリアは彼にほほえみかけた。「いまのは、あなたがこれまでわたしに言ったことのなかで一番すてきな言葉だわ。そういうふうに感じてくれているのは、とても嬉しいわ、ルーカス。わたしもあなたに対して同じように感じているからよ。だから、クレオ叔母にも言っていないことをあなたに話したんだわ」

「ぼくも嬉しい」彼がぼそっと言う。

ヴィクトリアは心からの笑みを浮かべた。「でも、戦場での臆病さを理性でどう納得しようと、あなた自身は臆病な振る舞いはできなかったんでしょう。そして、エッジウォースもそれを知っている。だから、あなたに対してうらみを持っているのではないかしら？　逃げるのをあなたに見られたとわかって」

「それは一部分だ。もう半分は、戦闘のあとにあの男がやるのを目撃した。戦場を歩きまわって、死者から盗んでいたんだ」

ヴィクトリアはルーカスを凝視した。「なんてことを。信じられないわ」それから、別な考えが浮かんだ。「その戦場にあなたも倒れていることを彼は知っていたの？　あなたを見たということ？」

「ああ、彼はぼくを見た」

「それなのに、あなたを助けるためになにもしなかったということ？」

「ぼくがそんなに長く生きているとは思わなかったらしい。それに、宝石や時計や記念品を盗むのに忙しかった」ルーカスが説明する。

ヴィクトリアは怒りにかられて立ちあがり、部屋を行ったり来たりし始めた。憤怒に体がぶるぶる震えるなんて、これまで経験したこともなかった。「次にあの男を見たら、わたしが銃で撃ってやる。誓うわ。なぜそんな卑劣なことができるの？　なぜそこまで自分を落とせるの？　あなたをそんなふうに置き去りにするなんて。絶対に許せない」

「あの日にあの男がどん底まで落ちたという点は同意するよ。その後、あの男が名誉を重んじる行動をしてこなかったという点もだ」ルーカスが言う。

「そうね、まったく重んじてないわ。彼がカードでいかさまをしているのをイザベル・ライコットが知ったのかもしれないわね。だから、彼と別れたのかも。イザベルは弱い男性が好きだけど、さすがにその弱さには一線を引くと思うわ」

「そうかもしれない」

ヴィクトリアはまた向きを変え、ルーカスのほうに戻った。「それで、あなたは、事故の背後にエッジウォースがいると信じているの？　彼に関する真実を知っているから、それをうらみに思ってあなたを襲ったの？」

「可能性としてはあるだろう。今夜会った時には言わなかったが、まだほかになにか知っているような印象を受けた。もしもなにか起こったら、まず彼を追及すると言い渡してきた。でも……」

ヴィクトリアは彼をじっと見つめた。「でも、わたしたちに起こったことが、百パーセント彼のせいとは言えない気がするのね」

「もっとなにかあるような気がする」

「それは、事件のいくつかの標的がわたしだったから？」

「ぼくを苦しめるために、エッジウォースがきみを標的に選んだという可能性も充分にあるが」ルーカスが言う。

ヴィクトリアはベッドの端に腰かけた。「結局わからないのがもどかしいわ。あなたがエッジウォースを見つけだす前となにも変わっていないなんて」

「現時点ではそういうことだな。これ以上なにも起こらなかったら、正しい男に警告したということになる」

「そうね」ヴィクトリアは眉間にしわを寄せて、ルーカスが言ったことを考えた。「もしも事件が続いたら、わたしの継父が生きていると思うしかないわね」

「そちらに関しては、もどかしい成果しか出なかったが、もうひとつのほうは今夜大幅に前進したとぼく個人は感じている」ルーカスがさりげなく言う。

ヴィクトリアは興味をそそられて、ルーカスを見やった。「もうひとつのほうって？」

「ぼくが好きな時にいつでもきみを誘惑する力があるときみが認めたことだ」

「ああ、そのこと」ヴィクトリアはほおがかっと熱くなるのを感じた。

ルーカスは立ちあがり、ヴィクトリアのほうにやってきた。「ああ、そのことだ。たぶん、きみには大したことではないだろう。だが、ぼくにとっては、きわめて重大だ。大きな希望を与えてくれたからね。きみが最後の一歩を踏みだして、ぼくを愛していると認めるのも遠くはないという希望だ」

ヴィクトリアは立ちあがり、あとずさりをして彼から遠ざかった。「馬車からおりる時にわたしが言ったことを、そんなに深読みしないほうがいいわ、ルーカス。あなたに対してとても怒っていたから、なにも考えずに言っただけですもの」

ルーカスがほほえんだ。「いまになって、その言葉を撤回するつもりかな？　だが、否定はできないぞ。ぼくが許さない」

ヴィクトリアはうめき声を漏らし、もう一歩さがった。「あなたは勝手に決めてかかろうとしているわ。わたしが降伏したと言いだすつもりでしょう。そうするに違いないわ」

「降伏するのはそんな悪いことか、ヴィッキー？」

「もちろんよ、我慢できないこと」もう一歩さがり、壁にぶつかったことに気づく。目を見開き、ルーカスが大股に歩いてくるのを見守った。

近づいてくる彼の目は異様なほどどきらめいていた。ヴィクトリアの頭の両側の壁にゆっくりと手をつき、両腕のなかに彼女を閉じこめた。

「我慢できない、なるほど？　いいだろう、マダム。では、降伏への一歩ではなく、休戦交渉への一歩と呼んではどうかな？」

ヴィクトリアは深く息を吸った。「わたしの言葉を休戦交渉の一歩と考えるためには、双方が同じ立場に立つ必要があるでしょう。あなたに対して、わたしも同じ力を持っているとあなたが認めなければ交渉はできないわ」

「もちろん、認めるさ」

ヴィクトリアが舌先で唇をなめた。「わたしも思いのままにあなたを誘惑できると認めるの？」

「マダム、きみは客間を歩いて横切るだけで、あるいはぼくの茶碗にお茶を注ぐだけで、ぼくを誘惑できる。ゴクラクチョウカの絵を見るたびにぼくはその気になる」

「まあ」ヴィクトリアがゆっくりと笑みを浮かべた。「これもあなたの得意な戦略のひとつなの、ルーカス？」

彼は言葉では答えなかった。代わりに、めくるめく熱い口づけをした。ヴィクトリアは彼の首に両腕をまわし、彼の体の熱さと力強さを堪能した。

彼が片手をヴィクトリアの脇に滑らせて太腿までおろし、寝間着をウエストまで持ちあげた。

「ルーカス?」

「脚を開いてくれ、ヴィッキー」

ヴィクトリアは小さくうめき、喜びに身を震わせながら彼が指示したとおりにした。彼の手が両腿のあいだに滑りこむ。

「ルーカス」

「いいぞ、愛しい人。そうだ。ぼくはきみからこれがほしい。休戦とでも降伏とでも呼べばいい。それは重要じゃない」

彼の舌が口に滑りこんでくるのと同時に下半身の濡れた熱い部分に一本の指が挿しこまれ、ヴィクトリアは彼にしがみついた。彼が舌と指の両方を動かし、同じリズムで入れたり出したりする。ヴィクトリアは両脚がくずおれるかと思った。

なんとか自分を保とうとしても、もはや彼の部屋着の前をまさぐることしかできない。彼の興奮した堅くて重たいものを見つけ、そっと指で包みこんだ。

「ああ、すごい、ヴィッキー」

彼はヴィクトリアをベッドに連れていって横たえた。そして彼女に覆いかぶさり、乳房にキスをした。絹のような腹部にも、そして太腿の柔らかい肌にも口づける。そのキスがなんの警告もなく、もっと親密なキスに変化した。もっとも秘めた場所に彼の唇を感じ、最初はショックで、そのあとは驚きで、ヴィクトリアは息を呑んだ。

「ルーカス、こんなのだめよ、こんなことするつもりじゃ……」彼の黒髪に差し入れた指がぎゅっと締まり、全身が耐えられないほどこわばる。「ルーカス」

ヴィクトリアが焦がすような絶頂のさなかにいるあいだに、彼が滑るように戻ってきて身を重ね、彼女のなかに深く重たく押し入ってきた。おもわず彼の肩に歯を食いこませる。二度と放さないかのようにしがみついたヴィクトリアの耳に、彼の荒々しい歓喜の叫びが響きわたった。

18

「認めますよ。たしかに、あなたとルーカスは今回のことを非常にうまく乗り切ったわ」クレオが梁にかけられたフクシアの花に届くようにじょうろを持ちあげながら言った。「昨夜のフォクストン邸のパーティでも、あなたは大成功でしたよ。もうジェシカ・アサートンの承認は必要としないわね。社交界の人々はあなたがたがすてきな夫婦だと判断した。その評価を台なしにするようなことをあなたがする暇がないうちに、このシーズンが終わることが望まれるわ」

「望まれるのね」ヴィクトリアは叔母の言いまわしに思わずにやりとした。「ルーカスも同じように思っているみたい。叔母さまと彼とで、わたしの振る舞いについて相談したらいいかもしれないわ」

「話が尽きないでしょうね」クレオがほほえんだ。「前に、あなたと一緒にいると絶対に退屈しないと彼に言ったことはあるけれど」

「醜聞の可能性をなんとか回避したのは、わたしやルーカスではないわ、クレオ叔母さま。それを成し遂げたのは叔母さまよ。ジェシカ・アサートンの助けも少しはあったけど、もちろん」目の前の画架に置いた制作途中のサボテンの絵を見つめたまま、ヴィクトリアは遺憾ながら正直につけ加えた。サボテンを描くのはむずかしい。小さなとげが非常に厄介だ。

クレオが次の鉢に移動しながら、ヴィクトリアの顔に心配そうな目を向けた。「ルーカスがあなたをヨークシャーに連れていったあとはとても心配しましたよ。結婚した日の朝に現れて、あんな騒ぎを起こしたジェシカ・アサートンを絞め殺してやろうかと思ったわ」

「わたしも同じようなことを考えたわ。ルーカスもよ」

「そう聞いても驚きませんよ。ジェシカが干渉しなくても、ルーカスはやり遂げたと思いますからね。あの状況全体が厄災と隣り合わせだったけれど、この困難な局面を打破できるのは、あなたの知り合いの男性のなかでも、たったひとりしかいないと、わたしは自分に言い聞かせたんですよ。最初の手紙に、彼の庭に植える植物を送ってほしいと書いてあるのを見て、最悪な時は過ぎたと知ったわ」クレオが説明する。

「実際には、ひとつの共通理解に至ったというだけだけど。ルーカスとわたしで」

クレオが顔をあげた。その目が笑いできらめいている。「共通理解？　あなたはそう呼ぶのね？　彼のそばにいる時の自分を見るべきだわ。文字どおり輝いているから。あなた自身も、自分がお母さまの悲しい歩みをたどることはもう心配していないでしょう？」

ヴィクトリアは黄色にきわめて少量の青を慎重に混ぜて、自分がさがしている緑色を作ろうとした。「ルーカスはサミュエル・ウィットロックではないわ」

「まさか。もちろん違いますよ。それに、あなたはお母さまと似ていないもの。愛するキャロライン、魂が安らかならんことを。キャロラインはあなたのお父さまを心から愛していた。彼が生きていたら、すべては違っていたでしょう。ウィットロックの魅力にたやすく引っかかることもなかったはず。でも、あなたのお父さまが亡くなったあと、キャロラインはあまりに愛情に飢えていたから、ウィットロックがすばやく差しだした幻想にだまされたのね」

「愛とは危険なものね。まるで電気のよう。しっかりした仕事上の協力関係を築くほうがずっといいと思うわ。だから、ルーカスとそうしたの。その関係でうまくいっているわ」

クレオがぎょっとした表情を浮かべた。「なんですって？　ストンヴェイルとは仕事上の協力関係だというの？」

「わたしたちが結婚した状況を考えれば、それが理にかなったことよ。ストンヴェイル領がすばらしい投資対象であることも否定できないわ。とてもいい土地なの」

「そう」クレオが夢見るような目をした。「それは魅力的だわね」

「その協定のおかげで、おおむねうまくいっているわ。ルーカスには、自分の思いどおりにならないとすぐに命令するという嘆かわしい癖があるけれど」

「ちょっと待って、ヴィッキー。興味深い話だわ。ストンヴェイルは協力関係という考えを賛成しているの？」

「だいたいはね。ある方面では、いくらか抵抗を受けるけれど」

クレオが目を丸く見開いた。「そうでしょうね。ちなみにどの方面？」

「彼は、わたしが彼を愛しているといまだに信じたがっていて、それを認めさせようと説得する機会を絶対に逃さないの」

クレオはじょうろをどんと音を立てて床に置くと、姪を凝視した。「あなたが彼を愛していないんですって？　ヴィッキー、あなたの心はこちらの方向に進むと決めていたんじゃないの？　わたしは最初からそう思っていたけれど。さもなければ、無理やりそんなこと――」

「もちろん、わたしは彼を愛しているわ。そうでなかったら、最初の晩にあの宿屋に行ったりしなかったもの。でも、それを認めて彼に満足感を与えるつもりはないということ」

「それはなぜなの？」

ヴィクトリアは絵から目をあげた。「なぜなら、彼がわたしを愛していないからよ」

「なんてことでしょう、ヴィッキー。それはたしかなの？　彼はあなたをものすごく好きなように思えるけれど」

「もちろん、好きではあるわ。それが、この結婚がうまくいっている理由のひとつよ。でも、彼は、わたしを愛していると認めてはならないと感じているの。その事実を利用してわたしが彼に無理を言うだろうからと。そう、わたしをそんな勝手な女だと思っているのよ。頼ることを知らず、わがままで、少しでも譲歩すればすぐにつけあがると」

「あなたが彼を愛していることを知らないから、もちろんあなたの気持ちに確証が持てない、だから、自分が愛していることも認められないということでしょう？」クレオが指摘する。

「なぜ確証が必要なの？　彼はわたしと結婚しているのよ」

「それになんの意味があるの？　わたしたちの知り合いの結婚している女性で、夫を心から愛しているという人が何人いるかしら？　あなたもよく知っているように、こっそり情事を重ねている人もひとりやふたりじゃないわ。そして、ジェシカ・アサートンのような女性は、情事にふけることはないけれど、愛ではなく女性の義務に自分の存在意義を求めている。義務感で結婚していると知れば、男はぞっとするでしょう」

「そうかしら？　義務感からわたしと結婚することに、ルーカスがなんのためらいも感じなかったのはたしかだわ。最初から、彼の目的はストンヴェイルを救うことであって、自分のために、不変の深い愛情を見つけることではなかったんですもの」ヴィクトリアは叩きつけるように絵筆を使い、すぐに、長くついた緑色の染みを吸い取らねばならなくなった。

「義務のために結婚せざるを得なかったからといって、その男性が、愛されたいと願う人間らしさを持っていないと決めつけることはできないでしょう。あなたと結婚する朝、まったく違うやり方で進められればどんなによかったかと、ルーカスはわたしに言っていたわ。あの宿での失態のせいで、ふさわしいやり方で求愛を終える機会を逸したとわかっていたからよ」

「でも、終えたことに変わりないわ。たった一通の特別許可証で決着をつけたのよ」画紙にまた緑色の染みができる。

「わたしが言いたいのは、あなたの愛情を勝ちとる機会が自分にないと彼が自覚しているということ。あなたがみずから進んで結婚したのでないことを彼はよくわかっている。しかも、女相続人だという理由で求愛を始めたとあなたに知られたあとは、さらに立場が弱くなった。愛しているとあなたに断言されないかぎり、どうやってあなたの気持ちを信じられるというの？」

ヴィクトリアは責められているように感じて、叔母を見あげた。「どちらの味方なの、クレオ叔母さま」

クレオがため息をついた。「どちらの味方でもないわ。ただ、あなたに幸せになってほしいだけよ、ヴィッキー」

「夫に完全に降伏すれば、わたしが幸せになると思いますか？」

「降伏？　ずいぶん奇妙な言葉ね」

「彼が使った言葉なの」ヴィクトリアはつぶやいた。「〝休戦交渉〟という婉曲表現を使う時もあるけれど」

「そうなの？　軍隊で長い時間を過ごし、そのあとは賭博をしていたからでしょうね。軍人や賭博師がよく使う言葉だわ。あの人たちは、つねに戦略的に勝つか負けるかで考える。中間とか妥協という言葉はないのよ」

「ええ、それはわたしにもようやくわかってきたわ」

「一方で、女性はもう少し柔軟に考えることができるわ」クレオがつけ足した。

「でも、男性とやり合う時には、それが明らかに女性の弱みになるわ」ヴィクトリアは言い返した。「女性が柔軟に対応すれば、男性は自分が譲る必要はないと考えるでしょう。軍人の思考で考える男性と結婚したのだから、なんとかその考え方をやめさせて、夫婦で築いた協力関係に満足することを教えなければいけないの。彼が望んでいる降伏を与えることで、自分のすべてを危険にさらすことだけは、絶対にしたくない」

クレオは考えこむように、長いあいだヴィクトリアを見つめていた。

「正確に言えば、なんなの？　あなたが危険にさらすものとは？」

「自尊心よ、ひとつあげれば」

「それがそんなに重要なの？」

「もちろん重要だわ」

「そう。まあ、彼はあなたの夫なんだから、あなたが思うようにするしかないものね」

結婚に関する話が終わったことにほっとし、ヴィクトリアは急いで次の話を持ちだした。

「きょうは、買い物に行きません？　ヨークシャーに持って帰る庭や園芸学の本を買いたいと思って」

「ぜひ行きましょう。ストンヴェイル邸の図書室用なの？」

「何冊かは図書室に置いて、残りは地元の教区牧師夫妻の贈り物にしたいの。とてもお世話になっているから。ワース司祭は庭の本を執筆しているのよ」ヴィクトリアはちょっとためらい、急いでつけ足した。「そして、わたしが彩色図版を描くことになったの」

クレオが輝くような笑みを浮かべた。「ヴィッキー、すばらしいじゃないの。あなたの美しい植物の作品が、なんと出版されるのね。こんなに嬉しいことはないわ。でも、どうしてそういうことになったの？」

「ルーカスが取り計らってくれたのよ」ヴィクトリアは小さい声で認めた。

クレオの視線が鋭くなった。「どうやって？」

ヴィクトリアは顔を赤らめた。「わたしの絵の一枚を見せたら、ワース司祭がすぐに、もしこの画家が彩色図版を描くことに関心があるならぜひ会いたいとおっしゃったんですって。絵を褒められたあとも、牧師さんの判断に影響を与えないように、画家の正体は明かさなかったんですって。わたしが彩色図版を引き受けたことを、牧師さんは心から喜んでいるみたいだったわ。わたしも実は嬉しくてわくわくしているの」

クレオが身を乗りだし、ヴィクトリアの絵を眺めながらほほえんだ。「ストンヴェイルは彼の女相続人に、彼女が自分では買えない贈り物をあげる方法を見つけたのね」


琥珀色の夜会服は、上品な簡素さがきわだって非常に美しかった。円柱形のスカートが少しずつ狭まりながらくるぶしまで落ちて、優美な輪郭を描いている。高いウエストラインの上には巧みにひだを寄せた小さな胴着が続いて、その上の白い肌を惜しげもなく見せ、胸の丸みを強調している。金糸で刺繡された上靴も上品な長手袋によく合っていた。

喉元には琥珀色のペンダントが孤高の輝きを放っている。鏡に映る姿を最後にもう一度眺めると、ヴィクトリアはジェシカ・アサートンの歓迎会に向かう準備が整ったと判断し、金箔貼りの扇子を取りあげた。

「黒いマントを着ていくわ。金のサテンで縁取りしたフードつきのマントよ、ナン」

「これですね。それにしても、今夜は本当に美しいですよ、奥さま」ナンがうやうやしく言いながら、優雅に流れる長マントを女主人の肩に着せかけた。「旦那さまはさぞ自慢でしょうね」フードの金色のサテンがヴィクトリアの首のまわりで太い襟のようになるよう整える。「すてきですわ」

「ありがとう、ナン。もう行かなければ。旦那さまが玄関広間でもう待っていると思うから。わたしが帰るのを待っていなくていいわ。戻って、手伝いが必要だったら起こします」

「かしこまりました、奥さま」

ルーカスは階段の下でせっかちに行ったり来たりしていたが、金色で縁取りされた黒いベルベットに包まれたヴィクトリアを見てぴたりと足を止めた。階段をゆっくりとおりてくるヴィクトリアを見つめる目はきらきらときらめき、官能的な賛美にあふれている。

「戦闘準備は万端かな?」ヴィクトリアの腕を取りながらつぶやく。

「ジェシカ・アサートンに気の毒に思われることだけは避けたいわ」

グリッグスが扉を開けるのを待ちながら、ルーカスが小さく笑った。「彼女がぼくを気の毒に思う可能性のほうがずっと高いと思うが」

「あら、それはなぜ?」

ルーカスがヴィクトリアの腕を支えた手の力を強めた。「琥珀の貴婦人に対して、ぼくがいかに無力で抗えないかを察知するからだ。きみがすでにこの結婚の支配権を握っているのではないかと心配するだろう」

ヴィクトリアは馬車に乗りながら、手を貸してくれているルーカスを横目で見やった。

「でも、あなたはわたしに対して無力で抗えないの?」

「きみはどう思う?」彼も馬車に乗りこみ、ヴィクトリアの隣に座った。

「あなたがまたわたしをからかっているんだと思うわ」

彼がヴィクトリアの手を取り、手袋をした指に向かって優雅に頭をさげた。「マダム、きみの抗しがたい美しさに、ぼくはなすすべがないと断言する」

「いまの言葉を覚えておくわね」

アサートン家の大邸宅の周囲の街路は馬車で混み合っていた。美しく着飾ったたくさんの人々で表玄関の石段があふれている。ルーカスとヴィクトリアは主賓だったので、人混みのあいだを縫って先に案内された。

煌々と照らされた広い玄関広間で、マントを預けるために足を止めた。マントを脱いだ瞬間、ヴィクトリアの琥珀色の夜会服が神々しい輝きを放った。小さな胴着があらわにしている妻の胸元と肩、そして喉の透けるような白い広がりをひと目見て、ルーカスは歯を食いしばった。

「ここに到着するまできみがマントをしっかり巻きつけていたわけがわかった」うなり声を漏らす。「今後、きみをどこかに連れていく時は、事前にもっと注意深くきみの服装を吟味しなければならないと学んだ」

「信じて、ルーカス。この夜会服は最新流行の形なのよ」

「酒場の給仕娘のドレスよりも露出が多い。ほとんどこぼれ落ちている状態だ。家を出る前に見ていたら、即座に二階に追い返して着替えさせただろう」

「もう手遅れだわ」ヴィクトリアは晴れやかに告げた。「さあ、しかめ面はやめてちょうだい。もういまにも到着を告知されるわよ。レディ・アサートンや招待客の皆さんに、喧嘩していると思われたくないでしょう?」

「いまはきみの勝ちだ、マダム。だが、安心していい、この議論はあとで続けるからな」

ルーカスはヴィクトリアをエスコートして、人々でいっぱいのきらびやかな舞踏会場におりる階段の最上段に出ていった。

ストンヴェイル伯爵夫妻の到着が告知されると、部屋を埋め尽くす着飾った人々が一瞬しんと静まりかえった。そのあと、どよめきと喝采が起こり、乾杯のグラスが高くあげられるなか、ルーカスとヴィクトリアは階段をおりて主催の夫妻に挨拶した。

ルーカスにほほえみかけたレディ・アサートンのまなざしには、かすかな悲しみのあとが見てとれた。その隣は、政界で活躍しているというういかにも厳格そうなアサートン卿で、うやうやしくヴィクトリアの手を取り、禿げた頭をさげた。

「今夜の会にお招きいただき光栄に存じますわ」ヴィクトリアは心からの言い方になるように努力した。

「とても美しいわ」ジェシカがヴィクトリアに言う。「なんてすてきな夜会服でしょう。新婚の花嫁にしてはかなり独特な形だけど。でも、あなたは以前からいつも、独特なものを着ていたものね」

「できるだけそうしていますわ」ヴィクトリアは答えた。「ほら、夫を退屈させたくありませんでしょう？」

ルーカスが警告のまなざしを投げてよこした。彼の笑みは危険な魅力にあふれている。

「たしかに、退屈というのは、きみと出会った夜以来、一度も経験していないな」

アサートン卿がかすかな笑みを浮かべた。「そして、わたしの理解では、その重大な出来事は、まさにこの舞踏会室で起こったのだと思うが？」

「そうですわ。レディ・アサートンがご親切にわたしたちを引き合わせてくださいました」ヴィクトリアは礼儀正しく答えた。

「そう聞いている」アサートン卿が腕を差しだした。「最初のダンスのお相手をする栄誉をいただけますかな、マダム？」

「喜んで」

ダンスフロアにエスコートされながらちらりと振り返ると、ルーカスがたくさんの人々に囲まれているのが見えた。人々の頭越しにルーカスがヴィクトリアと目を合わせ、かすかにほほえんだ。それは所有欲と賞賛と官能の約束に満ちた恋人の笑みだった。

その笑みに胸が温まり、ヴィクトリアは前に向き直って、すでに政治について話していたアサートン卿に意識を集中した。

夜が過ぎていき、ルーカスは彼の琥珀の貴婦人から一瞬たりとも目を離さなかったが、話ができる機会はほとんどなかった。かえって好都合だとルーカスは自分に言い聞かせた。いま妻のそばに寄れば、またドレスの話題を持ち出さずにはいられないだろう。もう手遅れである以上、議論を続けても意味はない。

夫は戦う価値がある戦闘を見極めるすべを学ぶべきだし、今夜、ジェシカ・アサートンの前で華々しい注目を浴びるという、妻が主張する必要性に関しても、彼のなかの軍事戦略的な部分は同感しないわけにはいかない。

それでも、ヴィクトリアがまたダンスフロアに連れだされるのを見ながら、今後は彼女の服装にもっと気を配ると誓わずにはいられなかった。

「あなたの奥さまは、わたしが今夜招待した男性客全員の注目を集めているわ」ジェシカ・アサートンが滑るように歩いてきて、ルーカスの隣でささやいた。「彼女が楽しんでくれて嬉しいわ」

「ぜひ楽しく過ごしてほしいと思っている」

「そうよね。彼女にとって、今夜ここに来るのは簡単ではなかったはずですもの」

その少しばかり意外な洞察にルーカスは片方の眉を持ちあげた。「ああ、そうだろう」

「あなたと結婚する時に起こったことで、彼女はひどいことをされたと感じたに違いないもの。それに、あなたがたがヨークシャーに旅立つ朝にわたしが訪問したのも、状況をよくする助けにはならなかったから。あれは本当に申しわけなかったわ、ルーカス。それについてずっと謝りたかったのよ。言い訳になってしまうけれど、わたしはただ、あなたが彼女と幸せになれるかどうかをどうしても知りたかっただけ」ジェシカが弱々しく言う。

「忘れたほうがいい、ジェシカ。すべて過ぎたことだ」

「ええ、そうね。ただ、あの日あなたがわたしに怒っていたことがわかっていたから、なんとか許してもらえたらと思って」

「言っただろう？　もう終わったことだ。心配しなくていい。ヴィクトリアとぼくは合意に達し、どちらもこの結婚に満足している」

ジェシカがうなずいた。「そうなるだろうと思っていたわ。彼女は、なんといっても知的な方ですものね。時々とんでもないことをするけれど、もともと高潔で信用できる女性だわ。そう思わなければ、あなたに紹介したりしなかった。しまいにはこの運命を許容できるものとして受け入れ、妻としての義務を全うするはずと確信していたわ。あなたがそうしなければならないように」

ルーカスは気づくと歯を食いしばっていた。シャンパンのグラスに手を伸ばし、大きくひと口飲む。「教えてくれ、ジェシカ、きみは結婚生活が楽しいのか？」

「アサートンはまあまあ許容できる夫だわ。結婚にそれ以上のことは望めないでしょう。わたしは、自分が彼にとっていい妻であることで満足を得ているの。人はやるべきことをやるだけよ」

まあまあの夫。ヴィクトリアもそう呼んでいた、とルーカスは思った。ふいに殺伐とした気持ちになった。妻にとって、自分はそれだけの存在なのか？　まあまあ許容できる夫？

「失礼していいかな、ジェシカ。窓のそばにポットバリーがいるのが見えたので。彼に訊ねたいことがあるんだ」

「もちろんよ」

ルーカスは本日の主催者から逃れたものの、彼女の言葉からは逃れられないと知っていた。たしかにジェシカ・アサートンは人の気持ちを逆なでするきらいがあるが、その観察はあながち間違っていない。ヴィクトリアが高潔で信用できる女性と言ったのはまさにそのとおりだ。しかし、ヴィクトリアがこの結婚を、許容できるからという理由で受け入れたに違いないという発言は正しいと思いたくなかった。まあまあ許容できる夫なんかになりたくない。

ヴィクトリアが彼の腕のなかで身を震わせて叫ぶ時、それが単に妻としての義務を演じているだけと信じることは絶対にできない。彼女は彼を望んでいる、とルーカスは自分に言い聞かせた。自尊心を守るために防御壁を築くことをやめたあかつきには、また愛してくれることをほぼ確信している。完全な降伏をさまたげているのは、女性としてのあのいまいましい自尊心だけだ。

近づいてくるルーカスを見ると、ポットバリー卿はおだやかな笑みを浮かべて出迎えた。

「またあえて嬉しいですよ、ストンヴェイル。あなたの花嫁は断然輝いているとまずは言わせてください。ところで、ヨークシャーの状況はどうですか？」

「うまくいってますよ、ありがとう。だが、こちらの毎週の会合に参加できないのが残念でね。電気の実験がどうなかったか聞きたかったんですよ。なにかおもしろい研究はありましたか？」

ポットバリー卿が顔を輝かせた。「先週、グリムショーがちょっとした事故を起こしましてね。ショックを受けていましたよ。その時はかなりひどいかと思いましたが、いまはすっかり回復しています」

「それはよかった。なんの実験をしていたんですか？」

「電気エネルギーを貯蔵するための、より小型で簡単なシステムを作ろうと思いたったんですよ。この発明の実験を終えるまでに、彼があの機械に殺されないことを祈るばかりだ」

「最近、死者の蘇生の実験について読みましたが、あれはどうなんですかね」さりげなく言ってみる。

「ええ、ええ、わたしも読みましたよ。非常におもしろいが、いまのところ、生き返った死体が歩きまわるのはだれも見ていませんからね」ポットバリーがくすくす笑う。

「その筋の実験が成果をあげたことはないですかね？」

「たしかなことはだれもわかりませんな。しかし、個人的には非常に疑わしいと思いますね」

「そうですね」ルーカスはうなずいた。「ぼくもそう思います。ということは、答えを得るには、生きている者に関心を向けなければいけないわけだ」

「なんのことですか？」

「いや、気にしないでください。自分に言っただけですから。では、失礼して、妻がいるところに続く道を作ってきますよ」

「がんばって。今夜は本当に混み合っていますからね。しかも刻々とひどくなっている。次から次へと客が到着しているらしい。今シーズン最高の夜会に選ばれるんじゃないですかね。ああ、レディ・ネトルシップがあそこにいた。今夜もひときわ美しいじゃないですか。わたしも彼女のいるところまで道を作ってこよう」

ルーカスは礼儀正しくうなずくと、人混みを掻き分けるように歩き始めた。通りすぎる全員が、ルーカスを引きとめて挨拶したがったので、前進はかなりの困難をともなった。

舞踏会場横断の旅のちょうど半ばあたりで、お仕着せを着た従者のひとりが行く手に現れた。差しだされた小さな銀の盆の上には、封をした手紙がのっていた。

「先ほど玄関のほうで、男性からこれをお渡しするように頼まれました、伯爵さま」従者がかしこまって言う。「遅れて申しわけありません。大勢のお客さまのなかで、なかなか見つけられませんでした」

ルーカスは眉をひそめながらも、手紙を取りあげ、うなずいて持ってきてくれたことに謝意を示した。盆の上に数枚の硬貨をのせると、従者は客の海に姿を消した。

いくつかの事故に関し、あなたが関心を持つ情報を持っている。大至急。角にとめた黒い馬車で待つ。

ルーカスはその手紙をくしゃくしゃに握りつぶし、部屋の向こうを見やった。おしゃべりに興じ、笑いさざめく人々の中心にヴィクトリアが立っている。ルーカスは妻を目指してまた歩き始めた。今回は幸せを祈ってくれる人々の挨拶にも礼儀正しく足を止めることをしなかった。

「少しだけ、妻を盗んでもかまわないかな?」妻を囲んでいる人々のあいだに入っていきながら声をかける。それは要請ではなく命令であり、全員がすぐにうしろにさがった。

ヴィクトリアは驚いて顔をあげたが、周囲の女性たちに仕方ないわという顔でほほえみかけた。「男性は結婚すると変わりますものね」詫びるようにつぶやく。「なぜ、結婚式の前はとても気高くて親切なのに、そのあとはひどく独裁的になってしまうのかしら?」

ルーカスはみんながくすくす笑っているのを感じながら、妻の腕を取って少し離れた場所に連れていった。「一分だけだ、マダム。そのあとは戻って、夫の観察を披露してくれ」

「あら、ルーカス、ただ冗談を言っただけよ。でも、どうしたの? なにかまずいことでも?」

「わからない。たったいま、これを受けとった」

ヴィクトリアがそれを読んで目を見開いた。「エッジウォースかしら?」

「彼だと思うが。招待はされていないだろうから、ここに入ってこられない。ぼくは出ていって、なにを望んでいるのか聞いてくるよ。しばらくいなくなることを伝えに来ただけだ。ぼくがいないことを気づかれないようにしてほしい。どのくらいかかるかわからないからね」

ヴィクトリアは周囲に目を走らせた。「あなたは気づかれずに出ていけると思うわ。わたしとあなたとふたりでも抜けだせそうよ。あまりに人が多いから、だれも出ていったと思わない。さがしていても、部屋の逆側にいると思うでしょう。バルコニーかカード室か、それとも庭に出ているか」

「ヴィクトリア……」

ヴィクトリアの表情が期待でぱっと明るくなった。「そうよ。間違いなくふたりで抜けだせるわ。あなたが先に行って、わたしはさりげなく移動して庭に出て、壁を越えれば角をまわったところに出るわ。そこで会いましょう」

「気でもおかしくなったのか？」この方向に事態が進むことを半ば予想していても、やはり驚いてしまう。「きみはそんなことはしない。絶対にだめだ。ここにいてくれ、ヴィッキー。これは命令だ。きみはいかなることがあっても、この舞踏会室を離れてはいけない。新鮮な空気を吸いに庭に出ることもだめだ。聞こえたか？」

「とてもよく聞こえたわ、旦那さま。安心して、あなたの言いつけは守りますから。正直に言って、ルーカス、あなたには、とくにわたしが関心を持つことに関して、時々水を差すというもっとも面倒な傾向があるわ」

「それはすまない。しかし、きみには、ぼくが聞いたこともないばかげた考えを時々思いつくというもっとも面倒な傾向があるからな。さあ、友人たちのところに戻りなさい。できるだけ早く戻ってくる」

「ここに戻り次第、すべてを報告してほしいわ」

「わかったよ、マダム」

ヴィクトリアは急に真剣な表情を浮かべて彼の腕に手を置いた。「ルーカス、絶対に気をつけると約束して」

「今回はなにも危険はないと思う」ルーカスがなだめるように答えた。「だが、気をつけると約束する」それから、一瞬、夜会服の深い襟ぐりをにらみつけた。「今夜ここで危険があるとすれば、きみが風邪を引くことだ」

ヴィクトリアはにっこりした。「ダンスをして暖まっているわね。さあ、行って、ルーカス。早く帰ってきてね」

妻の愛らしい口に熱いキスをしたくてたまらなかったが、それが不可能であることはさすがにわかっていた。おおやけの場での愛情表現は、かなりの醜聞になりかねない。絶対に考えられないことだ。ただし、自分は考えることをやめられない。

「ヴィッキー？」

「なあに、ルーカス？」

「きみはいまだに、ぼくをただのまあまあ許容できる夫と思っているのか？」

「とっても許容できる夫よ、旦那さま」ヴィクトリアが快活に言う。

ルーカスはヴィクトリアに背を向け、群衆を掻き分けて窓のほうに向かった。ゆっくりと時間を取ったのは、注意を引きたくなかったからだ。新鮮な空気を吸いに外に出るのを変に思っている者がいないと判断すると、ルーカスはそのとおりにした。

　そして、そのまま歩き続けた。

　アサートン邸の庭の塀を越えるのは、レディ・ネトルシップの塀ほどむずかしくなかった。レンガの割れ目をいくつか見つけ、片手にツタを握ると、一瞬後には塀の上にいて、次の瞬間には向こう側に無事おり立っていた。

　そこは狭い路地で、ほぼ真っ暗だった。ロンドンのすべての路地に共通する悪臭が漂っている以外はとくに困難もなかった、ルーカスは普通に歩いて屋敷の表側の道に出ると、集まってサイコロを投げている御者や従者たちのあいだを通り抜けた。

　数頭の馬の陰で立ちどまり、並んでいる馬車を眺める。角の近くに、ほかの馬車と少し離れて、目立たない黒い小型の馬車が停車していた。御者は御者席について、明らかに待っている様子だ。

　それと自分のあいだに停車している二台の馬車の周囲をまわって、ルーカスは黒い馬車の反対側に移動した。

「だれかを待っているのかな？」

　御者がぎょっとして振り返り、ルーカスを見おろした。「そうです、旦那」

「たぶん、それがぼくだ」

「屋敷から出てくるのが見えませんでした」御者が感心したように言う。「話したいという客が乗ってますよ」

馬車を見あげると、隅のほうに男がひとり座っているのが見えた。ルーカスは、パーティからそっと出てきたせいで、外套を受けとれなかったことについて考えた。ぴったりした礼装にピストルを隠し持つことはできない。残念だが。

「こんばんは、エッジウォース。ぼくを待っていたのか？」

「そうだ。あんたが関心を持ちそうな情報がある、ストンヴェイル、乗ったらどうだ？」

ルーカスは乗った時のさまざまな可能性を考慮し、なんらかの答えを得られるならば、危険を冒す価値があると判断した。扉を開け、左脚を必要以上におおげさにかばって、ぎこちない動作で馬車に乗りこんだ。

エッジウォースが彼の分厚い外套からピストルを抜いたのを見ても、ルーカスは驚きもしなかった。

「その脚がうまく動かないたびに、死ぬはずだったあの日を思いだしているだろうな、ストンヴェイル？」

「少なくとも、引き金を引く前に、なにが起こっているのか説明するくらいの礼儀がきみにあることを願うが」ルーカスは答え、左脚をさすりながら、エッジウォースの向かいに坐った。

「安心していいぞ、ストンヴェイル。まだしばらくは引き金を引かない。その栄誉に浴する前に、おれの仲間が立てている計画を二、三実行する必要がある」

「きみの仲間の名前はひょっとして、サミュエル・ウィットロックか？」

「ウィットロック？　それは面白い考えだな」エッジウォースが天井を二回叩いた。馬車が動きだすのを確認してから、エッジウォースはルーカスを眺め、げらげらと笑いだした。

「死人と協力するのを想像してみろよ。めちゃくちゃおもしろい」

19

銀の盆にのった伝言がヴィクトリアのもとに届いたのは、ポットバリー卿と踊り終えて戻った時だった。「失礼していいかしら？」エスコートしてくれたポットバリー卿にほほえみかけ、手紙を開く。

「もちろんですよ。なにか深刻なことですか？」

ヴィクトリアは短い手紙をざっと読み、美しい手袋のなかで指が震えているのをポットバリーが気づかないことを願った。

夫の命と名誉が大事ならばすぐに来い。角で馬車が待っている。馬車に乗り、そこにある服を着ろ。到着したら御者の指示に従え。ただちに出ること。

「いいえ」ヴィクトリアは晴れやかな顔でポットバリーにほほえみかけた。「なにも問題ありませんわ。友人のひとりが新鮮な空気を吸いに庭に出ているからと知らせる手紙でしたわ。一緒に来たら、ですって。きっと、この人混みを掻き分けてわたしをさがすよりも、従者にお願いしたほうが簡単だと思ったんでしょう。失礼してよろしいかしら？」

「もちろん」ポットバリーがヴィクトリアの手を取って優雅にお辞儀をした。「楽しんでください。レディ・アサートンの庭は非常に美しいですよ。もう一度、結婚を心からお祝いしますよ。いい男だ、ストンヴェイルは」

「ええ、そうですわね？」

ヴィクトリアは人目を引かないように気をつけて従者のひとりからマントを受けとり、庭に少し出たいけれど、外は冷えそうだからと説明した。それから、目立たないように窓のほうに向かった。

ほどなくヴィクトリアは、ジェシカ・アサートンのきっちりと手入れされた庭の暗がりに溶けこんでいた。何列かの刈りこんだ生け垣と入念に形作られたトピアリーが舞踏会室の窓からヴィクトリアを隠してくれた。ジェシカ・アサートンの庭はまるで彼女自身のようだヴィクトリアは思った。美しくて完璧で、そして触れることができない。

塀をのぼるのにちょっとした努力が必要だった。この離れわざをやり遂げるためには、夜会服の裾を太腿まで引きあげざるを得ず、こんなにたくさん脚を露出させているのをルーカスが見たらなんと言うだろうという思いが一瞬よぎった。そのせいで目に涙が浮かび、ヴィクトリアは急いで振り払った。エッジウォースを見つけたら、ルーカスはなにもしていなくても、ヴィクトリアのほうがなにか乱暴なことをしてしまいそうだ。

路地の悪臭に鼻にしわを寄せながらも、すばやくマントを着てフードを深々とかぶる。そして、足早に曲がり角に向かった。

辻馬車が一台待っていた。あきらかにほろ酔い加減の御者がひょいと帽子を持ちあげ、挨拶した。「お待ちかねのレディがきなすった」

愛人に会うために秘密の逢い引き場所に連れていくと御者が勘違いしていることに気づいたが、ヴィクトリアはなにも言わずに、マントのなかに身を縮め、急いで馬車にのぼった。しっかり坐る前に馬車が勢いよく走り始め、バランスを失って危うく倒れそうになった。身を支えようと伸ばした手が、麻袋に触れた。着るようにと書かれていた服が入っていることはすぐにわかった。

袋からズボンとシャツとブーツを取りだし、ヴィクトリアはおそろしい思いに胃がむかむかして吐きそうになった。これは偶然ではない。だれかわからないが、手紙を送ってきた人物は、ヴィクトリアが男ものの服を着て夜中に出かけていたことを知っている。あの階段の秘密を知っているのと同じ人物なら、ほかの秘密も全部知っているのかもしれない。

幽霊ならばなんでも知っているだろうとヴィクトリアは思った。あるいは、幽霊のふりをした男が、かつてヴィクトリアがサミュエル・ウィットロックを彼の屋敷の廊下でつけたのと同じやり方で、ヴィクトリアのあとをつけているのかもしれない。ヴィクトリアは身を震わせた。

でも、いまはそれについて考えることはできないと、急いで男ものの服に着替えながらヴィクトリアは思った。むしろ、考えてはいけない。大事なのは、ルーカスを救うことだ。〈緑の豚〉の前で馬車が停まったことに気づき、ヴィクトリアの胃はふたたびむかむかし始めた。この目的地を選んだのも偶然ではない。やはり、だれかがすべてを知っている。

震える両手で、男ものの服の上にマントを着こみ、フードをかぶる。そして、すばやく夜会服をひとまとめに巻いて、脱いだ残りと一緒に袋に入れた。

「階段をのぼって三番目の部屋だ」馬車からおりたヴィクトリアに御者が小声で言った。「楽しい時間を過ごせるぜ。貴族はたいていそうだ、食うために働くおれらと違って」ヴィクトリアを見もせずにフラスコからまたひと口飲むと、御者は手綱を振り、馬車を出発させた。

馬車が視界から消えるまで待ってから、ヴィクトリアはフードを押しのけ、用意されていた山高帽をかぶった。肩をいからせ、深く息を吸うと、大胆にも賭博場の表玄関から入っていった。

今回はすべてが違うと、ヴィクトリアは不安な気持ちで考えた。隣にルーカスがいなくて、すべてを大冒険だと感じさせてくれないからだとわかっていた。暖炉の真っ赤な光が〈緑の豚〉の粗野な常連客たちを照らし、地下の世界から来た悪魔のように見せていた。酔っ払いの下品な笑いが不安を掻きたてる。暴力的な喧嘩騒ぎがいつ起こるかもわからないと感じる。階段のほうに歩きだすと、給仕係の女がひとり、ヴィクトリアににじり寄った。

「ひとりで上に行きたくないでしょう、旦那さん？　女の友だちが必要だよ。しかも、いまあたし、たまたま空いてるから」

ヴィクトリアは急いで考えた。「ありがとう、だが、待っている者がいるんだよ」

「あら、そういうこと、へえ？」給仕女がウインクした。「あんたのお友だちがさっきあがっていくのを見たよ。あたしは、そういうことを批判したりしないさ。それに、その男が部屋の金は払ったからね。がんばって。でも、女のほうがよくなったら、ベッツィって大声で呼ぶんだよ。わかった？」

ヴィクトリアはよく訳がわからずにベッツィを凝視した。「わかった。どうもありがとう、そうするよ」

ベッツィが大笑いした。「育ちのいい人は見分けがつくんだよ。こういう場所でも、行儀いいからね」まだくすくす笑いながら、さっさと人混みに戻っていった。

ヴィクトリアはドレスをつめた袋を片手に持ち、マントを腕にかけたまま、警戒しながら階段をのぼっていった。

階段の上に着くと、暗い廊下が続いていた。卑猥な笑い声とうめき声が漏れてくる二部屋の扉を通りすぎ、三つ目の前で止まる。

目的地を前に一瞬ためらったが、それから三番目の扉をそっとノックした。すぐに扉が開いた。

戸口に立っていたのはイザベル・ライコットだった。男ものの服を着た姿は夜会服の時よりもさらに異国的な魅力を放っていた。

「レディ・ライコット。驚いたわ」ヴィクトリアは冷静で客観的な声を出そうと努力した。驚くような状況にぶつかった時にルーカスが用いる方法だ。少なくとも、向き合わねばならない相手はサミュエル・ウィットロックの蘇生した死体ではないとヴィクトリアは思った。

「夫はどこなの?」

イザベル・ライコットが満足そうにおそろしげな笑みを浮かべ、手に持った拳銃をあげてみせた。「入ったら、レディ・ストンヴェイル? 待っていたのよ」

最初の衝撃が過ぎたいま、ヴィクトリアは冷静に対処し続けることと自分に言い聞かせていた。ヒステリーの発作を起こしても、ルーカスを助ける役には立たない。「エッジウォースも一緒なの?」部屋に入りながら訊ねた。「あなただけでこの全部をやっているとは思えないわ。知り合いの男性を利用するのに慣れているものね」

「あら、鋭いこと」イザベルがあとずさりしてヴィクトリアから離れた。瞳が熱を帯びたように輝いている。「まあ、あなたはいつも賢かったものね? 賢すぎるのよ。だから、そのつけを払わなければならない」

服の袋とマントを握ったまま、ヴィクトリアはぶらぶらと暖炉の前まで歩いていき、さりげなく炉棚にもたれた。暖炉の火がみすぼらしい小部屋にくすんだ光を投げかけている。

「わたしになにかうらみがあって、これをしているというの? いったいわたしがなにをしたというの?」

「彼を殺したじゃないの。それが、あなたのしたことよ」イザベルが吐き捨てるように言う。

「サミュエル・ウィットロックを殺して、すべてを台なしにした」

ヴィクトリアは動かなくなった。「わたしがあなたのなにを台なしにしたのか、話してくれたほうがいいかもしれないわ」

「すべて計画済みだったのに、この愚かな小娘が。ウィットロックは、あなたの母を片づけたら、わたしと結婚するはずだった。彼がキャロラインを殺害できる度胸をつけるのに何カ月もかかったのに。何カ月も」

炉だなにもたれていなかったら、そのまま倒れこんでいただろう。「あなたがウィットロックに母を殺させたの？」

「彼が自分でできたと思う？　後押ししなければ、そんなことする度胸はなかったわ。それに必要ないと考えていたしね。どちらにしろ、妻の財産を使っているんだから、生きていても問題ないと言い続けてたわ。だから、彼女を排除しないかぎり、わたしを手に入れることはできないとはっきりさせてやったのよ。彼はわたしをものすごく望んでいたからね、ヴィクトリア。それでついに、乗馬事故を計画したというわけ」

「あれが殺人だとわかっていたわ。彼が告白する前から」

「ええ、あなたはすぐに気づいたみたいね。二カ月も経たないうちに、彼が奇妙な行動を取るようになった。あなたの母親の幽霊を見たと言い張った。頭がおかしくなったかと思ったわよ。わたしと結婚する前に病院に入ることになるんじゃないかと心配して、彼の家で夜中になにが起こっているか、この目で確かめることにしたのよ」

ヴィクトリアの指が持っていた袋をさらに強く握りしめた。「彼がナイフを持ってわたしを追ってきた晩に、あなたはあそこにいたのね？」

「彼の手にだれがナイフを持たせたと思っているのよ？　わたしが彼に、もう一度キャロラインを死なせなければならないと言ったのよ。そうすればもう化けて出てこないからと。お酒の飲み過ぎでちゃんと考えられないうえに、キャロラインに取り憑かれているという考えで心底おびえていたから、わたしの言ったとおりにした」

激しい怒りと恐怖で心臓が早鐘を打っていた。「夫はどこなの？　彼はなんの関係もないでしょう？」

「そのうちね、ヴィクトリア。そのうち、ここに来るから、安心していいわ。エッジウォースが連れてくるから」

「では、エッジウォースも関与しているのね」

イザベルが手に持った拳銃をさらに強く握り、小さく笑った。「あら、もちろんよ。特別なやり方ですべてを終わらせるというのはエッジウォースの考えですもの。彼はストンヴェイルに報復したいわけ。だから、あなたの死を確認できるならという条件で、エッジウォースのやり方に同意したのよ」

「あの大酒飲みの継父を、あなたはそんなに好きだったの？　わたしに復讐するほど？　あなたは男性の趣味が悪すぎるわ、レディ・ライコット。でも、驚くことでもないかもしれないわね。エッジウォースと親しくするくらいだから。彼が賞賛に値する人間でないことは明らかですもの。もしかしたら、自分と同じくらい卑劣で低俗な男ばかり気に入るのかもしれないわね」

「前に言ったでしょう。わたしは操れる男が好きなの。弱い男は簡単に操れる。それですべてが簡単になる。ウィットロックは完全にわたしの言いなりだった。エッジウォースもそうよ」

「どういうきさつで、エッジウォースを協力者に選んだの？」

「彼とストンヴェイルのあいだに悪感情があるという話を耳にした。ストンヴェイルがあなたを追いかけ始めたから、あれだけストンヴェイルを嫌っているエッジウォースは役に立つと判断したのよ」

「でも、わたしを殺すには少し遅くないかしら」ヴィクトリアは指摘した。「いまは夫が法的にわたしのお金を管理しているわ。彼が死んだ場合、財産はわたしの叔母を含めて、残っている親戚にいくでしょう。あなたは一ペニーも受けとれない」

イザベルの目が怒りできらめいた。「そんなこと知らないと思ってるの？　あなたが、あわれで愚かなサミュエルを階段から落下させたあの夜に、あなたは、彼の財産を手に入れる機会をわたしから奪った。わしの計画を台なしにした。その代償をきょう支払いなさい」

「それにしても、なぜ、復讐するのにこんなに長く待ったの？　ウィットロックが亡くなったあとに大陸に行ったんでしょう？」

「わたしがかかわったとあなたに気づかれたくなかったからよ。あなたがいまいましいほど賢いから、安全策をとるしかなかった。サミュエルがあなたを殺そうとした夜、いったいどこまで話したか、知りようがなかった。あなたが断片をつなぎ合わせて真相を暴くことを恐れたから、彼が死んだ夜に逃げたのよ。でも、あなたは気づかなかった」

「ええ、気づかなかった。でも、たしかに、この数カ月は、解決していないことがなにか残っているような奇妙な感じがしていたわ」イザベル・ライコットに紹介された直後からあの悪夢が始まったことに思いいたり、ヴィクトリアはぞっとした。

「大陸の生活は好きじゃない」イザベルが冷ややかな声で言う。「もちろん、最初はよかったんだけどね。イタリア人の若い伯爵とつき合ったあとに問題が起こったのよ。母親よ、わかるでしょう？　大切な息子がわたしと結婚することを心配した。財産がわたしのものになるというのが耐えられなかったのね。それで、陰険なやり方で、わたしを社交界の最上流の人たちから追放した。おかげで、わたしはあらゆる機会を奪われた。本当に不愉快な話よ」

「それで英国に戻ってきたのね」

「ここのほうが、財産を手に入れられる確率が高いからね。わたしの言葉を覚えておいて。すぐに次のサミュエル・ウィットロックを見つけるわ。最初の夫の財産は使い果たしたから、別な財産が必要なの。それもすぐに。大陸にいるあいだ、友人たちを通して、あなたの動向はさぐっていたわ。数カ月経って、ようやくわたしは安全だとわかったから、ロンドンに戻ってきたのよ」

「そしてわたしに、あなたのすべてを台なしにした報いを払わせることに決めたのね」

「そのとおり。でも、あなたに死んでほしいのは、後始末するのに一番簡単な方法だからよ。あなたがすべてを考えあわせて真実に気づく可能性はつねにあるわ。あなたの母親の死にわたしが関与していると、あなたがいつか知る危険があったら、わたしは英国で自由に暮らせないじゃないの」

「スカーフや嗅ぎたばこ入れを、わたしが見つけるような場所に置いたのもあなたなのね」ヴィクトリアは訊ねた。

イザベルが自分のズボンとブーツをちらりと見おろし、奇妙な笑みを浮かべた。「男ものの服が自由で、とても楽しめると知っているのは、あなただけじゃないわ。女がズボンを穿いて自由に出かけられる日がいつか来ると思う？」

ヴィクトリアはその言葉を無視した。「あの晩、わたしをつけていたのね」

「ええ、そうよ。計画を立てる前に、何週間もあなたを近くで観察して、徹底的に調べたわ。習慣もやり方もなにもかも。あなたがストンヴェイルと親しくなってからは、すべてがずっと簡単になったわ。あなたが危険を冒すようになったから」

「そうだったのね」その危険は、ルーカスが想像したよりもはるかに大きい危険だったとヴィクトリアは思った。「この酒場の外であの晩わたしにぶつかってきたのはだれなの？」

「エッジウォースよ。あなたをこわがらせたいだけだと言ったんだけど、あのばか、ストンヴェイルを排除する絶好の機会だと思ったらしいわ。あとでものすごく叱ったけど」

「夫を襲った追いはぎも？」

「あれはわたしのためにエッジウォースが雇った男。あの時も、ナイフでちょっと怪我させて、あなたをこわがらせることになっていた。それだけよ。でも、そこでおかしいことになってしまったのよ。あの晩、あなたはいつものやり方をしなかった。ストンヴェイルがあなたを庭に迎えに行ったのはいつもどおりだったけど、あなたが彼と一緒に馬車に戻ってこなかった。それなのに、あの追いはぎのまぬけが、少しでもお金を稼ごうと思ってストンヴェイルを襲ったというわけ」

たしかにあの晩は、ヴィクトリアが彼と情事を始めたいと願うようになり、その方法を話し合うために彼を庭に呼んだ晩だった。冒険に出かける予定はなかったから、もちろん、彼に同行して馬車に乗ることもなかった。

「でも、幽霊の件はなぜなの、イザベル？　スカーフと嗅ぎたばこ入れと、死体を蘇生することに関する小冊子は？」

イザベルの目がそれとわかるほど輝きを増した。「あなたからヒントを得たのよ、もちろん。この皮肉、おもしろいと思わない？　あなたを、気がおかしくなるくらい怖がらせて、頼れる者はだれもいないとわからせたかった。ウィットロックが墓から出て、あなたを殺しに来たなんて、だれが信じる？　最初の計画では、あなたを怖がらせて、自分が正気を失ったと思わせるはずだった。あなたが病院に押しこめられたら、すべてがとても簡単になる。あなたが残りの人生を壁に鎖でつながれて朽ちていくのを想像してみて。正気のまま、そういう場所に閉じこめられるなんて、もっとも痛快な結末じゃないの。そして、わたしは一生安泰」

ヴィクトリアはうなずいた。「それならば、殺人に頼って、自分の首を危険にさらす必要などなかったでしょうに」

イザベルが一瞬口を閉じて、ヴィクトリアの言葉を思案した。「そうね。わたしも人の自死なんてことにかかわりたくなかったわ。でも、あなたが突然ストンヴェイルと結婚して街を離れたせいで、すべてが面倒なことになってしまったのよ。あなたがストンヴェイルに秘密を打ち明けて、彼が調査を始める危険がつねにあったから。だから仕方なく、あなたたちふたりに死んでもらうというエッジウォースの計画に同意したわけ」

「あなたはわたしの最初の質問に答えていないわ、イザベル。わたしの夫はどこにいるの？」

「エッジウォースがここに連れてくるわ。この部屋であなたがたふたりが死ぬために。とてもロマンティックで本当に切ない悲劇になるから、楽しみにしていて。大丈夫、もうそんなに待たなくていいはず」

ヴィクトリアは冷たくほほえんだ。「わたしの夫を連れてくるのに、あなたはエッジウォースを行かせるという大きな間違いを犯したわ。ストンヴェイルはもうすぐここに来る。わたしもそう思う。でも、エッジウォースが生き延びて一緒に来ることはないでしょう」

イザベルは窓に歩み寄り、〈緑の豚〉沿いの汚い路地をじっと眺めた。「あなたが夫の能力に多大な信頼を置いているのはわかるけれど、それは見当違いよ」

「そうね、見当違いだわ。わたしが多大な信頼を置いているのは、彼の戦略的な知識なの」

〈緑の豚〉近くの通りに停車したエッジウォースの馬車の中から、ルーカスはヴィクトリアが辻馬車をおりて、賭博場に入っていくのを見守った。手をこぶしに握りしめる。

「自分の死の宣告書に印を押したようなものだぞ、エッジウォース。この件にぼくの妻を巻きこむべきじゃなかった」氷のように冷たい声で言う。

「あんたの奥さんは、おれより先に巻きこまれていたのさ」エッジウォースが満足げにくすくす笑いをした。「彼女の死はイザベルにとって、あんたの死がぼくにとって大事なのと同じくらい大事なんだ」

「どんな計画だ？」

「もう言ってもなんの問題ないだろう。あんたは戦術や策略を立てるのがうまいことで有名だから、ストンヴェイル、おれの計画がいかに賢いかわかるだろう」

ルーカスは〈緑の豚〉の表玄関から目を離さなかった。エッジウォースは明らかに緊張していた。この男は緊張の匂いがする。「きみは臆病で愚かだ、エッジウォース。このふたつが組み合わされれば、きみがどんな案を計画していようが、失敗に終わるのは目に見えている」

エッジウォースが拳銃を少し持ちあげた。満足げな笑みが歯を剝きだしたうなりに変わる。

「すぐにわかるさ、ストンヴェイル。今回であんたの幸運もついに尽きる。今夜あんたが失うのは命だけじゃない。尊い名誉もだ。あすの朝、ロンドンじゅうが、いかにストンヴェイル伯爵夫人がレディ・アサートンの夜会を抜けだして、賭博場の二階で匿名の愛人と秘密の情事を持ったかの話で持ちきりになる。あんたが妻のあとをつけて、別な男とベッドにいるところを見つけだした顚末をだれもが嬉々として話すことになる」

「その別な男というのはだれだ？」

「あんたが妻を殺すのに忙しくしているあいだに、まんまと逃げだしたから、正体はだれも知らない」

「それでぼくの死は？　どうやって説明するんだ？」

「非常に簡単だ。あんたの立場の男なら、自分の頭に銃口を当てる以外になにができる？」

「聞きたいのだが、エッジウォース。あの夜にヴィクトリアの居場所をレディ・ネトルシップに知らせたのはきみか？」

エッジウォースが皮肉っぽい笑みを浮かべた。「あの晩もいつものように、舞踏会場から彼女をつけていた。あんたが彼女を誘惑するためにあの宿屋に連れこんだことに気づき、あんたに復讐する絶好の機会だと思った。ふたりでいるところを見つかれば、あんたの評判はずたずただ。社交界から追放されて、クラブも出入り禁止になると踏んだ。だが、あんたはすばやく行動し、数時間のうちにあのレディと結婚した。そして、レディ・ネトルシップとジェシカ・アサートンがその結婚を承認すると公表したあとは、もはや打てる手はなかった」

エッジウォースが武器を持った手を振って、外に出るようルーカスに指示した。その動きの唐突さがこの男の不安を示していた。「おれの相棒はあんたの奥さんとふたりきりになりたがったが、もうそろそろ、いい頃だろう。イザベルは天性のネコだ。獲物をなぶり、もてあそび、それから死の一撃を与えるんだ」

ルーカスは馬車からおり始めた。その途中でつまずき、扉の縁をつかんでうめき声を押し殺した。

「なにやってんだ、ストンヴェイル」エッジウォースもあわててさがった。なにかをつかんでバランスをとろうとしたせいで、拳銃の先が大きく持ちあがった。

「すまない。この脚のせいだ。いつも間が悪い時によろめいてしまう」

「黙って、馬車から出ろ」エッジウォースが落ち着かない様子で言う。

ルーカスはその言葉に従い、慎重な動きで馬車からおりた。すぐうしろにエッジウォースもおり立った。

「裏に外階段がある。そっちを使う」エッジウォースが言った。「宿屋のなかで逃がすのは避けたいからな。あんたを撃たなければならなくなった時に目撃者がいては困る」

「先を見越した考えだ」ルーカスは〈緑の豚〉が入っている建物の裏につながる路地を歩き始めた。夜陰は自分に合っている。ヴィクトリアと普通でない時間に走りまわっていたのが幸いした。夜がもっとも更けた今頃に、真っ暗ななかで動くことに慣れている。

階段の下に着くまでは行動を起こさなかった。それから、エッジウォースの指示に従い、捕獲者の先に立って階段をのぼり始めた。

「急げ」エッジウォースがつぶやいた。声が不安そうに震えている。

「これはきみにとって、非常にむずかしいことに違いない、エッジウォース。きみの神経はあまり強くないだろう？　どれほど緊張しているか想像に難くない」

「うるさい、ストンヴェイル。あんたはすぐにこのつけを払うことになる。誓っていい。急げ」

三段目にあがるまで待って、ルーカスはわざと悪いほうの脚をつまずかせた。うしろに向かってよろめき、バランスを取ろうとするかのように両手を振りまわす。

「いったい、なにをやってる……」エッジウォースは本能的に避けようとしたが、階段が狭かったせいで体がねじ曲がり、揺れる手すりをなんとか片手でつかんだところに、倒れてきたルーカスの全体重がのしかかった。ピストルを構えて撃とうとしたがすでに手遅れだった。

取っ組み合った時間は短かった。男ふたりが一緒になって階段三段分を転がり落ちた。ルーカスはエッジウォースが持っている拳銃だけに意識を集中した。エッジウォースの指に力が入り始めたのを見るなり、両手を使って男の腕を向こうに押しやった。

その両腕を払いのけようとエッジウォースがもがいたその時、銃が暴発した。銃弾が至近距離からエッジウォース自身の胸を貫通した。

ルーカスはまず衝撃を、それから組み合っていた相手の全身がふいにぐにゃぐにゃになり、完全に力が抜けるのを感じた。それから、銃声で耳がわんわんと響いていることに気づいた。そのあとようやく、生ぬるい血が彼の指に伝っているとわかった。「地獄に堕ちろ、エッジウォース」死にかけた男から身をはがすようにして立ちあがる。

「とっくに堕ちている。うしろを向いて、戦場から逃げだした日に」エッジウォースの目はすでに閉じかけていた。「その話を、あんたはだれにもしなかった」

「名誉は人それぞれの問題だからな」

「あんたのその道義心は最悪だ」エッジウォースが声を振り絞ったが、もはやささやき声にしかならなかった。

「妻がいる部屋はどれだ、エッジウォース？　殺人の罪悪感を抱えたまま死ぬな」

エッジウォースが血にむせて咳こんだ。「自分で見つけろ、ストンヴェイル」そして静かになった。

男が意識を失ったと思い、ルーカスは立ちあがった。エッジウォースの外套で両手を拭い、拳銃を拾いあげる。

向きを変えてふたたび階段に足をかけたその時、エッジウォースが最後の言葉を発した。

「あの戦場に横たわるあんたを見た時に喉を掻っ切るべきだった、ストンヴェイル。チャンスがあった時に殺すべきだった。それからずっと、あんたは幽霊のようにおれに取り憑いた。そしてついにきょう報復したんだな」

ルーカスはなにも言わなかった。もはや言うことは残っていなかった。バランスを崩さない最速のスピードで階段を駆けあがる。

階段の上に狭い踊り場があった。その先に扉があり、薄汚い廊下に続いていた。並んでいる閉じた扉の向こうから聞こえてくるうめき声とうなり声と笑い声が、それらの部屋がなにに使われているかを教えてくれた。

ひとつずつ扉を開けていくこともできるが、中の人が騒げば、イザベル・ライコットを警戒させるし、時間もかかる。ルーカスはしぶしぶ外の踊り場に戻り、窓の下の狭い横桟を眺めた。高所恐怖症でなくて幸いだとルーカスは思った。

窓の外の横桟の上でなにかが動いたのに気づいた時、ヴィクトリアはまだ炉だなにもたれたままだった。そこにだれがいるのかすぐにわかり、安堵が全身に広がった。ルーカスが来さえすれば、すべてがうまくいく。イザベルに話を続けさせて、窓のほうに注意を行かせないように、ヴィクトリアはさらなる努力を傾けた。

「どうかしらね、イザベル。男ものの服を着て出かける習慣は、それに伴う自由を知ってしまったら、もうやめられないいんじゃないかしら？　その誘惑に抗うのは、わたしにはむずかしいわ。すばらしい感覚ですもの。そうじゃない？　女性が自由にズボンを穿けるようになったらどんなにいいでしょう」

イザベルが脅すように拳銃を振った。「黙りなさい、ヴィクトリア。今夜かぎりで、そういう誘惑について心配する必要もなくなる」

ヴィクトリアはほほえみ、ブーツのつま先でついて細い薪を火に戻した。「エッジウォースはあなたの期待を裏切るわ。弱い男は場合によっては役立つかもしれないけれど、危機に瀕した時は当てにできないいんじゃないかしら？　強い男性と折り合いをつけるのがむずかしいことは、わたしが一番知っている。でも、少なくとも頼りにはなるとわかったわ。

あなた、頼れる男性に会ったことがある、イザベル？　めったにない貴重なものよ」

「黙れって言ったでしょう、ちくしょう。エッジウォースがもうすぐここに着いたら、そんなおしゃべりしたい気分じゃなくなるから」

片方の目の隅で、ブーツを履いた足が横桟を伝うのが見えた。ドレスが入った袋を床に置き、まだ腕にかけていたマントをさりげなくいじる。「話すことの利点は、ストンヴェイルがここに着くまで、時間を稼げるということよ」

「あなたの夫は救いに来ないわ、ヴィクトリア。早く諦めたほうがあなたも心安らかでいられるわよ」

「ばかなこと言わないで。来るに決まっているでしょう。ルーカスはこの世で一番すばらしい男性ですもの」ヴィクトリアが輝くばかりの笑みを浮かべた次の瞬間、ルーカスが窓を通り抜け、粉々に割れたガラスと木片のなかにおり立った。

「うそよ」イザベル・ライコットが激怒の悲鳴をあげ、窓のほうに銃口を向けた。

しかし、ヴィクトリアはすでにイザベルの頭にマントを投げかけていた。マントの下から悲鳴が聞こえ、イザベルの拳銃が床に落ちて滑った。

ルーカスが身を起こし、服を叩いて払いながら、ヴィクトリアのほうを見やった。「大丈夫か？」静かな声で訊ねる。

「すばらしいわ」ヴィクトリアは彼の腕のなかに飛びこんだ。「あなたが来てくれるとわかっていたわ。エッジウォースはどこなの？」

「路地だ。死んだ」

ヴィクトリアは息を呑んだ。

「まあ。でもなぜか意外に思わないけれど。レディ・ライコットはどうするの？」

「いい質問だ」ルーカスはヴィクトリアを放し、イザベルの銃を拾いあげて、彼の獲物をとらえていたマントを引きはがした。獲物が宝石のようにきらめく瞳で彼をにらみつける。

「それを決定する時間はあまりない。いなくなったことを気づかれる前に、舞踏会に戻らなければならないからな。もっとも簡単なのは、いまこの場でレディ・ライコットを殺すことだ。どちらにしろ、朝になれば〈緑の豚〉の主人が死体を見つける。その死体がふたつになるだけだ」

ヴィクトリアはぎょっとした。「ルーカス、待って。ただ銃を撃ってこの人を殺すことなんてできるはずないわ」

「言っただろう？　ほかの選択肢を考える時間はない。できるだけ早くここを出なければならないからね」

イザベルが恐怖におののいた目でルーカスを凝視した。「冷酷にただ撃つなんて、できるはずない」

「なぜできないのかわからない。ここの主人もここで死体が見つかっては困るから、間違いなく、きみの死体とエッジウォースの死体を運びだして川に捨てるはずだ。だれもなにも聞かない」

「だめよ」イザベルが悲鳴を喉に詰まらせた。「そんなことできないわ」

「そうよ、ルーカス、できないわ」ヴィクトリアは言った。

「まさか、この女がどうなるか心配なのか？」ルーカスが訊ねる。

「もちろん、心配じゃないわ。でも、あなたがこんなふうにこの人を撃つのを許すことはできないわ。あなたの道義心に反するはずだし、これ以上暴力行為に手を染めてほしくない。一生分としては多すぎるくらい、すでに殺しているでしょう？」

「きみは毎度のことながら、優しくて情け深いな。だが、きみを殺そうとした女を殺すことは、ぼくの道義心にまったく反しないし、ぼくの良心にとっても、もうひとつ死体が増えようが大した違いはない」

「わたしにはあるわ」ヴィクトリアは静かに言った。「わたしは許容できません」

「では、きみには別な考えがあるのか？」ルーカスが訊ねたが、その言い方はややさりげなさすぎた。

イザベルの目が恐怖でさらに見開かれる。

「そうね」ヴィクトリアはすばやく考えた。「今夜はここに残していって、自分で帰させたらどうかしら。朝になれば、大陸に戻る手配を始められるはずよ」

「大陸？」イザベルは一瞬ぎょっとしたようだった。「でも、戻るところなどないわ。無一文になって、飢え死にしてしまう」

「そんなことはないでしょう」ヴィクトリアは取り合わなかった。「ルーカス、この人をこの国から出ていかせましょう。殺すのと同じくらい、わたしたちの目的にかなうやり方だわ」

「わかったわよ」イザベルは、ルーカスがなにげなく彼女に向けている拳銃をもう一度見やった。「ええ、大陸に戻ります。すぐにこの国を出ると約束するわ」

ルーカスが考えこむ。「それもひとつの選択肢ではあるな」

「ええ」ヴィクトリアとイザベルが同時に答えた。

「きみも当然ながら、できるだけ早い時間に街を離れたいだろう」ルーカスがイザベルに言う。「そして、もちろん、長期に渡って帰ってこないつもりだろう」

「ええ、ええ、絶対に帰ってきません、約束します」

「なぜかといえば、もしもきみが帰ってくると決めた場合、きみが殺害者になる可能性が非常に高い」

イザベルの口がぽかんと開いた。「でも、わたしはだれも殺していないわ」

「それは残念ながら間違っていると思う、レディ・ライコット」ルーカスが冷たい笑みを浮かべた。「きみは今夜、エッジウォースがほかの女性と密会していることを疑い、嫉妬に駆られてここまで追いかけてきた。そして射殺した」

「でも、そんなことしていない」

「きみにとっては残念なことに、マダム、きみがその通りのことをしたという署名された告白書があるんだ。その告白書は、もしもきみが英国に戻ってきた場合には、適切だと思われる劇的な状況のもとで公開される」

ヴィクトリアはルーカスの手腕にあらためて感嘆し、称賛のまなざしを向けた。「なんて賢いんでしょう、ルーカス。すばらしい考えだわ。完璧な解決方法よ。その告白書をしまっておけば、イザベルが戻ってきても、すぐに使えるわ」

イザベルの視線が、ルーカスの冷たい無表情な顔からヴィクトリアの嬉しそうな表情に移った。「でも、そんな告白書に署名していないわ」

「この部屋を出る前にすることになっているのさ、レディ・ライコット」ルーカスが言った。

20

「急いでそのズボンを脱ぐんだ。ぼくたち両方の評判を救いたければ、無駄にできる時間は一分もない」ルーカスは琥珀色の夜会服が入っている袋を開けて、巻いた絹の塊を取りだした。数分前に乗りこんだ辻馬車は、混み合う通りを縫うように走っていた。

「最善を尽くしているわ、ルーカス。わたしに怒っても仕方ないでしょう？　男もののズボンが脱ぎにくいのはわたしのせいじゃないもの」

「怒っているなんてとんでもない。今夜の帰宅後にぼくがきみにやろうと思っていることに比べれば無に等しい」

その言葉に驚き、ヴィクトリアはズボンを脱ぐ手を止めて顔をあげた。彼が心底怒っていることを理解するのに数秒かかった。「ルーカス、どうしたの？」

「よくもそんなことが聞けるな。今夜あんなことが起きたあとに？」ヴィクトリアの胴着とシャツを脱がしたが、暗がりで乳房があらわになったのも気づいていないらしい。ヴィクトリアをドレスに押しこむことに必死になっている。

「破らないように気をつけて」ヴィクトリアは小さい袖に腕を通した。「少なくとも、いまは怒鳴らないでほしいわ。わたしにとっては大変な夜だったのだから」

「きみの夜は、ぼくのよりも大変でなかったし、ぼくはいま怒鳴っていないことを指摘しておく。怒鳴るのは、自分たちの家でふたりになった時のために取っておく。だめだ、ペチコートを忘れている」

「大丈夫よ。着ていなくてもだれも気づかないわ」

「ぼくが気づく。ペチコートを穿いていないきみをレディ・アサートンの舞踏室に戻すつもりはない」

「わかったわ」ヴィクトリアはおとなしく言うことを聞き、しばしペチコートと格闘した。「ルーカス、わたしだって、今夜、あなたのことを本当に心配したのよ」

「〈緑の豚〉の玄関前で馬車からきみがおりてきたのを見て、ぼくがどう感じたと思う？きみが言われたとおりにしていれば、きみにはなんの危険も及ばなかったはずだ。マントを着ろ」

ヴィクトリアは上靴に足を滑りこませ、マントのフードを深くかぶった。次の瞬間にはルーカスが馬車の扉を開け、通りにおりるようにヴィクトリアをせかしていた。

数分後、ルーカスはヴィクトリアを連れて、アサートン邸の庭の塀の外の路地にいた。

「ぼくが先に行く」足がかりを見つけて壁の上に体を引きあげる。それからかがんでヴィクトリアを自分の横に引っ張りあげた。「壁をのぼるためには、ズボンのほうがよかったな」

ヴィクトリアが膝の上までスカートを引きあげたのを見て、ルーカスがぶつぶつ言う。

ふたりは反対側の砂利を敷いた小道に飛びおりた。ルーカスが脚をさすりながら周囲に目を走らせた。庭のこの暗い隅にはだれもいないようだ。

「最悪の事態は免れたな」彼が宣言した。「いま目撃されても、ストンヴェイル伯爵が庭の一番暗いところで花嫁といちゃついていたと思われるだけだ。適切ではないが醜聞にはならない。さあ、屋敷に戻ろう」

ヴィクトリアは短い巻き毛を手で整え、スカートの折りじわを撫でつけると、手袋をした指先を夫の差しだした腕に優雅にのせた。夫にエスコートされて混み合った舞踏会場の光と笑いのなかに入っていきながら、ヴィクトリアは口元に浮かぶ笑みを抑えられなかった。

「おかしいことはなにもないぞ、ヴィッキー」

「ええ、そうね」

「ぼくにはきみの尻を叩く義務がある」

「ええ、そうね」

「きみはぼくが保守的な堅物になることがあると前に言っていたが、とんでもない、マダム。きみは知らない。これから、どんな保守的な堅物になれるかを見せてやる」

「ええ、そうね」

ルーカスがさらにおどしの言葉を言う前に、テラスにいたおなじみの人物がヴィクトリアたちに気づいた。

「やっと見つけたわ、ヴィッキー」嬉しそうな声はもちろんアナベラ・リンウッドのものだ。「庭を楽しんできたのね。さがしていたのよ。あなたにシップトン卿に会ってほしいの。彼が近いうちにわたしに申しこんでくるかもしれないとバーティに言われているんだけど、どうしてもあなたの意見を聞きたくて」

「ぼくの妻はもう、友人の花婿候補の調査に探偵を雇うことはしない」ルーカスが口を挟んだ。「もっと洗練された伝統的な振る舞いをする時期だと判断したようだ」

「まあ」アナベラがルーカスに向かって眉をひそめた。「彼女をもうひとりのジェシカ・アサートンか、完璧なミス・ピルキントンにしたいと思っているのね？　なんて残念なこと」

「そうよ、ルーカス」ヴィクトリアは無邪気な目で夫のむっつりした顔を見あげた。「わたしに、レディ・アサートンやミス・ピルキントンを模範にしてほしいの？」

「そこまでする必要はないと思うが」ルーカスがぶつぶつ言う。「失礼していいかな。あそこでトッティンガムがレディ・ネトルシップと話している。肥料に関して最近なにか読んだか聞いてこようと思う。諸処の事情により、いまのぼくのなかでは、それがもっとも関心あることだ」

　ルーカスが舞踏会場にさりげなく入っていくのを見送ってから、ヴィクトリアは振り返ってアナベラにほほえみかけた。

「すてきなパーティね？」マントを脱ぎ、開けてあるガラス扉に向かって歩きだす。

　アナベラがにっこりした。「ほんとにすてき。レディ・アサートンは完璧な夜会を開くとみんなが思っているものね。ところで、室内では、必ずわたしのすぐそばに立っていてね。わたしのスカートであなたのスカートの泥の汚れを隠してあげられると思うわ」

三時間後、ヴィクトリアは化粧台の椅子に坐り、目の前を行ったり来たりしている夫を眺めていた。こんなに怒っている彼はこれまで一度も見たことがない。彼の低い声は危険をはらみ、まさに一触即発の状態だった。今夜のことが、彼の予想をはるかに越えるほど大ごとだったのは明らかだ。

「いったい全体、なぜきみは指示に従うことができなかったんだ、ヴィッキー？　答えられるなら答えてみろ。なにがあっても舞踏会場を離れるなと言ったはずだ。だが、そうしなかった。きみを守るための簡単な指示に従う気にもなれなかったのか？」

ヴィクトリアは顔をしかめた。「あなたが危険だという手紙を受けとったあと、どうすればよかったと言うの？」

「言われたとおりにすることはできたはずだ。そうすべきだった」

「あなただったら、あんな手紙を受けとったあとに舞踏会場にのんびり過ごしていられたかしら？」彼の怒りを和らげようとする。

「それは論点からずれている。きみは決してジェシカ・アサートンの屋敷をひとりで離れてはいけなかったし、それはきみもわかっていたはずだ」

「ごめんなさい、ルーカス。でも、正直に言えば、もう一度同じことがあっても、同じようにすると思うわ」

「それも、もうひとつの問題点だ。知性ある女性のはずなのに、きみは過ちからほとんど学ばない。ひとつの冒険が終わったとたんに、次を楽しみに待つことしかしない。きみに知らせておこう、ヴィッキー。庭の塀のぼりは今夜で最後だ」

「怒りに駆られていろいろ決めないで。お願いだから、頭を冷やしてちょうだい。あしたになれば、あの状況下でわたしが分別ある行動を取ったとわかってくれるはずだわ」

「きみの分別ある行動の概念は、ぼくとは完全に正反対だ」

「そんなことないわ、ルーカス。まったく違うというわけではないでしょう、たしかにあなたにかかわることになると、つい聞く耳を持たなくなって、たまには軽率なこともやってしまうかもしれないけれど、でも――」

「たまに？」彼が信じがたいという表情でヴィクトリアを眺めた。「九十パーセント以上だ、マダム」

「そうかしら。わたしはそんなに悪い妻なの？」

彼がつかつかと歩いてヴィクトリアの前を通りすぎる。「きみが悪い妻とは言っていない。きみは不服従でわがままで、向こう見ずな妻で、ぼくをへとへとにする。苦しんでいるあわれな夫を多少なりとも敬うことを教えられなければ、ぼくは間違いなく早死にする」

「でも、わたしはあなたを尊敬しているわ、ルーカス」ヴィクトリアは真剣に言った。「これまでもずっと尊敬してきたわ。あなたの行動がいつも嬉しいわけではないし、時々無性にいらいらさせられるけど、でも、あなたに対して最大の敬意を抱いていることはたしかよ」

「そうだろう、ぼくをまあまあ耐えられる夫と思っているんだものな？」

「ほとんどの場合はそうよ」

「それは、非常に元気づけられるよ」ルーカスが食いしばった歯から言葉を押しだすと、またくるりと向きを変えて反対方向に歩きだした。「次にきみがわざとぼくに反抗した時には、きみがぼくに最大の敬意を抱いていて、まあまあ耐えられる夫と思っていることを思いだすことにしよう」

「でも、わざとあなたに反抗したことなど一度もないわ」

「そうかな？」彼がくるりと向きを変え、ヴィクトリアのほうに戻ってきて真っ正面に立った。「今夜きみがしたことはどうなんだ？　あれは公然たる反抗ではないのか？」

ヴィクトリアは坐ったまま背筋を伸ばした。「わたしの振る舞いについて最悪の解釈をすれば、そういう見方になるかもしれないけれど、わたしは一度もそんなつもりは――」

「少なくとも、ぼくを愛しているからやったことだといさぎよく認めてもいいはずだ」

ヴィクトリアははっと目をあげた。彼と目が合う。寝室が静けさに包まれた。ヴィクトリアは一瞬ためらって小さく咳払いをし、それからうなずいた。「そのとおりよ。もちろん、まさにそれが、わたしがなぜそうしたかの理由だわ」

「なんということだ、信じられない」ルーカスは一瞬驚きを浮かべ、それから両手を伸ばしてヴィクトリアを抱きあげた。「言ってくれ、ヴィッキー。今夜あれだけのことをやったのだから、その言葉を聞かせてくれてもいいはずだ」

ヴィクトリアは震えるような笑みを浮かべた。「あなたを愛しているわ。最初から愛していた。たぶん、ジェシカ・アサートンのパーティで初めて会った晩から」

「それが、今夜ぼくを救出しようとした本当の理由なのか。ぼくがレディ・ライコットを、彼女にとっては当然の報いなのに、殺すことを許さなかった理由なのか。きみがぼくを愛しているから？」ヴィクトリアを強く抱きしめた。「ぼくの最愛の妻。きみの口からその言葉を聞くのをどんなに長く待ったことか。待ちすぎて気が変になりそうだった」

「あなたは、同じ言葉をわたしに言える時がいつか来ると思ってる？」彼の部屋着に顔を押し当てているせいで声がくぐもった。

「あたりまえだ。ぼくはきみを愛している、ヴィッキー。あの宿屋に連れていって、きみと関係を持ったあの晩にわかったのだと思う。きみを望むようにほかの女性を望むことは二度とあり得ないとあの晩確信した。だが、翌日、温室に入っていき、ジェシカ・アサートンを見て、彼女がぼくをきみに紹介した理由を伝えたとわかった瞬間にすべてがだめになった。あの時に考えられたのは、ジェシカ・アサートンが自分でも気づかずに、ぼくから大切なものを奪ったということだけだった。だれかれかまわず責めたかった。あのあと、ぼくがきみを愛していることをきみが二度と信じないとわかっていたからだ」

「あの時はたしかに、愛の言葉を聞きたい気分じゃなかったわ。でも、もっとあとになってからは言えたはずよ、ルーカス」

「あとになってからは、きみがありがたくもぼくと仕事上の協力関係を築くことにしたと主張し続けていた。ふたりの関係が協力関係だと断言され、ぼくの絶望は募った。あの暗い最悪の時期に唯一希望を与えてくれたのは、きみが琥珀のペンダントをはずさなかったことだ」

ヴィッキーははっとした。「ペンダント？　わたしがはずさなかったのは、それがわたしに希望を与えてくれる唯一のものだったからよ」

「そこまで頑固なのはきみ自身のせいで、ぼくにはどうしようもない」

ヴィッキーは首にかけたペンダントを指でいじった。「あなたがお金のためにわたしと結婚したと知ったあとに、あなたを愛していると言うことを期待されても、それは無理でしょう。それに、あなたは一歩も譲るつもりがないことを知らせようと一生懸命だったわ。さもないと、わたしがあなたの優しさを利用してあなたを操るからと。あなたはわたしに降伏を求めていたのよ、ルーカス」

「ぼくは気も狂わんばかりにきみを愛しているかもしれないが、愛しい人、きみを理解もしている。ぼくたちのささやかな戦いにおいて、きみは得られる影響力を利用することをためらわないし、それは到底責められない。しかし、競合相手としてのきみに最大限の尊敬を抱いていても、ぼくはそれよりもなによりも、きみに愛情にあふれる妻であってほしい、ヴィッキー」

「とてもすてきな言い方だわ、旦那さま」ヴィクトリアはルーカスを強く抱きしめた。「あ、ルーカス、あなたがいまみたいに言うの、とても好きだわ」

ルーカスはヴィクトリアに熱烈なキスをした。「それならば、この問題を話し合っているあいだにもうひとつ明らかにしておきたいのだが、ぼくはお金のためにきみと結婚したのではない。たしかに、最初に求愛を始めたのはそれが理由だった。それは認める。だが、結局きみと結婚することになったのは、ほかのだれかと結婚することが想像できなかったからだ。ちくしょう、きみを愛していたに違いない。そうでなければ、自分の人生を厄災の連続に変えてしまうとわかっている女性に足かせでつながれるはずがないだろう?」

「本当にそうだと思うわ。それに、あなたに選択肢があったことを忘れてはいけないわね。完璧なミス・ピルキントンがつねに候補者リストにいて、いざとなればそちらに乗り換えられた」

ルーカスがヴィクトリアをそっと揺すった。「ぼくのことを笑っているな?」

「とんでもない。夫のことを笑うなんて、思いもよらないわ。夫に対して、最大限の尊敬の念を抱いているのですもの」ヴィクトリアは彼の肩から頭をあげて、目をきらめかせた。

「ところで、これは、今夜のわたしの行動を責めるのは、もうやめるという意味よね?」

「そんなに嬉しそうにするな、マダム。まだ終わっていない」

「そうなの? 次はなにかしら? 裁判所に引っぱっていくつもり? いまの地位と特権を奪われるの?」

「ぼくが考えているのは」ルーカスが言う。「きみをベッドに連れていき、その寝間着を脱がせる、それから、間違った行動だったことをきみが完全に理解するまで、愛し続ける」

彼の首に両腕をまわすと、すぐに抱きあげられてベッドに運ばれた。ヴィクトリアはまつげの下から彼を見あげてほほえみかけた。「それって、とても楽しそうだけど」

彼が熱を帯びたかすれ声で笑い、カバーを折り返したベッドにヴィクトリアを横たえた。

「毎度のことだが、結婚におけるこの領域に関して、ぼくたちの意見は完璧に一致するようだ」

彼は部屋着を脱ぎ、ヴィクトリアの横に並んだ。彼のものはすでに張りつめている。ヴィクトリアの寝間着をさぐってあっという間に取り去ると、引き寄せて自分の上に覆いかぶらせた。ヴィクトリアの首からさがった琥珀のペンダントが彼の胸をかすめる。

「愛しているともう一度言ってくれ、ヴィッキー」

「あなたを愛しているわ。いつまでも変わらずに愛しているわ」ヴィクトリアは両手で彼の頭を抱き、心にあふれる感情のすべてをこめてキスをした。「あなたはこの地上でわたしが結婚できるただひとりの人よ。一日中わたしと肥料について議論したり、わたしを賭博場に連れていくために真夜中に庭の塀をよじ登ったりする男性はほかにいないわ。あなたは唯一無二の人なのよ、ルーカス。さあ、もう一度、財産のためにわたしと結婚したのではないと言ってちょうだい」

彼がヴィクトリアの頭のうしろにまわした両腕に力を入れて、ふたたび彼女の唇を彼の唇に引き寄せた。「ぼくがなぜきみと結婚したかはあまり重要じゃないよ、ぼくの琥珀の貴婦人。ぼくはすでにきみのコイルに深く巻かれて、二度と抜け出せないからだ。愛しているよ、ヴィッキー。一生愛するというきみの言葉を聞けるならば、塀のぼりも横桟伝いも真夜中の冒険も、いくらでも耐えてみせる」

「あなたを愛していると心から誓うわ」

彼から唇を離した時にヴィクトリアは理解した。彼の灰色の瞳には、最初に会った時に見た幽霊がもはやいないことを。そこに見えたのは月光と愛情、そして生涯続く情熱だけだった。

ルーカスは夜のあいだに一度、脚にいつものうずきを感じて目を覚ました。起きあがり、ポートワインを一杯飲もうかと思ったが、ベッドから滑りでる前にヴィクトリアが片手を彼の腿に置いて優しく揉みほぐした。ルーカスはまた目を閉じた。そして一秒も経たないうちに眠りに落ちた。


翌年の春のある日、ルーカスは妻をさがしていた。妻を見つけたのは、いつものように温室だった。彼女は、最近アメリカから届いた珍しい小さなユリの絵を描いていた。

前月に出産して一カ月で、ヴィクトリアは水彩画を描く作業に復帰した。ワース教区牧師の『美しい花の庭を必ず作れる方法』の初版が売り切れて二版に突入したという知らせに刺激されたと言っていた。

教区牧師は、レディ・ストンヴェイルによる原画の銅版画に手彩色した図版が、この本の圧倒的な成功をたしかなものにしたと言って譲らなかった。彼は続編の刊行に意欲を燃やしていた。今回は個人庭園のための外来植物に特化した本になるとのことだった。

外国から来た豪奢な花々が咲いた列に入っていくと、赤ん坊のばぶばぶという幸せそうな声がルーカスを出迎えた。画架の横に置かれたゆりかごの前で立ちどまり、健康そうな息子にほほえみかける。この赤ん坊が象徴であるかのように、屋敷を取り囲む大地は豊かさを取り戻しつつあった。

窓の外の庭には花々が咲き誇り、その向こうの畑も青々と茂って豊作を約束している。今年はストンヴェイルにとっていい年になるだろう。そして、それを皮切りに、その後もずっといい年にしようとルーカスは自分に誓った。

かがんで妻にキスをする。妻は絵筆で絵の具を混ぜるのに集中していた。鼻のてっぺんにオレンジ色の絵の具がついている。

「なにを持ってきたの、ルーカス？」彼が手にしている革装の本を見て妻が言う。

「きみにちょっとした贈り物だ、マダム。きみの本を一冊装丁させた」

ヴィクトリアは喜びに頬を染め、手を伸ばして本を受けとった。「正確に言えば、これはわたしの本ではないわ。ワース牧師のよ」

「ささやかな秘密を打ち明けようか。クレオ叔母さんの話では、人々がこの本を買うのは、庭に関する牧師のすばらしい文章ももちろんあるが、おもに美しい図版のためだそうだ」

ヴィクトリアは本の装丁をじっくり眺め、革表紙に指を走らせた。

「そんなことはないと思うわ」

「いや、本当だ」

「この本をありがとう、ルーカス」ヴィクトリアは彼を見あげ、愛情あふれる瞳でじっと見つめた。「クレオ叔母が言っていたことで、ひとつ本当にそうだと思うことがあるの。あなたには、わたしが自分では絶対に買えないものを贈り物にする才能があると」

ルーカスはゆっくりと笑みを浮かべた。「そしてきみは、ぼくが女相続人さがしを始めた時に得たいと思っていたよりはるかに多くのものをくれたんだよ」

「ところで、どうかしら？」ヴィクトリアが喉元のペンダントになにげなく触れながら言う。「そろそろまた、琥珀の騎士と彼の貴婦人が真夜中にストンヴェイルの地所に現れてもいい頃だと思うんだけど」

ルーカスはうなった。「きみは出産してまだ一カ月しか経っていない。冒険のことは忘れろ、ヴィッキー」息子をいとおしげに眺める。「それに、ここ当分、きみには真夜中にやらねばならないことがほかにある」

「そうだったわね。たぶん今夜は無理かも。あしたの晩も。でも、近いうちにね」ヴィクトリアが笑いながら、きらめく瞳でルーカスを見あげた。「あなたはわたしに夢中になりすぎよ、ルーカス」

「そうかな？」妻の唇に軽く愛情をこめてキスをする。「ぼくがいまも、ぼくたちのどちらが降伏したのか自問し続けているのはなぜだろう？」

ヴィクトリアの答えは彼のキスのなかに埋もれた。そのキスは、一生涯続くすばらしい真夜中の冒険を約束していた。

訳者あとがき

前作『誓いの口づけはヴェールの下で』に引き続き、ヒストリカル・ロマンティック・サスペンスの女王アマンダ・クイックの珠玉の一作『琥珀の瞳に恋を賭けて』をお届けいたします。

『誓いの口づけはヴェールの下で』の原題は〝Reckless〟（向こう見ず）でしたが、本作ではさらにアマンダ・クイックらしい、向こう見ずなヒロインが登場します。本書の原題〝Surrender〟の意味は降伏。向こう見ずだけど純粋で情熱的なヒロインは、ヒーローを愛していながら、降伏することで自尊心が傷つけられるのをおそれてとことん意地を張ります。そんなヒロインを懐柔しようとあの手この手を使って望みをかなえてやる一方でわがままには厳しく対応するなど、まさに緩急剛柔の手を駆使するヒーローは懐が深く、とても魅力的な男性です。ふたりの緊迫に満ちた丁々発止のやりとりや、真夜中の売春宿潜入など奇想天外な発想と息もつかせぬ展開はさすがアマンダ・クイック、読者の皆さんもきっと、いっきに引きこまれてしまうに違いありません。

ヒロインのヴィクトリアは二十四歳、父を早く亡くし、しばらく前に母と継父が相次いで事故死、いまは叔母と暮らしています。巨額の相続財産のせいで社交界ではいまだ引く手あまたですが、本人に結婚する意志はなし。母や叔母の愛のない不幸な結婚を目の当たりにし、とくに母に対する継父のひどい扱いを見てきたせいで、結婚にまったく幻想を抱いておらず、言い寄ってくる男性は全員が財産目当てと決めつけています。パーティでも、年配男性か社交界に出たての未熟な若者としか踊らず、結婚相手となり得る男性には、結婚に関心がないことを巧みかつ徹底的に知らせるので、男性たちも友人の立場にとどまらざるを得ません。もともと冒険心が旺盛で、ほかの令嬢なら決して選ばないデザインや色合いのドレスを着たり、社交界の礼儀作法ぎりぎりの大胆な行動に出たりするせいで変わり者と思われていますが、実はだれに対しても親切な心優しい女性です。

　そんな一般的な令嬢らしくないところに魅力を感じ、ヴィクトリアに求愛することに決めたストンヴェイル伯爵ルーカス。会ったこともなかった伯父の死の床に呼ばれて爵位と領地を受け継ぎましたが、伯父を含めた数世代の伯爵の浪費と怠慢のせいで荒れ果てた地所と困窮した村人たちを救うため、早急に財産を持つ令嬢と結婚しなければなりません。賭博で当面の生活費を稼いで豊かな資産があるように装いながら、財産目当ての男を寄せつけないヴィクトリアに近づこうと策を練り、ヴィクトリアの望む夜の冒険の同行者になる約束をします。

　しかし、真夜中のお忍びの冒険となれば、ルーカスがいくら気をつけても、発覚してヴィクトリアが破滅に追いこまれる危険とはつねに隣り合わせ。案の定、怪しい事件や事故が続いたのち、ふたりの行動を密告する匿名のメモが叔母に届けられ、ふたりは結婚せざるを得ない状況に……。

ルーカスを愛していると思い始めていたヴィクトリアは結婚を承諾しますが、そのあと、ルーカスが財産目当てだったと知って心を閉ざします。ルーカスはヴィクトリアの心を取り戻せるのでしょうか？

ところで、本書の醍醐味といえばやはりサスペンス。まずは冒頭のプロローグ、ナイフをふりかざした男に追われて命からがら逃げる夢の情景は、まさにアマンダ・クイックらしいおどろおどろしい恐怖に満ちています。そして死んだはずの継父のものと思われる品がヴィクトリアの目につくところに置かれ、さらに事故で命を落としそうになったり、ルーカスが暴漢に襲われたりと怪しいことが相次ぎ、ついには謎の手紙が送られてきてパニックに陥ったヴィクトリアは、秘密にしていたおそろしい過去をルーカスに打ち明けます。事故や手紙はだれの仕業なのか？　解決しようとロンドンに向かったふたりを待ち受けていたのは……。

ヴィクトリアの叔母クレオは自宅で科学者たちと電気の実験を行い、講演会なども主催する知的な女性です。また園芸学にも造形が深く、小さい温室を作って貴重な植物を育てています。そんな叔母に育てられたヴィクトリアも学問に関心を持ち、とくに植物の絵を描くことに才能を発揮します。

英国では十八世紀から十九世紀にかけて自然の美しさを取り入れた庭園が作られるようになりました。また、スウェーデンの科学者リンネが考案した属名と種名を併記する二名法などにより植物学の基礎が築かれ、植物画、いわゆるボタニカルアートが大流行します。世界各地へ探検に出かけた人々が、持ち帰った珍しい植物の絵を画家に描かせて、写真のない時代に記録として残したのです。そうした植物画を挿絵にした植物図鑑などもたくさん刊行されました。本書でも、ヴィクトリアが描く植物画がふたりの愛のゆくえに大きな役割を果たします。

ご存じのように、アマンダ・クイックはベストセラー作家ジェイン・アン・クレンツのヒストリカル・ロマンス・サスペンス用のペンネームです。一九七九年に処女作を刊行して以来ほぼ四十年間、いくつものペンネームで合わせて一二〇冊以上もの著作があるクレンツですが、その筆力は衰えを知らず、いまなおジェイン・アン・クレンツ名義とアマンダ・クイック名義で毎年一冊ずつ作品を上梓しています。

本作『琥珀の瞳に恋を賭けて』の原作はかなり早い時期に刊行された作品で、一九九〇年代に十数冊にわたり刊行された、題名がひとつの単語になっているシリーズのうちの一冊です。〝Seduction〟〝Dangerous〟〝Scandal〟など、邦訳も数多く出ている名作ぞろいのこのシリーズの一冊を、お待ちかねのアマンダ・クイックファンの皆さまにご紹介できることを心から嬉しく思います。

二〇一八年九月　旦　紀子

琥珀の瞳に恋を賭けて
2018年10月16日　初版第一刷発行

著 ……………………………… アマンダ・クイック
訳 ………………………………………… 旦紀子
カバーデザイン …………………… 小関加奈子
編集協力 ……………………… アトリエ・ロマンス

発行人 ……………………………………… 後藤明信
発行所 ……………………………… 株式会社竹書房
〒102-0072 東京都千代田区飯田橋2-7-3
電話：03-3264-1576（代表）
03-3234-6383（編集）
http://www.takeshobo.co.jp
印刷所 ……………………… 凸版印刷株式会社

定価はカバーに表示してあります。
乱丁・落丁の場合には当社までお問い合わせください。
ISBN978-4-8019-1639-5 C0197
Printed in Japan